W0003629

LES DAMES
DU
MÉDITERRANÉE-EXPRESS

III

LA PRINCESSE MANDCHOUE

DU MÊME AUTEUR
CHEZ POCKET

Dans le lit des rois

Dans le lit des reines

Les loups de Lauzargues

1. Jean de la Nuit
2. Hortense au point du jour
3. Felicia au soleil couchant

Le roman des châteaux de France (t. 1 et 2)

La Florentine

1. Fiora et le Magnifique
2. Fiora et le Téméraire
3. Fiora et le Pape
4. Fiora et le roi de France

Les Dames du Méditerranée-Express

1. La jeune mariée
2. La fière Américaine

Les Treize Vents

1. Le voyageur

JULIETTE BENZONI

LES DAMES
DU
MÉDITERRANÉE-EXPRESS

III

LA PRINCESSE MANDCHOUE

JULLIARD

ISBN 2-266-05463-3

« On ne peut marcher en regardant les étoiles avec une pierre dans son soulier. »

Lao Tseu

PROLOGUE

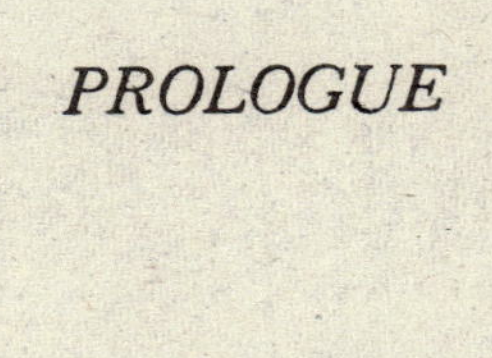

Juillet 1918, en gare de Châlons-sur-Marne...

Le train sanitaire allait bientôt partir. Il alignait le long d'un quai ses vingt-trois voitures frappées de la Croix-Rouge dans lesquelles les brancardiers embarquaient les blessés avec des soins pieux avant de les confier au personnel médical qui allait s'occuper d'eux jusqu'à Lyon.

La journée avait été chaude, accablante même. Un orage qui éclata vers cinq heures apporta cependant une fraîcheur appréciée de tous. On respirait enfin et, même si l'on s'épongeait encore le visage ou le cou, la bonne humeur revenait. Le spectacle de la gare où voltigeaient les voiles blancs des infirmières était presque joli. D'ailleurs, on commençait à espérer que la grande tuerie tirait à sa fin. L'entrée massive des États-Unis dans la guerre changeait la face des choses en apportant aux Alliés un soutien important. Un moment, pourtant, on crut que tout était perdu : la Grosse Bertha tirait sur Paris et les Allemands campaient à soixante kilomètres de la capitale. Le 15 juillet, ils franchissaient la rivière pour laquelle on s'était déjà tant battu quand eut lieu la seconde victoire de la

Marne : sous les ordres de Foch, généralissime de toutes les armées alliées, les généraux Gouraud, Pétain et Mangin rejetaient Ludendorff bien au-delà des positions occupées jusque-là. Les blessés que l'on emmenait étaient ceux laissés à terre par la vague furieuse de la bataille mais l'espoir revenait et c'était bien le meilleur des médicaments...

Pas vraiment pour le lieutenant Pierre Bault dont on emportait à présent la civière hors de la gare. De l'espoir, il ne lui en restait plus et, même à cet instant, il regrettait de n'être pas resté dans la terre crayeuse de Champagne. Sa manche gauche vide et la douleur qu'il éprouvait à cause d'une blessure à la poitrine le rangeaient au nombre des infirmes. A quarante-six ans, il allait être retranché à tout jamais de cette vie active qu'il aimait tant. Les galons d'officier et les flatteuses décorations épinglées sur sa vieille vareuse ne représentaient qu'une faible consolation en face d'une brutale réalité : il ne pourrait plus assumer son travail d'autrefois à bord des grands trains de luxe dont il gardait la nostalgie, et l'idée de se trouver désormais calfeutré dans un bureau lui donnait la nausée. C'était cela, pourtant, qu'on lui offrirait après la guerre. En admettant qu'on lui offrît quelque chose...

Tout de même, lorsqu'on arriva au train, il se souleva un peu pour voir dans quoi on allait l'installer et il eut un sourire : le « sanitaire » comportait quelques-uns de ces wagons-hôpital construits avant les hostilités mais il y avait aussi des fourgons et une ancienne voiture-restaurant dont la provenance ne pouvait tromper un œil aussi habitué que le sien : ils venaient tout droit de son cher Méditerranée-Express.

Cela lui fit chaud au cœur bien que, jusqu'au cataclysme d'août 1914, il lui fût arrivé de servir dans d'autres trains – Orient-Express ou Nord-Express! – mais il les aimait tellement moins!

On le porta dans l'une de ces voitures aveugles dont l'éclairage et l'aération se faisaient par le toit et qui, de l'extérieur, ressemblaient plutôt à des wagons à bestiaux. Huit lits superposés deux par deux occupaient les angles dans le sens de la longueur. On le déposa sur une couchette du bas puis les brancardiers s'écartèrent.

– Bon voyage, mon lieutenant! Vous allez guérir à présent.

– Si vous avez une recette pour me rendre mon bras, les gars, vous devriez me la donner! Merci tout de même. Tenez! Allez boire un coup à ma santé!

Il leur tendit quelques pièces prises dans la poche de sa veste posée auprès de lui. Ils remercièrent, saluèrent avec ensemble et s'en allèrent chercher d'autres brancards. A cet instant, une infirmière apparut à l'autre bout du wagon – ceux-ci étaient reliés entre eux par des plates-formes couvertes – et resta là. Elle parlait avec un médecin-major et le cœur de Bault manqua s'arrêter : cette silhouette mince, ce visage étroit à la peau mate, ces pommettes hautes, ces yeux sombres... Le nom vint tout seul à ses lèvres : Orchidée!... Se pouvait-il qu'elle fût là, dans ce train alors que...

Sa pensée n'acheva pas la phrase que déjà il appelait :

– Mademoiselle!... Mademoiselle!

Elle se retourna, vit cet homme si pâle qui tendait vers elle son unique main et, s'excusant d'un sourire auprès du docteur, elle vint à lui.

– Vous désirez quelque chose, lieutenant?

Quand elle approcha le mirage s'effaça et Pierre

regretta de l'avoir appelée. Elle ne ressemblait pas vraiment à sa belle princesse mandchoue. C'était une mauvaise copie... et même elle avait un furieux accent champenois! Cependant, pour ne pas l'avoir dérangée pour rien, il se plaignit doucement de la soif et aussi d'avoir la tête trop basse.

Elle lui donna un autre oreiller, promit de revenir avec de l'eau dès le départ du train puis s'écarta pour faire place aux brancardiers qui transportaient une autre civière.

Pierre Bault ferma les yeux, peut-être pour empêcher une larme de couler. Quelle folie d'avoir cru un instant qu'elle pouvait être revenue, elle, la seule qu'il eût aimée parmi ces trois femmes dont, en quittant Paris quatre ans plus tôt, il emportait le souvenir avec lui comme on emporte une fleur séchée dans le repli d'un portefeuille. Elles étaient sa jeunesse et la jeunesse ne se recommence pas. Toutefois il est doux d'y revenir aux heures sombres de la vie et Pierre savait qu'il demanderait encore à ces ombres légères d'illuminer les jours qui lui restaient à vivre.

Le train démarra sans qu'il eût seulement entendu le sifflet du chef de gare. Le convoi courait à présent vers la nuit. Pierre se laissa bercer un moment par le balancement familier, par le rythme des boggies qui lui avait tellement manqué. C'était bon tout de même cette impression de rentrer chez soi...

L'infirmière revint avec de l'eau fraîche. Elle souleva le blessé pour l'aider à boire et ses gestes étaient sûrs et doux mais l'odeur qui émanait d'elle était faite de savon de Marseille et d'antiseptique et n'évoquait en rien les senteurs exquises des belles voyageuses d'autrefois. Moins encore le parfum légèrement vanillé de l'orchidée.

Prologue

Lorsqu'elle le reposa sur l'oreiller, Pierre la remercia en évitant de la regarder : il avait des heures devant lui pour laisser venir l'image de sa princesse et il refusait les comparaisons. A nouveau, il ferma les yeux parce que c'était le seul moyen de « la » revoir encore...

Première partie

LE TRAIN

CHAPITRE PREMIER

UN ÉCHO DU PASSÉ...

L'angoisse!... Depuis des heures elle ne lâchait plus Orchidée. Elle l'avait tenaillée tout le long du jour, dans la salle de bains comme à la table de la salle à manger où elle la narguait, assise sur la chaise que le départ d'Édouard laissait vide. Incapable d'avaler quoi que ce soit et pensant lui échapper, Orchidée finit par se réfugier dans son lit devenu beaucoup trop grand mais le génie des pensées noires l'y attendait perché sur le pied d'acajou, ses griffes cachées sous ses ailes poisseuses, en guettant sa proie de son petit œil rond et méchant. Comment trouver le sommeil dans de telles conditions ?

Pour la troisième fois, la jeune femme ralluma sa lampe de chevet. Dans l'espoir de calmer son cœur qui battait pesamment, elle but un peu d'eau de fleur d'oranger sucrée mais elle aurait pu en boire tout un tonneau sans obtenir le moindre réconfort.

En désespoir de cause, elle se leva, enfila une robe de chambre et se rendit dans le bureau de son mari. Là, il lui sembla qu'elle respirait un peu mieux. L'odeur attardée du tabac anglais et celle, plus subtile, du cuir de Russie l'enveloppèrent à la manière de ces moustiquaires sous lesquelles, par les grandes chaleurs d'Extrême-Orient, on s'embarque comme sur un bateau de sauvetage et hors de portée des piqûres, des morsures, des formes suscitées par le clair de lune et de toutes les autres menaces de la nuit. La grande pièce habillée de livres qui servait aussi de bibliothèque lui parut amicale et même rassurante.

Elle alla ouvrir une fenêtre et prit deux ou trois respirations profondes comme Huang Lian-shengmu, la « Mère sacrée du Lotus jaune », lui avait enseigné jadis à le faire pour prendre haleine après un effort. La nuit de janvier était glaciale. Sous la lumière blême dispensée par les « papillons » à gaz des réverbères, l'avenue Velazquez montrait de dangereuses plaques noires et verglacées entre des dentelures sales de neige durcie. Les arbres réduits à des squelettes dessinés à l'encre de Chine semblaient à jamais figés dans leur nudité. Comment croire qu'un printemps pourrait réussir à faire resurgir de tendres pousses vertes de cet enchevêtrement presque minéral ? Comment croire que l'insouciant bonheur de ces quatre années écoulées pourrait refleurir après le passage de la lettre ?

Reprise par sa frayeur, Orchidée referma la fenêtre, tira les rideaux de velours et s'y adossa, considérant la grande pièce, jusque-là familière et chaleureuse, avec un sourd désespoir. Privée de la présence d'Édouard, elle revêtait tout à coup un aspect inconnu et vaguement menaçant, comme si la science et la culture d'Occident tapies derrière les centaines de reliures fauves frappées d'or éteint se dressaient soudain en face de l'intruse et formaient une infranchissable muraille au-delà de laquelle Édouard s'éloignait lentement, inexorablement. Et cela c'était l'ouvrage de la lettre...

Vingt fois peut-être Orchidée l'avait relue sans autre résultat que la savoir par cœur.

« Le fils du prince Kung attend toujours l'épouse choisie dès sa naissance pour entrer dans sa maison sous le voile rouge de l'hyménée. Patient et magnanime, il n'a jamais cessé de croire que les dieux sauraient te ramener un jour, cependant il estime que ce jour ne saurait tarder davantage. Tu dois rentrer. Néanmoins, si son noble cœur est prêt à oublier des années où ton esprit s'est égaré loin de la terre des ancêtres, il ne peut fléchir sans ton aide le juste courroux de notre souveraine gravement offensée par ta trahison. Pour qu'elle t'ouvre à nouveau des bras maternels il faut que tu t'engages avec loyauté sur le chemin de la pénitence en rapportant avec toi un gage de repentir.

« Près de ta demeure il y a celle d'un de ces voyageurs barbares et sans honneur qui tirent gloire d'avoir pillé les trésors des pays du Soleil Levant et de notre magnifique empire. Parmi ceux-ci un objet en particulier a une valeur sacrée aux yeux de Ts'eu-hi : l'agrafe de manteau du grand empereur Kien-Long volée jadis par un soudard franc durant le pillage du Yuan-ming-yuan [1]. Reprends ce qui nous a été dérobé et elle t'accueillera de nouveau comme sa fille. Il est temps d'oublier tes folies et de songer à ton devoir. Le 25e jour de ce mois, un navire nommé *Hoogly* quittera le port de Marseille pour Saigon d'où l'on te ramènera à Pékin. Ta place y sera retenue sous le nom de Mme Wu-Fang.

« Si, la veille, tu quittes Paris par le train que l'on appelle Méditerranée-Express, tu arriveras à point nommé et le guide chargé de te ramener t'attendra en gare.

« Tu dois obéir, princesse Dou-Wan, si tu veux voir

1. Le Palais d'Été incendié le 18 octobre 1880 sur l'ordre de lord Elgin après avoir été copieusement pillé par les Français et les Anglais.

se lever encore de nombreux soleils et si tu aimes assez ton ravisseur barbare pour souhaiter qu'il atteigne un jour la sage vieillesse... »

La « Mère sacrée du Lotus jaune » signait cette menace qu'il convenait de considérer avec respect car la vieille guerrière ne négligeait jamais rien et savait le poids des mots même s'il lui arrivait rarement de les employer. Ce message était sans doute le plus long qu'elle eût écrit de sa main, ce dont Orchidée doutait un peu. Les termes occidentaux prenaient sous son pinceau quelque chose d'incongru, de gênant. Il était déjà assez étrange d'apprendre que la demi-sœur du prince Tuan traquait à présent l'ennemi occidental sur son propre territoire.

Princesse Dou-Wan ! Orchidée ne répondait plus à ce nom depuis bien longtemps ! Exactement depuis ce jour, vieux de cinq ans, où Ts'eu-hi décidait qu'une Altesse, associée à une fille du peuple, quitterait la Cité Interdite et ses robes de satin pour s'infiltrer au cœur même du quartier des Légations, mêlée à la tourbe terrifiée des adorateurs chinois d'un dieu nommé Christ qui se pressait déjà pour demander aux armes des Blancs de la défendre du juste courroux des « Poings de Justice et de Concorde ». Il est vrai qu'il s'agissait d'une affaire grave : l'homme que l'Impératrice tenait pour le plus cher à son cœur, son cousin le prince Jong-Lu dont on chuchotait qu'il avait été son amant, cet homme entre tous aimé s'était oublié jusqu'à offrir à une jeune barbare dont il convoitait le corps blême le talisman offert autrefois par sa souveraine afin de le protéger de la mauvaise chance et des esprits néfastes. Il fallait impérativement retrouver le joyau et punir de mort celle qui osait s'en parer.

Le souvenir de l'instant où elle s'était trouvée investie de cette mission, Orchidée l'avait enfoui assez profondément dans sa mémoire pour espérer l'oublier. Il aurait dû normalement s'y dissoudre sans risque de troubler le cours harmonieux des jours. Ce qu'il n'avait pas fait. À présent, il reparaissait cruel et mordant comme une épine que l'on n'a pas extirpée et qui commence à pourrir. Orchidée aimait jadis l'Impératrice et sans doute l'aimait-elle encore. Avec le temps, seul subsistait le souvenir de ses bienfaits.

La scène se passait dans les jardins du palais, à l'ombre du temple appelé Tour de la Pluie et des Fleurs dont le toit rayonnait, soutenu par des piliers d'or enlacés de dragons. Ts'eu-hi se tenait assise sur un banc auprès d'un buisson de jasmin dont quelques blancs pétales s'étaient posés sur le satin abricot de sa robe. Elle ne faisait pas un geste et gardait le silence mais des larmes lentes glissaient sur ses joues. C'était la première fois que sa jeune compagne la voyait pleurer et ce désespoir muet la bouleversa. S'agenouillant sur le sable violet de l'allée, elle demanda humblement s'il était en son pouvoir d'apporter un adoucissement à tant de douleur. Ts'eu-hi, alors, soupira :

– La paix n'habitera plus mon cœur tant que le Lotus de jade ne sera pas revenu entre mes mains. Veux-tu m'aider à le retrouver ?

– Je n'ai aucun pouvoir, Vénérable...

– C'est une grande erreur. Tu possèdes celui que donnent la jeunesse, l'intelligence, l'agilité et l'adresse. La maîtresse des « Lanternes rouges » que j'ai appelée ce matin a déjà établi un plan. Elle propose, pour sa réalisation, une de ses filles nommée Pivoine. La connais-tu ?

– Je la connais. C'est peut-être la meilleure d'entre nous. Elle est habile à tous les exercices du corps mais aussi astucieuse, cruelle et sans aucun scrupule. Puis-je dire que je ne l'aime pas ?

L'Impératrice tira de sa manche un mouchoir de soie et tamponna d'un geste gracieux les pleurs qui s'attardaient sur son visage artistement peint. Ensuite, elle sourit :

– Tu le peux. Cependant, j'aimerais que tu l'accompagnes dans sa mission justement parce qu'elle est sans scrupules et ne m'inspire pas vraiment confiance. En outre, le Lotus ne saurait me revenir sur des mains vulgaires. Les tiennes me conviennent beaucoup mieux et comme tu as voulu, pour me servir, suivre l'entraînement des « Lanternes rouges », il me semble que le moment est venu de prouver ta valeur. En outre, tu es de sang impérial.

En effet, petite-fille d'une sœur de l'empereur Hien-Fong et orpheline dès sa naissance, Dou-Wan, recueillie par l'Impératrice qui s'était attachée à elle, en avait reçu des soins et une éducation dignes de son rang sous les toits précieux de la Cité Interdite qui, à ses yeux d'enfant, représentait la divine perfection et la suprême sérénité. L'immense assemblage de palais, de temples, de cours et de jardins gardés par les hautes murailles d'un beau rouge violacé n'était-il pas le centre du monde puisque le Fils du Ciel y respirait ? De surcroît, il ne pouvait exister, sur la terre, de lieu plus noble, plus pur ni d'une perfection aussi achevée que ce microcosme où, depuis des siècles, les grands empereurs se plaisaient à rassembler les plus nobles œuvres d'art et à les préserver de toute souillure extérieure grâce aux remparts et aux guerriers armés qui y veillaient jour et nuit.

Pendant des années, l'enfant n'imagina pas qu'il pût exister un autre univers. On lui apprit à lire dans le

Livre des Métamorphoses puis à se servir d'un pinceau pour reproduire les grands textes et traduire sa pensée en caractères élégants; on lui enseigna la poésie et aussi l'art délicat de la peinture ainsi qu'elle en avait exprimé le désir après avoir admiré certaines œuvres de Ts'eu-hi, son modèle en toute chose. D'ailleurs n'eût-elle été si haute dame que l'impératrice de Chine aurait pu prendre place sur les bancs de la Commission Impériale des Examens pour y siéger au milieu des mandarins les plus lettrés car elle possédait une connaissance approfondie des *Analectes* de Confucius, pouvait réciter par cœur les plus beaux poèmes T'ang de Tu Fu et de Po Chou-I et connaissait mieux que quiconque l'histoire de l'Empire.

Dou-Wan apprit aussi la musique, la danse et les mille et un secrets de la parure féminine sans d'ailleurs y attacher autant d'importance que les autres dames de la Cour : si elle prenait plaisir à composer chaque jour sur sa personne un ensemble harmonieux, c'était surtout pour la satisfaction de ses propres yeux et ceux de sa souveraine, non dans l'espoir d'attirer le regard d'un homme. Aucun de ceux qu'elle pouvait apercevoir et qui n'étaient guère nombreux en dehors des eunuques et des vieillards ne réussit à faire battre son cœur sur un rythme plus vif que d'habitude. Les joies mystérieuses de l'amour qui faisaient si facilement glousser les autres femmes à l'abri de leurs éventails ne la tentaient vraiment pas.

Elle se savait promise depuis l'enfance à l'un des fils du prince Kung, le conseiller le plus écouté de l'Impératrice, mais cette idée ne la troublait pas. Lorsque le temps viendrait, elle se soumettrait à ce qui était son devoir et rien d'autre. Dans son for intérieur, Dou-Wan enviait la vie sans entraves des hommes. Toute petite déjà, elle rêvait d'être un garçon afin de pouvoir pratiquer les exercices du corps et la science des armes et, surtout, vivre dans le vaste monde.

Ts'eu-hi sut deviner qu'une âme d'amazone habitait cette jolie créature. Amusée, elle lui fit donner des leçons de gymnastique, d'équitation, d'escrime et de tir à l'arc. A dix-sept ans, la jeune princesse était capable de se mesurer à un guerrier de son âge.

C'est alors qu'un vent de haine soufflé par les Boxers se leva contre les Barbares blancs dont les diplomates, les religieux et les marchands s'implantaient en Chine de plus en plus nombreux sous prétexte d'offrir leurs dieux et les bienfaits de l'Occident. Tout de suite, les hommes au turban rouge qui se disaient invulnérables même aux balles des fusils attirèrent des adeptes. Leur chef, le prince Tuan, cousin de l'Empereur, sut s'attirer le soutien de Ts'eu-hi qui voyait dans ce soulèvement une réponse aux prières vengeresses qu'elle ne cessait d'adresser au Ciel depuis le sac du Palais d'Été, son paradis personnel.

Emportée par le même enthousiasme, la demi-sœur de Tuan se donna le nom de « Mère sacrée du Lotus jaune » et embrigada des jeunes femmes et des jeunes filles. Tout naturellement Dou-Wan voulut s'engager sous la bannière des « Lanternes rouges ».

Elle n'avait pas grand-chose à en apprendre sur les techniques de combat. Par contre, on lui enseigna l'art de se grimer, quelques tours de magie, la manière d'ouvrir une porte dont on ne possède pas la clef et les bienfaits que l'on peut retirer de la ruse et de la dissimulation. Ce n'était pas vraiment son point fort car elle avait toujours été d'un naturel franc et ouvert, mais, pour servir sa chère maîtresse, elle eût accepté n'importe quelle arme, fût-ce la plus vile de toutes : le poison... Ts'eu-hi n'était-elle pas le seul être qui lui eût montré de l'affection ?

En apprenant qu'il allait dépendre d'elle de sécher les larmes de son idole, Dou-Wan éprouva une grande fierté, un peu mitigée tout de même par la perspective de faire équipe avec cette Pivoine dont elle détestait l'arrogance. Néanmoins, la gloire de rapporter le Lotus de jade criminellement offert en gage d'amour à une étrangère stimulait son courage.

Les devins venaient de révéler que les conjonctures se présentaient favorablement. La veille de ce jour qui était le 20 juin, les ambassadeurs étrangers, dont le quartier des Légations occupait un large espace entre les murs de la ville tartare et la Cité Interdite, reçurent l'invitation de quitter Pékin dans les vingt-quatre heures s'ils voulaient éviter de graves ennuis. Ils n'en firent rien et au moment même où Ts'eu-hi offrait à sa favorite l'occasion de se distinguer, le ministre allemand était massacré par les Boxers alors qu'il se rendait chez ses confrères chinois.

– Vous n'aurez aucune peine à entrer chez les Diables blancs, dit alors la « Mère sacrée du Lotus jaune » aux deux jeunes filles. Nombreux sont les traîtres chinois convertis à la religion du Crucifié qui vont se refugier à l'abri de leurs armes. Vous allez les rejoindre.

Une heure plus tard, vêtue de cotonnade bleue sans ornements avec, sur l'épaule, un ballot contenant un peu de linge et quelques objets usuels, la jeune princesse et sa compagne se mêlaient aux réfugiés chrétiens qui demandaient asile à l'ambassade d'Angleterre dont la grande porte ouvrait sur le marché mandchou. Elle n'était plus Dou-Wan mais Orchidée – la fleur symbolique des Mandchous – et plus personne, à partir de ce moment, ne devait lui rendre son nom. Jusqu'à l'arrivée de la lettre.

Les jours qui suivirent prirent pour la jeune fille des allures de cauchemar. Elle se trouvait transportée dans un autre monde : celui de la poussière, de la saleté, de la misère et de la peur. Les réfugiés s'entassaient dans les logis abandonnés par les marchands pour qui le commerce avec les Légations constituait jusqu'alors une grande source de bénéfices. Beaucoup de ces maisons étaient riches et harmonieuses mais, sous le grouillement d'une foule affolée, elles perdirent bientôt leur aspect élégant. Orchidée et sa compagne réussirent à s'installer dans un petit pavillon à demi ruiné situé au bord du canal de Jade et proche du pont reliant ce qui avait été l'immense domaine du prince Sou à l'ambassade d'Angleterre où déjà les Belges avaient trouvé refuge après l'incendie de leur yamen.

Toutes deux passaient pour les filles d'un marchand de la ville chinoise qui, suspect de relations trop amicales avec les Occidentaux, avait été massacré avec sa femme tandis que les Boxers incendiaient sa demeure et violaient ses concubines. Orchidée apprit plus tard que Ts'eu-hi n'avait rien laissé au hasard : une famille correspondant à la description qu'elle et Pivoine en donnaient venait d'être exterminée et deux jeunes filles avaient disparu.

Le plus pénible pour la jeune princesse était de devoir vivre avec sa pseudo-sœur. Non que celle-ci fût grossière, inculte ou dépourvue d'éducation : chez les Lanternes rouges on dressait les filles, dont beaucoup venaient du peuple, de façon qu'elles puissent jouer n'importe quel rôle, mais aucune sympathie ne les unissait, bien au contraire. Dès leur première rencontre, Dou-Wan sentit que Pivoine la détestait d'autant plus qu'il lui fallait garder un certain respect en face d'une jeune dame de haut rang à qui Ts'eu-hi accordait ses faveurs alors qu'elle-même devait se contenter d'être la préférée de leur maîtresse.

Évidemment, le jeu n'était pas égal et cette fille ambitieuse, cruelle et déterminée en était pleinement consciente. De son côté, la princesse ne pouvait vaincre une espèce de répulsion. Vivre en sœurs dans ces conditions présentait des difficultés même si l'on partageait le même but.

Leur dissemblance physique était de peu d'importance. La polygamie des hommes les mettait à même de recevoir des enfants d'épouses différentes. En outre nul n'ignorait que pour ces lourdauds d'Occidentaux, tous les Asiatiques se ressemblent et ils n'auraient même pas l'idée de s'étonner d'un visage plus délicat que l'autre ou de pieds un peu plus élégants. A propos de pieds, d'ailleurs, il n'y avait pas si longtemps qu'ils connaissaient la différence entre les dames mandchoues et les Chinoises, les premières n'ayant jamais été soumises à la torture subie par les secondes et qui consistait à bander étroitement les pieds des petites filles pour les empêcher de grandir. En effet, les conquérants qui s'étaient emparés de la Chine au dix-septième siècle considéraient ce raffinement qui rendait la marche à peu près impossible comme simplement stupide.

En dépit de ce qui les séparait – Pivoine était la fille d'un bas officier de la Garde – les envoyées de Ts'eu-hi jouèrent leurs rôles d'orphelines accablées par le sort avec un art consommé. Leurs compatriotes chrétiens s'efforcèrent d'adoucir leur prétendue douleur et de les aider de leur mieux sans jamais soupçonner à quel point la religion d'esclaves qu'ils tentaient de leur inculquer inspirait d'horreur aux fausses sœurs. Quant aux étrangers avec qui, tout de suite, elles furent en contact, Orchidée qui n'en avait encore jamais vu de près les découvrit avec étonnement. Leurs femmes surtout.

Habillées le plus souvent de blanc qui, comme chacun le sait, est la couleur du deuil, elles avaient des figures étranges, très blanches ou roses ou même rouges avec des petites veines violettes, des cheveux bizarres, frisés le plus souvent et arborant des nuances allant du jaune clair au brun foncé en passant par l'orange ou le vermillon... Néanmoins, quand elles étaient vieilles, leur chevelure blanchissait tout comme celle des Asiatiques.

Nonobstant ces disgrâces, quelques-unes réussissaient à être assez belles et quand enfin Orchidée put apercevoir la jeune fille qui possédait le Lotus impérial, elle comprit que le sang d'un homme, même un prince du Céleste Empire, pût s'enflammer pour cette déesse casquée d'or pur dont les grands yeux ressemblaient à des prunes noires, la bouche à une grenade mûre et la peau à la fleur délicate du cerisier. Cette personne qui appartenait à une nation appelée Amérique était aussi très aimable et très rieuse. Malgré la différence de langues – Orchidée savait seulement quelques mots d'anglais – miss Alexandra réussit à faire comprendre à la jeune Mandchoue qu'elle la trouvait fort jolie et qu'elle souhaitait la revoir souvent à l'hôpital où les deux « sœurs » travaillaient en échange de la nourriture. On les y accepta d'autant plus volontiers que les combats ne cessaient guère entre la ruée des Boxers et les deux mille assiégés défendus par une poignée de quatre cents hommes.

Dans les premiers jours du siège, s'emparer du Lotus relevait de la mission impossible, les réfugiés logeant assez loin des Légations encore debout dont celle des États-Unis mais, avec le temps, les destructions s'accumulèrent. Il fallut regrouper les femmes, d'abord, puis à peu près tout le personnel diplomatique international, dans la seule ambassade anglaise qui était la plus vaste et la plus facile à défendre. Les nations se répartirent au mieux dans les divers pavillons de ce qui était autrefois une demeure princière. Néanmoins, le problème resta entier pour les envoyées de Ts'eu-hi : les dames vivaient à plusieurs dans de grandes chambres et il s'en trouvait toujours deux ou trois, ce qui rendait impossible une fouille en règle des affaires de la jeune Américaine :

– Il faut s'y prendre autrement, déclara Pivoine à la fin d'une journée harassante. Nous aurons meilleure chance en attirant la fille hors des fortifications et en la livrant aux nôtres. Il faudra bien qu'elle parle !

– Cela me paraît difficile, dit Orchidée. Les issues du camp retranché sont bien gardées.

– J'ai peut-être une idée...

Elle n'en dit pas plus et sa compagne n'essaya même pas d'en savoir davantage. Les plans ourdis par Pivoine et même la mission qu'on lui avait confiée perdaient leur intérêt depuis quelques jours. La guerre, le siège, les Boxers et même la mort toujours présente s'estompaient dans l'esprit d'Orchidée. Comment attacher sa pensée à des menées sanguinaires, comment même évoquer les larmes d'une impératrice alors qu'une image commençait à s'épanouir dans le cœur de la jeune fille, ôtant à sa raison, si claire auparavant, toute vindicte et même toute sagesse ? Sans cesse la mémoire d'Orchidée lui restituait, avec des alternances de ravissement et de confusion, la scène qui avait eu pour cadre le vestibule de l'hôpital.

Un soldat venait d'apporter une femme chinoise, à ce point terrifiée par les Boxers et ce qu'ils pourraient lui faire au cas où ils mettraient la main sur elle qu'elle avait choisi le suicide. Passant devant la porte ouverte de sa masure, le militaire, la voyant pendue à une poutre, s'était précipité pour la décrocher. Constatant qu'elle vivait encore mais incapable de la ranimer, il jugea plus prudent de s'en remettre au médecin. Or, le docteur Matignon venait d'être appelé d'urgence à la barricade du Fou. La désespérée fut confiée à Orchidée en attendant l'arrivée d'une infirmière plus compétente.

Se souvenant des leçons reçues au palais, celle-ci entreprit non sans peine de mettre la femme à genoux puis, la maintenant de son mieux, elle s'efforça de bourrer des tampons de coton dans sa bouche et dans ses narines. Elle en était à tenter d'assujettir le tout avec une bande à pansements quand une main vigoureuse l'arracha sans douceur à sa tâche et la rejeta en arrière si brutalement qu'elle perdit l'équilibre et s'étala sur le sol. En même temps, une voix indignée grondait :

– Vous n'êtes pas un peu folle ! Vous voulez tuer cette malheureuse ?

L'homme, un Européen, parlait un excellent chinois, ce qui n'atténua pas la colère d'Orchidée, furieuse que l'on s'interposât ainsi entre elle et la suicidée que, de bonne foi, elle s'efforçait de sauver.

– N'est-ce pas ainsi qu'il convient d'agir ? Une partie de son âme s'est déjà enfuie et il faut à tout prix empêcher que le reste ne s'en aille... On doit donc boucher les orifices et...

– Je n'ai jamais rien entendu d'aussi stupide !

Une infirmière, qui n'était autre que la baronne de Giers, femme du ministre russe, accourait. L'inconnu lui confia la malade que, grâce à Dieu, la thérapie d'Orchidée n'avait pas encore eu le temps de faire passer de vie à trépas. Ensuite, il se retourna vers la jeune fille qui se relevait avec une grimace de douleur. Le choc avait été rude. Presque aussitôt il sourit au jeune visage effaré :

– Veuillez m'excuser ! J'espère ne vous avoir pas fait trop mal ?

Il tendait les mains pour l'aider à se relever, mais Orchidée ne vit pas plus le geste qu'elle n'avait entendu les paroles. Bouche bée, stupéfaite, elle regardait cet étranger comme s'il était le premier homme qu'elle eût jamais vu. Il faut dire qu'il ne ressemblait à aucun autre : son teint était brun mais ses cheveux et sa moustache légère semblaient faits de copeaux d'or et il avait des yeux aussi bleus qu'un ciel d'été. Grand et bien bâti comme le révélait son inconvenant costume européen en toile blanche qui montrait toute la longueur des jambes au lieu de les cacher sous une robe, il paraissait l'homme le plus gai du monde et son sourire était irrésistible.

Comme la jeune Mandchoue ne voulait pas accepter son aide, il fronça le sourcil puis, se penchant, la prit sous les bras et la remit debout :

– Je crains vraiment de vous avoir fait mal.

– Pas du tout, je vous assure... J'ai seulement été très surprise... Mais comment connaissez-vous si bien notre langue ?

– Je l'ai apprise parce que je l'aime. Je m'appelle Édouard Blanchard et je suis secrétaire à la Légation de France. Ou plutôt... j'étais puisqu'il n'y a plus de Légation... Et vous, qui êtes-vous ?

– Je... je travaille ici. On m'appelle Orchidée... ma sœur Pivoine et moi sommes... des réfugiées.

– Je sais. J'ai entendu parler de vous.

Ce fut ainsi que tout commença. Ce qui eût été impossible, impensable, inouï entre une jeune Mandchoue de haute naissance et un Diable blanc, la guerre qui les rassemblait dans un quartier assiégé le rendait quasi naturel. Les murailles, les gardes, les armes, les coutumes et les traditions qui se dressaient entre eux, voilà qu'ils disparaissaient comme par magie pour laisser l'un en face de l'autre un jeune homme et une jeune fille en qui s'incarnait la perfection même de deux races que tout opposait. Si Orchidée fut éblouie, Édouard ne le fut pas moins. Les cotonnades d'un bleu délavé qui enveloppaient la jeune fille telle une feuille de papier le fait d'un bouquet de fleurs ne parvenaient pas à cacher l'éclat de sa beauté. Édouard pensa que si jamais femme méritait son nom, c'était bien cette exquise créature née dans l'arrière-boutique d'un marchand de soieries. Assez grande pour une Asiatique, elle portait avec l'assurance d'une altesse sa tête fine casquée de cheveux noirs et luisants comme une laque précieuse. Sa peau ambrée teintait de rose ses hautes pommettes vers lesquelles s'étiraient d'immenses prunelles sombres moirées d'or. Les lèvres charnues, rouges et pulpeuses s'entrouvraient sur de petites dents nacrées qui les rendaient plus attirantes encore.

Depuis qu'il était arrivé en Chine, deux ans plus tôt, le diplomate avait été présenté à quelques-unes des plus fameuses courtisanes de Pékin, presque toutes très belles. Pourtant, aucune de ces femmes peintes et couvertes de bijoux ne dégageait une sensualité aussi prenante que cette vierge de seize ou dix-sept ans qui, très certainement, n'en avait aucunement conscience, et, tandis qu'Orchidée emportait dans son pavillon en ruine l'image radieuse d'un « prince né du soleil lui-même », Édouard éprouvait beaucoup de difficultés à détacher sa pensée – et ses désirs, il faut bien l'avouer – de la plus étrange infirmière qu'il eût jamais rencontrée. Il en oubliait les misères quotidiennes et les drames que généraient continuellement leur commune condition d'assiégés.

Lorsque deux êtres ont tellement envie de se rejoindre, il est bien rare qu'ils n'y réussissent pas. Entre le pavillon anglais où campait le personnel de l'ambassade française et le logis des deux Manchoues, la distance n'était pas grande : un petit pont et des arbres. Parmi ceux-ci, un saule dont les branches miraculeusement épargnées par la mitraille retombaient gracieusement sur un canal de Jade définitivement privé de son romantisme par les détritus qu'il charriait, mais, quand l'amour est là, que représentent quelques fruits pourris et quelques trognons de choux ?

A la tombée de la nuit, noire, étouffante, pleine des fumées d'incendies et des odeurs de mort qui remplaçaient depuis des semaines le lourd parfum des lotus épanouis, Orchidée venait s'asseoir sous le saule et attendait... Lorsque Édouard n'était pas de garde aux barricades il la rejoignait et tous deux, se tenant par la main comme deux enfants, arrivaient à oublier, parce qu'ils étaient ensemble, qu'ils n'avaient peut-être plus beaucoup de temps à vivre, mais cette idée ne troublait guère la jeune fille, naturellement brave. Elle n'était pas éloignée d'y voir la conclusion logique d'un roman impossible et de ce qu'elle savait bien être une trahison envers l'Impératrice. Et puis, Édouard lui avait juré qu'il ne la laisserait pas tomber vivante aux mains des Boxers...

La situation des Légations s'aggravait, en effet, de jour en jour. Les décombres s'accumulaient, les morts et les blessés aussi que le manque de médicaments condamnait à plus ou moins longue échéance. Les vivres n'allaient pas tarder à se raréfier mais pour ces deux êtres qui venaient de se découvrir, seuls comptaient ces moments de douceur qu'ils passaient l'un près de l'autre sans que personne eût le mauvais goût de venir les déranger. Leur secret, bien sûr, était celui de Polichinelle pour les sept cents habitants forcés de l'ambassade anglaise, mais il ne serait venu à l'idée de personne de le salir d'une pensée grivoise ou simplement inconvenante. La beauté, la dignité de la jeune Mandchoue forçaient le respect. Quant à Édouard Blanchard, que tous estimaient, on le savait incapable d'abuser des sentiments d'une enfant perdue en plein rêve.

Pivoine aurait pu agir en trouble-fête mais, chose curieuse, la « Lanterne rouge » semblait s'efforcer de mettre le plus de distance possible entre elle et sa prétendue sœur. Dans la journée elles vaquaient ensemble à leurs tâches mais dès la fin du jour, Pivoine disparaissait et ne revenait qu'à l'aube, le plus souvent harassée avec des vêtements qu'elle se hâtait de changer et lavait dans la journée.

Ce manège intriguait naturellement Orchidée mais à ses questions l'autre se contentait de répondre par l'un de ces sourires hermétiques dont elle avait le secret et par un bref :

– Je t'ai dit que j'avais un plan, que cela te suffise !

– Ne devons-nous pas agir ensemble ?

– Quand tout sera prêt, je te préviendrai. Contente-toi de jouer les bonnes petites esclaves avec les Barbares...

– Comment oses-tu me parler sur ce ton ? As-tu oublié qui je suis ?

– Je n'oublie rien, sois sans crainte, fit Pivoine avec

un sourire amer. Tu es une artiste pour en être arrivée à obtenir la confiance de ces gens. C'est d'un grand intérêt pour moi. Tu me sers de paravent en quelque sorte...

En fait, le lieutenant de Huang Lian-shengmu entendait bien accomplir seule la mission dont elle était chargée, rapporter elle-même le médaillon de jade et abandonner cette princesse Dou-Wan qu'elle haïssait à la fureur des Boxers quand ils envahiraient les retranchements étrangers, quitte, si celle-ci parvenait à s'en tirer vivante, à la dénoncer à la colère de Ts'eu-hi comme étant la maîtresse d'un Blanc.

Elle n'oubliait qu'une chose : Orchidée n'était pas stupide. En outre, l'enseignement des « Lanternes rouges » qu'elle possédait aussi bien que l'autre lui avait appris à suivre quelqu'un sans se faire voir. Aussi, justement inquiète de ce plan qu'on prétendait lui cacher, décida-t-elle, un soir où Édouard était de garde à une barricade, de se lancer sur les traces de Pivoine qu'elle surveillait depuis le crépuscule.

La croyant endormie, la Mandchoue quitta silencieusement le pavillon et s'enfonça dans le dédale des anciennes cours du Sou-wang-fou, l'antique palais du prince Sou. Légère et parfaitement impossible à entendre sur ses semelles de feutre, Orchidée vit que son guide involontaire se dirigeait vers la grande barricade d'entrée du Fou et, soudain, elle ne vit plus rien. Son cœur venait de manquer un battement quand elle distingua le reflet d'une chandelle : Pivoine était en train de s'enfoncer dans les caves d'une maison en ruine dont l'entrée fut facile à trouver. Guidée par la lueur et par les coups sourds qu'elle entendait à présent, Orchidée avança et comprit bientôt à quel ouvrage sa compagne travaillait nuit après nuit : à l'aide d'une pioche, elle démolissait un mur épais derrière lequel coulait un égout. De toute évidence elle cherchait à ouvrir un passage grâce auquel les Boxers pourraient envahir les Légations. Elle n'était pas au bout de ses peines : de l'autre côté du ruisseau puant il y avait un autre mur mais, au-delà, on devait pouvoir déboucher en dehors des fortifications européennes.

Orchidée revint sur ses pas en essayant de prendre des repères. Quelques semaines plus tôt, elle eût souscrit pleinement au plan de Pivoine mais à présent, l'invasion possible des Boxers lui inspirait une insurmontable terreur parce qu'elle donnerait le signal de la mort d'Édouard. Et quelle mort ! Il aurait certainement droit au supplice préféré des Chinois : le découpage vivant en quatre cent trente-deux morceaux. Elle avait déjà vu cela sans s'émouvoir outre mesure bien que ce fût franchement répugnant. A présent, la pensée de voir son bien-aimé livré aux couteaux des bouchers lui donnait la nausée.

Heureusement, l'ouvrage de Pivoine n'était pas encore assez avancé pour offrir un danger immédiat. Orchidée se promit de veiller au grain mais, encore sous le coup de l'émotion lorsqu'elle rejoignit son amoureux sous le saule, elle se laissa prendre un baiser et même encouragea le jeune homme à des gestes qu'il n'eût pas osés de lui-même :

– Si nous devons mourir bientôt, lui dit-elle, je veux que nous partions ensemble comme si nous étions époux.

– Je voudrais bien que nous puissions nous marier mais il faudrait que tu acceptes de devenir chrétienne.

– Qu'avons-nous besoin d'une religion ou d'un prêtre pour être l'un à l'autre ? Si tu me fais tienne, rien ne pourra plus nous séparer quand nous irons vers les Sources Jaunes...

Elle souriait tout en ôtant sa veste de cotonnade et en dénouant le cordon de sa chemise. Émerveillé, le jeune homme n'eut qu'à la recevoir dans ses bras et oublia toute notion de prudence. A cet instant, l'éclatement d'une bombe éclaira le ciel assez près pour secouer les branches flexibles du saule. Ils ne s'en aperçurent même pas et peu après, le tonnerre d'un canon servit seulement à couvrir le petit cri de douleur d'Orchidée au moment où elle devenait femme.

Par la suite, la conscience de ne plus faire qu'un avec son amant stimula son courage. Sachant bien que Pivoine garderait secrets ses projets, elle l'épia avec la patience d'un lama tibétain, essaya de lui arracher un mot ici ou là et finit par comprendre qu'elle pensait enlever la demoiselle américaine et la livrer aux Boxers pour lui faire avouer la cachette du Lotus. Or, si l'étrangère mourait sous la torture, Orchidée et ses semblables deviendraient des objets d'horreur aux yeux des autres Blancs. Édouard, peut-être, la rejetterait...

C'est ainsi qu'au début de la seconde semaine d'août, Orchidée, vers minuit, vit Pivoine se glisser dans le pavillon où dormaient plusieurs des femmes blanches puis ressortir peu après avec miss Alexandra. Comprenant alors qu'il n'était plus l'heure de tergiverser et que le danger pressait, elle courut à la recherche d'Édouard dont elle savait qu'il serait cette nuit à la redoute installée sur les ruines de la Légation de France. Or, il n'y était pas mais elle trouva deux hommes dont elle savait qu'ils étaient ses meilleurs amis : un des jeunes traducteurs du ministre français nommé Pierre Bault et un peintre, Antoine Laurens, arrivé à l'ambassade de France juste avant le début des hostilités.

Désespérée, elle essayait de leur expliquer ce qui se passait quand Édouard arriva armé d'un fusil et d'une tranche de pastèque destinée à être partagée. Dès lors, tout alla très vite : guidés par elle, les trois hommes trouvèrent sans peine le passage ouvert par Pivoine et s'enfoncèrent dans les entrailles de la terre après avoir ordonné à Orchidée de rester où elle était et de ne les suivre en aucun cas. Le mieux serait même qu'elle rentre chez elle car d'autres soldats allaient arriver pour garder le passage, mais elle s'y refusa. Cachée derrière un pan de mur elle attendit le résultat de l'expédition en s'efforçant de calmer les battements de son cœur qui résonnaient dans ses oreilles. Pendant un instant, ce fut le seul bruit qu'elle entendit et le silence lui parut plus angoissant que l'écho d'une bataille ; puis des marins arrivèrent pour prendre position à l'entrée des caves.

Seule dans son coin, Orchidée luttait contre les plus terribles suppositions : les trois hommes ne parvenaient pas à délivrer la jeune fille... ils se faisaient tuer. Pis encore, ils tombaient vivants aux mains des Boxers ! En ce cas, la jeune Mandchoue savait qu'elle ne survivrait pas à celui qu'elle aimait : si elle ne parvenait pas à le libérer, une ceinture attachée à la branche d'un arbre lui permettrait de le rejoindre.

Quand ils reparurent enfin au bout d'un temps interminable, la joie qu'elle éprouva fut si forte qu'elle trouva juste assez de force pour se jeter au cou d'Édouard sans se soucier des convenances. Qui donc y songeait d'ailleurs ? La victoire était totale. Non seulement la petite expédition rentrait intacte mais elle ramenait, plus morte que vive sans doute bien qu'en bon état, cette miss Alexandra au secours de qui elle avait couru.

– Malheureusement, dit Antoine Laurens, cette misérable femme nous a échappé.

– C'est aussi bien, soupira Édouard. Je n'aurais pas aimé devoir exécuter la sœur d'Orchidée.

– Elle n'est pas ma sœur, murmura la jeune fille qui avait compris le sens de ces paroles.

En ayant déjà trop dit, Orchidée raconta tout, avouant sans hésiter, avec un beau courage, qui elle était. Ce qui pouvait lui valoir la prison ou pis dans un quartier assiégé et si près de sa fin. Au lieu de cela, les trois hommes, après s'être concertés du regard, décidèrent d'un commun accord de confier la jeune fille à Mme Pichon. Risquant sa propre vie – la rancune de ses frères de race et surtout de l'Impératrice ne manqueraient pas de s'abattre sur elle –, la jeune princesse venait de sauver une fille de la libre Amérique. Et comme elle l'avait fait par amour, elle eut droit dès cet instant à beaucoup de sollicitude et de gentillesse. Il ne fut plus question pour elle de retourner dans son pavillon ruiné. Pivoine avait disparu et sa vengeance était encore à craindre.

Sûre, désormais, de mourir avec Édouard, Orchidée connut quelques jours d'un bonheur que tous deux étaient sans doute seuls à éprouver. Tout le monde attendait la catastrophe, eux vivaient sur un petit nuage bleu. Pour un peu, Orchidée eût souhaité que le siège durât encore de longs mois.

Il allait cependant vers sa fin. Le 14 août 1900, la colonne de secours tant espérée sans trop y croire s'enfonçait comme un coin de fer et de feu dans les bandes Boxers auxquelles Ts'eu-hi avait pris le risque d'adjoindre l'armée chinoise, atteignait Pékin et faisait son entrée dans la ville. Les cavaliers sikhs franchirent les premiers la vieille muraille tartare suivis des Américains, des Anglais, des Russes et des Japonais. Seuls les Français du général Frey manquaient encore à l'appel mais ils étaient occupés dans la plaine à nettoyer une poche de résistance. On ne les vit que le lendemain.

Une joie délirante, celle que l'on ressent dès lors qu'il est donné de remonter des enfers, envahit les rescapés de ce siège qui avait duré cinquante-cinq jours, mais cette allégresse Orchidée ne la partageait pas. Qu'allait-elle devenir à présent ? La Chine était vaincue. Sa puissance appartenait au domaine du passé. En outre, elle allait devoir payer de lourds dommages de guerre. Certes, les Boxers avaient disparu comme le vent de sable qui aveugle et empêche de respirer mais l'armée s'était écroulée avec eux. Il n'y avait plus de gouvernement chinois et l'on disait que Ts'eu-hi fuyait vers le nord sous la cotonnade bleue d'une paysanne. La Cité Interdite, si bien close depuis des siècles, s'ouvrait largement pour accueillir les chefs barbares. Le monde qui avait été celui de la princesse Dou-Wan s'éteignait. Il n'était pas certain qu'il y eût place dans le nouveau pour Orchidée.

Ne voulant pas être une charge ou une gêne pour celui qu'elle aimait, celle-ci décida qu'il lui fallait à présent retourner vers ce qui restait des siens. Plus personne n'avait besoin d'elle : Édouard était accaparé par mille tâches. Quant à miss Alexandra dont le père avait trouvé la mort, elle venait de quitter Pékin avec sa mère sans même un mot de remerciement pour celle qui l'avait sauvée. Au fond, c'était sans importance...

Un soir, tandis qu'Orchidée s'occupait mélancoliquement à rassembler dans un morceau de toile ses maigres biens, elle vit Édouard entrer dans sa chambre, portant avec précautions sur ses bras étendus une robe de satin couleur fleur de pêcher.

S'il s'aperçut des préparatifs de la jeune fille il n'en montra rien, déposa son fardeau sur la couchette puis, se retournant il s'inclina légèrement et sourit :

– Je suis venu te demander si tu veux m'épouser, Orchidée ?

– T'épouser ? balbutia-t-elle saisie. Tu veux dire...

– Je veux dire devenir ma femme. Est-ce que le mot ne serait pas clair pour toi ? M. Pichon me renvoie en France et je voudrais que tu m'accompagnes. Si tu veux, nous serons mariés demain.

– Comment est-ce possible ? Tu adores le dieu Christ et moi je n'en sais que ce que tu m'as appris.

– Cela suffira si tu l'acceptes. Mgr Favier pourrait te baptiser ce soir.

Pour toute réponse, Orchidée se jeta en pleurant dans les bras de son ami. Les portes de la vie, si cruellement closes l'instant précédent, venaient de s'ouvrir d'un seul coup pour laisser entrer une éclatante et joyeuse lumière. Que pouvait espérer de mieux cette jeune Mandchoue déracinée que partir avec celui qu'elle aimait et couler auprès de lui tout ce qu'il lui restait de jours à vivre ?

Le mariage qui eut lieu le lendemain en présence d'Antoine Laurens, de Pierre Bault, de l'ambassadeur Pichon, de sa femme et de quelques personnes fut très surprenant pour la nouvelle convertie. La grande cathédrale du Pé-Tang était certes un monument imposant mais elle avait beaucoup souffert des attaques subies. Ses murs, ses vitraux, ses voûtes étaient éventrés, troués comme des passoires et le soleil entrait plus qu'il ne l'aurait dû. Les grandes orgues elles-mêmes en avaient eu leur part et émettaient au moins autant de couacs et de ronflements bizarres que de sons harmonieux mais la mariée était ravissante et le marié rayonnait de bonheur.

Ensuite, il y eut le long voyage vers l'Europe : la mer qui n'en finissait pas plus que la félicité du couple. Follement amoureux de sa jeune épouse, Édouard Blanchard ne savait que faire pour la combler et, surtout, lui éviter toute impression désagréable car il était pleinement conscient de lui imposer un changement d'existence qui pouvait être difficile.

Tant qu'ils furent sur le bateau, Édouard évita de mettre Orchidée en contact trop étroit avec les autres passagers dont les indiscrétions auraient pu la choquer. Ils ne quittaient guère leur cabine que pour de longues promenades sur le pont. On les servait chez eux et, le reste du temps – le peu d'heures qu'ils ne passaient pas au lit à s'aimer – Édouard poursuivait l'éducation européenne de sa jeune femme. Tous deux bénéficiaient d'ailleurs de cette brillante aura qui nimbe les grandes amours. On se chuchotait autour des tables à thé ou des cocktails du bar l'histoire romantique autant qu'invraisemblable d'une fille naturelle de la fabuleuse Ts'eu-hi venue combattre aux côtés de son amant dans les atrocités du siège. On murmurait qu'elle possédait des charmes magiques et même – cela c'était la trouvaille d'une sentimentale baronne allemande qui avait trop lu *Tristan et Yseult* – qu'elle lui avait fait boire un philtre d'amour dans les souterrains d'un temple secret voué, pour on ne sait quelle obscure raison, à Kâli. Apparemment, la baronne mélangeait quelque peu les panthéons asiatiques.

Donc, on causait mais, en général, on laissait le jeune couple savourer en paix sa lune de miel. Ce n'était pourtant pas faute de le déplorer : les femmes grillaient d'aborder l'énigmatique princesse pour apprendre d'elle des secrets de beauté, les hommes rêvaient volontiers à elle, tous s'efforçant de percer les transparences des voiles dont elle s'enveloppait la tête pour sortir au bras de son époux.

En réalité, si Orchidée ne s'était sentie soutenue par l'amour passionné de son mari, elle eût trouvé que changer à ce point de civilisation constituait une rude épreuve. Tout était si nouveau, si étrange!

Il y eut d'abord l'utilisation de vêtements européens. Bien sûr durant les jours passés à la Légation britannique, l'œil d'Orchidée avait fini par s'accoutumer à la mode occidentale. Ce fut une autre affaire quand il fut question de l'y introduire.

Lorsqu'elle appartenait à l'entourage de l'Impératrice, la toilette de la jeune princesse obéissait à un rituel immuable : en sortant du bain, une suivante la revêtait de linge en soie parfumé puis d'une longue robe de satin, doublée ou non de fourrure suivant la saison, et d'une tunique de mousseline brodée. On lui passait des bas de soie blanche et enfin des chaussures mandchoues, en soie brodée et très hautes, dont les talons doubles se situaient au milieu de la semelle.

A présent, en dehors du linge qui était toujours en soie ou en fin linon, il fallait passer des pantalons dont l'utilité ne paraissait pas évidente puisqu'ils étaient fendus, des jupons ornés de jolies dentelles – ce qui n'avait rien de triste! – mais surtout un corset de satin blanc qui, sous un aspect débonnaire, n'était rien d'autre qu'un outil de torture.

Craignant une réaction toujours possible, Édouard se chargea personnellement du premier essayage, conseilla à sa jeune épouse de s'arrimer solidement à l'une des colonnettes qui supportaient le plafond de leur cabine et se mit à tirer sur les longs lacets. Naturellement mince et déliée, Orchidée eut tout de même l'impression que son époux essayait de la couper en deux. Le souffle lui manqua tandis que sa taille s'étranglait et que ses seins, cependant jolis, fermes et bien placés, lui donnaient l'impression de remonter jusque sous son menton... Habituée à une entière liberté du corps elle protesta :

– Est-il vraiment indispensable que je m'affuble de la sorte ?

– Indispensable, mon cœur ! Que vous soyez princesse ou petite bourgeoise ne fait rien à la chose : si vous ne portez pas le corset vous passerez pour une créature de mauvaise vie.

Les robes faites de tissus légers et ravissants consolèrent un peu la néophyte mais les chaussures posèrent un nouveau problème. Accoutumée aux pantoufles de velours à semelles de feutre ou bien aux très hauts patins sur lesquels une femme se devait de bouger aussi peu que possible afin de s'apparenter à une idole, Orchidée commença par trouver affreux et mal commodes les bottines et les escarpins, voire les cothurnes à talons hauts qui vous obligeaient à marcher sur la pointe des pieds. Mais il était si agréable ensuite de laisser Édouard les ôter, agenouillé devant elle, puis faire glisser doucement, en une longue caresse, la soie arachnéenne du bas brodé qu'elle s'y habitua vite.

En revanche, lorsqu'il voulut lui faire passer une robe du soir largement décolletée pour assister, au moins une fois, au dîner du commandant, elle s'y refusa farouchement : les trésors de sa beauté n'étaient destinés qu'aux seuls regards de l'époux. Il n'y avait que les courtisanes qui offraient leurs épaules et leur gorge à la concupiscence générale. Et cette fois, il fut impossible de l'en faire démordre. Par la suite, les meilleurs couturiers parisiens s'ingénièrent à créer pour la jeune Mme Blanchard des robes qui accumulaient autour du cou, heureusement long et mince, des fleurs, des bijoux, des dentelles, des tulles, des bandes de fourrure ou des écharpes de mousseline qui ne laissaient paraître la peau qu'en transparence. Et encore, pas beaucoup !

D'essayages en découvertes, le voyage maritime prit fin. Par comparaison avec la campagne chinoise, la France parut étonnamment riche à la nouvelle venue. Paris l'impressionna par ses dimensions, ses hautes maisons dont elle déplora qu'elles fussent uniformément grises mais il y avait de nobles palais, des statues dorées – bien que souvent fort indécentes! – et une rivière plantée de grands arbres. Il y avait aussi des jardins et Orchidée se réjouit d'habiter tout près d'un grand et beau parc auquel manquaient seulement la grâce colorée d'une pagode ou l'une de ces grottes tendues de soie comme il en existait dans les jardins de la Cité Interdite et à l'intérieur desquelles des sources dissimulées coulaient le long des murs et emplissaient des bassins pleins de poissons rouges. Par les fortes chaleurs de l'été, l'Impératrice et ses dames aimaient à s'y réfugier pour peindre, broder ou entendre de la musique.

Dans ce parc Monceau fermé de hautes grilles noir et or, il y avait surtout des enfants que l'on promenait sur des petits ânes et dans des voitures tirées par des chèvres. Ils portaient tous de beaux vêtements neufs et de grosses femmes coiffées de mousseline raide et tuyautée terminée par de longs rubans de soie qui volaient sur leur dos les escortaient... D'autres personnes venaient aussi s'asseoir sur des chaises de fer où l'on devait être fort mal.

Bien que la maison où Édouard installa sa jeune femme n'eût pas grand-chose à voir avec les palais fleuris de son enfance et qu'il fallût, pour l'atteindre, gravir l'un de ces escaliers de marbre couverts de tapis auxquels celle-ci s'habituait mal, elle plut tout de même beaucoup à Orchidée.

Passé une lourde porte de chêne verni aux cuivres étincelants, on pénétrait dans un univers d'épais tapis et de grandes tentures, rouges ou verts, un monde feutré, ouaté, moelleux, douillet, suprêmement confortable où capitons, poufs et coussins recommandaient le silence et semblaient placés là pour composer un écrin aux meubles satinés garnis de bronzes dorés, à une multitude d'objets précieux ainsi qu'aux vases et jardinières d'où jaillissaient fleurs fraîches et majestueuses plantes vertes. La pénombre convenable à tout intérieur élégant y régnait et, rassurée sur les goûts de son époux, Orchidée s'y enfonça voluptueusement comme une chatte dans un nid de velours. Seul point noir : il n'y avait pas d'esclaves. Rien qu'une femme déjà âgée toute vêtue de noir et blanc et un homme au regard terne – la jeune femme eut peine à croire qu'il ne s'agissait pas d'un eunuque ! – aux gestes compassés qui avait une curieuse façon de s'incliner devant elle en l'appelant « Mâdâme ! ». A vrai dire, ni l'un ni l'autre ne semblaient très heureux de son arrivée mais leur mine pincée amusa tellement Édouard qu'Orchidée ne se soucia bientôt plus de Gertrude et de Lucien. C'était tellement merveilleux de vivre jour après jour, heure après heure auprès d'Édouard, tout contre Édouard quand ce n'était pas dans les bras d'Édouard ! Lui seul comptait et, ainsi, Orchidée refusa qu'on lui trouve une femme de chambre parce que c'était trop délicieux d'être habillée – et surtout déshabillée par un mari qui ne la quittait jamais.

Cette présence incessante lui parut d'abord tout à fait naturelle car en Chine un homme de haute naissance ne sort guère de son palais sinon pour visiter ses domaines et se réjouir avec ses amis. A moins qu'il n'eût un poste à la Cour. Et il n'y avait pas de souverain en France.

Il lui fallut donc près d'une année pour soupçonner

le sacrifice qu'Édouard s'imposait par amour pour elle. Un an et la visite d'Antoine Laurens auquel Édouard demanda un jour de venir faire le portrait de sa femme. Ce jour-là, la séance de pose s'achevait. Orchidée se retirait pour changer de robe tandis que les deux hommes s'installaient dans la bibliothèque pour fumer un cigare et boire un verre de cognac. Elle se rappela tout à coup avoir oublié quelque chose, voulut les rejoindre et surprit alors leur conversation.

Antoine s'indignait du traitement infligé à son ami par le Quai d'Orsay qui réprouvait vivement son mariage avec une Mandchoue. La guerre en Chine avait causé trop de victimes et Blanchard, en dépit du plaidoyer chaleureux de Stéphen Pichon, son ancien ministre, fut mis en congé sans solde. Il affectait d'en rire, prétendant que cette sanction allait lui permettre de vivre à sa guise et qu'il possédait assez de fortune. Cependant le peintre demeurait persuadé qu'il ne disait pas la vérité : diplomate dans l'âme et promis à une belle carrière avant les événements de Pékin, il ne pouvait que regretter de se voir réduit à une vie oisive.

– Pas si oisive que cela ! Au lieu de faire l'Histoire je vais la raconter. Je pense écrire un ouvrage sur les empereurs mandchous... avec l'assistance de ma femme.

– Elle est exquise mais qu'en pensent vos parents ?

– Rien ! fit Édouard sèchement. Ils ne veulent même pas en entendre parler. Ma mère, en particulier, est intransigeante. Je l'ai déçue dans son orgueil. Elle rêvait pour moi d'une grande ambassade : Rome, Berlin, Londres ou Saint-Pétersbourg, sans oublier un mariage dans l'aristocratie qui eût permis à mes enfants d'ajouter une particule à un nom qu'elle juge un peu trop bourgeois...

– Vous avez épousé une princesse. Et impériale encore ! Elle devrait être enchantée ?

– Elle n'en croit pas un mot. Je m'attendais, je l'avoue, à une réaction peu favorable. Pourtant j'espérais un rien de compréhension. Elle m'a toujours montré beaucoup de tendresse... Mon père serait peut-être plus accommodant. Il est la bonté même. Un peu faible peut-être ? Il tient à vivre en paix. Un état toujours fragile avec ma mère... Quant à mon jeune frère, il ne s'intéresse guère qu'à ses plantes, ses essences... Une autre déception pour Maman qui l'accuse de n'être bon à rien. De toute façon, il peut vivre tranquille : je suis déshérité d'office ! La maison et même Nice me sont interdits.

– Le temps peut arranger les choses ?

– Puissiez-vous dire vrai ! C'est d'autant plus stupide que je suis certain qu'Orchidée les séduirait. En attendant, je suis heureux et bien décidé à ne laisser personne gâcher mon bonheur égoïste.

– Vous sortez tout de même un peu, j'espère ?

– On ne nous invite guère mais nous nous suffisons à nous-mêmes. Nous allons au théâtre, au concert, au restaurant. Partout sa beauté éclate et vous avez remarqué qu'elle parle à présent notre langue presque parfaitement. Je suis très fier d'elle et je pense la faire voyager...

Orchidée s'était retirée sur la pointe des pieds et jamais Édouard ne sut qu'elle avait entendu la condamnation de leur couple. Cela lui était égal d'ailleurs : ensemble et soudés ils pouvaient se passer du reste du monde puisqu'ils s'aimaient.

Dans la cheminée, le feu réduit à quelques braises roses dans un amas de cendres grises ne parvenait plus à maintenir la tiédeur de la grande pièce. Orchidée sentit que le froid, toujours plus vif vers la fin de la nuit, commençait à pénétrer. Élevée dans le rude climat de Pékin, étouffant en été, glacial en hiver, elle n'était pas frileuse ; néanmoins un frisson courut le long de son dos et elle se hâta de regagner son lit.

Curieusement, surtout après une nuit sans sommeil, la grande fatigue qu'elle éprouvait depuis qu'elle avait décacheté la lettre venait de la quitter. Il fallait à présent prendre une décision et la prendre vite. Au lieu de se lamenter sur l'absence d'Édouard appelé à Nice au chevet de sa mère malade, le mieux était de la mettre à profit.

Pas question, bien sûr, de repartir pour la Chine mais l'idée de causer une vraie joie à la chère Impératrice dont elle n'oubliait pas les bienfaits lui souriait d'autant plus qu'elle ne voyait rien de répréhensible dans le fait d'aller récupérer un objet sacré dans la maison d'en face, ce Musée Cernuschi qui n'était après tout rien d'autre que la maison d'un voleur, mort sans doute à cette heure mais qui n'en demeurait pas moins un voleur.

Orchidée pensa que le plus tôt serait le mieux. Elle disposait seulement de quatre jours pour accomplir son geste, gagner Marseille, où, en gare, elle remettrait l'objet à la personne qui l'y attendrait. Après quoi elle se hâterait de rentrer par le premier train. En la quittant l'avant-veille, Édouard avait annoncé une absence d'une semaine environ, ce qui donnait à sa jeune femme tout juste le temps d'offrir cet apaisement au cœur irrité de Ts'eu-hi qui, ensuite, accepterait peut-être de les laisser en vie, elle et son cher époux. Si le Ciel était avec elle, il serait même possible d'ajouter un ou deux objets à l'agrafe de Kien-Long. Ce qui réjouirait encore plus la vieille souveraine.

L'idée qu'en pillant un musée elle risquait d'être

prise en flagrant délit et arrêtée par la police, voire conduite en prison, n'effleurait même pas son esprit. D'abord elle se souvenait parfaitement des leçons « d'agilité manuelle » reçues chez les « Lanternes rouges », ensuite elle agirait pour une juste cause : rendre à son pays une partie du butin d'un affreux pillard... Une tâche exaltante !

Forte de sa résolution, Orchidée réussit enfin à s'endormir.

Dans l'après-midi, elle s'habilla chaudement d'une robe en lainage écossais dans les tons bleu sombre assortie d'une pelisse doublée de martre, mit des bottines fourrées, se coiffa d'un chapeau de velours bleu aux bords étroits qu'elle enveloppa d'une épaisse voilette destinée autant à la protéger du vent qu'à dissimuler son visage, prit un grand manchon de fourrure roulant autour d'une chaîne d'argent qu'elle passa à son cou, y fourra ses mains gantées de suède fin et annonça qu'elle allait faire un tour de promenade dans le parc.

– Mâdâme ne craint pas de prendre froid ? déclama Lucien de cette voix pompeuse qui semblait mettre des accents circonflexes sur toutes les voyelles.

– Non, non... Je viens d'un pays où l'hiver est plus rude qu'ici et j'ai besoin de prendre l'air.

Elle pensait que le parc s'imposait. Il eût été du dernier maladroit de se borner à traverser l'avenue pour s'engouffrer tout droit dans le musée. Elle y passerait dans une petite heure mais ne rentrerait pas directement chez elle et ferait quelques pas boulevard Malesherbes avant de regagner sa demeure.

Dans la matinée, une nouvelle chute de neige avait poudré les arbres et atténué, au long des allées, les souillures laissées par les pieds des promeneurs de la veille. Le paysage blanc était d'une grande beauté et le silence enveloppait le jardin où peu de monde s'aventurait par ce temps. Cependant Orchidée eût préféré qu'il y eût encore moins afin de mieux profiter de ce moment de solitude où elle allait rassembler ses forces.

Près de la Naumachie, elle reconnut la nurse et le petit garçon de son voisin, le banquier écossais Conrad Jameson mais elle résista à l'envie de s'approcher de l'enfant. Il lui plaisait beaucoup à cause des épaisses boucles noires qui frisaient autour de son bonnet de marin et de ses grands yeux sombres. Elle ne pouvait le voir sans évoquer l'enfant qu'elle souhaitait tellement donner à son époux. Malheureusement les dieux ne semblaient guère pressés de faire fleurir son mariage et, pensant qu'ils la punissaient ainsi d'avoir accepté le Christ, elle en éprouvait souvent de la tristesse en dépit des consolations que lui dispensait Édouard.

– Les enfants viennent parfois après plusieurs années. Il ne faut pas désespérer. Moi, en tout cas, je pourrais difficilement être plus heureux...

Cette fois, il était préférable que « Jamie » ne vînt pas vers elle comme il aimait à le faire en dépit des mines courroucées de sa gouvernante et elle s'éloigna. L'heure approchait où elle allait accomplir son devoir. Tournant les talons elle se dirigea sans hâter le pas mais avec décision vers l'ancienne demeure de M. Cernuschi, franchit le porche formé par deux colonnes doriques étayant un balcon à balustre de part et d'autre duquel, presque à hauteur du second étage, brillaient comme des yeux jaunes deux médaillons en mosaïque dorée habités respectivement par Léonard de Vinci et Aristote.

Deux ans plus tôt elle avait obligé Édouard à lui faire visiter le musée dans l'espoir de retrouver un peu l'ambiance de son pays natal. Une bien désagréable expérience! Les beaux objets de l'antique Empire chinois ainsi alignés dans des vitrines sombres lui firent l'effet de ces prisonniers que l'on mettait en cage pour les offrir aux insultes et aux quolibets de la populace. Même ceux qui venaient de ce pays ennemi qu'on appelait le Japon lui inspirèrent de la pitié. Cependant, possédant une sûre mémoire visuelle, Orchidée savait encore exactement où se trouvait ce qu'elle cherchait.

En dépit de sa détermination, le cœur lui battait lourdement tandis qu'après avoir pris un billet d'entrée, elle gravissait le grand escalier de pierre montant aux salons du premier dont la pièce principale était une immense salle prise sur deux étages, éclairée par une longue verrière. Là régnait l'œuvre maîtresse de la collection : le Grand Bouddha du Hanriûjy rapporté en 1868 par Cernuschi d'un quartier de Tokyo. Le plus honnêtement du monde, d'ailleurs : à cette époque, les temples détachés de l'Empire par décret vendaient leurs œuvres pour survivre. Lors de sa première visite Édouard avait bien expliqué ce détail à une Orchidée profondément blessée de voir Bouddha, même coulé dans un bronze japonais, installé sur un socle devant lequel ne brûlaient ni chandelle ni bâtonnets d'encens. Aucune pénombre propice à la prière dans cette grande salle froide : rien que des vitrines! Elle était sortie en pleurant.

Cette fois il fallait y retourner. La vie d'Édouard, la sienne propre allaient se jouer sur son courage et ce fut du pas paisible d'une simple visiteuse qu'elle entra dans le jour blême dispensé par la verrière et alla s'asseoir sur une banquette de velours disposée face à l'immense statue pour ceux qui souhaitaient méditer. Les Blancs faisaient parfois preuve de curieuses et dérisoires délicatesses.

Un long moment, Orchidée resta immobile sur son siège, regardant le Bouddha qui semblait lui sourire et attendant l'instant propice. En effet, un gardien en uniforme bleu se tenait adossé au chambranle de la porte. De sa place, il lui suffisait de tourner légèrement son regard pour apercevoir l'agrafe de turquoises et d'or reposant parmi d'autres objets de bien moindre valeur arrangés sans goût, comme si l'homme chargé de ce musée avait sorti de sa poche un paquet de bijoux et les avait jetés au hasard sur une plaque de feutre rouge.

La chance servait la jeune femme : elle se trouvait seule dans la salle. Il suffisait d'attendre que le gardien s'éloigne un peu... Les nerfs tendus elle concentrait sa pensée sur ce vieil homme comme si elle possédait le pouvoir de le chasser. Et, soudain, il bougea, fit quelques pas les mains nouées derrière le dos, alla se poster devant une fenêtre pour regarder distraitement le parc enneigé et enfin se dirigea vers la pièce voisine où une voix se faisait entendre.

Dès qu'il eut le dos tourné, Orchidée fut debout, glissa sans bruit jusqu'à la vitrine. De son manchon, elle tira une longue épingle à cheveux qu'elle introduisit avec décision dans la serrure de cuivre. Ce n'était pas la première fois qu'elle usait de ce genre d'outil et le pêne céda rapidement. Dès lors, ouvrir la vitre, glisser la main à l'intérieur, saisir le bijou, le fourrer dans le rouleau de martre doublé de satin et refermer sans bruit fut l'affaire d'un instant. Revenir à sa place et y reprendre sa pose contemplative, celle de deux ou trois secondes.

Sous sa voilette et ses fourrures, Orchidée avait très chaud. L'émotion, bien sûr. Mais aussi une joie étrange à sentir sous ses doigts gantés le bosselage de pierres fines qui ornait jadis le manteau du grand Kien-Long après en avoir décoré beaucoup d'autres. On disait en effet que, si l'Empereur tenait tellement à ce bijou c'était à cause de son ancienneté et du fait que, bien des lunes avant lui, il fermait la robe de l'empereur-poète Taizu, fondateur de la dynastie Song. Lorsqu'il appartenait à l'époux de Ts'eu-hi, celle-ci brûlait de se le faire offrir mais sans jamais y parvenir car Hien-Fong lui attribuait une puissance magique. Ce qui n'avait pas empêché les Diables blancs de le voler à leur aise dans le Palais d'Été mis à sac.

Quand le gardien revint prendre son poste, Orchidée se leva puis, très tranquillement, fit le tour de la salle, admirant les objets exposés, se penchant parfois pour mieux voir car ils n'étaient éclairés que par la verrière et le jour d'hiver commençait à baisser... Toujours du même pas nonchalant, elle poursuivit sa visite, regagna le rez-de-chaussée, s'y attarda un moment devant l'autre trésor du musée : le « kien » ou miroir, grand bassin de bronze ainsi nommé parce que l'eau qu'il contenait devait refléter les torches des cérémonies nocturnes. Finalement elle quitta le musée, rentra dans le parc et, marchant cette fois à vive allure, rejoignit d'abord la rue de Monceau puis le boulevard Malesherbes. A sa grande satisfaction, il faisait presque nuit lorsqu'elle rentra chez elle. Le bleu sourd de son costume devait se fondre à merveille dans le crépuscule et si ses bottines étaient trempées elle n'en était que plus satisfaite.

– Mâdâme n'aurait pas dû marcher si longtemps! reprocha Lucien en constatant les traces un rien boueuses qu'elle laissait sur les tapis, Mâdâme aura pris froid et Monsieur Édouard ne sera pas content...

– Je vais me changer. Dites à Gertrude qu'elle me porte ensuite le nécessaire pour le thé dans le cabinet à écrire de Monsieur!

Le valet s'éloigna en pinçant les lèvres. Cette affaire de thé avait la vertu de mettre sa cuisinière de femme en fureur. Gertrude se vantait en effet de savoir préparer ce breuvage selon les meilleures méthodes anglaises mais Orchidée détestait le « tea » ainsi accommodé. C'était le seul point sur quoi elle ne transigeait jamais : elle entendait le boire à la mode de son pays. Le matin elle prenait du café très noir et très parfumé comme Édouard lui avait appris à l'aimer.

– Je veux bien qu'elle soit princesse, glapissait quotidiennement la cuisinière, mais elle ne m'apprendra pas mon métier. Encore heureux qu'elle ait renoncé à exiger les « jeunes feuilles » cueillies sous je ne sais quelle lune ! Je me demande ce qu'en penserait Mme Blanchard mère ? Elle est bien avisée de ne pas vouloir la rencontrer. Jolie belle-fille qu'elle a là !

Elle n'en disposa pas moins sur un plateau d'argent ce que la jeune femme demandait.

Lorsque le thé fut prêt, Orchidée entoura de ses deux mains le bol de fine porcelaine verte et huma, les yeux clos, ce parfum qui possédait le pouvoir de la ramener aux temps insouciants d'autrefois puis elle y trempa ses lèvres avec une sorte de respect. Édouard à ses côtés, la première tasse eût été pour lui : elle la lui aurait présentée dans un geste d'offrande rituelle qui le faisait sourire.

L'absence de son mari l'oppressait d'autant plus qu'en dépit de sa promesse il n'envoyait pas de nouvelles. Et puis il y avait cette mission, ce voyage qu'elle allait accomplir seule et qui l'inquiétait dans la mesure où, l'automne précédent, une lettre d'Antoine Laurens trouvée à leur retour d'Amérique leur avait appris la présence de Pivoine en France. La police était alors à sa recherche pour l'assassinat d'un vieil homme et rien ne disait qu'elle eût été capturée. Toutes incidences peu propices à dissiper les idées déprimantes.

La nuit venue, couchée dans le lit où son corps semblait se perdre dans une immensité grandissante, Orchidée, incapable d'apaiser le tournoiement de ses pensées, chercha en vain le sommeil. Un poème de Kouan Hank'ing, vieux cependant de sept siècles, hantait sa mémoire avec une fraîcheur d'actualité :

Lumière éteinte de la lampe d'argent, spirales d'encens [envolées...
Je me glisse sous la soie des courtines, les yeux noyés [de pleurs, seule !
Quelle langueur quand je m'étends sur ma couche, si [seule maintenant :
La mince couverture me semble encore plus mince
A demi tiède, à demi froide...

Bien souvent Ts'eu-hi chantait ces vers qu'elle avait mis en musique et toujours des larmes involontaires montaient à ses yeux. Orchidée ne pleurait pas mais à chaque instant, l'absence de son époux lui semblait plus lourde à porter... Pourtant, elle avait besoin de tout son courage.

Se souvenant soudain de la tisane déposée par Gertrude sur sa table de chevet, elle vida la tasse d'un seul coup et se sentit mieux. Tellement même qu'elle plongea bientôt dans un profond sommeil.

Un hurlement la réveilla et la jeta, le cœur fou et les jambes flageolantes, à bas de son lit. La tête encore embrumée, elle tâtonna à la recherche d'un peignoir dont elle se vêtit à la hâte et courut en direction du bruit. Des gémissements succédaient au cri et guidaient ses pas...

A son tour, elle cria :

– Que se passe-t-il ? Qu'y a-t-il ?

Personne ne répondit mais quand elle franchit la porte du cabinet de travail, elle dut se cramponner au chambranle, le cœur arrêté : un corps était étendu sur le tapis, face contre terre, un corps qu'un poignard planté entre les épaules clouait au sol, un corps enfin qui était celui d'Édouard.

CHAPITRE II

EN PLEIN CAUCHEMAR...

Assis au bord d'un fauteuil, les coudes aux genoux et les mains pendant entre ses jambes écartées, le commissaire Langevin contemplait, perplexe, la jeune femme qui lui faisait face. Croire à sa culpabilité lui paraissait invraisemblable en dépit des accusations quasi hystériques de la cuisinière et de celles, plus calmes mais aussi venimeuses, du valet. Le spectacle qu'elle offrait était à la fois plein de dignité et de désolation. Elle se tenait très droite sur la « chauffeuse » placée de l'autre côté de la cheminée, ses petites mains parfaites posées sagement sur ses genoux, mais son regard était fixe et des larmes incessantes glissaient le long de ses joues lisses jusque sur le satin couleur prune de la robe chinoise qu'elle avait revêtue instinctivement comme si ce vêtement de son pays pouvait la protéger des maléfices occidentaux.

Par son ami Antoine Laurens, le policier avait entendu vanter la beauté de la jeune Mme Blanchard mais, ne l'ayant jamais rencontrée, il en faisait la découverte. Ravissante, en vérité! Sans le léger étirement de ses longs yeux noirs, elle eût pu passer pour une Italienne ou une Espagnole mais ce faible signe de race lui conférait un charme exotique et captivant.

Langevin comprenait que le diplomate limogé, dont le roman d'amour avait défrayé un temps la chronique parisienne, eût perdu la tête pour une telle femme. Seulement les potins disaient aussi que la « princesse mandchoue » était plus éprise de son époux qu'il ne l'était d'elle. Alors comment expliquer ce meurtre brutal en faisant abstraction des ragots de cuisine ? L'arme du crime était un élégant poignard chinois rapporté de Pékin dont Blanchard se servait comme coupe-papier. Un objet familier pour sa jeune femme mais il avait fallu de la force et surtout une implacable détermination pour l'enfoncer jusqu'à la garde dans le torse bien musclé d'un homme sportif et en pleine force. D'autre part, la pièce d'où le cadavre venait d'être enlevé était dans un ordre parfait et ne présentait aucun signe de lutte. A moins que les domestiques n'eussent tout remis en place avant l'arrivée de la police ?

Langevin poussa un profond soupir. Jusqu'à présent, il n'avait réussi à obtenir de Mme Blanchard que peu de mots, toujours les mêmes : « Ce n'est pas moi... Je ne l'ai pas tué. » Il fallait en tirer autre chose...

– Madame, fit-il avec une fermeté qui n'excluait pas la douceur, il faut que vous me parliez ! J'ai besoin de savoir ce qui s'est passé ici. J'ajoute que vous en avez besoin autant que moi, plus peut-être...

Le regard absent se fixa sur lui :

– Il ne s'est rien passé, rien du tout.

– Comment pouvez-vous dire cela ? Votre époux est mort.

– Il est mort... oui... mais je ne sais pas comment...

– Nous pouvons essayer de le trouver ensemble. Qu'avez-vous fait cette nuit ?

– J'ai dormi. Que pouvais-je faire d'autre en l'absence de mon seigneur ?

La formule archaïque, normale peut-être en Chine mais si peu usitée en Europe, arracha l'ombre d'un sourire au commissaire.

– Vous prétendez qu'il n'était pas chez lui ?

– Je l'affirme. Il y a deux jours, il a reçu la... la lettre électrique écrite sur un papier bleu. Ne l'avez-vous pas trouvée ?

– Où était-elle ?

– Mais... là, sur la table à écrire. Il l'a laissée sur ces papiers. Je n'y ai pas touché.

– Quelqu'un d'autre a pu le faire. Que disait ce télégramme ?

– Qu'il devait aller très vite auprès de sa mère qui est malade avec gravité. Il a pris le train pour aller vers elle.

– Vous dites qu'il est parti pour Nice ?

– Oui. C'est là que demeurent ses parents vénérés

– Vous les connaissez ?

– Non. Jamais je ne suis allée vers eux. Je crois qu'ils ne désiraient pas ma venue.

Langevin se surprit à éprouver un certain plaisir à entendre cette voix douce et un peu voilée. Néanmoins il ne fallait pas qu'il s'y laisse prendre. Cette femme venait d'un pays où l'on s'entend à dissimuler ses sentiments. Il était même étonnant qu'elle montre ainsi sa douleur en laissant couler ses larmes.

– Donc, vous dormiez, reprit-il. Racontez-moi comment vous vous êtes réveillée, ce que vous avez fait :

– J'ai entendu des cris de femme... Gertrude, je pense. Je me suis levée et j'ai couru ici. Alors... j'ai vu

– Votre mari a dû rentrer dans la nuit. Vous ne l'avez pas vu, pas entendu ?

– Non. Je dormais.

Le commissaire poussa un soupir, se leva et se mit à

arpenter le tapis les mains nouées derrière le dos. En passant devant Orchidée, il lui tendit soudain un grand mouchoir à carreaux, parfaitement propre d'ailleurs, qu'il venait de tirer de sa redingote :

– Essuyez-vous les yeux et tâchez de pleurer un peu moins ! J'ai des choses graves à vous dire !

La brusquerie soudaine du ton offensa Orchidée. Elle ne prit pas le tissu offert mais tira de sa manche un carré de batiste et de dentelle dont elle tamponna machinalement ses yeux rougis :

– Ne pouvez-vous me parler sur un autre ton ? fit-elle avec dignité. Je ne suis pas accoutumée à ce que l'on me manque de respect.

Langevin arrêta net sa promenade et considéra la jeune femme avec stupeur :

– En quoi vous ai-je manqué de respect ?

– Je suis de sang impérial. Chez nous, il est indécent que les gens de police puissent s'approcher de moi autrement qu'à genoux et en frappant la terre de leur front. Or vous venez de vous adresser à moi sur un ton rude et dépourvu de courtoisie.

Abasourdi, le commissaire se laissa choir sur le premier siège venu et observa cette adversaire d'un nouveau genre comme si elle tombait d'une autre planète.

– Si je vous ai offensée je vous en demande mille pardons, grimaça-t-il, mais puis-je vous rappeler que vous êtes accusée d'avoir tué votre époux d'un coup de poignard ?

– Accusée par qui ?

– Vos serviteurs. Ils prétendent que M. Blanchard n'a pas quitté cette maison comme vous le dites et qu'hier soir, las de votre jalousie, il est allé passer la soirée... on ne sait où mais avec une femme qui est sa maîtresse depuis plusieurs mois...

– Mon mari ? Une maîtresse ? s'écria Orchidée indignée. Vous voulez dire sans doute une concubine ?

– C'est... à peu près ça !

– Il n'y a jamais eu d'autre femme ici ! Je suis première et seule épouse au foyer de mon seigneur. Si vous voulez parler d'une femme de mauvaise vie... je peux vous garantir qu'il n'a jamais eu le temps d'en fréquenter une. Et je vous assure qu'il est parti il y a deux jours...

– Encore une fois, vos serviteurs disent tout autre chose : votre époux est sorti, hier soir, en dépit du mécontentement que vous en éprouviez. Vous ne vous êtes pas couchée et vous avez attendu son retour.

– Je vous dis que je dormais et profondément. J'avais demandé que l'on me fasse une tisane apaisante...

– Dont on n'a retrouvé aucune trace. Permettez-moi de continuer ! M. Blanchard est rentré vers trois heures du matin. Vous l'attendiez et vous vous êtes disputés. D'un mot en est venu un autre... et vous l'avez frappé avec le couteau qui se trouvait sur ce bureau.

– Qui a bien pu vous raconter une fable aussi insensée ?

– Votre cuisinière. Elle ne réussissait pas à digérer le boudin mangé à son dîner et elle est descendue se faire un peu de thé. Elle a tout entendu.

Orchidée eut une exclamation de colère. Cet homme semblait tellement sûr de son fait !... Elle savait depuis longtemps que le valet et la femme de cuisine la détestaient. Cependant elle n'était pas femme à se laisser accabler sans réagir : elle se força au calme et leva sur le policier des yeux enfin secs :

– Je ne sais pas pourquoi ces gens mentent mais ils mentent. De cela je suis certaine. Jamais aucun nuage ne s'est élevé entre mon cher époux et moi et j'aurais préféré perdre la vie que lui déplaire. Pourquoi, au lieu d'accorder tant de crédit à ces gens, ne pas essayer d'apprendre ce qu'il en est de la santé de la mère vénérée ?

– Soyez certaine que nous allons nous en préoccuper. Vous connaissez leur adresse ?

– Vous voulez dire le lieu où ils habitent ? Je sais seulement qu'il s'agit d'une ville appelée Nice. Le lieu de la maison doit être inscrit sur le carnet de cuir vert posé près de la plume, sur le bureau.

L'entrée soudaine de Gertrude coupa court au dialogue. Débarrassée de son tablier et de sa coiffe, la cuisinière, toute de noir vêtue, ressemblait à une Érinye. Le regard lourd de mépris dont elle enveloppa la jeune femme en disait long sur ses sentiments. Le commissaire fronça les sourcils :

– Il est dans vos habitudes d'entrer sans frapper ?

– Je prie Monsieur le Commissaire de m'excuser. Le trouble... l'indignation... le chagrin...

– Abrégez ! Que voulez-vous ?

– Savoir ce que Monsieur le Commissaire compte faire afin de prendre une décision.

– Quelle décision ?

– Justement ! Cela va dépendre mais je suppose que vous allez arrêter cette femme ?

Le calme auquel Orchidée s'obligeait vola en éclats. Elle se dressa et tendit vers la porte un doigt que la fureur faisait trembler légèrement :

– Sors d'ici, larve immonde ! Tes mensonges ignobles devraient emplir ta bouche de poison. Tu as osé insulter ton maître en prétendant que sachant sa mère vénérée malade il n'a pas couru auprès d'elle. Va-t'en ! Je te chasse !

L'interpellée haussa les épaules puis, goguenarde, se tourna vers le commissaire :

– Vous voyez ce que ça donne quand elle est en colère ? Si vous l'aviez entendue cette nuit ! Elle a dû réveiller les voisins du dessus !

– Comptez sur moi pour le leur demander mais, en attendant, sortez d'ici ! Vous n'avez pas à me dicter ma conduite.

Gertrude baissa pavillon aussitôt :

– Pardonnez-moi mais il faut me comprendre : je suis tellement bouleversée ! Je... je ne peux pas supporter de vivre une heure de plus avec cette créature. Si vous ne l'emmenez pas nous... nous préférons partir, mon époux et moi.

– Vous allez demeurer ici et continuer à assurer votre service ! Je n'en ai pas fini avec vous. Quant à Mme Blanchard, j'ai besoin d'en savoir un peu plus sur elle aussi. En conséquence personne ne bouge jusqu'à nouvel ordre ! Deux de mes hommes vont rester afin de s'en assurer. La famille de M. Blanchard sera prévenue et prendra les décisions qui s'imposent pour l'appartement et les serviteurs lorsque l'enquête aura pris fin. Madame, je vous salue !

La cuisinière sortit et Langevin allait la suivre quand Orchidée le retint :

– Cela veut-il dire que vous me croyez coupable... et que vous pensez m'arrêter ? Mais je n'ai rien fait, je vous le jure ! Et je vous jure que mon cher Édouard est parti pour aller à Nice !

– Dans l'état actuel des choses, je ne crois personne ! fit sévèrement le policier. Je ne vous cache pas que les charges sont plutôt de votre côté. Cependant je ne saurais vous conduire en prison sans avoir effectué certaines vérifications. Momentanément, un policier va rester dans cet appartement et un autre à la porte de la maison. Nous nous reverrons demain !

Le ton était sec, glacial. Orchidée comprit qu'il était inutile d'ajouter quoi que ce soit. Elle se contenta de hocher la tête puis, glissant ses mains glacées au fond de ses manches, elle se détourna et regagna sa chambre. Ce grand cabinet de travail où Édouard ne reviendrait plus lui devenait odieux, inhabitable. La chambre où tous deux avaient vécu tant d'heures délicieuses le serait sans doute bientôt mais, pour l'heure présente, elle gardait encore l'apparence d'un refuge. Pour combien de temps ? Demain, peut-être, si ce cauchemar absurde ne se dissipait pas, les hommes de police viendraient la chercher pour la jeter au fond d'un cachot ?

Assise au bord de son lit, la jeune veuve écouta décroître, puis s'éteindre, les bruits de pas, l'écho des voix. Elle ne savait plus que faire, que penser. La mort brutale de son époux la jetait dans un désarroi profond qu'il lui semblait impossible à surmonter. C'était comme si, pour échapper à des poursuivants, elle venait de fournir une longue course et se retrouvait soudain au fond d'une impasse tandis que la meute lancée sur ses traces accourait pour la dévorer.

Enfin, après un long moment de prostration, une sorte d'instinct animal se manifesta. Elle était trop jeune et trop vivante aussi pour accepter la perspective d'achever ses jours en prison. Alors elle s'efforça d'écarter rien qu'un instant de son esprit la douleur cuisante pour essayer, sinon de comprendre ce qui lui arrivait, du moins de raisonner. Il y avait dans ce drame quelque chose qui n'allait pas, quelque chose d'illogique et même d'absurde.

Tout à l'heure, lorsqu'elle s'était agenouillée auprès du corps d'Édouard assassiné, sa pensée avait accusé d'instinct ses frères de race et surtout l'auteur de la lettre. Maintenant, l'idée lui venait qu'elle se trompait peut-être car l'ultimatum était formel mais clair : sa vie et celle de son époux ne seraient en péril que si elle refusait d'obéir. Or, jusqu'à présent elle s'était conformée scrupuleusement aux ordres reçus. Alors pourquoi donc la « Mère du Lotus jaune » aurait-elle fait exécuter Édouard au risque de perdre à jamais toute chance de retrouver l'agrafe précieuse ? En outre, jamais la guerrière ne manquerait à sa parole, surtout lorsqu'elle prenait soin de l'exprimer par écrit.

Enfin, et en admettant que le crime fût l'œuvre des Mandchous, pour quelle raison les misérables valets Lucien et Gertrude se seraient-ils efforcés de cacher le départ de leur maître et auraient-ils inventé cette scène de jalousie terminée dans le sang ? Pour quelle raison auraient-ils tenté de dissimuler la culpabilité de gens qu'ils devaient détester par nature ?

L'homme de la police, lui aussi, posait un problème à la jeune femme. Lorsqu'il l'avait conduite dans le cabinet de travail, il lui était apparu d'abord comme un homme doux et courtois. Avec son visage las encadré de cheveux gris, d'une barbiche et d'une longue moustache il faisait penser au sage et lettré Li Yuan, l'un des rares hommes de sa famille qu'Orchidée eût jamais rencontrés au palais et elle se sentait prête à lui accorder sa confiance mais, à mesure qu'il l'interrogeait, le ton se durcissait et elle comprit bientôt que les calomnies des domestiques débitées avec tant d'assurance faisaient leur chemin dans son esprit. Très certainement, il en arrivait à la considérer comme une meurtrière. N'était-elle pas déjà prisonnière dans sa propre maison ?

Elle en eut la preuve quand, vers midi, quelqu'un gratta à sa porte pour lui annoncer le déjeuner. Il était servi dans la salle à manger et elle pouvait passer à table.

Le nouveau venu était sans doute l'homme le plus grand qu'Orchidée eût jamais vu. Vêtu d'un costume noir, d'une chemise blanche, d'un col en celluloïd et d'une cravate noire qui ressemblait à une ficelle, il avait un peu l'air d'une armoire entrouverte. Sur le tout s'épanouissait un large visage rose et frais auquel une moustache rousse, martialement retroussée, tentait vainement de donner un air féroce. Ce en quoi elle perdait son temps car elle ne pouvait pas grand-chose contre deux attendrissantes fossettes et des prunelles d'un bleu de myosotis particulièrement délicat. Des mains comme des battoirs à linge et des pieds comme des péniches dans des brodequins de cuir noir bien cirés complétaient l'ensemble.

Quand on le voyait pour la première fois, on ne savait trop que penser mais, en fait, l'inspecteur Pinson, plus connu à la Préfecture sous le sobriquet de Beau-Merle, cachait sous son aspect formidable le courage d'un lion et l'âme candide d'une demoiselle. Doué en outre d'un heureux caractère il sifflait avec talent et une nette préférence pour *le Temps des cerises*. Lorsque l'on entendait la fameuse mélodie, on pouvait être certain que l'inspecteur Pinson croisait dans les parages.

Son apparition dans la chambre d'Orchidée plongea celle-ci dans un grand étonnement :

– Qui êtes-vous et pourquoi vous permettez-vous d'entrer chez moi ? Je ne vous ai jamais vu...

– Ça tient à ce qu'on ne s'est jamais rencontrés, répliqua Pinson dans la meilleure tradition de M. de La Palice. Le patron m'a chargé de garder la boutique mais il a pas dit qu'on devait vous empêcher de manger.

– Je n'ai pas faim...

– On a toujours faim à votre âge et puis les émotions, ça creuse...

– Qui a fait la cuisine ?

– Ben... les deux pèlerins qui sont là pour ça !

– Je ne mangerai plus rien qui ait été préparé par cette femme. Elle a osé m'accuser et elle serait capable de me donner du poison.

– Ça serait une fichue idée ! J'aurais plus qu'à l'embarquer. Mais je vous comprends. Vous voulez que j'aille vous chercher quelque chose ?

– Si cela ne vous ennuie pas... je voudrais du pain, du beurre et des fruits. Un peu de vin aussi.

Au prix de sa vie, l'inspecteur eût été incapable de dire pourquoi cette jolie fille sur qui pesaient de telles présomptions lui inspirait une sorte de sympathie et l'envie de l'aider. Ce n'était pas à cause de sa beauté : elle n'était pas du tout son type de femme, mais il y avait en elle quelque chose de douloureux qui le touchait.

– Je vois ! rien de dangereux ! fit-il avec un bon sourire. Je vais vous préparer ça moi-même. Après... vous devriez essayer de vous reposer un peu parce que vous n'en avez pas fini avec les questions.

– Pourquoi poser des questions si l'on ne croit pas les réponses ? Votre chef est sûr que j'ai tué mon mari...

– Il vous l'a dit ?

– Presque... Quand doit-il revenir ?

– Je ne sais pas mais si vous êtes innocente, je suis sûr qu'il s'en apercevra. Il en a pas l'air mais c'est un as.

Un moment plus tard, Orchidée s'attaquait au petit repas servi par Pinson. Depuis longtemps, en effet, elle savait qu'il convient de nourrir le corps de choses saines et simples avant de se lancer dans une bataille. Or elle venait de décider qu'elle se battrait jusqu'à son dernier souffle pour sa vie et sa liberté ; ce qui pour elle était la même chose ! A présent, elle se trouvait isolée en pays ennemi car elle ne gardait aucune illusion sur ces gens de France chez qui elle vivait depuis près de cinq années : elle n'avait rien à en attendre sinon l'injustice, l'insulte et l'oppression. Il fallait partir et vite !

Sa première idée, la plus naturelle, fut d'attendre la nuit mais il se pouvait fort bien que l'on vînt la chercher dès ce soir. Donc, il était urgent de fuir. Destination ? Marseille, bien entendu ! Marseille où elle serait attendue après-demain afin d'embarquer pour la Chine, seul endroit au monde qui lui offrît encore un avenir.

Une fois de plus, mais dans un esprit bien différent, elle relut la lettre qui lui faisait si peur la veille encore et qui, désormais, prenait les couleurs de l'espoir. Retourner là-bas ! Revoir son cher pays, ses amis d'autrefois, implorer le pardon de Ts'eu-hi et puis couler auprès de sa sagesse des jours un peu mornes, peut-être, mais sereins ! Car, bien entendu, elle n'envisageait nullement de tendre au fils du prince Kung une main qui gardait encore chaud le souvenir de celles d'Édouard. Tout ce qu'elle demandait était qu'on lui permît de vivre en paix son veuvage.

Oui, il serait doux de revoir les murs rouges de la Cité Interdite et ses magnifiques jardins dont elle savait qu'ils n'avaient pas eu à souffrir de la colère des troupes alliées victorieuses après le siège des Légations. Et puisqu'on lui refusait jusqu'au droit de rendre les derniers devoirs au corps d'un époux bien-aimé, elle était décidée à ne pas rester une heure de plus dans cette maison.

Son déjeuner achevé, elle fit ses préparatifs, prit un sac de voyage suffisamment grand pour contenir un peu de linge et des objets de première urgence, mais assez petit pour se dissimuler facilement sous les amples plis d'une grande cape en velours de laine rouge foncé ourlée et doublée de renard noir assortie à une robe soutachée de soie rouge et noir. Il eût été de la dernière maladresse de reprendre les vêtements utilisés pour cambrioler le musée d'en face.

Dans son bagage, elle mit aussi l'agrafe de l'Empereur, ses bijoux et l'importante somme d'argent qu'Édouard, toujours soucieux de la gâter et de lui plaire, lui avait remise avant de partir. En or et en billets, il y avait là de quoi vivre pendant un certain temps, bien au-delà même de son arrivée en Chine. Enfin, elle prit une statuette de Kwan-Yin en jade que son époux lui avait offerte et à laquelle, en dépit d'une éducation chrétienne qu'elle n'était jamais parvenue à assimiler, elle rendait un culte secret. C'était la seule chose qu'elle souhaitait vraiment emporter avec elle. Le reste – même ses objets personnels – ne lui avait jamais appartenu vraiment.

Elle ferma son sac, le posa dans la penderie avec la cape, les gants, le manchon, le chapeau et l'épaisse voilette qu'elle comptait porter, se chaussa, revêtit la robe choisie mais recouvrit le tout d'un grand peignoir de soie japonaise puis chercha des yeux autour d'elle l'instrument dont elle avait besoin pour s'ouvrir un passage. Il lui fallait un objet lourd, solide mais pas trop dur tout de même car elle ne voulait à aucun prix tuer le policier qui venait de lui montrer tant de gentillesse. Il aurait déjà bien assez d'ennuis si elle réussissait!... Aussi renonça-t-elle au tisonnier de fonte pour fixer son choix sur un champignon à chapeaux en acajou verni qu'elle garda à portée de la main.

Ceci fait, elle répandit un peu d'eau sous le radiateur du chauffage central puis elle sortit dans le couloir desservant les chambres. Les longues jambes du policier qui lisait son journal dans l'antichambre en barraient la sortie. Elle alla vers lui.

– Pourriez-vous venir voir, s'il vous plaît ? Je crois qu'il y a une fuite au radiateur de ma chambre, se plaignit-elle.

Aussitôt il mit de côté *le Petit Parisien* et se leva :

– A votre service, Madame!

Dans la pièce, elle lui montra le corps du délit et, naturellement, il s'accroupit afin de passer ses doigts sous les gros plis de fonte. Aussitôt Orchidée saisit son arme improvisée, demanda mentalement pardon à ce brave homme puis, d'un geste précis, lui assena un bon coup sur la tête. Comme prévu, Pinson s'écroula.

Sans perdre une seconde, elle lui attacha les mains derrière le dos avec l'un des cordons de tirage des rideaux, lui enfonça dans la bouche un mouchoir qu'elle fixa à l'aide d'une écharpe, après quoi, se débarrassant de son peignoir, elle mit son chapeau, abaissa la voilette qui lui enveloppait toute la tête, enfila ses gants, jeta la cape sur ses épaules et, enfin, saisissant son sac, elle sortit de la chambre dont elle referma la porte à clef, glissa celle-ci dans le premier vase venu et, sans faire plus de bruit qu'un chat, gagna la porte d'entrée. L'appartement était plongé dans un épais silence. Aucun son ne se faisait entendre, même venant de la cuisine.

Sans un regard pour cette maison dont l'âme s'était envolée avec celle d'Édouard, Orchidée sortit sur le palier désert et tira doucement derrière elle le lourd battant de chêne ciré dont la serrure bien entretenue joua sans le moindre cliquetis. La première barrière venait d'être franchie... Orchidée, le cœur dans la gorge s'accorda une longue, une profonde respiration avant de descendre l'unique étage couvert d'un tapis fixé par des tringles de cuivre, priant les dieux pour que le concierge ne patrouille pas au bas de l'escalier. Mais il n'y avait personne.

Ce qui lui restait à faire n'était pas le plus facile. Elle savait que le commissaire faisait garder la maison par un agent. Elle pensa qu'il serait plus sage de passer par le jardin de l'arrière, mais franchir le mur qui le séparait du logis voisin ne serait guère aisé habillée comme elle l'était. Puis elle songea qu'il n'y avait aucune raison qu'en la voyant sortir on l'interpelle, les habitants des deux autres étages n'ayant pas mérité d'être consignés chez eux. Néanmoins, comme elle n'apercevait aucun uniforme derrière les vitres défendues par des entrelacs de bronze éclairant la partie supérieure du portail, elle se décida à ouvrir, jeta un coup d'œil dans l'avenue et aperçut enfin celui qu'elle craignait : un sergent de ville en tenue bleu sombre, pèlerine et képi enfoncé jusqu'aux oreilles. En fait il y en avait même deux mais ils battaient la semelle en arpentant le sol tout au long des hautes grilles noir et or qui séparaient la rue du boulevard Malesherbes et ils ne regardaient pas de son côté.

Prenant alors son courage à deux mains, Orchidée sortit tout à fait et se dirigea rapidement vers le parc où elle se dissimula derrière une haie dès que ce fut possible. Aucun appel, aucun bruit ne l'arrêta et elle resta là quelques instants, parfaitement immobile, pour laisser s'apaiser le gong qui sonnait dans sa poitrine...

Le jour d'hiver était si gris, si bas qu'il ne semblait pas s'être vraiment levé. Le ciel jaunâtre était lourd de neige et s'assombrissait d'instant en instant. Dans une heure sans doute il ferait nuit. Aussi les jardins étaient-ils déserts à l'exception d'une vieille dame courageuse venue donner à manger aux pigeons et aux moineaux.

Se sachant hors de vue, Orchidée s'enfonça sous les arbres, contourna la Naumachie et rejoignit la Rotonde de Ledoux, dont les grilles ouvraient sur le boulevard de Courcelles, où elle se mit à la recherche d'une voiture. Mais elle dut marcher jusqu'à la place des Ternes pour en trouver une.

– A la gare de Lyon ! indiqua-t-elle au cocher avant de se laisser choir dans les coussins de drap, neufs d'ailleurs mais qui dégageaient déjà une odeur regrettable de tabac refroidi.

– J'espère que vot' train part pas dans dix minutes, fit le cocher, parc' qu'avec cette neige, j' peux pas d'mander à Bichette de galoper.

– Non, non... Vous avez du temps !

Elle savait que la course serait longue car elle connaissait bien la gare pour y avoir débarqué avec son cher époux lorsque tous deux étaient arrivés de Marseille et aussi à cause de deux séjours, l'un à Hyères et l'autre à Cannes, qu'ils avaient faits durant les deux derniers hivers. Tout était merveilleux alors et les paysages de mer bleue et de fleurs semblaient peints aux couleurs mêmes de l'amour. Pour ces deux déplacements, il avait fallu, outre la voiture particulière des Blanchard, un grand fourgon tiré par quatre chevaux pour emporter les malles du jeune couple... A présent, Orchidée s'embarquait avec ce qu'elle portait sur elle et un simple sac, encore heureuse d'avoir tout de même les moyens de s'enfuir. En arrivant à destination, elle aurait peut-être le temps d'acheter une ou deux robes pour la traversée.

Tandis que le fiacre roulait le long des Boulevards,

la jeune femme se demandait si l'on avait déjà découvert sa victime. Sinon, combien de temps lui restait-il avant que l'on ne se rendît compte de ce qu'elle avait fait ?

La question n'ayant aucune réponse possible, Orchidée choisit de se laisser aller au balancement paisible de la voiture obligée par le gel et la chaussée glissante à une allure pleine de circonspection. Elle s'endormit tout simplement, ce qui était encore la meilleure manière d'oublier qu'elle se trouvait dans une situation impossible.

Lorsque la voiture s'arrêta dans la cour de la gare, elle ne s'en aperçut même pas. Il fallut que le cocher descendît de son siège et vînt la secouer doucement pour qu'elle refît surface :

– Eh, Madame ! fit l'homme, on est arrivés. C'est bien ici que vous m'avez dit de vous conduire ?

Elle sursauta, jeta un regard un peu vague à ce qui l'entourait, offrit un sourire incertain à son automédon :

– Nous sommes à la gare de Lyon ?

– Tout juste !

Elle fouilla, alors, dans la bourse qu'elle abritait au fond de son manchon pour solder le prix de la course :

– Merci beaucoup. Et pardonnez-moi ! Je crois que je me suis un peu assoupie...

– Bof !... On est tous un peu comme les marmottes par ce temps ! Moi qui vous cause, c'est fou c' que j' peux avoir envie d' roupiller quand y a d' la neige ! Permettez que j' vous aide à descendre.

Elle mit pied à terre et paya généreusement le bonhomme qui la remercia avec effusion et tint à porter lui-même son sac jusqu'à l'entrée du grand hall :

– Voilà !... Bon voyage, Madame ! Et prenez soin d'vous !

Elle le remercia d'un signe de tête et d'un sourire que la voilette lui cacha puis se dirigea vers les guichets pour prendre son billet.

– A quelle heure est le prochain train pour Marseille ? demanda-t-elle.

Le préposé, considérant l'élégance de cette femme et la qualité de ses vêtements, pensa qu'il avait affaire à une dame chic mais n'osa pas trop s'avancer :

– Ben !... Ça dépend !

– Et de quoi ?

– Du prix que vous voulez mettre...

– Vous expliquez ! Je ne comprends pas.

– Faites excuses ! Si vous voulez un train de luxe, y a le Méditerranée-Express qui part dans trois quarts d'heure. Seulement c'est cher. Rien que des wagons-lits mais...

– S'il y a de la place, je le prends.

Tout en payant, elle se traitait de sotte. Elle connaissait ce train pour l'avoir pris deux fois. En outre, c'était celui-là qu'elle aurait dû prendre le lendemain. Fallait-il qu'elle fût troublée et désemparée pour n'y avoir pas pensé tout de suite ? Il est vrai que pour échapper à la police elle se fût aussi bien embarquée dans un wagon à bestiaux.

Comme elle quittait le guichet, un porteur s'approcha :

– Bagages, Madame ?

– Seulement ce sac.

Elle le lui donna néanmoins en pensant qu'il trouverait étrange qu'une voyageuse riche porte autre chose que son manchon. Il prit aussi le ticket de passage et elle le suivit à travers la foule bigarrée qui encombrait la gare. Il marchait vite et sur ses hauts talons elle avait quelque peine à le suivre, courant presque pour ne pas le perdre de vue. S'il n'avait porté l'uniforme de toile bleue et le baudrier orné d'une plaque de cuivre ovale, elle eût même éprouvé quelque inquiétude mais, en fait, cette allure rapide fendait le flot des voyageurs et lui frayait un passage au milieu du double courant contraire de ceux qui allaient au-devant de quelqu'un et de ceux qui débarquaient. Un récent convoi dont la grosse locomotive noire crachait encore de la fumée emplissait la haute voûte d'un brouillard noir. Enfin on sortit de la cohue en franchissant une grille au-delà de laquelle s'alignaient les voitures de teck verni et de cuivre brillant qui composaient le Méditerranée-Express, sorte de palace sur roues grâce auquel on rejoignait Nice en quinze heures et dans le plus grand confort. A l'odeur de charbon près, le quai ressemblait assez d'ailleurs au hall de quelque grand hôtel tant il était meublé de fourrures précieuses, de chapeaux à plumes et de tissus anglais. On y parlait aussi plusieurs langues car, la saison de la Côte d'Azur battant alors son plein, une bonne partie de la haute société européenne souhaitait se réchauffer à son soleil et à la douceur de son climat.

Connaissant fort peu de monde, Orchidée ne craignait guère de fâcheuse rencontre. Elle marchait sans regarder personne, saisie d'une grande hâte de se retrouver dans son compartiment douillet – elle avait demandé à en occuper un à elle seule – et de s'y reposer jusqu'au lendemain matin.

Le porteur la guida jusqu'à un homme vêtu d'un uniforme marron sobrement galonné qui se tenait debout près du marchepied d'une des voitures centrales, un carnet et un crayon à la main : le « conducteur » chargé de veiller au bien-être, à la santé, à la vie même des voyageurs qu'on lui confiait. Pour le moment il lui tournait le dos, visiblement accaparé par une femme enveloppée jusqu'aux yeux dans un manteau de chinchilla tellement vaste qu'il avait l'air trop grand. Tout ce que l'on voyait d'elle au-dessous de la toque assortie c'était une frange de cheveux blonds un peu fous et un bout de nez rose. Jeune et jolie, sans doute, elle trépignait accrochée des deux mains au bras du fonctionnaire en jetant des coups d'œil affolés sur les voyageurs qui arrivaient.

– Vite! Vite! Mon numéro!... Il faut que je monte tout de suite dans mon compartiment!

La voix agréable du conducteur se fit entendre, douce et un brin ironique :

– Rassurez-vous, Madame, le train ne partira pas sans vous et il faut me laisser chercher votre place! Ce que je ne saurais faire si vous me secouez comme vous le faites! Ah voilà! Mlle Lydia d'Auvray : compartiment n° 4. Puis-je vous aider? ajouta-t-il en se penchant pour prendre le sac et la mallette qu'elle avait posés à ses pieds mais elle ne le laissa pas faire, s'empara de ses bagages d'un geste farouche et se jeta sur les marches du wagon où, gênée par son manteau, elle faillit atterrir à plat ventre. Bien sûr, le fonctionnaire s'efforça de l'aider mais en guise de remerciement elle lui jeta :

– Si quelqu'un me demande, vous ne m'avez pas vue! Je ne suis pas là... Compris?

– Absolument! Vous n'êtes pas là! fit-il sans parvenir à dissimuler un sourire amusé qui éclairait encore son visage lorsqu'il se tourna enfin vers Orchidée et son porteur. Celle-ci de son côté ne put retenir un « Oh! » désappointé. Cet homme c'était Pierre Bault, l'ancien interprète de la Légation de France à Pékin. Elle savait, pour avoir déjà voyagé avec lui, qu'il officiait sur le Méditerranée-Express mais il n'était pas le seul et, ne pensant pas à lui, elle n'avait pas imaginé un instant qu'elle se trouverait juste dans sa voiture. A présent il était trop tard pour reculer : le porteur venait de lui remettre le titre de passage et il la saluait courtoisement tout en jetant un coup d'œil à son carnet :

– Madame a de la chance : il me reste juste un sleeping. Puis-je savoir votre nom ?

Orchidée ouvrait la bouche pour refuser de s'identifier mais déjà, en dépit de la voilette, il l'avait reconnue :

– Madame Blanchard ? Et vous êtes seule ?

Il fallait répondre et jouer le jeu. D'ailleurs personne ne savait encore rien du drame de l'avenue Velazquez et les journaux n'en parleraient pas avant le lendemain. Avec un peu de chance, elle pourrait s'embarquer pour la Chine sans problème.

– Je vais le rejoindre à Marseille, fit-elle paisiblement. Il est parti l'autre soir pour Nice où sa mère l'appelait... mais peut-être l'avez-vous vu ? Il a dû prendre ce train.

– Non. Le Méditerranée partant tous les soirs, je ne peux prendre part à tous les voyages. Mais je suis heureux de vous accueillir. Je regrette seulement de ne pouvoir vous conduire jusqu'à votre époux. Il y a longtemps que je ne l'ai vu et ce serait pour moi une grande joie...

– Ce sera pour une autre fois. Je lui dirai que nous avons passé un moment ensemble.

– Je vous en remercie. En attendant, permettez-moi de vous installer. Vous avez le sleeping n° 7.

Guidée par lui, Orchidée gagna l'étroite cabine d'acajou et de velours où, en dépit de l'exiguïté, rien ne manquait pour l'agrément d'un voyage paisible : ni les miroirs, ni l'agréable chauffage à la vapeur qui dispensait une douce température, ni le moelleux d'une couchette, ni l'éclairage au gaz, ni, dans l'étroit cabinet de toilette, les commodités les plus modernes.

Pierre Bault déposa le sac de la voyageuse sur la banquette qu'il transformerait plus tard en lit mais il éprouva quelque inquiétude quand, la voilette relevée, un visage pâle et creusé par la fatigue et par l'angoisse se révéla à lui.

– Allez-vous bien, Madame ? Vous me semblez très lasse ?

– Je le suis, en effet. Voyez-vous... depuis le départ de mon cher Édouard, je n'ai guère dormi. C'est... la toute première fois que nous nous séparons.

– Il fallait partir avec lui ?

– Sans doute et cela vous paraît simple mais... sa famille n'a pas encore admis notre mariage... et il n'aurait su que faire de moi. Nous avons pensé l'un et l'autre qu'il valait beaucoup mieux que je reste à la maison plutôt que l'attendre dans un quelconque hôtel.

– Veuillez me pardonner ! Puisque vous allez le rejoindre, il suffira d'une bonne nuit pour vous remettre. Souhaitez-vous que je vous fasse apporter quelque chose ? Un peu de thé peut-être ?

En dépit de la situation dramatique où elle se trouvait, Orchidée trouva un sourire pour cet homme dont les yeux clairs et le fin visage montraient tant de compréhension.

– Si vous pouviez m'offrir du thé à la chinoise, je considérerais cela comme le plus grand des bienfaits. Par malheur c'est l'accommodement anglais ou russe qui prévaut en Europe. Chez moi, j'ai dû batailler pendant des mois avant de parvenir à quelque chose d'acceptable. Encore y ai-je gagné la haine de notre cuisinière...

– La haine ? C'est un grand mot ?

– Je ne crois pas qu'il soit excessif car j'en ai eu la preuve. Néanmoins, un thé, quel qu'il soit, me fera plaisir.

– Vous aurez peut-être une surprise. Il n'est rien que la Compagnie internationale des Wagons-Lits n'ait prévu pour l'agrément de ses passagers. Nous savons faire le thé de bien des façons... Pendant que j'y pense : à quelle heure souhaitez-vous dîner au restaurant ?

– Est-il indispensable que je m'y rende ? J'aurai sans doute faim mais n'est-il pas possible que l'on me serve ici ? Jamais encore je n'ai pris un repas dans un lieu public sans mon mari. J'ai bien peur d'être... très gênée.

– Je le conçois sans peine. Je vais dire que l'on s'occupe de votre thé et que l'on vous apporte la carte...

– Merci... merci beaucoup !

A sa grande surprise, Orchidée vit arriver, portés sur un plateau d'argent par un garçon en livrée, de l'eau bouillante, un bol et une théière qui avaient dû naître quelque part du côté de Canton, plus un paquet de thé qui, s'il n'était pas le merveilleux tsing-cha, le thé vert récolté avant les pluies dans la vallée du Fleuve-Bleu et séché au soleil, était tout de même un excellent hong-tcha ou thé rouge appelé thé noir ou « souchon » par les Occidentaux, et qui, pour être séché à la chaleur artificielle, n'en dégageait pas moins un fumet prometteur.

Avec une pensée de gratitude pour son ancien compagnon de siège, la jeune femme dégusta avec délices plusieurs tasses de sa boisson favorite. Elle ne s'aperçut même pas que le train démarrait et commençait son long voyage en direction des pays du soleil.

Ses voyageurs définitivement casés dans leurs alvéoles respectives, Pierre Bault ne résista pas à la tentation de porter lui-même le menu du wagon-restaurant à celle que, depuis leur première rencontre, il appelait en lui-même sa « princesse de jade et de perle »... en ignorant alors qu'il s'agissait réellement d'une altesse.

Il faut avouer qu'elle n'en avait guère le plumage lorsqu'il l'avait vue pour la première fois dans sa veste trop longue et ses pantalons de cotonnade bleue. Une réfugiée parmi tant d'autres occupée à tirer l'eau d'un puits mais la pureté de ce visage, l'exquise finesse de la peau et des mains, la beauté un peu grave du regard sombre lui avaient fait battre le cœur sur un rythme inhabituel. Et puis, que ce nom d'Orchidée, fleur symbolique des Mandchous, était donc joli et lui allait bien !...

Il avait vite compris, néanmoins, que ses chances de voir ses sentiments payés de retour étaient inexistantes : Orchidée ne voyait, n'admirait qu'Édouard Blanchard. Cela se lisait dans ses yeux, dans le sourire involontaire qui épanouissait son visage comme une fleur dès qu'elle l'apercevait.

Pierre enferma donc ses propres sentiments au plus profond de son âme sans permettre qu'une basse jalousie vînt en ternir la pureté. Il aima pour lui-même, pour le seul bonheur d'aimer. Il sut se réjouir quand la jeune fille, en sauvant la vie d'Alexandra Forbes, donna la preuve la plus formelle de son attachement au clan des Occidentaux et ce fut d'un cœur ferme qu'il assista, après la libération, au mariage célébré par Mgr Favier. Mais sachant bien qu'il ne guérirait jamais, il se promit de se tenir aussi éloigné que possible du ménage Blanchard, n'accepta aucune invitation, éluda toute tentative de rapprochement et regretta même de ne pouvoir se faire remplacer quand, un jour, il vit leur nom sur la liste des voyageurs de sa voiture. Pour la première fois avec un rien d'amertume : on était loin de l'aventure tragique de Pékin et de l'héroïsme quotidien qui égalisait fortunes et rangs sociaux. Il eût aimé alors apparaître à la jeune femme sous l'aspect flatteur d'un voyageur riche et élégant, non sous sa vêture d'employé des Wagons-Lits.

Le couple se montra pour lui charmant, cordial, visiblement heureux de la rencontre tandis que lui ne se départissait pas d'un comportement courtois, souriant certes mais un tout petit peu distant, et s'il veilla sur eux avec plus de soin peut-être que sur les autres, il le fit avec assez de discrétion pour qu'ils n'en eussent pas conscience. Jamais voyage ne lui sembla aussi long ni aussi lentes les heures de la nuit passées sur son siège, au bout du couloir, les yeux fixés sur la porte d'acajou marqueté derrière laquelle reposait celle dont il n'avait jamais réussi à chasser l'image. Elle était plus belle que jamais alors, fort élégante en dépit de cette mode européenne qu'il n'aimait pas et trouvait même franchement absurde. Il eût cent fois préféré la revoir telle qu'elle lui était apparue au jour de son mariage, princesse de légende vêtue de satin couleur d'aurore et coiffée du charmant diadème de fleurs et de bijoux des Mandchoues de haute naissance. Cependant sa grâce était telle qu'Orchidée réussissait à paraître charmante et tout à fait à son aise sous le corset stupide, les rubans, les soutaches, les dentelles, les pampilles, les plumes et les fanfreluches de toutes sortes dont les couturiers affublaient leurs clientes : une vraie Parisienne ! Qu'il eût de loin préférée sous la blanche simplicité d'un drapé antique.

En se retrouvant tout à l'heure en face d'elle, Pierre reçut un choc. La voir seule et presque sans bagages à la coupée de son train lui causait une sorte de malaise en dépit de ce qu'elle donnait comme raison à ce départ subit : rejoindre à Marseille un époux parti quelques jours plus tôt pour Nice alors qu'il eût été tellement plus simple de partir ensemble ! De toute évidence la jeune femme ne se trouvait pas dans son état normal et, bien qu'il s'en défendît, l'ancien interprète flairait un je-ne-sais-quoi d'insolite, peut-être même un drame : cela tenait à la légère altération du timbre de la voix et aussi à cette voilette noire qui, malgré son épaisseur ne parvenait pas à cacher tout à fait ses traits tirés.

Lorsqu'il revint lui porter le menu, il sut que quelque chose n'allait pas. Débarrassé de son tulle à pois de velours qu'il avait bien fallu relever pour n'être pas ridicule, le visage d'Orchidée montrait un pli douloureux et même des traces de larmes, peu apparentes peut-être pour un indifférent mais trop claires aux yeux d'un amoureux. Sa « princesse de jade et de perle » souffrait. Mais de quoi ?...

A cent lieues d'imaginer les pensées qui s'agitaient dans la tête de cet homme qu'elle connaissait mal mais qui lui montrait une si délicate attention, Orchidée retrouvait peu à peu l'équilibre dont les dernières heures venaient de la priver. Le confort ouaté de son compartiment, le parfum subtil et familier d'un thé préparé comme elle l'aimait, sa chaleur et aussi le bercement rythmé du train agissaient sur elle comme un anesthésique tout en lui rendant des forces neuves.

Pour mieux l'isoler encore du monde extérieur, Pierre Bault tira les rideaux de velours avant le départ du train et la jeune femme ne vit rien des banlieues puis des campagnes que l'on traversait. C'était comme s'il voulait qu'elle ferme les yeux pour ne les rouvrir qu'en vue de la mer bleue où elle voguerait bientôt.

Cependant, son repas de coquilles Saint-Jacques, d'œufs brouillés aux champignons, de fins haricots verts et de mousse au chocolat terminé – depuis son arrivée en Europe elle s'était découvert une véritable passion pour le chocolat –, elle dut accepter de passer quelques instants dans le couloir tandis que l'on préparait son lit.

Sachant bien qu'elle souhaitait surtout la solitude, Pierre Bault employa pour cela le temps du premier service au wagon-restaurant, celui qui drainait le plus de monde. Le couloir était vide à l'exception de la jeune dame au chinchilla qui, apparemment, n'avait pas voulu se déplacer et attendait comme sa voisine que l'on eût accommodé sa couchette pour la nuit.

Les compartiments des deux femmes ne se trouvaient séparés que par un seul sleeping. Elles étaient donc très proches mais si la jeune veuve, adossée à la cloison, ne prêtait aucune attention à l'autre voyageuse, celle-ci la regardait sans cesse avec la mine de quelqu'un qui brûle d'entamer la conversation mais n'ose pas trop s'y risquer. Finalement elle prit son courage à deux mains et se décida :

– Veuillez me pardonner de vous aborder sans avoir eu l'honneur de vous être présentée, fit-elle d'une voix contenue. Vous êtes l'unique voyageuse occupant seule un compartiment dans cette voiture et je me demande si vous consentiriez à me rendre un service.

Le visage était ravissant, le sourire charmant et sympathique, les yeux bleus bien francs, aussi Orchidée jugea-t-elle qu'il n'y avait aucune raison de ne pas répondre aimablement :

– Si ce n'est pas trop difficile...

– J'espère que non mais d'abord, il faut que je vous dise qui je suis : mon nom est Lydia d'Auvray, des Bouffes Parisiens...

– Excusez-moi, je vais peu au théâtre. Vous êtes comédienne ?

– Un peu et aussi chanteuse et danseuse. J'ai un certain succès, précisa-t-elle avec une satisfaction ingénue. C'est agréable, cependant cela vous vaut parfois aussi de gros ennuis avec les hommes...

– Vous devez plaire beaucoup, fit Orchidée en souriant. Vous êtes en effet très jolie !

– Merci beaucoup, bien que certains jours j'aimerais mieux l'être un peu moins. En ce moment, par exemple ! Je... je viens d'avoir une aventure avec un prince russe... un homme superbe... très riche mais affreusement jaloux et tyrannique au possible. Il... il me poursuit et... autant tout vous dire ! Je me suis enfuie...

En sortant du compartiment d'Orchidée, Pierre Bault lui coupa la parole mais, avec beaucoup de présence d'esprit, Lydia d'Auvray enchaîna sans changer de ton sur la beauté du paysage enneigé dont on entrevoyait vaguement la blancheur à travers des vitres qui ne reflétaient guère que les occupantes du couloir. Voyant qu'elles parlaient ensemble, il s'écarta d'elles et disparut au bout du wagon avec le garçon de service qui venait d'achever les lits.

Cependant Orchidée se sentait tout à coup une vraie sympathie pour ce joli petit bout de femme qui, elle aussi, avait à se plaindre des hommes. Elle en fuyait un comme elle-même fuyait la police. De là à voir en elle une sœur d'infortune il n'y avait qu'un pas. Vite franchi !

– Dites-moi en quoi je peux vous aider ?

– C'est simple. Je voudrais que vous acceptiez de changer de compartiment avec moi mais sans que cet homme... le... le conducteur en sache rien. Gri-gri – je l'appelle comme ça ! – est capable de tout pour me retrouver... même de faire subir la torture à ce fonctionnaire.

En dépit du ton dramatique, Orchidée ne put s'empêcher de rire. Ce qui l'étonna fort et lui ouvrit sur elle-même d'étranges perspectives : quelle femme était-elle donc pour pouvoir rire alors qu'Édouard n'était pas mort depuis vingt-quatre heures ?

– Je ne vois pas ce que l'on pourrait lui faire dans un train de luxe ? remarqua-t-elle. Quant à M. Bault, je le connais depuis longtemps. Il serait incapable de trahir une femme. Vous devriez lui accorder plus de confiance ?

– Non, décida Lydia : c'est un homme et je ne fais confiance à aucun. Ou bien ils sont rivaux, ou bien ils se soutiennent. Cela dit, si ma proposition vous contrarie je le comprendrai très bien.

– Pourquoi voulez-vous que cela me contrarie ? Toutes ces petites chambres se ressemblent !...

– Alors, vous voulez bien ?

– Je veux bien... et je ne dirai rien... Quand notre conducteur va revenir, je lui dirai bonsoir et je me tiendrai prête. De votre côté, vous n'aurez qu'à guetter l'un des moments où il s'éloigne et vous viendrez vite me chercher.

– Oh ! je vous remercie de tout mon cœur et si je peux à mon tour vous rendre service, vous pourrez me demander ce que vous voulez ! Promis, juré ! .

Et à la grande surprise d'Orchidée la supposée noble descendante des d'Auvray étendit la main d'un air solennel et cracha par terre. Orchidée se demanda un instant si elle devait en faire autant mais après tout personne ne lui demandait de jurer quoi que ce soit. Cependant elle avait encore quelque chose à dire :

– Vous allez vous aussi à Marseille ?

– Non. A Nice. Ça vous paraît un obstacle ?

– Pas du tout mais on doit me réveiller avant l'arrivée du train.

– S'il découvre que nous avons fait un échange cela n'aura plus d'importance à ce moment-là. Je vais cependant lui demander aussi de me réveiller avant Marseille.

– Alors nous sommes d'accord...

– Encore un mot ! Vous ne voulez pas me dire votre nom, madame.

– Nous n'aurons guère l'occasion de nous revoir. Je m'embarque après-demain pour la Chine mais cela me fera plaisir de savoir que je laisse ici une amie. Je m'appelle Dou-Wan... Princesse Dou-Wan !

Les yeux de la petite blonde s'ouvrirent tout grands :

– Mince !... Une princesse ? Ça ne m'étonne plus que vous soyez si belle et que vous ayez tant d'allure !...

Orchidée se contenta de sourire encore, sous le coup de la surprise qu'elle venait de se faire à elle-même. Son nom d'autrefois était revenu de lui-même à ses lèvres comme si elle souhaitait dépouiller et abandonner au rivage de France le personnage d'une fille de marchands réfugiée qu'elle avait incarnée si longtemps. N'était-ce pas d'ailleurs la meilleure chose à faire si elle voulait retrouver un équilibre réel et tenter de redevenir, si peu que ce soit, celle qu'elle était autrefois ? Le silence des jardins de la Cité Interdite achèverait une résurrection qui se poursuivrait lentement jusqu'aux portes de la mort...

Les choses se passèrent comme les deux fugitives venaient de le décider. Lorsque Pierre Bault revint, Orchidée le remercia de ses soins et, avant de lui souhaiter une bonne nuit, demanda instamment à n'être pas dérangée, ce qui fit sourire le conducteur :

– Il n'y a aucune raison pour cela, Madame. Je veillerai attentivement sur votre sommeil. Dormez bien!

Un moment plus tard, profitant de ce qu'il était réquisitionné à l'autre bout du wagon pour le service d'une dame à la voix singulièrement autoritaire, les deux jeunes femmes opérèrent leur double déménagement. Orchidée se retrouva dans une cabine toute semblable à celle qu'elle venait de quitter à un détail près : un parfum de tubéreuses s'y était installé avec la belle Lydia qui d'ailleurs en répandait généreusement autour d'elle les effluves coûteux mais entêtants. Il se trouvait qu'Orchidée détestait cette odeur. Persuadée qu'elle ne parviendrait pas à dormir dans cette atmosphère et pour éviter au réveil un violent mal de tête, elle tira les rideaux, ouvrit la fenêtre, ce qui permit à une rafale de neige de s'engouffrer et l'obligea à refermer rapidement mais pas tout à fait : elle laissa une étroite ouverture avec, entre les rideaux, un assez large espace pour que l'air pût pénétrer et dissiper autant que possible l'odeur indésirable. Après quoi elle se déshabilla rapidement, se coucha, éteignit et, remontant ses couvertures plus haut que ses oreilles, se pelotonna dans ce cocon douillet et s'endormit presque aussitôt.

Imperturbable, le Méditerranée-Express poursuivait sa route à travers les paysages blancs de la Bourgogne...

CHAPITRE III

LA GARE DE MARSEILLE

La brusque ouverture de sa porte réveilla Orchidée en sursaut. Elle eut à peine le temps de voir une immense silhouette se découper dans le cadre du couloir éclairé qu'une masse pesante s'abattait sur elle, une masse barbue qui fleurait l'Iris de Florence et le tabac anglais, qui semblait posséder autant de mains que le dieu Çiva et qui proférait dans une langue inconnue des paroles véhémentes émaillées d'appellations tendres du genre « Petite Colombe » ou « Ame de ma vie »...

Étouffée, embrassée, palpée sur toutes les coutures, Orchidée, d'abord affolée, réussit tout de même à dégager sa bouche et poussa un hurlement tellement strident qu'il fit sursauter l'assaillant. En contrepoint, il émit sur un ton de douloureux reproche :

– Petite colombe ! Pourquoi faire souffrir ton Gricha qui t'aime tant ?

Comprenant en un éclair qu'elle avait affaire au Russe dont la divette des Bouffes Parisiens avait si peur, Orchidée aurait bien voulu faire cesser le malentendu mais, avec un illogisme parfait, le personnage, tout en lui posant une question, appliquait sur sa bouche une main grande comme une assiette à seule fin d'empêcher un nouveau cri. Cependant, le premier semblait avoir suffi. Un instant plus tard, le compartiment s'éclairait et une dame en robe de chambre mauve et bigoudis fit irruption brandissant un parapluie qu'elle tenait par le milieu et dont, sans hésiter, elle abattit avec autorité le manche représentant une tête de canard en argent sur le crâne de l'assaillant.

Étourdi, celui-ci lâcha prise. Orchidée réussit à le faire tomber sur le tapis. Aussitôt, elle se leva, enfila le « saut de lit » qu'elle avait emporté et, soutenue par celle qui était venue si opportunément à son secours, elle sortit dans le couloir où s'entassait tout le wagon. A l'exception toutefois de Lydia d'Auvray dotée sans doute d'un sommeil singulièrement lourd à moins qu'elle préférât ne pas bouger.

Le spectacle offert par les passagers du train était des plus pittoresques : un assemblage de robes de chambre bariolées et de coiffures de nuit. Tout le monde parlait à la fois mais le principal objet de l'intérêt général était Pierre Bault que l'on venait de hisser sur son siège et qui reprenait lentement ses esprits avec l'assistance d'un vieux monsieur à barbiche et lorgnon qui lui faisait avaler le contenu d'un flacon de voyage.

Bousculant tout le monde, Orchidée se précipita vers lui :

– Êtes-vous blessé ? Que s'est-il passé ?

– Un peu étourdi seulement, dit le vieux monsieur en introduisant une seconde fois le goulot dans la bouche du conducteur. Cette brute l'a agressé, ajouta-t-il en désignant une sorte d'homme préhistorique, couvert de poils depuis un haut bonnet à la russe jusqu'au milieu de la poitrine où s'achevait une longue barbe, et que deux voyageurs maintenaient à grand-peine. Orchidée s'agenouilla auprès de Pierre :

– Mon pauvre ami ! Pourquoi vous a-t-il attaqué ?

En dépit d'un esprit embrumé et d'une douleur lancinante, Pierre, devant cette sollicitude, eut un sourire extasié :

– Je n'en sais rien!... Tout à l'heure j'ai vu arriver un personnage – un Russe plutôt brutal – venu d'une autre voiture sans doute. Il m'a ordonné de lui dire si Mlle d'Auvray était ici et quel était le numéro de son compartiment. Naturellement, j'ai refusé... Alors, il s'est tourné vers cet homme qui le suivait et il a juste dit « Igor! »?... J'ai vu... se lever un poing énorme... puis plus rien! Avez-vous été dérangée, Madame Blanchard ?

– Oui. Un monstre barbare a ouvert ma porte et s'est jeté sur moi en disant des choses que je ne comprenais pas. Je ne sais pas du tout qui cela peut être ?

– En tout cas, il se tiendra tranquille pendant un moment! fit la dame dont le parapluie était venu au secours d'Orchidée et qui surgissait à cet instant du lieu du drame dont elle refermait soigneusement la porte derrière elle avant de faire face avec dignité aux visages qui l'entouraient. Elle s'en désintéressa d'ailleurs aussitôt pour s'approcher du conducteur :

– Eh bien, mon pauvre Pierre, on vous a arrangé de la belle façon! Vous avez une bosse comme un œuf d'autruche!

– Ce n'est rien mais, si je comprends bien, Madame la Générale, vous avez maîtrisé l'ennemi ?

– Pourquoi pas ? Ce parapluie m'a déjà rendu service en bien des occasions... C'est un fidèle compagnon! Cela dit, il faudrait peut-être prévenir quelqu'un... les autres conducteurs, le chef de train... sinon le bandit est capable de tout casser. Écoutez donc le bruit qu'il fait!

De fait, le panneau d'acajou résonnait de coups redoublés comme si l'homme enfermé à l'intérieur prétendait le démolir. Orchidée cependant remerciait ce génie des batailles d'une espèce inconnue avec un vif sentiment d'admiration. C'était la plus étonnante personne qu'elle eût jamais vue. Ronde comme une boule, « Mme la Générale » était en effet distinguée comme une reine malgré les papillotes de velours mauve qui couronnaient le dessus de sa tête et les deux nattes grises nouées du même ruban qui dansaient sur son dos. Elle avait dû être d'une surprenante beauté car, en dépit d'un menton empâté, son profil était d'une exquise délicatesse et les pattes d'oie qui griffaient ses yeux d'une rare nuance de violet ne leur enlevaient rien de leur vivacité ni de leur grandeur. Sa peau avait la couleur d'un ivoire vieilli mais un sang resté vif la teintait, aux pommettes, d'un rose léger de bonne santé.

De son côté, la vieille dame observait son obligée avec intérêt :

– Vous êtes diablement belle, ma chère! déclara-t-elle d'un ton qui ne supportait pas la contradiction. Chinoise, je pense ?... Non, plutôt Mandchoue!... et de bonne souche. Je comprends qu'un homme perde la tête pour vous mais quelle idée de vous appeler « Petite colombe »! Cela ne vous va pas du tout.

– Ce n'est pas non plus à moi que ce terme s'adressait... Ce personnage... s'est trompé de sleeping et...

Un nouveau voyageur qui accourait, visiblement très agité, lui coupa la parole. Celui-là aussi méritait d'être regardé car il avait oublié de retirer le filet retenant ses cheveux et l'étrange appareil muni d'élastiques qui maintenait sa moustache. Ce qu'il disait était proprement ahurissant :

– Dans les deux voitures dont je viens, les conducteurs ont été assommés eux aussi. Ils commencent seulement à reprendre leurs esprits. Il faut arrêter le train, appeler la police! Je suis persuadé qu'il s'agit d'une attaque de terroristes!

– Inutile! Nous arrivons à Lyon dans deux minutes, dit Bault. Nous pourrons débarquer nos voyageurs indésirables... et peut-être éviter que le train prenne trop de retard! S'il vous plaît, Mesdames et Messieurs, veuillez avoir l'amabilité de regagner vos compartiments! A l'exception, bien sûr, des personnes qui ont bien voulu se charger de l'ordre de cette voiture. Ce dont je les remercie infiniment.

En effet, le Méditerranée-Express ralentissait tandis que derrière les vitres apparaissaient les lumières des faubourgs de l'ancienne capitale des Gaules. Pendant ce temps, Orchidée racontait comment elle en était venue à changer de place avec cette Mlle d'Auvray qui ne se décidait toujours pas à paraître :

– Elle avait tellement peur qu'elle ne voulait même pas que vous soyez au courant, ajouta-t-elle avec un sourire d'excuse. J'avoue qu'à présent je la comprends : cet homme est terrifiant!...

– Ce que je commence à comprendre, moi, c'est pourquoi j'ai été attaqué ainsi que mes collègues. Ce Russe qui devait être quelque part dans le train a dû leur poser la même question qu'à moi : où se trouve Mlle d'Auvray ? Devant leur refus, il les a fait endormir par son chien de garde pour pouvoir consulter leurs listes de voyageurs...

– Tout de même, émit la Générale, ils ont bien le droit de faire savoir qu'ils n'ont aucun voyageur de ce nom ?

– Sans doute mais ce genre d'homme ne doit croire que ce qu'il voit. Il a préféré s'assurer de leur véracité. Quant à moi, Mlle d'Auvray, qui en arrivant semblait au bord de la panique, m'a fait les plus expresses recommandations et j'ai dit, moi aussi, qu'elle n'était pas là. Vous connaissez la suite...

L'entrée à Lyon du Méditerranée-Express illuminé comme pour une fête – tous les voyageurs, bien sûr, étaient réveillés et surexcités au plus haut point ! –, alors qu'il eût dû être plongé dans le silence et l'obscurité des palaces roulants, fit sensation. Les autorités accoururent et l'on appela la Police pour qu'elle prît en charge les coupables.

Fort inquiète à l'idée de subir un interrogatoire, Orchidée dit qu'elle ne se sentait pas bien et pria Pierre d'expliquer à sa place ce qui venait de se passer.

– Je voudrais aller me reposer dans mon compartiment.

– Venez plutôt chez moi ! proposa la dame aux bigoudis mauves. Je voyage avec miss Price, ma dame de compagnie, une Anglaise peureuse comme une belette qui s'est jetée sous sa couchette en vous entendant crier. Nous l'y laisserons ! A propos, je suis la générale Lecourt, née Bégon, de vieille souche marseillaise. Quant à vous, c'est, je crois, Madame... Blanchard si j'ai bien compris le nom que Pierre vous a donné ?

Il était difficile de prétendre le contraire. A cet instant, le chef de train et un homme d'équipe particulièrement vigoureux, aidés du conducteur, s'employaient à faire sortir l'assaillant d'Orchidée mais il était calmé et paraissait même tout à fait maître de lui. Avec un accent qui fleurait bon les bords de la Volga ou de la Néva, il déclara seulement qu'il entendait demeurer libre de ses mouvements :

– Je refuse être traité comme malfaiteur ! Je suis prince Grigori Kholanchine, cousin de Sa Majesté le Tzar de toutes les Russies !

– Croyez que je suis désolé, prince, dit Pierre Bault avec sévérité, mais vous vous êtes introduit dans le sleeping de cette dame et vous l'avez attaquée brutalement lui causant une grande frayeur. D'autre part vous avez jugé bon d'assommer sans raisons trois conducteurs dont moi-même et vous comprendrez qu'il est impossible, dans ces circonstances, de vous garder dans le train.

Le Russe considéra Orchidée avec une sincère surprise :

– C'est terrible erreur! Je n'ai pas l'honneur connaître Madame et ne comprends rien. Il y a écrit sur carton : Mlle d'Auvray, numéro 4...

– Il y a eu un changement de dernière minute.

– Alors... ma Lydia pas là ? gémit le prince prêt à pleurer.

– On dirait que non, fit la Générale. Cependant, avant de vous lamenter, vous pourriez peut-être offrir vos excuses à Mme Blanchard. Ou est-ce qu'il est normal de faire le cyclone sans un mot chez vous ?

– On n'apprend pas politesse à prince Kholanchine! Il va faire mais il est immergé dans immense admiration : Madame est belle comme Peri des eaux de Volga! fit-il avec lyrisme. Je suis très contristé avoir fait peur mais je suis amoureux avec délire d'adorable Lydia. Je veux épouser... faire existence de reine... mettre châteaux, fortune devant petits pieds mais adorable Lydia préfère petit théâtre minable... Partie sans même dernier baiser!

Il semblait si sincèrement désolé qu'Orchidée sentit sa sympathie s'éveiller pour ce géant blond dont le visage, en dépit d'une moustache et de favoris imposants, était candide comme celui d'un enfant.

– L'amour est un sentiment compliqué, dit-elle gentiment. Il est parfois difficile de savoir si l'on est payé de retour...

– Lydia disait aimer Grigori ! Alors, pourquoi ?

– Si vous lui avez offert des bijoux et des fourrures, coupa Mme Lecourt, elle pouvait difficilement vous dire autre chose. Quel âge avez-vous, prince ?

– Vingt-huit hivers. Pourquoi demander ?

– Parce qu'il serait temps pour vous d'essayer de connaître un peu mieux les femmes... surtout celles qui se produisent sur les tréteaux parisiens. Elles sont volages, intéressées en général et surtout elles tiennent à leur liberté. A votre place j'essaierais de me trouver une autre belle amie. Cela ne devrait pas vous être difficile...

– Oh si ! Difficile trouver aussi ravissante !

– Allons donc ! Paris est plein de jolies filles. Quant à vous, mon âge me permet de vous dire que vous êtes plutôt beau garçon. Un peu vif peut-être mais...

– Si vous le permettez, Madame, coupa le chef de gare qui commençait à trouver le temps long, j'aimerais que nous quittions le train pour aller discuter de l'affaire dans mon bureau. Le Méditerranée-Express est déjà en retard et, comme son nom l'indique, c'est un express, pas un tortillard. Il doit repartir...

Tandis que Pierre Bault et le chef de train déposaient leurs témoignages entre les mains d'un agent chargé de la sécurité en gare de Lyon-Perrache, on fit descendre le prince ainsi que son cosaque velu et peut-être muet car il n'avait pas encore dit un mot. La générale Lecourt donna son nom et son adresse au cas où l'on aurait besoin de son témoignage. Orchidée fut bien obligée d'en faire autant puis, comme son compartiment était libre à présent bien que la porte eût un peu souffert, elle exprima le désir d'y rentrer au lieu d'aller encombrer sa nouvelle amie.

– Vous avez grand besoin d'un remontant, dit celle-ci en lui prenant le bras. Quand ce train du délire sera reparti, trouvez-nous donc quelque chose à boire, mon petit Pierre...

Orchidée approuva avec enthousiasme.

– Quelle bonne idée! Un peu de thé, peut-être?

– Du thé? fit Mme Lecourt avec une horrible grimace. Vous appelez ça un remontant? Vous ne préféreriez pas du champagne?

– Non, merci. Je... je n'aime pas beaucoup cela. Toutes ces petites bulles vous piquent le nez et donnent de l'aigreur.

– De l'aigreur? Bonne Mère!... Le pauvre Dom Pérignon doit être en train de se retourner dans sa tombe!...

– Voulez-vous tout de même une demi-bouteille, Madame la Générale? proposa le conducteur.

– Ma foi non! A moins que vous ne la buviez avec moi?

– Jamais pendant le service, vous le savez bien.

– On peut toujours espérer! Eh bien, apportez-moi un verre de vieil armagnac... Ah! pendant que j'y pense : passez donc chez moi et dites à miss Price qu'elle peut sortir de dessous son lit et se recoucher... Je ne tarderai pas à rentrer...

Un coup de sifflet déchira l'air. Il y eut une secousse légère au démarrage. Debout près de la portière que l'on venait de refermer, Pierre Bault regarda le long quai éclairé glisser sous ses yeux avec un vague senti ment de gratitude pour l'incroyable prince Kholanchine. Grâce à son comportement délirant, Orchidée, tout à l'heure, se penchait sur lui avec sollicitude et cet instant de bonheur pur valait bien la bosse qui gonflait sur son crâne.

Dans les grands sleeping-cars, les portes se refermaient l'une après l'autre, les rideaux se tiraient. Chacun regagnait son lit en remettant à l'heure du petit déjeuner le commentaire de l'incident. Le Méditerranée-Express, avec sa majesté coutumière, reprenait son voyage vers les pays du soleil et de la douceur de vivre.

Dans son compartiment, Orchidée et Agathe Lecourt achevaient posément leurs boissons respectives quand on frappa à la porte. La Générale ouvrit et l'on vit paraître la tête blonde, ébouriffée et contrite de Lydia d'Auvray :

– Je ne resterai pas longtemps, dit-elle, mais il fallait que je vienne vous demander pardon, Madame la Princesse, et vous remercier. Vous m'avez rendu un très très grand service...

– Sans le vouloir vraiment, fit Mme Lecourt. Mais qui donc est princesse ici ?

– Moi, soupira Orchidée qui commençait à regretter sa subite poussée d'orgueil, mais c'est sans importance. Le mieux est d'oublier tout cela au plus vite. J'ajoute, cependant, que je comprends pourquoi vous aviez si peur. Quel homme terrible !

– Et encore vous ne savez pas tout ! Depuis qu'il est venu me voir, un soir, aux Bouffes Parisiens, il est devenu comme fou. Il ne voulait plus me quitter... J'ai cru d'abord que j'allais connaître le grand amour car il est très généreux et m'a offert des choses fabuleuses. Il disait qu'il n'aimerait jamais que moi, qu'il voulait m'épouser...

– Magnifique ! s'écria la Générale. Et cela ne vous disait rien ?

– Dans les débuts, si... C'était comme un rêve. Mais j'ai vite compris : épouser Grigori, ça voulait dire abandonner complètement ma liberté et aussi le théâtre et moi, le théâtre, j'adore ça. Surtout que ça commence à bien marcher pour moi. Je ne pouvais plus faire un pas sans être surveillée...

– Il était avec vous tout le temps ? demanda Orchidée qui ne pouvait s'empêcher de s'intéresser à cette histoire qui la changeait de ce qu'elle vivait elle-même.

– Lui, non, mais son domestique, Igor, était collé à mes talons. Il me suivait partout, attendait devant ma loge, m'accompagnait chez le coiffeur. Je ne pouvais plus faire un pas seule, même quand Grigori était au cercle. Vous comprenez : j'étouffais !

– Il fallait le lui dire, fit Mme Lecourt. C'est stupide de se laisser mettre le grappin dessus comme cela !

– J'aurais voulu vous y voir. Si je parlais seulement d'aller chez ma mère, il entrait dans une rage folle. J'ai compris que j'étais perdue quand il m'a annoncé que nous allions partir pour la Russie où il a un grand domaine avec beaucoup de serviteurs et beaucoup de neige par-dessus. Là on se marierait. Vous vous rendez compte ? Il fallait que je fasse quelque chose...

– Et qu'avez-vous fait ?

– Pendant une répétition, j'ai prié une copine de me prendre un billet de train pour le surlendemain en fin d'après-midi. Puis j'ai pris rendez-vous chez mon coiffeur. Bien sûr, Igor son domestique qui ne me quittait jamais d'une semelle, m'a emmenée mais, chez Gaetano, il y a une porte de derrière qui ouvre sur la rue Volney. A peine arrivée, j'ai demandé qu'on aille me chercher un fiacre, j'ai payé ce que j'aurais dû si je m'étais fait coiffer et j'ai filé dès que la voiture a été là. Je suis allée à la gare... et vous savez la suite !

– Il vous a retrouvée bien vite, il me semble ? dit Orchidée.

– Ça oui ! Je ne sais pas comment il s'y est pris.

Peut-être que ma copine Fernande lui a tout dit, ou alors il a tiré les vers du nez de Gaetano. On se connaît depuis longtemps tous les deux. On est du même pays.

– Vous êtes italienne ? demanda la Générale.

– Non. Je viens de Nice où ma mère est marchande de fleurs. Seulement, ça, Grigori ne le sait pas. Il me croit la fille d'un « soyeux » de Lyon qui m'a reniée quand j'ai voulu faire du théâtre. Encore une chance qu'il n'ait pas eu l'idée d'aller lui demander ma main !

– Mais comme nous l'avons laissé dans cette ville, c'est une idée qui pourrait lui venir ?

– Voilà qui m'est égal ! Tout ce que je veux c'est ne plus le revoir et ça m'étonnerait tout de même qu'il réussisse à me retrouver. Chez nous, personne ne connaît Lydia d'Auvray...

– Ce n'est pas votre vrai nom ? demanda Orchidée.

– Je m'appelle Reparata Gagliolo. Allez donc faire carrière au théâtre avec un nom pareil !

– Mais, si vous rentrez à Nice, vous renoncez à la scène ?

– Seulement pour un temps, et encore ! Je trouverai peut-être un engagement à Monte-Carlo ou en Italie. De toute façon, j'ai de l'argent devant moi et je peux attendre. Grigori finira bien par rentrer en Russie. Mais assez parlé de moi ! Je voulais seulement vous dire que je n'oublierai pas ce que vous avez fait. Vous m'avez, autant dire, sauvé la vie !

– Vous croyez ? Moi je pense que cet homme vous aime et qu'il doit être malheureux !

Lydia haussa les épaules avec désinvolture :

– L'amour, l'amour ! On va loin avec ça ! Vous me voyez en grande dame russe ?

– Pourquoi pas ? Vous ne manquez pas d'élégance...

– Oh ! je sais que je peux faire illusion pendant un

temps mais on aurait vite découvert que je ne sors pas de la cuisse de Jupiter. Grigori lui-même finirait par en avoir assez de sa « Petite colombe », comme il dit, et qu'est-ce que je deviendrais, moi, perdue au fond d'une steppe ?

– On en revient, vous savez, fit la vieille dame en riant. A présent il y a même un train qui traverse la Russie et la Sibérie jusqu'à Vladivostok.

– Très peu pour moi ! Il me faut du soleil, dehors ou sur les planches. Encore merci, Madame la Princesse ! Je regrette beaucoup que vous partiez si loin parce que je n'aurai pas beaucoup de chances de vous revoir. La Chine c'est encore pire que la Russie mais, au fond, vous faites comme moi : vous rentrez chez vous ? Alors, je vous souhaite bon voyage... et aussi beaucoup de bonheur !

Orchidée aurait donné cher pour que la jeune Lydia ait la reconnaissance moins bavarde et elle la vit quitter son compartiment avec un certain soulagement tout en s'efforçant de préparer des réponses aux questions qu'elle sentait venir mais, à sa grande surprise, la Générale n'en posa aucune, se contentant de siroter ses dernières gouttes d'alcool avec une évidente satisfaction. Puis elle se leva pour rentrer chez elle en souhaitant une « bonne fin de nuit » à sa compagne. Et ce fut celle-ci qui posa la question, peut-être imprudente mais qui la tracassait depuis un moment :

– Comment avez-vous deviné que je suis mandchoue et non chinoise ?

– Mon défunt époux a été en poste à Tien-Tsin pendant plusieurs années. Là-bas, j'ai appris à voir les différences. C'est l'enfance de l'art quand on connaît bien les deux peuples...

– Est-ce que vous... aimiez la Chine ?

– Beaucoup ! Mais il est inutile d'employer l'imparfait : je l'aime toujours. Dormez bien ! Nous nous reverrons à Marseille...

Avec un soupir de soulagement, Orchidée referma au mieux sa porte que les coups de bélier administrés par le prince Grigori avaient rendue quelque peu branlante. Cependant, bien certaine que plus personne n'aurait l'idée d'assommer le conducteur et de se ruer sur sa personne, elle s'étendit sur son lit avec soulagement et trouva le sommeil sans peine. Jamais, en effet, même au temps du siège, elle n'avait subi journée plus éprouvante. Dormir était le seul bien précieux qu'elle ambitionnât.

Pendant ce temps, après avoir rabroué sa dame de compagnie qui s'obstinait à ne pas dormir et attendait, Dieu sait pourquoi, une attaque de terroristes, Agathe Lecourt ressortait de chez elle pour aller bavarder un petit moment avec Pierre Bault qu'en vieille habituée de la ligne elle connaissait depuis longtemps. Fort curieuse sans doute, elle désirait éclaircir quelques points obscurs entre ce qu'il avait dit de Mme Blanchard et les phrases étranges échappées à la chanteuse. Les points d'interrogation qui se bousculaient dans son esprit se résumaient, au fond, en une seule phrase : qu'est-ce que cette étrange et ravissante jeune femme allait faire au juste à Marseille ?

Connaissant le conducteur, elle aurait dû savoir qu'il était l'homme le plus discret du monde et que le faire parler quand il ne le voulait pas était un exploit. Il se contenta de répéter les paroles mêmes d'Orchidée :

– Elle va rejoindre son mari...

– Ah ! Et ils vont partir tous les deux pour la Chine ?

Si habitué que fût Pierre aux confidences les plus

délirantes de ses passagers, il ne put retenir un haussement de sourcils surpris.

– C'est elle qui vous l'a dit ? fit-il doucement.

– Non. C'est la petite théâtreuse. Elle l'a remerciée de l'aide apportée en regrettant que son départ prochain pour l'Extrême-Orient rende impossible de prochaines retrouvailles. Qu'en pensez-vous ?

Pierre eut pour la vieille dame ce sourire charmant, un peu timide, qui lui attirait la sympathie de tous les usagers du Méditerranée-Express :

– C'est peut-être vrai et, si j'étais vous, je m'en tiendrais à ce qu'en dit Mme Blanchard elle-même. Vous avez trop d'imagination, Madame la Générale et, si vous voulez bien me le permettre, je crois que vous lisez trop de romans d'aventures.

– Ouais ! Je savais bien que vous ne me diriez rien mais je suis toujours partie de ce principe qu'il faut savoir risquer pour obtenir quelque chose. En l'occurrence, je ferais mieux d'aller me coucher, sinon je n'aurai pas fermé l'œil de la nuit et miss Price me dira encore que j'ai la figure à l'envers ! Bonne nuit !

– Je vous accompagne jusqu'à votre porte pour m'assurer que tout va bien dans cette voiture.

Mais plus aucun bruit, sinon quelques sonores ronflements, n'accompagnait le rythme du train. En revenant vers sa place, Pierre passa une main légère sur la porte d'Orchidée pour s'assurer qu'elle tenait à peu près puis revint s'asseoir sur son siège. Cette histoire de départ pour la Chine le tourmentait. La jeune princesse l'avait-elle lancée pour se débarrasser d'une reconnaissance encombrante ? Telle qu'il la connaissait, elle ne souhaitait certainement pas revoir Lydia d'Auvray, sachant bien, en outre, qu'Édouard n'approuverait guère ce genre de relations. Oui, c'était sûrement ça !

Mais au moment où il se donnait à lui-même cette assurance Pierre s'efforçait de ne pas entendre une voix intérieure, toute petite et toute timide, qui chuchotait : « Et si c'était vrai ? Si Orchidée regagnait réellement son pays natal ? » Cela expliquerait bien des choses et d'abord le fait qu'elle voyageait seule, sans son époux alors que jamais on ne les voyait l'un sans l'autre. D'autre part, elle n'avait pratiquement aucun bagage... Cela signifiait quoi ? L'impulsive réaction d'une femme amoureuse incapable de se supporter seule dans sa demeure devenue trop grande et partie sur un coup de tête pour rejoindre son mari sans même se donner le temps d'emplir une malle ? Un mouvement de jalousie ? Non, c'était impossible : dans ce cas-là, Orchidée se rendrait à Nice où d'après elle, Édouard s'était rendu au chevet de sa mère.

Une autre hypothèse montrait le bout de son nez : la belle Mandchoue allait vraiment s'embarquer pour la Chine, peut-être à la suite d'une scène de ménage. Ne voyant presque jamais les Blanchard, Pierre ignorait tout de leur vie intime. Se pouvait-il que le roman né au bord du canal de Jade eût atteint son dernier chapitre ? Cela expliquerait l'état de bouleversement dans lequel il avait vu la jeune femme. Mais comment savoir ? De toute façon, il y avait un drame quelque part, un drame contre lequel il ne pouvait rien en dépit de son amour.

L'idée lui vint d'abandonner son poste et de la suivre discrètement à Marseille. A ce stade du parcours on en était presque aux trois quarts du voyage. Il pouvait se déclarer souffrant et demander à l'un de ses collègues de s'occuper de deux wagons jusqu'à Nice ? Le coup assené par le prince Kholanchine pouvait justifier un malaise... La seule idée d'abandonner Orchidée, seule, dans une ville aussi cosmopolite, aussi turbulente et même aussi douteuse que le grand port méditerranéen soulevait chez lui une inquiétude proche de l'angoisse... Il fallait qu'il fasse quelque chose...

Le jour hivernal n'était pas encore levé lorsque le train fit son entrée dans la gare Saint-Charles. Le mistral qui soufflait depuis Valence balayait la poussière des quais et plaquait les vêtements sur les jambes de ceux qui s'y trouvaient.

Tandis qu'il aidait Orchidée à descendre, Pierre posa une question toute naturelle après avoir, du haut des marches, examiné les quelques personnes venues attendre les voyageurs :

– Je ne vois pas votre époux. Est-ce qu'il ne vient pas vous chercher ?

– Pas du tout. Il doit me rejoindre dans la journée à l'hôtel.

– Au Noailles, bien sûr ?

– Non. A celui qui est... tout près de cette gare. Nous... nous ne resterons pas à Marseille.

Mme Lecourt arrivait derrière la jeune femme flanquée d'une longue créature sans couleur définie – cheveux ni blonds ni gris, visage brouillé et vêtements de teinte neutre – qui faisait d'héroïques efforts pour ne pas bâiller. Avec son franc-parler coutumier elle se mêla aussitôt de la conversation :

– Le Terminus ? Quelle drôle d'idée ! C'est plein d'étrangers impossibles, de notaires de province et de commis voyageurs... sans compter les bruits et les fumées du chemin de fer.

– Nous n'y passerons qu'une nuit. C'est sans importance !

– Et ensuite vous vous embarquez ?

– Je crois... mais je ne suis pas certaine. Mon mari veut me faire une surprise.

Ces questions agaçaient la jeune femme. Ayant mis pied à terre, elle tendit la main à Pierre.

– Merci de vos soins et de votre gentillesse ! A bientôt peut-être ?

– Un instant ! Je vous appelle un porteur. Il vous conduira directement à l'hôtel.

Lui aussi était nerveux. Le chef de train lui avait refusé de descendre à Marseille :

– Ce serait bien volontiers, mon vieux, mais nous avons Lebleu et Vignon qui ont, eux aussi, le crâne en compote. Essayez de tenir le coup jusqu'à Nice ! Je vous le demande comme un service personnel.

Que répondre ? D'ailleurs, le mal n'était peut-être pas irréparable. Une fois à destination, il n'aurait qu'à sauter dans le premier train pour Marseille et revenir voir au Terminus comment les choses se passaient.

Cependant, la Générale, tout en marchant avec Orchidée vers les contrôleurs, lui faisait elle aussi ses adieux :

– Je suis un peu déçue. Ma voiture m'attend et je pensais que nous pourrions faire route ensemble jusqu'à votre hôtel. Est-ce que nous nous reverrons ?

– Il faut l'espérer. Personnellement, j'en serais très heureuse...

– Alors, échangeons nos adresses et, de toute façon, si vous aviez besoin de quoi que ce soit dans l'immédiat ou durant votre séjour, même très bref, dans cette ville, n'hésitez pas à m'appeler !...

Et, tirant de son sac une petite carte finement gravée, elle la tendit à Orchidée puis, la prenant brusquement aux épaules, l'embrassa sur les deux joues avant de s'éloigner à grands pas vers la sortie, miss Price trottinant sur ses talons. Orchidée s'aperçut alors qu'elle n'avait pas attendu qu'elle lui donne son adresse mais au fond c'était sans importance. Elle vit un cocher en livrée vert sombre et haut-de-forme à cocarde se précipiter vers la vieille dame et son ombre puis, s'en désintéressant, elle suivit son porteur qui se dirigeait vers une autre sortie, pensant ainsi achever de couper les ponts avec son existence occidentale.

En dépit du dédain affiché par la générale Lecourt, le Terminus-Hôtel était une excellente maison, d'ancienne et bonne réputation, pourvue d'un personnel aussi courtois que discret. Orchidée s'y inscrivit sous le nom de Mme Wu-Fang, celui que la lettre indiquait pour son voyage et, faute de pouvoir présenter un passeport quelconque, déclara que son époux la rejoindrait le lendemain avec leurs papiers à tous deux. En foi de quoi, on mit à sa disposition une chambre confortable, tendue de reps jaune et de passementeries bleues sur laquelle régnait une gravure représentant Notre-Dame-de-la-Garde. Deux fenêtres avec balcon donnaient sur le magnifique panorama de la ville qui s'étendait, gris et rose, jusqu'à l'échancrure bleue du Vieux-Port.

Depuis son arrivée en France, Orchidée gardait un excellent souvenir de Marseille. Elle en avait aimé le prodigieux enchevêtrement de chars, de voitures à tentes, de tramways à sifflets, de flâneurs, de marins, de femmes qui, à la façon de leurs ancêtres grecques, portaient sur leurs têtes bien droites paniers de fruits, de pains ou jarres d'huile ou, à la hanche, des corbeilles de poissons scintillants de fraîcheur. Les dames élégantes et les beaux attelages ne manquaient pas non plus car l'ancienne Phocée, grâce au percement de l'isthme de Suez, avait retrouvé richesse, importance et prospérité. Cette vie grouillante aboutissait à la mer que soulignait, au ras de l'eau, une forêt de mâts, de vergues, de filins et de haubans. Orchidée en avait aimé l'exubérance, les vives couleurs, la lumière et l'air bleu des petits matins. Mais parcourir une ville au bras d'un homme entre tous chéri, dans l'insouciance et le bonheur, ou bien la contempler dans la solitude du haut d'un troisième étage ne présente pas les mêmes charmes, surtout lorsque l'on sait que ces images, on ne les reverra plus.

Peu désireuse de reprendre contact avec la ville, la jeune femme décida de ne pas sortir. Sans doute aurait-elle le temps, demain matin et avant de s'embarquer, d'effectuer les quelques achats indispensables en vue de la longue traversée. Elle se contenta de faire savoir que, fatiguée, elle voulait être servie dans sa chambre mais réclama des journaux. Non pour voir si l'on y parlait de l'assassinat de son époux – il était encore trop tôt pour les publications de province et le drame n'y paraîtrait guère que le lendemain en admettant qu'il parût assez important pour intéresser les gens du Midi – mais pour y voir l'heure du départ de son bateau et quel en était le quai d'embarquement.

Hélas, elle eut beau parcourir la rubrique traitant des mouvements du port, aucun navire nommé *Hoogly* n'était en partance le lendemain au quai des Messageries Maritimes ni d'ailleurs aucun bateau à destination de l'Extrême-Orient avant trois jours.

Un long moment, elle resta assise au bord de son lit, laissant glisser les feuilles imprimées de ses mains qui tremblaient un peu. Qu'est-ce que cela voulait dire ? Pourquoi lui avait-on donné toutes ces précisions par écrit s'il n'y avait pas un mot de vrai ? Était-ce pour brouiller les pistes au cas où la lettre serait tombée entre des mains hostiles ? En fait c'était la seule explication valable et elle ressemblait assez aux habitudes tortueuses des « Lanternes rouges ». Une chose était certaine : quelqu'un l'attendrait demain matin à l'arrivée du Méditerranée-Express. C'était ce quelqu'un qui détenait la clef de l'énigme et la fugitive n'avait pas le choix : il fallait à tout prix le rencontrer.

Repoussant du pied le journal, elle chercha dans son sac l'agrafe d'or et de turquoises et la caressa longtemps. Ce joyau était sa sauvegarde et son passeport tout à la fois, la clef qui allait lui ouvrir les portes de bronze de la Cité Interdite et, si le guide annoncé lui semblait peu fiable, elle gardait au moins la ressource de ne pas l'aborder et d'aller prendre passage sur le prochain paquebot annoncé à destination de la Chine. Évidemment, cela représentait un laps de trois jours à passer dans cette ville... une éternité !

Cette idée venait à peine de lui traverser l'esprit qu'elle la rejeta en se traitant de sotte : elle ne possédait aucun papier au nom de Mme Wu-Fang ni d'ailleurs à aucun nom en dehors d'un livret de famille. Elle figurait seulement sur le passeport d'Édouard et ce passeport était loin. Comment passer une douane, franchir un poste de police puis la passerelle d'un bateau sans ce document ? Non, sa seule chance de partir sans être inquiétée résidait dans l'inconnu qu'elle rejoindrait dans quelques heures. Il n'y avait pas à en sortir !

La journée lui parut très longue et la nuit plus encore. Elle s'efforça de se nourrir et aussi de prendre du repos mais n'obtint qu'un sommeil haché et nerveux qui ne la détendit pas. Quant au thé qu'on lui servit, il n'était en rien digne de ce nom : une sorte de compromis d'un brun noirâtre entre une quelconque tisane et de l'eau de vaisselle...

A cinq heures du matin, incapable de rester couchée plus longtemps, elle se leva, fit sa toilette à l'eau froide, ce qui eut au moins l'avantage de la stimuler, s'habilla et rangea ses affaires. Puis s'installant à une petite table-bureau placée contre un mur, elle prit, dans le sous-main, une feuille de papier à en-tête de l'hôtel et une enveloppe, griffonna quelques mots destinés à prévenir la direction de l'obligation où elle se voyait de quitter la maison plus vite qu'elle ne l'aurait voulu, glissa la lettre dans l'enveloppe accompagnée d'un billet de banque, referma le tout et le plaça bien en évidence sur la cheminée. Enfin, reprenant son mince bagage qu'elle cacha, comme au départ de chez elle, sous son ample pelisse, elle ferma sa chambre et descendit dans le hall sans faire usage de l'ascenseur. Elle tenait une réponse toute prête au cas où le portier de nuit l'interrogerait mais, dans cet hôtel contigu à une gare, les allées et venues nocturnes étaient fréquentes. Cependant le préposé remarqua :

– Madame est bien matinale...

Il fallait dire quelque chose. Orchidée réussit à prendre un ton insouciant pour déclarer :

– Mon époux arrive par le Méditerranée-Express et je vais l'attendre car il ne sait pas à quel hôtel j'ai choisi de descendre.

C'était on ne peut plus naturel et l'homme ouvrit, devant cette cliente élégante, la porte du passage accédant directement à la salle des pas perdus.

En dépit de l'heure matinale, de nombreuses personnes s'y croisaient. Un rassemblement composé de gens de maison se formait à l'entrée du quai où allait arriver le Méditerranée-Express. Orchidée s'approcha prudemment, cherchant qui pouvait bien être là pour elle. Et soudain elle les vit : un groupe de trois personnes, deux hommes et une femme tout vêtus de noir comme s'ils attendaient quelqu'un pour des funérailles mais, sous leurs chapeaux melons identiques, les figures des deux hommes étaient résolument asiatiques. La femme, elle, disparaissait sous l'un de ces longs voiles de crêpe comme en portaient habituellement les veuves.

Orchidée se demandait qui elle pouvait bien être quand, soudain, celle-ci fouilla dans son réticule, en tira un mouchoir blanc qu'elle voulut porter à son visage. Le tissu funèbre la gênant, elle le rejeta en arrière d'un geste agacé qui découvrit son visage : c'était Pivoine...

Un instant, Orchidée resta figée sur place. La présence de celle qu'elle considérait à bon droit comme son ennemie jurée renforçait l'inquiétude éprouvée en lisant le journal. Cette fois, elle flaira un piège et son premier mouvement fut de tourner les talons et de s'enfuir mais elle pensa aussitôt qu'il y avait peut-être là une occasion d'en savoir plus sur cette suite de catastrophes qui venait de s'abattre sur elle.

Le trio tournait le dos à la grille placée à l'entrée de chaque quai. Il regardait vers le lointain des voies et en aucune façon ce qui pouvait se passer derrière. Orchidée s'approcha lentement, presque à toucher le lacis de fer forgé. A cet instant, la voix nasillarde d'un haut-parleur annonça que le Méditerranée-Express avait un quart d'heure de retard, ce qui eut le don de susciter la mauvaise humeur de l'un des deux hommes :

– Il ne manquait plus que ça ! On gèle dans cette gare ! Allons boire quelque chose de chaud !

– Vous ne bougerez pas d'ici ! coupa sèchement la Mandchoue. J'ai aussi froid que vous. Cependant il suffirait que vous vous laissiez retenir une seconde pour que nous la manquions... En outre, vous êtes là pour m'obéir...

– Veuillez me pardonner ! grogna l'homme. Espérons seulement que nous ne perdons pas notre temps et qu'elle est dans le train.

– Soyez tranquilles, elle y est! Elle sait trop ce qu'elle risquerait en désobéissant.

– Elle a trahi une fois, dit le troisième personnage. Pourquoi se plierait-elle à vos exigences?

– Elle a trahi par amour pour ce barbare aux cheveux jaunes dont elle est devenue folle. S'il s'agissait de sa propre vie, nous n'aurions aucune chance car elle a du courage mais elle ne supportera pas l'idée qu'il pourrait être tué. Je sais d'ailleurs qu'elle a déjà commencé à obéir et qu'elle possède l'agrafe d'or. Il n'y a plus qu'à attendre...

– Et si le mari vient avec elle?

– Rien à craindre de ce côté. Notre chance a été qu'il parte en voyage sans elle et que j'en aie été prévenue aussitôt. Il y a longtemps que j'attendais ce moment.

– Comment avez-vous fait, ô Très Puissante?

– Cela ne vous regarde pas! Tout ce que vous avez à faire, lorsque je vous l'aurai désignée, sera de la conduire jusqu'à la voiture que je rejoindrai dès que vous l'aurez vue...

– Nous savons! bougonna l'homme.

– Il n'est jamais inutile de répéter les ordres afin d'être sûr qu'ils sont bien compris... mais voici le train! Vous voyez que j'ai eu raison de vous obliger à rester. Il a dû rattraper une partie de son retard...

En effet, le porte-voix annonçait l'entrée en gare du Méditerranée-Express. Orchidée s'éloigna prudemment des trois personnages et, sans les perdre de vue, alla s'asseoir sur l'un des bancs placés le long des murs, assez près de la sortie pour être certaine de ne pas manquer ceux qu'elle surveillait. Bien décidée à les suivre lorsqu'ils quitteraient la gare.

Ce qu'elle venait d'entendre ne l'étonnait pas vraiment. Les dépositions mensongères de ses domestiques écartaient toute idée d'une collusion quelconque avec ses compatriotes. Gertrude et Lucien haïssaient et méprisaient la Chine en totalité. Pour quelle raison auraient-ils aidé Pivoine à tuer leur maître ? Mais si la Mandchoue était innocente de ce crime – et Orchidée en avait à présent la certitude –, qui donc portait la responsabilité du meurtre ?

Cependant la conversation qu'elle avait surprise avait au moins le mérite de la renseigner sur la provenance de la lettre. L'un des hommes ne venait-il pas d'appeler Pivoine « Toute-Puissante » ? Cela ne pouvait signifier qu'une chose : c'était elle à présent la « Mère sacrée du Lotus jaune » et sans doute possédait-elle toute la confiance de Ts'eu-hi avec le commandement des « Lanternes rouges », ce qui la rendait plus redoutable que jamais...

Tandis que la jeune femme réfléchissait, le train, ses voyageurs débarqués, faisait machine arrière pour rejoindre l'aiguillage qui le remettrait sur le chemin de la Côte d'Azur. Le bruit et la fumée de la puissante locomotive emplissaient la gare. Sur le quai, il n'y avait plus que deux ou trois porteurs à vide, un homme d'équipe armé d'une burette à long col et un contrôleur.

Le trio, refusant apparemment l'évidence, était resté jusqu'au bout. D'un même mouvement il fit demi-tour et fonça vers l'extérieur. Pivoine allait en tête et Orchidée sentit la fureur qui se gonflait sous ses voiles funèbres. Les deux hommes suivaient, visage hermétiquement fermé sous le bord des chapeaux enfoncés jusqu'aux sourcils.

Orchidée les laissa passer puis s'élança sur leurs pas. Elle les vit s'engouffrer dans une voiture qui stationnait dans la cour, chercha des yeux un fiacre, en trouva un, se jeta à l'intérieur et ordonna au cocher :

– Suivez la voiture noire qui démarre là-bas !

Le bonhomme, qui arborait une figure rougeaude sous un chapeau de paille assorti à celui qui coiffait son cheval, tourna vers sa cliente deux petits yeux goguenards :

– Boudiou ! ma p'tite dame, c'est pas des choses à faire si c'est vot'conjoint qu'est là d'dans...

– Conjoint ? Vous voulez dire mon mari ? Non, ce n'est pas lui et je vous conseille de faire vite... à moins que gagner une pièce d'or ne vous intéresse pas ?

– Fallait dire ça tout d'suite ! De l'or ? J'en ai pas vu depuis ma première communion... Hue, ma belle !

Et l'on descendit avec bonne humeur la butte sur laquelle s'érigeait la gare Saint-Charles avant de s'engager dans les rues grouillantes de vie qui plongeaient vers la vieille ville, un quartier tout à fait inconnu d'Orchidée, composé d'antiques maisons dont la lèpre des façades n'arrivait pas à cacher la beauté ancienne. Enfin, la voiture noir et rouge s'arrêta dans une rue étroite aboutissant à une grande église byzantine dont les coupoles s'appuyaient sur une assise où alternaient le marbre vert de Florence et la pierre blanche de Calissane. Comprenant qu'il ne devait pas s'approcher, le cocher arrêta sa voiture à une distance suffisante pour ne pas attirer l'attention mais assez courte pour que l'on pût voir où entrait le trio : une sévère demeure à fenêtres étroites que les clairs rayons du soleil ne parvenaient pas à égayer.

– Qu'est-ce qu'on fait ? demanda le cocher en se tournant vers sa cliente.

– On attend si vous le voulez bien.

– Oh, moi, du moment qu'vous m'payez...

En effet, Orchidée éprouvait le besoin de réfléchir. Elle savait bien, à présent, que le rendez-vous donné par Pivoine n'était qu'un piège destiné à se procurer l'agrafe de l'Empereur et qui, très certainement, n'aurait eu d'autre issue qu'une mort obscure pour l'ancienne favorite de Ts'eu-hi. Cependant ces gens qu'elle venait de perdre de vue représentaient son seul lien avec un pays qu'elle souhaitait désespérément revoir. Elle ne parvenait pas à donner l'ordre qui l'éloignerait d'eux. D'ailleurs la voiture qui les avait amenés restait devant la porte et il était possible que l'un d'eux s'en servît à nouveau dans un proche avenir.

En effet, après une attente d'environ un quart d'heure, Pivoine reparut, toujours vêtue de la même façon mais accompagnée d'un seul homme portant, cette fois, une valise qui semblait assez lourde. Tous deux remontèrent en voiture.

– On les suit ? demanda le cocher.

– Bien entendu. Je veux savoir où ils vont...

– Avec un bagage, y a pas trente-six destinations : c'est la gare maritime ou la gare tout court.

– Nous verrons bien !

Il fut vite évident qu'il s'agissait du chemin de fer et, un quart d'heure plus tard, les deux véhicules se retrouvaient à leur point de départ. Orchidée, alors, laissa les autres descendre et gagner l'intérieur avant de mettre pied à terre à son tour. Elle donna au cocher le « louis » promis, ce qui eut le don de le mettre en joie :

– Vous voulez qu'je vous attende ?

– Non, merci... Je vais peut-être repartir...

Elle disait n'importe quoi. Peut-être parce qu'elle ne savait pas du tout ce qu'elle allait faire. Son seul désir était de pouvoir embarquer sur un bateau quelconque pour rentrer en Chine mais comment faire lorsque l'on ne possède pas d'autres papiers que ceux d'une femme recherchée pour meurtre par la police ? Elle avait de l'argent, certes, et dans ce port il devait être possible de se procurer un faux passeport mais où, mais comment ?

Cependant, Pivoine quittait le guichet où elle venait de prendre un billet, confiait sa valise à un porteur et congédiait son compagnon d'un signe désinvolte de la main. De toute évidence elle se rendait à Paris pour voir ce qui, dans son plan, n'avait pas marché.

Un instant, Orchidée se demanda si elle ne devait pas, elle aussi, reprendre le train, retourner avenue Velazquez et s'y livrer à la police. Elle se sentait horriblement lasse et puisque, apparemment, il n'y avait plus aucune porte ouverte devant ses pas, elle en venait à penser qu'en prison au moins elle aurait la paix. L'impulsion fut si forte qu'elle se dirigea vers le guichet. Suivre la Mandchoue jusqu'au bout de son voyage pouvait aussi être une bonne chose ? De toute façon, il ne lui restait rien à perdre sinon la vie. Mais sans Édouard, c'était chose de si peu d'importance !

Elle s'arrêta pour prendre de l'argent dans son sac. A cet instant, une main se posa sur son épaule...

CHAPITRE IV

UN AMI FIDÈLE...

Son sac de voyage d'une main et *le Figaro* de l'autre, Antoine Laurens sauta à bas du fiacre qui l'avait amené et embouqua à l'allure d'un raz de marée l'entrée du 36 quai des Orfèvres, imprimant au factionnaire, avec l'aide de sa pèlerine, une allure de derviche tourneur. A peine rétabli de façon stable sur ses grands pieds, celui-ci voulut se lancer à la poursuite de l'agresseur :

– Hé!... Vous là-bas, l'homme pressé! Où allez-vous ?

Sur le point de s'élancer dans un escalier de bois poussiéreux, l'interpellé s'arrêta un instant :

– Je vais voir le commissaire Langevin! lança-t-il, et je suis en effet très pressé. Ne vous dérangez pas pour moi!

Sans attendre la réponse, il escalada quatre à quatre deux étages, prit un couloir en homme qui connaît la maison, et fit envoler plus qu'il ne l'ouvrit une porte vitrée qui, dans l'aventure, faillit laisser une partie de ses carreaux. Après quoi, constatant que son but était atteint et que le personnage recherché siégeait bien derrière son bureau couvert de paperasses, il jeta sur le tout le journal plié à dessein et aboya : « Est-ce que vous pouvez m'expliquer ça ? » avant de se laisser tomber sur une chaise qui protesta contre un traitement si brutal.

Sans s'émouvoir, le policier leva sur l'intrus un regard gris tout juste un petit peu plus las que d'habitude. La lassitude était en effet son expression coutumière et si ses collègues de la Police Judiciaire savaient à quoi s'en tenir, il n'était pas rare qu'un malfaiteur se laissât prendre à cet air exténué pour s'apercevoir un peu trop tard qu'il cachait un esprit toujours en éveil et des réactions fulgurantes. Il n'était jamais bon de prendre Langevin pour un imbécile.

Repoussant le quotidien qu'il finissait de lire, celui-ci adressa un sourire aux tulipes citron que contenait son vase de barbotine verte, chercha sa pipe à tâtons et se mit à la bourrer avant d'accorder un regard au visiteur vêtu de tweed beige fatigué qu'il connaissait depuis trop longtemps pour se formaliser de ses manières. Cela fait, il alluma soigneusement le fourneau d'écume représentant une tête de Sioux – cadeau récent d'une amie américaine –, se laissa aller dans son fauteuil de cuir, tira deux bouffées avec une visible volupté et, enfin, soupira :

– Je me doutais bien que vous alliez me tomber dessus à un moment ou à un autre mais comme je comptais vous appeler, c'est toujours ça de fait. Cependant je ne vous attendais pas si tôt...

– Autrement dit, vous êtes plutôt content de me voir mais vous ne répondez pas à ma question. Alors, je répète : qu'est-ce que cette ineptie ?

– Si seulement je le savais ! D'abord croyez que je suis désolé. Je connais vos liens d'amitié avec Édouard Blanchard et j'imagine...

– Après, l'imagination ! Votre phrase est incomplète. Vous auriez dû dire : vos liens d'amitié avec Édouard

Blanchard et sa femme. Qu'est-ce qui a bien pu vous faire croire que cette pauvre petite qui vénère son époux ait pu l'assassiner ?

– Les faits... et aussi les témoignages. Mais d'abord d'où arrivez-vous dans votre tenue de campagne ? Vous partez en voyage ?

– Non. J'en arrive. Tout juste débarqué du Rome-Express, j'ai buté à la gare de Lyon dans un petit crieur de journaux qui braillait ce titre insensé : « L'ancien diplomate Édouard Blanchard assassiné par sa femme ! » Je l'ai acheté et je me suis rué dans un fiacre pour être conduit ici. Pendant le parcours j'ai eu le temps de lire ! Et quand je dis que c'est insensé c'est parce que je n'ai pas d'autre mot sous la langue...

– Calmez-vous et écoutez-moi ! Il y a contre elle deux témoignages accablants.

– Ceux des domestiques ? J'ai vu ! Et vous croyez ces gens-là ?

– Difficile de n'en pas tenir compte lorsqu'ils sont aussi formels !

– Et le concierge ? Il n'a rien vu ? rien entendu ?

– Non. Il a cru entendre le bruit d'une voiture. Encore était-ce très vague avec la neige qui est tombée. En tout cas, on n'a pas demandé la porte, preuve que l'on avait la clef, ce qui est normal quand il s'agit du propriétaire ou tout au moins de son fils !

– Mais enfin, si j'ai bien compris ce que dit Mme Blanchard, son mari était parti pour Nice depuis deux jours. Quelqu'un a bien dû le voir monter en voiture avec des bagages ?

– Pas le concierge en tout cas ! Il était allé faire une course à ce moment-là...

– Tant pis !... Trouvons autre chose ! Par exemple, pour aller à Nice on prend le train et je ne vois pas

Édouard voyager dans un wagon à bestiaux. Il a dû retenir un sleeping!

– Non, rien du tout! En fait... il n'y a aucune trace du passage de M. Blanchard en gare de Lyon. Vous voulez une tasse de café?

– Vous avez ça?

– Nous sommes assez bien outillés.

Quittant sa table, le commissaire alla ouvrir la porte qui communiquait avec le bureau voisin et demanda :

– Ayez donc l'amabilité de nous apporter deux tasses de café, Pinson, sans oublier une troisième pour vous! Puis, revenant à son visiteur, il expliqua : Ce garçon arrive à faire une mixture assez valable sur le poêle de son bureau. En y ajoutant un peu de mon vieux marc de Bourgogne ce n'est pas désagréable! En même temps, ce cher Pinson vous racontera comment Mme Blanchard lui a faussé compagnie.

– Le journal dit, en effet, qu'elle s'est enfuie...

– Oui, mais il ne dit pas ce qu'elle a fait à mon inspecteur parce que j'ai exigé que la Presse ne soit pas au courant. Elle a déjà suffisamment tendance à ridiculiser la Police.

L'instant suivant – preuve que ledit café devait être tenu au chaud sur le poêle en question – l'inspecteur Pinson faisait son entrée précédé d'un plateau sur lequel reposait une cafetière émaillée, un sucrier et trois tasses. Langevin compléta l'ensemble en y ajoutant une bouteille d'allure vénérable qu'il sortit d'un cartonnier. Laquelle bouteille alluma une lueur d'intérêt dans l'œil du nouveau venu.

Présentations faites, Pinson, à la demande de son chef, raconta comment Orchidée s'était débarrassée de lui en l'assommant proprement avec un champignon à chapeaux avant de le bâillonner et de le ligoter...

– Croyez-moi, c'est une professionnelle, cette femme-là ! conclut-il. Belle comme une déesse mais capable des pires tours. Je me suis juré que personne d'autre que moi ne l'arrêterait ! Ce sera un vrai plaisir de lui passer les menottes !

– J'aimerais que vous réfléchissiez avant d'en venir là, fit doucement Antoine quelque peu réconforté par le chaud breuvage et surtout par les vertus roboratives du vieux marc.

– Réfléchir à quoi ? Elle est coupable, un point c'est tout ! assura le jeune policier.

– C'est aller un peu vite. Mon cher Langevin, je suppose que vous avez encore présents à la mémoire les événements de la fin de l'été dernier, l'assassinat du père Moineau et le coup de téléphone que je vous ai passé depuis Dijon en vous demandant de prévenir mon ami Édouard Blanchard du danger que représentait, pour lui et pour sa femme, cette Mandchoue nommée Pivoine.

– Je n'ai rien oublié, Laurens. D'autant que nous n'avons jamais réussi à mettre la main sur cette bonne femme et chez nous, les échecs demeurent beaucoup plus présents que les succès. Elle a dû quitter la France et...

– Comment ? Je suppose que son signalement a été donné aux gares, aux ports et aux frontières.

Langevin haussa les épaules et redressa l'une des tulipes jaunes qui penchait un peu.

– Souvenez-vous que cette femme a tué Moineau sous un déguisement d'homme, qu'elle est habile à se grimer et qu'en dépit d'une surveillance étroite nous n'avons trouvé aucune trace chez les Chinois qui habitent Paris bien qu'ils ne soient pas très nombreux.

– Je suis d'accord mais, en admettant qu'elle soit

partie, elle a pu revenir et, à mon avis, c'est elle ou quelqu'un de sa bande qui a tué Blanchard! Voyons, c'est l'évidence même!

– Un peu de calme! Je ne vous ai pas attendu pour y penser, grogna le commissaire. Seulement il y a quelque chose qui s'oppose formellement à votre version des faits.

– Et c'est?

– Mais les domestiques, voyons! Ils détestent Mme Blanchard parce que c'est une « Jaune », comme ils disent. Vous ne les voyez tout de même pas couvrir – et en prenant de gros risques! – le crime d'une de ses pareilles?

– Avec de l'argent on obtient n'importe quoi!

– Pas avec d'anciens serviteurs. Ceux-là ont servi jadis chez les parents Blanchard. Il est normal qu'ils se soient proposés pour tenir la maison du nouveau couple.

– Et ça vous paraît normal qu'ils aient accepté de servir cette Jaune qu'ils méprisent tant?

– Ils ont connu Édouard quand il était adolescent. Ils devaient l'aimer. Du moins ils le disent...

– Orchidée aussi l'aimait. J'en mettrais ma tête à couper...

– Faites excuses, dit Pinson en se frottant le crâne, mais c'est loin d'être une tendre. Si son mari la trompait comme l'assurent les larbins, elle a pu perdre un peu les pédales...

Le téléphone sonna dans l'autre pièce et fit sortir Pinson au plus beau moment de sa démonstration. Agacé, Antoine saisit la bouteille de marc et s'en versa une rasade qu'il avala d'un trait :

– Je vois que je perds mon temps, fit-il. Votre siège est fait : Mme Blanchard est coupable, un point c'est tout. Un peu facile!

Langevin tira une grosse bouffée de sa pipe, balaya la fumée de la main et s'accouda au cuir vert de son bureau. Puis, regardant le peintre bien en face :

– Asseyez-vous et écoutez-moi bien ! Mon siège, comme vous dites, est fait mais pas dans le sens que vous imaginez. Je ne crois pas vraiment que Mme Blanchard ait tué son mari.

– Hein ?... Alors que signifie tout ça, gronda Antoine en reprenant le journal qu'il agita sous le nez du commissaire.

– Je vous ai dit de me laisser parler !

Maté pour le moment, Antoine se rassit :

– Cette quasi-certitude, je l'ai acquise en faisant passer l'appartement au peigne fin par mon ami Alphonse Bertillon dont les découvertes en dactyloscopie commencent à être prises très au sérieux depuis qu'on les a employées dans deux ou trois affaires importantes. Néanmoins, ils sont encore nombreux, dans la pègre et ailleurs, ceux qui ne savent pas ce que les empreintes digitales peuvent apporter dans une enquête.

– Je crains que cette douce ignorance ne dure guère.

– Aussi convient-il d'en profiter. J'ai donc fait appel aux lumières de Bertillon qui, outre la maison, a examiné de près le cadavre et surtout l'arme du crime. Or, on y trouve toutes sortes d'empreintes : celles de Blanchard lui-même, de Lucien le valet, de Gertrude aussi mais il y a sur la poignée une série de marques tout à fait étrangères : celles d'un homme aux doigts larges que nous cherchons en ce moment à identifier...

– Merveilleux ! s'écria le peintre. Il n'y a plus qu'à envoyer un démenti aux journaux et à...

– Pas si vite ! Si nous mettons la main sur cette belle dame elle n'en sera pas moins arrêtée.

– Quoi ? Mais vous venez de dire...

– Qu'elle est sans doute innocente du meurtre. Cependant, outre que nous n'avons aucune certitude tant que nous n'aurons pas découvert le propriétaire des empreintes, elle reste sous le coup de deux autres accusations Une : voies de fait sur la personne d'un policier dans l'exercice de ses fonctions...

– Vous n'allez pas lui chercher des histoires pour une broutille pareille ? Il est tout vif et tout frétillant votre inspecteur.

– Vous pouvez ajouter qu'il n'est pas rancunier. Ce qui l'indigne c'est d'avoir été aussi mal payé de sa gentillesse envers la prisonnière. Mais je reprends mon énumération. Deux : si Mme Blanchard n'est pas une meurtrière, elle n'en est pas moins une voleuse.

– Une voleuse ? Voilà autre chose ! Où avez-vous été chercher ça ?

– Au musée Cernuschi... juste en face de chez elle. Vous n'avez pas pris le temps de lire tout votre journal. L'un des objets les plus précieux, l'agrafe d'or et de turquoises de l'empereur Kien-Long, a été dérobé la veille du crime par une femme correspondant point par point à la description de votre amie. J'ajoute que nous avons trouvé les vêtements qu'elle portait et que le personnel du musée les a reconnus aussitôt. Voilà ! Alors, là-dessus aucun doute !

– C'est incroyable, néanmoins ! s'écria Antoine démonté. Qu'est-ce qui lui a pris de faire une chose pareille ?

– Je vais vous dire comment je vois la chose dans l'état actuel de nos connaissances. Mme Blanchard avait le mal du pays. Elle devait tout de même se sentir un peu perdue... et peut-être pas très heureuse dans un environnement pas vraiment amical. Je sais que le couple sortait peu dans le monde où, dans les débuts, elle jouait un peu les curiosités de salon. Rôle dont elle s'est vite lassée. Ajoutons le fait qu'elle est une femme de haute naissance, une princesse pour l'orgueil de qui ce genre de situation devait être pénible. Si, d'aventure, son amour pour son époux s'est affaibli, elle en est peut-être venue à souhaiter rentrer en Chine. Auquel cas le vol du bijou se comprend comme un gage de repentir qu'elle souhaitait emporter avec elle. En outre, si M. Blanchard s'était offert... une fantaisie, elle ne l'a sûrement pas supporté. Alors, ou bien il a voulu l'empêcher de partir ou bien...

– Vous n'êtes pas logique, Commissaire ! Il y a un instant vous me disiez que vous ne croyiez pas à sa culpabilité et vous venez de me démontrer clairement toutes les bonnes raisons qu'Orchidée pouvait avoir de tuer Édouard ?

– Je sais... et je n'ai jamais prétendu que cette affaire était facile. Elle me soucie beaucoup !

– Passons à autre chose ! Elle s'est enfuie : avez-vous retrouvé sa trace ? Savez-vous où elle est allée ?

– Si ma théorie tient, elle doit essayer de gagner Marseille pour s'embarquer par le prochain courrier pour l'Extrême-Orient. Les Messageries Maritimes en font partir un tous les mois, le samedi. Nous sommes mercredi. Demain Pinson part pour Marseille afin d'y prendre langue avec nos collègues des Bouches-du-Rhône et surveiller samedi le quai d'embarquement du paquebot « Hoogly »... C'est le seul de mes hommes qui la connaisse et vous pouvez être sûr qu'il ne la ratera pas.

Antoine se leva, étira sans façon ses longs bras en étouffant un bâillement.

– Merci de ce que vous m'avez appris, Commissaire ! Cependant... et sans vouloir vous donner de conseils, si j'étais vous je ferais surveiller étroitement les domestiques. Ce sont peut-être de vieux serviteurs dans la meilleure tradition mais, sinophobes ou pas, ils ne me font pas l'effet d'être très catholiques...

Un brusque sourire – une rareté chez lui ! – étira brièvement les lèvres et la moustache de Langevin :

– Auriez-vous la prétention de m'apprendre mon métier ? On ne les lâche pas d'une semelle mais pour l'instant rien à signaler : ils attendent l'arrivée de la famille. Cependant, comme un conseil en vaut un autre, si j'étais vous j'irais me coucher. Vous me semblez bien fatigué !...

– Pas à ce point-là !

– Sans doute mais vous devriez tout de même prendre un peu de repos... ne fût-ce que pour être dispos quand vous reprendrez, ce soir, le train pour Marseille !

Antoine se mit à rire et, attrapant son chapeau, il s'en servit à la manière d'un feutre empanaché pour un salut très grand siècle :

– Je vous intronise roi des « flics » mon cher Langevin ! Vous me percez à jour. Cependant je vous demande de croire que je ne songe qu'à une chose : vous aider à faire éclater la vérité.

– J'espère sincèrement que vous vous en tiendrez là. Il ne me serait pas agréable du tout de vous trouver de l'autre côté de la barricade.

Sans répondre, cette fois, Antoine enfonça son chapeau sur sa tête, réendossa son paletot, reprit son sac et son journal puis adressant au policier un signe qui le saluait, il sortit enfin du bureau, retrouva son fiacre qui l'avait patiemment attendu et lui indiqua de le conduire chez lui, rue de Thorigny.

Il possédait là, dans un vieil hôtel charmant qui avait vu passer Mme de Sévigné et abrité quelque temps le président de Brosses, un appartement de garçon composé d'un grand atelier, d'une sorte de petit salon-fumoir qui servait aussi de salle à manger quand par hasard le peintre prenait ses repas chez lui, d'une salle de bains, d'une cuisine, d'un office et de deux chambres dont l'une était occupée en permanence par Anselme, le « maître Jacques » polyvalent chargé de veiller sur la demeure et les biens d'un patron avec lequel il entretenait des relations variables quant à l'intensité mais toujours dévouées.

Habitué de longue date aux départs et retours impromptus d'Antoine, à ses absences plus ou moins longues, Anselme, en dépit d'un tempérament méridional plutôt expansif, s'avérait la discrétion et la sérénité mêmes. Il avait vu le jour en Provence, quelque part du côté de Château-Saint-Sauveur, la propriété familiale d'Antoine, mais n'y retournait que fort peu pour l'excellente raison qu'il adorait Paris où ses goûts d'esthète éclairé en matière d'art en général, et surtout de peinture – ainsi d'ailleurs qu'en œnologie –, le retenaient.

D'ordinaire, il accueillait Laurens avec un large sourire mais aussi un calme olympien. Cette fois, il lui sauta presque au cou lorsqu'il le vit apparaître dans l'antichambre :

– Monsieur est rentré !... Quelle joie ! C'est vraiment le Ciel qui a inspiré à Monsieur de rentrer aujourd'hui !

– Que vous arrive-t-il, Anselme ? Vous ne m'avez pas habitué à des réceptions aussi affectueuses ?

– Parce que ce n'est ni dans ma nature ni d'ailleurs dans celle de Monsieur mais, cette fois, nous nageons en plein drame!... Je vois que Monsieur est au courant, ajouta-t-il en tirant le journal qu'Antoine tenait sous son bras. Quelle horreur!... ce pauvre M. Blanchard!

– Vous avez vu, j'imagine, que l'on accuse sa femme?

– Oui... et j'avoue que je ne comprends pas. Une dame si gentille et qui semblait tellement l'aimer!...

– Nous allons essayer de comprendre. Commencez par me faire couler un bain, puis vous irez chercher mes valises à la gare et vous m'en préparerez une autre. Je repars ce soir pour Marseille.

Tandis que son bain coulait, Antoine téléphona à la Compagnie des Wagons-Lits pour retenir son passage. Ensuite, il prit son bain, déjeuna puis, tout en avalant son café, reprit sa conversation avec Anselme qui était allé chercher ses bagages entre-temps.

– J'ai besoin de savoir ce que vous pensez de Gertrude et de Lucien, les serviteurs des Blanchard. Vous devez les connaître puisque nous avons, vous et moi, séjourné quelques jours chez eux tandis que Mlle Desprez-Martel se trouvait à Château-Saint-Sauveur [1]...

Au nom de la jeune fille, le visage rond d'Anselme s'illumina d'un vaste sourire :

– Puis-je demander respectueusement à Monsieur s'il a eu des nouvelles de... Mademoiselle Mélanie?

Le visage d'Antoine se ferma instantanément :

– J'arrive de Rome, Anselme! D'autre part, les deux années au cours desquelles nous ne devions pas nous revoir ne sont pas encore écoulées. Et puis, la question n'est pas là! s'écria-t-il en jaillissant de son fauteuil comme si un ressort venait de s'y détendre pour se mettre à arpenter le tapis. Je voudrais que vous me

1. Voir *la Jeune Mariée*.

parliez de Lucien et de Gertrude Mouret. Vous les connaissez assez bien, oui ou non ?

– Bien n'est pas le mot, Monsieur... Nous avons cohabité quelque temps avec un certain agrément, je dois le dire, cependant je n'ai jamais ressenti pour eux cette... comment dire ?... cette chaleur d'amitié qui pousserait à faire n'importe quoi pour quelqu'un. Ils sont très dignes... un peu compassés. Elle est excellente cuisinière.

– Si c'est tout ce que vous trouvez à en dire, c'est peu... Il y a tout de même une chose que je n'ai jamais bien comprise sans oser pour autant poser la question. Il se peut que vous puissiez y répondre...

– Je ferai de mon mieux pour satisfaire Monsieur.

– Je n'en doute pas. Voici : comment se fait-il que Mme Blanchard n'ait pas de femme de chambre ? C'est étonnant, non ?

– En effet et le fait m'a surpris, moi aussi. Eh bien, il paraît qu'elle n'en voulait pas, préférant s'habiller elle-même... de préférence avec l'aide de son époux. Elle disait qu'une camériste était toujours curieuse et souvent malveillante. Il y avait donc là-bas une lingère qui venait régulièrement pour veiller à l'entretien de ses vêtements mais c'est une femme très soigneuse.

– Hum !... Vous ne m'apprenez pas grand-chose au fond mais je vous remercie. A présent, rendez-moi donc un service : demain, par exemple, allez jusqu'à l'avenue Velazquez pour voir... vos anciens confrères, parler un peu avec eux, compatir à leurs ennuis...

– Que Monsieur n'en dise pas plus ! Je vais tranquillement leur tirer les vers du nez... si je peux m'exprimer ainsi ?

– Vous êtes admirable, Anselme ! Il y a longtemps que je le sais...

– Moi aussi, Monsieur. Merci, Monsieur.

Antoine achevait ses préparatifs pour son nouveau départ quand le téléphone sonna. A sa grande surprise, il découvrit une voix lointaine qui était celle de Pierre Bault mais n'eut pas le temps de s'étonner : ce qu'il entendait était suffisamment absorbant. En gros, le conducteur, complètement affolé après la lecture des journaux du matin mais très soulagé de le trouver chez lui, le mit au courant de ce qui s'était passé dans le Méditerranée-Express et le supplia de se rendre toutes affaires cessantes à Marseille pour tenter d'y retrouver Mme Blanchard :

– Je suis certain qu'elle est innocente et plus certain encore qu'elle est en danger. Il faut que vous l'aidiez, Monsieur Antoine ! Moi je ne peux rien, hélas ! Je voulais revenir de Nice dans la journée et la rejoindre au Terminus mais j'ai eu un accident... idiot comme tous les accidents...

– Qu'est-ce qu'il t'est arrivé ?

– Une jambe cassée ! J'ai été renversé par un chariot en gare de Nice et je suis à l'hôpital de cette ville.

– Pas de chance, mon vieux ! Mais ne te tourmente pas ! D'abord je prends le train dans une heure pour aller là-bas et ensuite j'irai te voir sur ton lit de douleur et tout te raconter.

– Merci... oh merci ! Vous allez l'aider, n'est-ce pas ? Vous croyez, vous aussi, qu'elle n'a pas...

– Tiens-toi tranquille, te dis-je ! Et à bientôt !

Un moment plus tard, dans le fiacre qui le ramenait à son point de départ du matin, Antoine essayait de combattre l'impression pénible ressentie pendant le coup de téléphone haletant de Pierre. Dans la voix angoissée de cet homme jeune, calme et toujours si parfaitement maître de lui-même, au point de laisser croire à une certaine froideur, il venait de découvrir ce que cachait cette façade, en apparence inaltérable : son ami aimait Orchidée et sans doute depuis leur première rencontre dans l'ambassade anglaise assiégée, ce qui expliquait d'ailleurs le soin qu'il mettait, depuis leur retour de Chine, à refuser toute invitation et à tenir le ménage Blanchard éloigné de lui. Trop modeste pour tenter d'entrer en compétition avec le brillant Édouard, dont il avait vite compris que la jeune Mandchoue était très éprise, il gardait le secret de cet amour sans espoir enfoui au plus profond de son cœur mais il n'était pas difficile de deviner ce qu'il avait pu souffrir et, sans doute, souffrait encore.

Le peintre devinait ce que Bault ressentait à cette heure, cloué sur un lit d'hôpital, au moment même où il lui était donné de pouvoir se dévouer au service de la bien-aimée. Il arrivait décidément au destin de se laisser aller à des plaisanteries du plus mauvais goût ! Aussi Antoine entendait-il faire de son mieux pour en adoucir l'amertume chez son ami Pierre qu'il irait chercher à Nice pour le ramener passer une douillette convalescence à Château-Saint-Sauveur où, il en était certain, Victoire, sa vieille et géniale cuisinière, Prudent le silencieux, son époux, et les jumelles, Mireille et Magali, lui réserveraient le plus chaleureux des accueils. D'abord parce qu'ils le connaissaient et ensuite parce que n'importe quel chien perdu avait droit à toute leur sollicitude et plus encore si Antoine lui-même l'amenait...

Celui-ci découvrit trop tard que ce genre de pensées présentait des dangers. D'autant qu'Anselme en faisant surgir brusquement dans la conversation l'image de celle qu'il appelait « Mademoiselle Mélanie » venait de le prédisposer au rappel de ces souvenirs qu'il espérait tenir à distance tout en sachant parfaitement qu'il n'y parviendrait jamais.

Depuis des mois, fidèle à ce qu'il avait lui-même imposé, il respectait sa parole. De ce fait, il ne savait rien d'elle, ni où elle se trouvait ni si elle pensait toujours à lui. Une chose s'avérait : où qu'elle fût, elle portait toujours son nom de jeune fille. Anselme, lecteur passionné de la rubrique mondaine du *Figaro*, se fût fait un devoir de lui annoncer, fût-ce au bout du monde, des fiançailles ou un mariage. Le brave garçon craignait tellement de découvrir ce genre d'annonce qu'il n'eût manqué pour rien au monde un seul numéro du journal. Agacé de cette obstination, Antoine fit remarquer un jour que Mélanie pouvait s'être mariée à l'étranger et sans prévenir les journaux français :

– Son grand-père, Monsieur Timothée Desprez-Martel, est à ses affaires à Paris depuis son retour d'Amérique : il ne manquerait pas en ce cas de passer une annonce... et puis, je pense qu'il aurait eu l'élégance de prévenir Monsieur.

Sans aucun doute ! Le vieux financier n'ignorait rien des sentiments d'Antoine pour sa petite-fille et il ne l'eût pas laissé apprendre ce genre de nouvelles par les journaux. Quant à Olivier Dherblay, son rival le plus sérieux à tous les sens du terme, il l'avait rencontré chez Maxim's, peu de temps avant son départ pour Rome, soupant en compagnie de Laure d'Albany, l'une des plus ravissantes courtisanes de Paris, et tous deux avaient échangé un sourire et un salut amical. Le bras droit de Desprez-Martel comptait à présent parmi les célibataires élégants les plus recherchés par les maîtresses de maison et par les jolies filles... Néanmoins, Antoine était bien obligé de s'avouer que, plus le temps s'étirait, plus le désir de revoir Mélanie se faisait douloureux.

Il dut faire un gros effort pour obliger la chère image à rejoindre le coin secret de son cœur où elle sommeillait habituellement. C'était à Orchidée qu'il fallait penser et c'était Orchidée qui avait besoin de lui. Cependant, en jetant son sac sur les coussins de velours brun d'un compartiment dont un autre que Pierre Bault lui avait ouvert la porte, Antoine se sentait d'une humeur massacrante. Ce soir, le charme du Méditerranée-Express, son train bien-aimé, ne jouerait pas.

Le rite du wagon-restaurant était pour lui chose sacrée, d'habitude. Il en aimait le luxe douillet, le service feutré, l'assistance toujours suprêmement élégante, la cuisine raffinée et le Chambolle-Musigny 1887 dont il arrosait régulièrement son menu quel qu'il fût. Mais ce soir, la barbue sauce hollandaise lui parut insipide, l'aloyau filandreux, les tomates farcies trop salées, le brie de Melun pas assez fait et la croûte aux fruits aqueuse. Seul le vin, dont le bouquet et le velouté auraient pu défier victorieusement l'humeur atrabilaire d'une commission d'enquête, trouva grâce à ses yeux et réussit à ramener un peu de chaleur dans ses veines au soulagement du maître d'hôtel qui ne reconnaissait plus ce client considéré à bon droit comme l'un des plus aimables et des plus faciles à satisfaire.

Rentré dans son compartiment et incapable de dormir, Antoine passa une nuit détestable, assis sur son lit à fumer jusqu'à s'en arracher la gorge, contraint à ouvrir sa fenêtre à plusieurs reprises, ce qui lui apporta des bouffées d'air glacé et des volées d'escarbilles. Le problème qui se posait le hantait : où et comment retrouver Orchidée dans l'énorme grouillement de Marseille ? Son seul fil conducteur était celui que Pierre lui avait donné : l'hôtel Terminus... à condition que la jeune femme y fût réellement descendue.

Il y eut un moment difficile quand le train s'arrêta en gare d'Avignon. La tentation fut forte de mettre sac à terre et de téléphoner à Prudent de venir le chercher. Oh ! la joie, la douceur du petit déjeuner dans la grande cuisine avec autour de lui la sollicitude voltigeante des jumelles et l'odeur suave des brioches de Victoire !... Seulement Édouard gisait à cette heure sur une plaque de marbre de la Morgue et sa femme, traquée comme un gibier, devait chercher à se terrer dans quelque trou. Antoine ne pouvait pas leur faire ça !

En débarquant à la gare Saint-Charles, il obliqua droit en direction du Terminus. Puisque aussi bien il lui fallait coucher quelque part, autant là qu'ailleurs même si ses préférences personnelles allaient à l'hôtel du Louvre et de la Paix. Il serait toujours temps de changer au cas où son séjour se prolongerait.

Il obtint d'autant plus aisément une chambre que le connaissant fort bien de réputation, le réceptionniste fut secrètement ravi d'accueillir un homme dont on savait parfaitement qu'il était le client d'une autre maison, ce qui lui facilita les choses lorsque, sans désemparer et avant même de monter chez lui, il se mit à poser des questions. En effet, une dame asiatique était venue l'avant-veille, à l'arrivée du Méditerranée-Express, prendre logis à l'hôtel. Dépourvue de papiers d'identité – ceux-ci se trouvaient en possession de son mari censé arriver le lendemain – cette Mme Wu-Fang était restée chez elle jusqu'à l'aube où, alléguant qu'elle se rendait au-devant de son époux, elle s'était fait ouvrir par le portier de nuit. En fait, elle quittait l'hôtel ainsi que la direction s'en persuada lorsqu'on lui apporta l'enveloppe abandonnée dans la chambre par la mystérieuse voyageuse et qui contenait un généreux règlement de ses dépenses.

– Autrement dit, elle n'est pas revenue ? conclut Antoine.

– Non... Cependant, vers le milieu de la matinée, quelqu'un est venu s'enquérir d'elle... exactement comme vous, Monsieur Laurens. Quelqu'un qui nous demandait une jeune dame chinoise sans préciser son nom.

– Tiens donc ! Et sauriez-vous me dire qui était cette personne ? s'enquit Antoine en faisant surgir au bout de ses doigts, avec une adresse de prestidigitateur, un nouveau billet de dix francs – c'était le troisième que cette conversation onéreuse tirait de sa poche !

– Bien sûr : elle ne nous a pas demandé le secret. C'est une dame beaucoup trop fière pour s'arrêter à un pareil détail...

– Une dame ?

– Une vraie et très connue à Marseille où elle occupe une situation privilégiée de par son nom et sa fortune...

Antoine se demandait s'il allait devoir produire un quatrième billet, mais l'homme aux clefs d'or décida de se montrer généreux et enchaîna presque sans respirer, tout en se rengorgeant comme s'il s'agissait d'un membre de sa famille :

– C'est la générale Lecourt... née Bégon !

La précision appuyée d'un geste du doigt fit hausser les sourcils du peintre : le préposé n'eût pas montré plus de révérence en annonçant une Castellane ou un Grimaldi :

– Bégon ?... Est-ce tellement important ?

– Important ? Oh ! Monsieur Laurens !... Est-il pensable qu'un homme de votre qualité ignore les gloires qui ont illustré notre antique cité ? Michel Bégon fut cet intendant des galères dont le faste brilla sur Marseille, qui fit paraître chez nous les premières tapisseries des Gobelins et qui, en 1687, je crois, donna en son hôtel de l'Arsenal une fête demeurée mémorable pour célébrer le rétablissement de la santé du roi Louis XIV après...

– Ah! L'histoire de la fistule! fit Antoine éclairé. Ainsi cette dame est sa descendante ?

– En ligne directe, Monsieur, ce dont elle est justement fière!

Tandis que son interlocuteur continuait à dérouler les fastes évanouis de la famille Bégon, Antoine essayait de comprendre pour quelle raison cette dame s'intéressait à Orchidée au point de se lever pratiquement à l'aurore pour s'enquérir d'elle. Ne trouvant aucune réponse valable à la question, il pensa non sans mélancolie que le temps était peut-être venu de se séparer d'un quatrième billet...

– Consentiriez-vous à me donner l'adresse de Madame la générale... Lecourt ? C'est bien ça ?

Mais cette fois son interlocuteur paraissait décidé à travailler pour la gloire :

– C'est bien ça! Oh, Monsieur, c'est avec plaisir que je vais vous la donner. Depuis que les journaux nous ont appris qui était très certainement cette affreuse créature, nous nous tourmentons pour une concitoyenne dont la charité nous est bien connue. Allez la voir s'il vous plaît et veuillez essayer de la raisonner : en aucun cas, elle ne doit chercher à s'occuper d'une meurtrière! Et vous-même...

Agacé au possible, Antoine darda sur le portier un regard sévère :

– Une meurtrière ? Comme vous y allez! Gardons-nous, je vous prie, des jugements trop hâtifs...

– Mais, Monsieur, les journaux...

– Nous font avaler au moins autant de sottises que de vérités. Avant de condamner si fermement une de vos clientes – car elle le fut, n'est-ce pas ? – vous devriez attendre un peu...

– Attendre quoi ?

– Je ne sais pas, moi... qu'on lui ait coupé la tête! Ainsi vous ne risquerez pas qu'elle vous attaque un jour en diffamation! A tout à l'heure!

Et, sur cette plaisanterie d'un goût détestable, Antoine prit sa clef et se dirigea vers l'ascenseur en sifflotant une ariette de Bach. Purement machinale d'ailleurs car il ne se sentait pas vraiment le cœur à chanter. Le destin semblait prendre un malin plaisir à renforcer le rideau d'ombres qui le séparait de la jeune femme. Qu'est-ce que la descendante d'un intendant des galères du Roi-Soleil pouvait avoir à faire avec une petite princesse mandchoue échappée depuis à peine cinq ans à l'univers hermétiquement fermé de la Cité Interdite ?

Pour essayer de mettre un peu d'ordre dans ses idées, Antoine s'accorda le répit d'un bon bain et d'un solide petit déjeuner. Ses meilleurs instants de réflexion, il les trouvait plus facilement lorsqu'il était immergé dans une grande baignoire pleine d'eau chaude qu'il faisait suivre d'une douche froide, pour éviter le ramollissement des muscles, d'un vigoureux étrillage à la lanière de crin et d'une lotion à la lavande anglaise pour finir devant un pot de café fort et brûlant accompagné de quelques tartines de pain frais bien beurré, de marmelade d'orange, de croissants chauds et de fines lamelles de jambon de pays.

La première chose à faire, bien sûr, était de rendre visite à cette dame pour tenter d'y voir plus clair dans son comportement. Le paquebot *Hoogly* ne levait l'ancre que le surlendemain, puisque l'on était jeudi, et l'inspecteur Pinson n'arriverait que le vendredi. La marge était un peu étroite, évidemment, mais devait lui suffire à mettre la main sur Orchidée.

Pour en faire quoi ? Au fond, il n'en savait trop rien, comptant un peu sur les circonstances et l'inspiration du moment. Le plus simple serait peut-être de la cacher quelque temps à Château-Saint-Sauveur le bien nommé – et pourquoi donc pas en compagnie de l'homme à la jambe cassée ? –, puis de lui procurer de faux papiers et de réquisitionner le bateau d'un ami grâce auquel on pourrait, de nuit, la conduire jusqu'à Gênes... d'où on la ferait embarquer pour où elle voudrait...

Le côté peu légal de ce beau projet ne troublait en rien la conscience d'un peintre dont les pinceaux réputés servaient de couverture à des activités beaucoup moins claires : celle d'un habile agent secret fidèlement attaché au 2e bureau et celle, encore plus secrète, d'un « amateur » de pierres précieuses qui, sans qu'ils s'en doutent, avait déjà donné pas mal de fil à retordre au commissaire Langevin et à ses pareils.

Ayant ainsi ébauché un plan, Antoine choisit un élégant costume du matin en fil-à-fil gris clair rehaussé par un gilet d'un ton plus soutenu, se coiffa d'un melon assorti, prit des gants de cuir fin puis, jetant son paletot sur ses épaules, se considéra un instant dans un miroir avec un mélange de satisfaction et d'irritation : il détestait s'habiller mais reconnaissait qu'en certains cas, c'était tout à fait indispensable. Par exemple lorsqu'il s'agissait de rendre à une grande bourgeoise d'un âge certain une visite matinale.

Ainsi équipé, il descendit dans le hall et demanda qu'on lui appelle une voiture.

CHAPITRE V

QUI ÉTAIT AGATHE LECOURT?

Lorsque le fiacre déposa Antoine à l'adresse indiquée par le portier, il se félicita d'avoir fait quelques frais et ce fut d'un pas assuré qu'il alla sonner à la grille d'une imposante demeure, située près du Prado, qui avait dû voir le jour sous Napoléon III et qu'il jugea affreuse au premier coup d'œil. Il détestait en effet le style troubadour, ses tourelles, ses pignons gothiques, ses fenêtres à meneaux et tout ce fatras d'un autre âge qui procurait aux dames l'exaltante impression de jouer les princesses lointaines attendant le retour problématique de quelque chevalier croisé parti au moins autant à la traque des houris de Mahomet qu'à la défense du tombeau du Christ... Heureusement, un magnifique jardin entourait cette monstruosité sur laquelle un jardinier génial s'efforçait d'accumuler un maximum de plantes grimpantes à fleurs et, en vérité, rosiers, jasmins, bougainvillées et glycines semblaient bien partis pour venir à bout des phantasmes de l'architecte.

Un maître d'hôtel compassé, auquel il remit sa carte et ses excuses de se présenter à une heure peu conforme aux usages, ouvrit devant lui un hall immense qui devait bien faire vingt-cinq mètres sur huit et d'où partait un grand escalier à double révolution permettant d'atteindre la galerie en surplomb qui faisait le tour de la pièce. Une verrière couvrait l'ensemble, diffusant la joyeuse lumière d'un joli matin sur une forêt d'aspidistras au milieu de laquelle des poufs et des fauteuils crapauds capitonnés de velours rubis avaient l'air d'énormes fraises cultivées en serre. Le serviteur y laissa Antoine après lui avoir désigné la plus grosse des « fraises » d'un geste solennel.

Il revint au bout d'un moment pour inviter le visiteur à le suivre et le conduisit dans un salon du rez-de-chaussée qui, avec ses piliers et ses voûtes d'arêtes, ressemblait assez à une chapelle gothique de taille réduite dans laquelle on aurait accumulé les dépouilles d'un musée d'Extrême-Orient. Ce n'étaient que paravents de laque noir et or, statues de Bouddha cohabitant avec un Çiva dansant en argent, tapis et faïences chinois de cet admirable turquoise profond qui en a fait la réputation, vitrines contenant des objets brillants trop nombreux pour être répertoriés d'un premier coup d'œil et, enfin, quelques sièges d'ébène venus de Pékin dont on s'était efforcé de corriger l'inconfort à l'aide de coussins de velours violet.

Abandonné dans cet univers qui sentait l'encens et le santal, Antoine vit bientôt arriver la maîtresse des lieux, imposante en dépit de sa petite taille dans une robe de popeline cyclamen garnie de dentelles, ses cheveux gris auréolés d'une charlotte de mousseline et de rubans de même couleur. Debout au milieu de la pièce et sans se soucier d'offrir un siège à son visiteur, elle attendit, après le bref échange des salutations, qu'Antoine eût fini de s'excuser d'avoir osé se présenter chez elle à une heure aussi indue et sans y avoir été convié. Il le fit d'ailleurs avec une grande sobriété : la mine de cette vieille dame n'invitait guère aux circonlocutions :

– Je ne me serais pas permis de vous déranger, Madame la Générale, sans une raison grave : une amie qui m'est chère vient de disparaître dans Marseille et j'ai tout lieu de croire que vous vous êtes intéressée à elle...

La petite main potelée ornée d'un simple anneau d'or désigna enfin l'un des larges et raides fauteuils de bois noir tandis qu'une flamme amusée s'allumait dans le regard violet qu'elle abritait depuis un moment derrière un face-à-main de vermeil serti d'améthystes :

– Vous n'êtes pas un inconnu pour moi, Monsieur Laurens, dit-elle. Vous êtes un peintre renommé et, en outre, vous appartenez à ce pays. Sinon je ne vous aurais pas reçu. A présent dites-moi qui vous a donné mon adresse ?

– Le portier du Terminus où je suis descendu ce matin en débarquant du Méditerranée-Express. Il m'a dit qu'hier, dans la matinée, vous êtes venue vous enquérir d'une « dame asiatique »... tout comme je l'ai fait moi-même... et je souhaite vous demander les raisons de cet intérêt inattendu.

Agathe Lecourt ne put s'empêcher de rire :

– Tout simplement ! Eh bien, vous êtes direct et je dois dire que cela ne me déplaît pas. Je vais donc répondre à votre question. Ayant beaucoup voyagé, principalement aux Indes et en Chine, je m'intéresse toujours à tout ce qui me paraît un peu exotique et plus encore s'il y a quelque chose de bizarre. Que voulez-vous, je suis curieuse.

– C'est, selon les opinions, un défaut ou une qualité. Pour une femme c'est un privilège. Et cette... dame était bizarre ?

– Je vous prends pour juge. Dans le train j'ai fait la connaissance d'une exquise Mandchoue, très belle et très élégante, dans des circonstances que je vous conterai si je décide que vous serez un jour un ami...

– Ne vous donnez pas cette peine, Madame la Générale! je les connais déjà.

– Tiens donc! Vous êtes voyant, mage, fakir ou...

– Rien du tout, mais Pierre Bault, le conducteur du sleeping, est un ancien et cher ami. Nous avons combattu ensemble pendant le fameux siège des Légations à Pékin. Il m'a téléphoné car lui aussi est inquiet pour elle.

– Je vois. Donc je reprends : je rencontre cette jeune femme et je m'aperçois qu'elle a plusieurs identités à sa disposition : pour ce cher Pierre – que je connais bien aussi, figurez-vous! – elle se nommait Mme Blanchard, mais la jeune personne que poursuivait son amant russe disait qu'elle était princesse. Enfin, à l'hôtel Terminus on ne se rappelait qu'une Mme Wu-Fang d'ailleurs évanouie dans les brumes du matin. J'ajoute qu'à la lecture des journaux d'hier il semblerait que notre conducteur soit dans le vrai...

– La jeune personne aussi, coupa Antoine sèchement. Avant son mariage Mme Blanchard était la princesse Dou-Wan, parente de l'Impératrice.

– Je n'en ai pas douté un seul instant. J'ai su, au premier coup d'œil, qu'elle est mandchoue et de haute naissance. Quand on a longtemps vécu en Chine, comme moi, il y a des détails qui ne trompent pas... Cela dit, nous pouvons lui ajouter un autre qualificatif : c'est une meurtrière.

Le mot fut lancé si brutalement et de façon si imprévisible qu'Antoine fronça les sourcils, envahi par une désagréable impression. Néanmoins, il réussit à conserver un calme parfait :

– Et le sachant vous l'avez tout de même recherchée? Etait-ce pour la livrer à la police?

Echappé des doigts qui le tenaient, le face-à-main retomba au bout de son ruban de velours cependant que la Générale rougissait un peu :

– Pour qui me prenez-vous, Monsieur Laurens ? Je n'ai que faire des besognes de basse police. C'est à elle de faire son travail. Moi, je suis seulement une femme que l'âme humaine passionne. Avouez qu'une pareille rencontre avait de quoi susciter mon intérêt ? Si je l'avais trouvée, je comptais la ramener ici pour tenter de prénétrer les obscurités de cette âme et...

S'il était une chose qu'Antoine détestait, c'était cette sorte de gens qui, par désœuvrement, se lancent dans des expériences psychologiques sur des êtres humains comme ils étudieraient le comportement des lépidoptères. Il coupa court au discours en voie de développement :

– Pardonnez-moi de vous interrompre mais une chose importe avant tout pour moi : vous ne l'avez pas trouvée ?

– Non... et croyez que je le regrette. Par acquit de conscience, je suis entrée dans la gare et j'ai cherché si je l'apercevais. Hélas je n'ai vu personne. Cependant... et j'espère que vous me pardonnerez à votre tour, il semble que cette femme vous soit très chère ?

– Pas à ce point-là, Madame. Je vous ai dit ce qu'il en était et si je souhaite tellement retrouver Orchidée...

– Elle s'appelle ainsi ? C'est tout à fait ravissant...

– ... c'est en mémoire d'un homme qui l'aimait profondément et dont je suis certain que, par-delà la tombe, il compte sur ma protection. Quant aux « obscurités de son âme », je n'y crois pas.

– Cependant, un assassinat...

– Vous êtes trop intelligente, Madame, pour attacher foi à tout ce qu'écrivent les journaux. Je parierais mon salut éternel qu'elle n'est pas coupable. D'ailleurs, je ne vois aucun inconvénient à vous confier que le policier qui mène l'enquête n'y croit pas non plus.

– Que dites-vous ?

– Que j'ai raison en prétendant que Mme Blanchard aimait trop son mari pour le tuer... – Antoine se leva et s'inclina devant son hôtesse : – Je vous renouvelle mes excuses de vous avoir dérangée si tôt dans la journée et je vous remercie, Madame, d'avoir bien voulu me recevoir.

Le face-à-main reprit de l'activité et vint tapoter le bras du peintre :

– Vous êtes bien pressé, tout d'un coup ? Nous pouvons encore parler quelques instants, il me semble ?

– Rien ne s'y oppose, mais de quoi ?

– De ce que vous venez de me dire. La police ne croit plus à la culpabilité de cette femme ?

– Rien n'est encore officiel pour ne pas gêner l'enquête. Cependant il résulte de certains examens qu'en dépit de témoignages plus ou moins sujets à caution, les mains de cette pauvre jeune femme sont pures. Ne m'en demandez pas plus et permettez que je me retire ! Au surplus vous n'y pouvez rien puisque vous ignorez comme moi où elle se trouve...

Agathe Lecourt offrit sa main à son visiteur sans rien dire. Pourtant, comme il se dirigeait vers la porte, elle l'arrêta :

– Encore une seconde, je vous prie !... Au cas... bien improbable... où il m'arriverait quelque nouvelle, où puis-je vous trouver ? Au Terminus ?

– Non. Je vais le quitter tout à l'heure pour reprendre mes habitudes...

– Et où sont-elles vos habitudes ?

– A l'hôtel du Louvre et de la Paix.

– J'aurais dû m'en douter. Vous êtes décidément un homme de goût... Espérons que nous aurons l'occasion de nous rencontrer un jour prochain.

Après le départ du peintre, Mme Lecourt resta un long moment immobile dans son fauteuil, plongée dans une profonde rêverie. Ce qu'elle venait d'entendre lui causait une grande perplexité mais aussi une sorte d'apaisement. Depuis que sa femme de chambre lui avait apporté, la veille, les journaux du matin avec son petit déjeuner, elle vivait une sorte de cauchemar fait de douleur, de colère et aussi d'une horrible soif de vengeance. Antoine Laurens venait de tout remettre en question et, du fond de son cœur déjà repentant, elle remercia silencieusement Dieu de l'avoir retenue au bord d'un crime...

Avec un soupir, elle se leva enfin, quitta le salon et traversa le hall pour rejoindre l'escalier. C'est alors que, relevant la tête, elle vit miss Price qui semblait l'attendre, debout sur l'une des dernières marches :

– Eh bien ? fit-elle.

Quand sa patronne employait un certain ton, la demoiselle de compagnie achevait de perdre le peu de moyens qu'elle possédait :

– Je... pardonnez-moi mais je m'inquiétais... Pas de mauvaise nouvelle, j'espère ?

Elle avait claironné sa question avec cette tendance qu'ont les gens craintifs à plonger dans l'insolence pour donner le change.

– Qu'est-ce qui vous prend ? dit la Générale un rien surprise. Pourquoi y aurait-il une mauvaise nouvelle ?

Violet Price devint ponceau, ouvrit la bouche, la referma puis, tortillant férocement son mouchoir entre ses doigts, finit par balbutier :

– Eh bien... je ne sais pas. Cette visite... si matinale...

– Vous n'avez jamais vu personne venir ici le matin ?

– Si mais... et puis il y a autre chose... cette... cette femme qui est là-haut... Elle... elle me fait peur!

– Je ne vois pas pourquoi. Elle ne vous a rien fait ?

– Non mais... je sens de mauvaises ondes. Elle... elle ne porte pas bonheur et...

– Et vous allez me faire le plaisir de vous calmer! Allez dans votre chambre et sonnez Jeanne pour qu'elle vous apporte une bonne tasse de thé. Et puis tâchez donc de dormir! Vous savez très bien que j'aime à régler seule mes affaires... Allez!

Le geste qui accompagnait le mot était suffisamment explicite. Violet n'insista pas, et la Générale la regarda remonter l'escalier d'un pas incertain puis se diriger vers sa chambre. Elle-même regagna ses propres appartements, alla prendre place dans son fauteuil préféré à côté de la fenêtre de son boudoir, puis sonna son maître d'hôtel :

– Allez me la chercher, Romuald! dit-elle en tendant une clef prise dans sa table à ouvrage.

– Partons-nous toujours après le déjeuner ?

– Peut-être pas mais il faut d'abord que je lui parle! Nous verrons ensuite...

– Bien, Madame!

Dans la chambre où elle était enfermée depuis la veille, Orchidée essayait toujours de comprendre ce qui lui arrivait. En reconnaissant à la gare sa compagne de voyage dans celle qui l'abordait, elle avait éprouvé une sorte de soulagement. C'était comme une réponse aux questions qu'elle se posait sur ce qu'il convenait de faire à présent. D'autant qu'en l'invitant à la suivre, Mme Lecourt arborait le plus aimable et le plus compréhensif des sourires...

– Je vous en prie, ne restez pas ici ! Vous y courez les plus grands dangers. Venez avec moi !

Une main amie qui se tendait, c'était vraiment ce qu'Orchidée, une fois de plus au bord du naufrage, souhaitait de mieux. Elle suivit celle qui lui apparaissait comme un bon génie, sortit avec elle de la gare et monta en sa compagnie dans une voiture fermée de grande apparence, sans d'ailleurs qu'on lui permît de chercher la moindre explication :

– Nous parlerons plus tard...

En fait, on ne parla pas du tout. Arrivées dans le jardin d'une grande demeure, la Générale la fit entrer, la guida jusqu'à une chambre située au deuxième étage... et l'y enferma purement et simplement. Toujours sans le moindre mot d'explication.

Des heures passèrent sans que personne pénétrât dans ce logis où rien ne manquait, pas même une salle de bains et des toilettes, pas même un repas copieux et tout servi. Par contre, l'unique fenêtre, si elle permettait d'admirer l'ordonnance parfaite d'un jardin, était munie de barreaux qui défiaient toute tentative d'évasion.

La nuit passa, lente, monotone, dans un silence que brisaient régulièrement l'horloge d'une église proche sonnant les heures et, parfois, l'aboiement lointain d'un chien ou la sirène d'un navire. Orchidée la vécut étendue tout habillée sur ce lit étranger, cherchant vainement un moyen de se tirer de ce piège inattendu. Quand elle avait constaté qu'on l'enfermait elle avait crié, appelé, protesté, tapé à coups redoublés sur le panneau de chêne ciré qui fermait sa prison. Pourtant la tension ne dura guère : son corps et surtout ses nerfs étaient à bout de force et elle choisit de se calmer, d'essayer autant que possible de prendre un peu de repos afin de faire face avec dignité à ce qui ne pouvait manquer de venir.

Quand le jour éclaira de nouveau sa geôle – bien meublée et très confortable au demeurant –, elle se leva, fit une toilette soigneuse, changea de linge et défroissa ses vêtements du mieux qu'elle put. Et lorsque enfin la porte s'ouvrit sous la main du maître d'hôtel, la jeune femme se trouvait assise bien droite sur une chaise près de la fenêtre, ses mains fines croisées sur ses genoux dans cette attitude de dignité qui était seule admise dans les palais de Ts'eu-hi et qui lui était familière depuis sa petite enfance.

– Venez ! fit le vieux serviteur. Madame vous attend.

Elle le suivit sans mot dire jusqu'à une pièce tendue de satin mauve et gris dont les meubles, à l'exception des sièges couverts de velours violet, supportaient une infinité d'objets en verre ou taillés dans des améthystes ainsi qu'une grande quantité de photographies plus ou moins jaunies dans des cadres d'argent. La Générale se tenait là, debout auprès d'une vitrine ouverte et maniant l'un après l'autre les bibelots qui s'y trouvaient.

– Asseyez-vous ! dit-elle sans même la regarder. Merci, Romuald ! Vous pouvez nous laisser...

– Je reste à portée de voix, Madame, au cas où...

– ... où je pourrais avoir besoin de votre aide ? Je ne crois pas que ce soit nécessaire.

Lorsque la porte se referma, Orchidée avait déjà repris son attitude favorite mais, tout en tenant sa tête fièrement redressée, elle la détournait afin de mieux contenir la colère que lui inspirait la vue de cette femme qui, sous l'apparence de la sympathie, s'était arrangée pour la capturer. Cependant elle parla et sa voix fut d'une froideur polaire :

– L'honorable dame, fit-elle avec une ironie méprisante, daignera-t-elle m'apprendre pour quelle raison elle m'a conduite ici et emprisonnée ? J'imagine que, dans un instant, la police sera là ?

– Non. Si j'ai pris la peine d'aller vous chercher alors que je savais, par les journaux, qui vous étiez, ce n'est certes pas pour vous livrer.

– Alors pourquoi ?

– Pour vous tuer !

En dépit de son empire sur elle-même, la jeune Mandchoue tressaillit et tourna les yeux vers cette petite femme ronde et imposante qui venait d'articuler ces terribles syllabes avec une parfaite tranquillité.

– Me tuer ?

– C'était du moins mon intention première. Je possède, dans le port, un petit navire rapide et, dans l'île de Porquerolles à quelque cinquante milles marins de Marseille, un domaine en partie désert qui domine les rochers et le grand large. Je comptais vous y emmener ce soir. Un endroit idéal pour faire disparaître quelqu'un...

– Je comprends. Quand partons-nous ?

– Je vous l'ai dit : c'était mon intention. J'ai changé d'avis.

– Pour quelle raison ?

– J'ai reçu... un renseignement selon lequel la police ne croirait pas réellement à votre culpabilité... Mais j'avoue que je vous admire. Vous venez de m'entendre dire que je voulais votre mort et vous vous êtes contentée de répondre : « Quand partons-nous ? » Je sais que les Mandchous sont de fiers guerriers dédaigneux en général du danger, mais vous êtes jeune, très belle... n'avez-vous pas peur de mourir ?

– Non. En perdant mon époux j'ai tout perdu et ma vie n'a plus de sens.

– Pourtant vous vous êtes enfuie quand vous avez compris que l'on allait vous arrêter ?

La jeune femme haussa les épaules avec lassitude :

– Avant mon mariage j'ai été élevée dans la Cité Interdite par notre souveraine vénérée, la grande Ts'eu-hi. Par amour, je l'ai trahie et je pensais retourner auprès d'elle pour obtenir son pardon. Elle a toujours été bonne pour moi et je l'aimais avant que...

En dépit de sa volonté, Orchidée ne put retenir une larme qui roula lentement sur son visage.

– Et la vengeance ? fit Agathe Lecourt. Elle ne vous est pas venue à l'esprit ? On vous tue votre mari et vous vous contentez de prendre le train ?

– Que pouvais-je faire d'autre ? On allait me mettre en prison... me juger, m'exécuter peut-être...

– En France on n'exécute plus les femmes depuis belle lurette. Nous sommes un pays civilisé...

– ... pour qui je ne suis qu'une barbare sans doute ? Pour tous je suis la coupable idéale. Qui donc m'aurait écoutée, aidée ?

– Il me semble que vous avez des amis ?

– Pas beaucoup. Et m'en reste-t-il seulement à cette heure ? Les journaux ne me laissent guère de chances. Et d'ailleurs, vous dites qu'en ce pays on ne livre plus les femmes au bourreau. Alors pourquoi donc vouliez-vous me tuer ?

– Pour venger mon fils. J'étais... la véritable mère d'Édouard Blanchard...

Un silence soudain tomba entre les deux femmes, fait de stupeur chez Orchidée qui n'arrivait pas à en croire ses oreilles et se demandait si elle n'avait pas affaire à une folle. Pourtant, cette dame n'en avait pas l'air : elle demeurait assise, pleine de cette naturelle majesté qui, dans le train, avait impressionné la jeune femme, et elle la regardait calmement, attendant peut-être une quelconque explosion, une indignation... ou un éclat de rire ? Mais Orchidée n'avait pas envie de rire. Elle se sentait incroyablement lasse, découragée et pas très éloignée de penser que son cher époux avait été la seule personne douée de bon sens dans un pays peuplé de fous.

Ce fut presque machinalement qu'elle murmura :

– Je ne vois pas comment ce serait possible ?

Ces quelques mots parurent rendre vie au visage impassible de la Générale :

– Pourquoi ? demanda-t-elle doucement.

– Je ne sais pas mais c'est l'évidence. Mon mari m'a parlé de sa famille à plusieurs reprises... de son père, de sa mère, bien sûr, et aussi de son frère et je ne...

– Vous les connaissez ?

– Non. Ils ne m'ont jamais acceptée donc jamais reçue. Si je connais un peu leurs visages, c'est à cause des portraits qu'Édouard m'a montrés... qui ne sont pas peints.

– Des photographies ?

– Oui. Je crois qu'il a été malheureux de leur refus car il les aime et moi j'ai regretté leur dureté. Pas parce que je souhaitais les rencontrer mais parce que Édouard avait de la peine. Si ce que vous dites était vrai, il en aurait eu moins et m'aurait parlé de vous...

– Il n'y avait aucune raison. Il n'a jamais su que j'existais, bien que je sois la cousine germaine de sa mère. Une brouille est intervenue peu de temps après sa naissance. J'ajoute que, s'il était à votre place aujourd'hui, il réagirait exactement comme vous : il ne me croirait pas. Il n'empêche que vous êtes bien réellement ma belle-fille et qu'à présent j'attends que vous me racontiez ce qui s'est passé au juste avenue Velazquez !

Le ton redevenu impératif choqua la jeune Mandchoue : le respect dû à une belle-mère était l'une des lois les plus intransigeantes dans l'éducation d'une fille de sa race. La nouvelle épousée, en entrant dans la demeure de son époux, se devait d'oublier ses propres parents pour servir, le mot n'est pas trop fort, la mère de son mari plus affectueusement encore que la sienne propre. Ts'eu-hi elle-même, lorsqu'elle était entrée comme concubine de l'empereur Hien-Fong, avait commencé son ascension vers le trône en se rendant indispensable et en couvrant de soins aussi attentifs qu'intéressés celle qui avait donné le jour à son maître. Orchidée, pour sa part, s'était préparée de longue date à ce genre d'attitude, facilitée pour elle sans doute par le fait qu'elle n'avait jamais connu sa propre mère et en devenant la femme d'Édouard Blanchard, elle ne souhaitait rien de mieux que se montrer une belle-fille prévenante et même soumise. On n'avait pas voulu d'elle, c'était un fait, mais à l'heure présente elle ne se sentait pas disposée à rendre les mêmes devoirs à cette parfaite inconnue qui prétendait exercer sur elle des droits qu'ayant vécu en Chine elle devait connaître parfaitement. Aussi se contenta-t-elle de répondre d'une voix courtoise mais ferme :

– Si je suis votre belle-fille, il faut m'expliquer comment. Sinon je refuse de vous croire et...

– ... de vous comporter envers moi selon vos traditions ? C'est assez juste et je vais tout vous dire. Dans un sens... cela me fera du bien. J'ai gardé ce secret trop longtemps et je m'aperçois que je me suis privée de grandes joies... Malheureusement... il ne me sera plus jamais donné de pouvoir embrasser mon fils.

Le sanglot réprimé qui enroua un instant la voix de Mme Lecourt fit plus d'impression à Orchidée qu'un long discours. Il révélait une souffrance cachée qui osait revenir à la surface.

Quittant son siège, la Générale fit quelques pas dans la pièce et s'approcha de la fenêtre, tournant presque le dos à la jeune femme :

– Nous étions très liées autrefois, ma cousine Adélaïde et moi. Elle était de peu mon aînée et nous avons été élevées ensemble. J'ajoute que je la considérais plutôt comme une sœur et je pensais qu'elle me rendait mes sentiments. Je l'ai pensé longtemps. Lorsque nous avons eu elle dix-huit ans et moi dix-sept, nous sommes tombées amoureuses toutes les deux en même temps mais, Dieu soit loué, pas du même homme et, incontestablement, le choix d'Adélaïde était meilleur que le mien : au cours d'un bal, elle s'éprit d'Henri Blanchard, fils d'un des plus gros commerçants de la ville – nous sommes Marseillaises toutes les deux – et qui se destinait à la carrière préfectorale.

C'était un garçon très séduisant mais faible et, tout de suite, ma cousine en devint folle. Belle et passionnée, elle sut l'attirer suffisamment pour l'amener à oublier qu'elle était une jeune fille et il y eut entre eux plus qu'un petit flirt sans conséquences. Adélaïde crut alors qu'elle gagnait la partie, qu'Henri lui appartenait à jamais. Normalement, l'aventure aurait dû se terminer par un mariage. Cependant, s'il ne possédait pas un caractère très affirmé, le jeune homme n'était pas complètement idiot et, la première flamme éteinte, il s'aperçut qu'il n'aimait pas vraiment Adélaïde et même qu'il souhaitait rompre un lien qui devenait une charge. Affolée, alors, à l'idée de le perdre car elle l'adorait, celle-ci se déclara enceinte : s'il ne l'épousait pas, elle était déshonorée et lui-même risquait, de par de sa famille, quelques graves ennuis. Le père d'Adélaïde, un officier corse nommé Domenico Paoli, s'il lui avait transmis l'ardeur de sa nature, ne badinait pas avec la vertu des filles. Le coup était à peu près imparable. Au fait, vous ne devez pas savoir ce que sont la Corse et ses habitants ?

– L'empereur Napoléon ? C'est bien cela ?

– Exactement. Je ne vous croyais pas si savante.

– Édouard m'a enseignée... Il aimait beaucoup.

– Moi aussi, mais cela ne m'a jamais empêchée de déplorer l'affreux caractère de notre grand homme et de ses concitoyens. Quoi qu'il en soit, je dois à Henri Blanchard de mentionner que ce ne fut pas la crainte qui dicta sa conduite. Il agit en vrai gentilhomme, demanda la main d'Adélaïde et l'épousa trois semaines plus tard. En même temps, il obtenait un poste de sous-préfet dans le nord de la France. Il fit alors comprendre à sa femme qu'il ne souhaitait pas l'emmener, ajoutant qu'il ne voulait pas exiler dans un pays froid et humide une future mère habituée à notre climat méditerranéen. Et cette fois, il se montra très ferme : puisqu'il se mariait à cause de l'enfant qui allait venir, il voulait que celui-ci vînt au monde en bon état. Son beau-père l'appuya mais Adélaïde fut au désespoir : cet éloignement lui ôtait tout moyen de convertir son mensonge en vérité.

– Lorsqu'une femme attend un bébé, un accident est toujours possible, remarqua Orchidée.

– Exact ! Seulement, sachant que son mari ne l'aimait pas, elle s'accrochait à cette idée de maternité sans laquelle il était à craindre qu'Henri se détournât d'elle à tout jamais. Il lui fallait un enfant à tout prix et c'est alors que je suis entrée dans son jeu en toute innocence car je croyais, comme tout le monde, ma cousine réellement enceinte.

– Comment ?

– Au lendemain même du départ d'Henri je suis venue me confier à elle – n'oubliez pas que je la considérais comme ma sœur ! – et je la suppliai de m'aider dans la situation dramatique où je me trouvais.

– Cela veut dire que... vous étiez grosse, vous aussi ?

– Oui. Seulement moi c'était vrai... Mon histoire, semblable à celle d'Adélaïde, avait commencé à ce fichu bal dont j'ai souvent pensé que nous aurions mieux fait, elle et moi, de nous casser une jambe plutôt que d'y aller... C'était pourtant une bien belle fête ! ajouta-t-elle avec une douceur soudaine. J'entends encore la musique... Je revois le tournoiement des crinolines couvertes de soie, de tulle, de fleurs et de dentelles. Elles voltigeaient emportées par la valse dans les grands salons dorés, tout neufs, que le préfet de Maupas inaugurait. Le malheureux ne devait d'ailleurs pas profiter longtemps de sa belle préfecture : à la fin de ce même mois de décembre, l'empereur Napoléon III le révoquait. Pauvre homme ! Il avait un sale caractère mais ce soir-là il avait l'air si heureux ! Ce bal, décidément, n'aura porté chance à personne ! C'est là que j'ai rencontré John !... Dieu qu'il était charmant ! Si blond, si élégant, si désinvolte dans son habit à revers de soie !... Il avait un sourire...

Elle s'interrompit soudain, consciente d'être en train de rêver tout haut, et posa sur sa jeune compagne un regard embrumé :

– Pardonnez-moi ! Il n'est jamais bon de regarder au fond du passé et de s'attendrir sur les belles images de la jeunesse. Dans mon cas c'est même ridicule !

– Pourquoi ? fit Orchidée gravement. On n'oublie jamais le jour où l'on rencontre l'amour. Et vous l'aviez rencontré ?

– Oui... Il était anglais et de grande famille. Riche aussi, bien sûr, mais passionné de peinture il faisait de longs séjours autour de notre Méditerranée pour en capter la belle lumière... Je n'essaierai même pas de vous le décrire : Édouard était son vivant portrait. A cette différence près que John ne jouissait pas d'une très bonne santé.

« Ce soir-là, nous n'avons dansé qu'ensemble... ou presque et, tout de suite, il a demandé la permission de faire mon portrait. J'étais jolie, alors, et il savait bien le dire ! Cependant ce n'était guère facile : une jeune fille de la bonne société ne se rend pas ainsi dans l'atelier d'un peintre. Mais il se trouvait que j'avais alors une gouvernante anglaise dont John n'eut pas eu beaucoup de peine à faire son alliée et qui, pendant les séances de pose, ne voyait aucun inconvénient à aller lire son journal dans le jardin tout en dégustant les thés copieux que lui servait le valet de mon ami. Un jour, ce qui devait arriver arriva. Pourquoi aurions-nous résisté à cet amour qui nous bouleversait ? John jurait qu'il m'épouserait... entre deux quintes de toux car son état s'aggrava subitement. A un tel point que la famille fut prévenue et que sa mère vint le chercher. Elle lui ressemblait, physiquement du moins, et me fit beaucoup de promesses : il reviendrait bientôt et nous pourrions alors nous marier... En résumé tout ce qui était susceptible de calmer les sanglots d'une gamine désespérée...

« Je le fus plus encore lorsque je m'aperçus de mon état. J'écrivis aussitôt à John... et reçus en retour un faire-part de décès accompagné de ma lettre déchirée. C'est alors que j'allai me jeter dans les bras d'Adélaïde pour lui demander de m'aider à cacher ma faute à mes parents qui, j'en étais certaine, seraient impitoyables. D'autre part, je désirais que cet enfant vive puisqu'il était tout ce qui me restait de John avec un portrait inachevé. Je n'imaginais pas, alors, que je tombais aussi bien : en échange de mes confidences, ma cousine m'apprit la réalité de son mariage. A elle, il lui fallait à tout prix un enfant et je lui en apportais un... Elle n'eut guère de peine à me convaincre d'accepter le plan qu'elle établit sur-le-champ : sous prétexte de la consoler du départ de son mari, elle obtint de mes parents qu'ils me permettent de l'accompagner – toujours flanquée de ma gouvernante et de sa fidèle femme de chambre – en Suisse où elle voulait louer une maison afin d'y bénéficier, surtout pendant les chaleurs de l'été, d'un air plus frais et plus vivifiant qu'en Provence. Nous sommes parties ensemble pour Lausanne et c'est là qu'Édouard est né, dans une propriété de Vevey que l'on ne pouvait voir que depuis le lac Léman.

« Si je vous disais que la séparation a été facile, vous ne me croiriez pas. Ce bébé blond qui ressemblait à John, j'ai dû laisser Adélaïde le prendre dans ses bras et le faire sien. Cependant j'éprouvais un soulagement à me savoir sauvée et je me consolais en pensant que je verrais souvent mon fils auprès de qui je pouvais jouer un rôle de tante. C'était compter sans la jalousie profonde d'Adélaïde. Henri, heureux de cette naissance et fier de l'enfant, se rapprochait d'elle. Il allait occuper un poste beaucoup plus agréable à Biarritz et, cette fois, il emmenait sa femme et son fils.

« Pourtant, cet éloignement ne suffisait pas à Adélaïde. Elle voulait me rejeter tout à fait hors de leur vie. Elle inventa je ne sais quelles coquetteries dont je me serais rendue coupable envers son mari alors que je n'éprouvais pour lui qu'une grande amitié. Réciproque, d'ailleurs ! Mais, dès lors, il fut impossible d'amener Adélaïde à changer d'attitude et ce fut la brouille. Une brouille qui n'a jamais cessé...

« Un an plus tard, j'épousais le capitaine Lecourt et je partais avec lui pour le Cambodge. J'espérais que la venue d'un autre enfant adoucirait ma peine et mes regrets mais le Ciel ne m'a plus jamais permis de donner le jour. Étais-je devenue stérile ou bien était-ce la faute de mon mari, ce sont de ces questions que l'on ne pose pas dans la société qui était alors la nôtre.

– Et, dans votre famille, personne n'a tenté de vous réconcilier, vous et elle ?

– Non. Ma mère n'avait jamais aimé Adélaïde et je crois qu'au fond elle a été contente de me voir échapper à son emprise. D'ailleurs sa sœur, qui était donc la mère de ma cousine, venait de décéder. Il n'y avait plus guère de raisons pour conserver des relations. D'autant que ma famille était indignée par les accusations portées contre moi. Et puis les années se sont écoulées. Je suis veuve à présent et je ne sais trop que faire de mon temps. Bien sûr, je me suis arrangée pour me tenir au courant de ce que devenait Édouard. Il m'en a coûté beaucoup de peine... et un peu d'argent. J'ai tremblé pour lui quand je l'ai su à Pékin durant ce terrible siège. Et puis j'ai appris votre mariage. Qui m'a fait plaisir, au demeurant.

– Comment pouvez-vous dire cela ? Ce mariage n'a jamais fait plaisir à personne en dehors d'Édouard et moi.

La Générale éclata tout à coup d'un rire incroyablement frais et jeune :

– Moi, j'en ai été ravie. J'étais tellement certaine qu'Adélaïde en serait folle de rage... Eh bien, je crois que je vous ai tout dit. A présent, racontez-moi comment mon fils est mort ! ajouta-t-elle d'une voix soudain très grave.

Orchidée n'avait plus aucune raison de se taire. Elle

s'efforça de tout rapporter aussi clairement que possible, depuis le télégramme de Nice appelant Édouard au chevet de sa mère jusqu'aux accusations portées par les serviteurs sans oublier la lettre qui suivait de si près le départ d'Édouard. Agathe l'écouta de bout en bout sans l'interrompre. Elle était revenue s'asseoir en face de la jeune femme et suivait le récit sans quitter un seul instant des yeux le visage las de cette étrange belle-fille qu'elle venait de se trouver. Mais elle ne put se défendre d'une émotion quand Orchidée, son récit achevé, se leva, vint jusqu'à elle et, par trois fois, s'inclina, les mains nouées sur sa poitrine, lui rendant officiellement les devoirs d'une bru envers la mère de son époux selon les rites de son peuple. L'entrée soudaine de Romuald fit fondre la boule qui était en train de se nouer dans la gorge de la vieille dame. Elle s'écria un petit peu trop fort :

– Qu'est-ce qui vous prend de nous déranger, mon ami ? Je n'ai pas appelé, il me semble ?

– Que Madame m'excuse mais je me dois de lui faire remarquer qu'elle semble n'avoir pas entendu la cloche du déjeuner...

– Vous avez sonné ?

– Par deux fois. Madame n'apparaissant pas, j'ai pris sur moi de venir l'avertir. Elle sait combien Coralie est susceptible lorsqu'elle confectionne un soufflé au fromage et des pets-de-nonne à la fleur d'oranger.

– Vous avez eu tout à fait raison et je vous offre mes excuses, Romuald. Combien de couverts avez-vous fait dresser ?

– Trois, Madame. Il m'a semblé que c'était le nombre juste.

La Générale se contenta de sourire. Elle savait très bien qu'il n'y a pas de bon maître d'hôtel qui ne comporte une petite part d'espion. Son vieux Romuald s'entendait parfaitement, en tout bien tout honneur et sans la moindre acrimonie, à écouter aux portes afin de régler sa conduite sur les événements internes de la maison.

Mme Lecourt se leva, rejoignit Orchidée et prit son bras qu'elle glissa sous le sien :

– Considérez dès à présent cette maison comme la vôtre, dit-elle avec un bon sourire. Et allons ensemble réparer des forces qui en ont le plus grand besoin.

Côte à côte, donc, les deux femmes pénétrèrent dans la grande salle à manger où miss Price, pratiquement au garde-à-vous, attendait derrière sa chaise.

– Eh bien, fit la Générale avec enjouement, déjeunons à présent !

Romuald n'était pas le seul à savoir écouter aux portes. Violet Price pratiquait volontiers, elle aussi, cette technique de renseignement. Cependant elle n'avait pu entendre tout ce qui se disait chez sa patronne à cause des allées et venues des domestiques. Elle en conçut un sentiment de frustration que la vue des deux femmes pénétrant bras dessus bras dessous dans la salle à manger porta vers une sorte de paroxysme. Est-ce que tout allait recommencer, une fois de plus, comme avec ces gens venus de n'importe où, dont Mme Lecourt s'entichait périodiquement et dont elle prétendait faire le bonheur coûte que coûte sans imaginer le moins du monde qu'elle faisait vivre sa maisonnée et surtout sa dame de compagnie dans les plus affreux cauchemars ?

Aimant beaucoup les bêtes, Violet s'accommodait volontiers des chiens errants ou des chats abandonnés, mais le bon cœur de la Générale la poussait à voler au secours de n'importe qui pourvu qu'on lui offrît un minois attendrissant, d'augustes cheveux blancs et la liste déchirante de malheurs qui, la plupart du temps, n'existaient que dans l'imagination brillante de leurs prétendues victimes. Cette femme riche et généreuse se révélait une proie succulente pour les aigrefins de tout poil, de tous âges et de tous sexes qui ne parvenaient à leurs fins que trop aisément ! Une étonnante collection de personnages bizarres avait déjà défilé dans la grande maison du Prado et, presque chaque fois, leur passage se soldait par une cuisante déception pour la bienfaitrice. Aussi Violet, oubliant qu'elle était elle-même l'une des assistées de la Générale qui l'avait récupérée aux Indes, craignait-elle comme le feu toute nouvelle venue. Or, si l'on en jugeait par l'amabilité déployée par Mme Lecourt envers « la Chinoise », celle-ci était peut-être plus redoutable encore que les autres !

Durant tout le déjeuner, en effet, Mme Lecourt fit des plans que Violet estima inquiétants bien qu'ils fussent exactement les mêmes que ceux de la veille mais articulés sur un autre ton : on partirait ce soir pour Porquerolles où « la Chinoise », comme l'appelait miss Price, pourrait mieux se reposer qu'à Marseille, laisser le temps apaiser un peu ce qu'elle venait de souffrir. Violet n'en croyait pas ses oreilles et, négligeant ce qui se trouvait dans son assiette, se contentait de réduire son pain en une quantité de boulettes qui jonchaient à présent la nappe. Exercice qui finit par attirer l'attention de la Générale :

– Eh bien, ma chère, que vous arrive-t-il ? Vous êtes décidément souffrante. Que vous a fait ce pain et pourquoi ne mangez-vous pas ?

L'interpellée devint rouge vif :

– Nous... nous partons ce soir toutes... toutes les trois ?

– Naturellement ! Ah, il faut tout de même que je vous explique ! La princesse ici présente et moi-même nous sommes découvert des liens de parenté que nous ne soupçonnions absolument pas hier. Aussi ai-je décidé qu'elle resterait quelque temps avec nous. Elle vient de subir une très rude épreuve... une injuste épreuve, ajouta-t-elle en appuyant intentionnellement sur les mots, et je me dois de l'aider.

Elle aurait pu parler ainsi pendant longtemps, miss Price ne l'écoutait qu'à peine, accablée qu'elle était par ce nouveau coup du sort. Elle avait bien lu dans le journal que cette femme était une sorte d'altesse, mais si Mme Lecourt lui donnait ce titre cela signifiait simplement qu'elle ne voulait pas se servir d'un nom jugé par elle beaucoup trop compromettant, donc périlleux. Et à bon entendeur salut !

Les craintes de la pauvre fille devinrent de l'affolement quand elle s'entendit proposer de demeurer à Marseille si elle craignait d'être malade en mer.

– Vous êtes souffrante depuis ce matin, ce serait peut-être plus raisonnable ? ajouta la Générale.

– Non, non... pas du tout ! Je vais très bien. Rien qu'une légère migraine... que... que l'air de la mer dissipera, au contraire. Et j'aime tellement Porquerolles ! A quelle heure partons-nous ?

– Vers quatre heures et demie. Le *Monte-Cristo* dont j'ai fait prévenir ce matin le capitaine sera sous pression à ce moment et nous avons certains préparatifs à faire.

Miss Price approuva d'un air absent. Ce délai inespéré lui convenait parfaitement. Lorsque l'on quitta la table, elle marmotta quelques mots indistincts signifiant à peu près qu'il lui fallait aller en ville pour s'acheter des bottines de marche en vue des longues promenades sur l'île, mais ses deux compagnes n'y prirent pas garde. Elles étaient presque heureuses. La colère dévastatrice qui, depuis la veille, soulevait Mme Lecourt hors d'elle-même venait de faire place à une certitude et surtout à une sérénité pleine de douceur. Quant à Orchidée, si elle se trouvait encore un peu étourdie par l'étonnante histoire qu'on lui avait confiée, elle se sentait apaisée, rassurée auprès de cette vieille dame qui semblait destinée à jouer auprès d'elle le rôle de génie protecteur. Et si son désir de rejoindre Ts'eu-hi l'occupait toujours, elle pensait qu'il allait être doux de connaître quelques jours de repos, le temps que sa situation s'éclaircisse, avant de s'embarquer, pour son long voyage, sur cette mer bleue qu'elle pouvait apercevoir depuis les fenêtres de la maison.

Tandis que Mme Lecourt demandait à Orchidée de lui faire une liste de ce dont elle avait besoin puisqu'elle n'avait presque rien emporté, miss Price remonta dans sa chambre, mit un chapeau, enfila un manteau, vérifia ce qu'elle possédait comme argent dans son sac et quitta la maison en courant, craignant par-dessus tout qu'on lui offrît d'atteler pour elle une voiture. Les gens de la Générale ne devaient pas être mis au courant de ce qu'elle allait faire.

La chance la servit : un fiacre arrivait justement. Elle y monta et ordonna au cocher de la conduire à l'hôtel de Police. Il était plus que temps de mettre fin aux folies de sa patronne et de l'empêcher de s'embarquer dans une histoire qui pouvait lui causer un tort irréparable, cacher une meurtrière n'ayant jamais été bien vu par les autorités.

Miss Price n'ignorait pas qu'elle courait un gros risque et cherchait encore comment se débarrasser de « la Chinoise » quand la voiture s'arrêta. Elle hésita un instant à la garder puis songea qu'il valait tout de même mieux aller acheter les chaussures qui lui servaient d'alibi. Aussi elle paya et renvoya le fiacre. Enfin, rassemblant son courage, elle pénétra dans le bâtiment puis, ne sachant trop où aller, elle se dirigea vers un personnage assis derrière une table, qui semblait placé là tout juste pour renseigner les visiteurs :

– Je voudrais voir quelqu'un... mais je ne sais pas qui.

– C'est à quel sujet ? grogna le préposé.

– Au sujet... d'un... d'un crime. Je crois... que je peux donner des informations sur...

– Quel crime ? fit l'autre toujours aussi gracieux.

– Pas une affaire d'ici... Cela s'est passé à Paris... Oh, comment expliquer ?

– Si vous m'en dites pas plus, j'peux pas vous diriger...

A cet instant l'inspecteur Pinson qui se trouvait dans le vestibule, occupé à consulter un plan de Marseille affiché au mur, s'approcha. Deux mots : crime et Paris venaient de frapper son oreille. Son instinct fit le reste :

– Il ne s'agirait pas de l'affaire Blanchard, par hasard, Madame ?... Le crime de l'avenue Velazquez ?

L'Anglaise leva jusqu'à sa figure rose des yeux de noyée qui revient à la vie. En outre, avec ses cheveux roux, cet homme avait quelque chose de britannique et elle se sentit en confiance :

– Si, fit-elle. Vous êtes au courant ?

– Je viens de Paris tout juste pour ça. Inspecteur Pinson de la Sûreté Générale. Vous avez des renseignements ?

– Oui... je crois. Seulement, je ne voudrais pas que l'on sache que c'est moi qui...

– Qui les a donnés ? Venez un peu par ici. On pourra peut-être arranger ça.

Un instant plus tard, dans le bureau du commissaire Perrin, Violet racontait son histoire que Pinson suivit avec l'intérêt que l'on devine. Sans être particulièrement rancunier, la façon dont Orchidée l'avait payé de ses bons offices lui restait en travers de la gorge et en écoutant miss Price il piaffait littéralement comme un cheval de bataille qui entend la trompette. Le commissaire Perrin, lui, se montrait beaucoup moins joyeux. La veuve du général Lecourt – née Bégon par-dessus le marché ! – était une personnalité marseillaise que l'on ne pouvait maltraiter sans risquer quelques inconvénients : arrêter une criminelle était une belle chose, mais l'arrêter chez cette dame était une autre paire de manches. Quant à cette grande bringue d'Anglaise qui se retournait, pour Dieu sait quelle raison infâme, contre la main qui la nourrissait, elle ne devait compter sur aucune sympathie de sa part.

– Comment pouvez-vous être sûre que c'est la femme qu'on cherche ? maugréa-t-il. Vous la connaissez personnellement ?

– Je sais qu'elle a voyagé dans le même train que nous. Et puis j'ai vu le portrait dans le journal...

– Alors, si je comprends bien, vous accusez Madame la Générale Lecourt de recel de malfaiteur ? C'est grave, miss, c'est même très grave !

– What ?... Recel de... Je n'accuse pas du tout Madame Lecourt. C'est une « lady » et je serais désolée si elle avait des ennuis. Simplement... elle a un cœur trop bon... Cette... Chinoise a trouvé le moyen de lui inspirer de la pitié et dans ces cas-là elle ne sait plus ce qu'elle fait.

L'affaire lui paraissant mal engagée, Pinson s'en mêla :

– Si je vous comprends bien, Monsieur, cette dame Lecourt est importante et... vous craignez les vagues ?

– Tout juste, inspecteur, tout juste ! On ne peut pas la traiter comme n'importe quel tenancier d'hôtel louche et je ne me vois pas du tout débarquant chez elle avec deux agents... Une heure après j'aurais tout le département sur le dos et même davantage... le Préfet de Police, un ou deux ministres, que sais-je ?

– Autrement dit, il faudrait l'arrêter hors de la maison ?

Perrin jeta sur son collègue un coup d'œil perplexe : ce Parisien aurait-il des idées ? En réalité il n'y croyait pas beaucoup :

– Ce serait le rêve. Seulement trouvez-moi un moyen de la faire sortir ! On ne quitte pas un refuge si facilement dans son cas.

– M. Langevin et moi-même sommes persuadés qu'elle veut s'embarquer après-demain sur le bateau des Messageries qui appareillera pour Saigon... Évidemment on ne sait pas ce qui peut se passer d'ici là.

Miss Price, dont on commençait à oublier la présence, jugea qu'il était temps de se manifester de nouveau. Elle fit savoir timidement que ces dames sortiraient sans doute vers quatre heures et demie « pour faire des courses ». Ce qui eut le don de faire exploser Perrin :

– Des courses ? Voilà une bonne femme qui est recherchée par la police et qui s'en va faire une tournée de boutiques comme si de rien n'était ? Vous vous fichez de nous, miss ? Elle pourrait aussi aller prendre le thé sur la Canebière pendant qu'elle y est ?

– My goodness ! glapit miss Price presque en larmes. Vous me croyez ou vous ne me croyez pas, mais je vous dis que Madame a commandé la voiture pour quatre heures et demie et qu'elle emmène cette femme !

– Nous vous croyons, miss, fit Pinson, apaisant. Et

je pense avoir la solution. Je connais cette femme que j'ai vue de près et, si vous en êtes d'accord, Commissaire, je propose de procéder moi-même à l'arrestation avec deux de vos hommes. Ainsi personne ne pourra vous tomber sur le dos puisque je viens de Paris et... Mademoiselle sera tenue en dehors. Je ne l'ai jamais vue, moi... quant à votre Générale elle s'en tirera avec une ou deux questions bénignes. Ça vous va ?

Ça allait apparemment à tout le monde. Quelques instants plus tard, Violet, le cœur singulièrement allégé, sortait de l'hôtel de Police. Si elle gardait encore une vague inquiétude, celle-ci s'envola soudain car, au seuil, elle croisa un personnage en qui elle n'eut aucune peine à reconnaître le visiteur de ce matin. Ne l'ayant pas rencontrée, Antoine ne prit pas garde à elle. Il venait simplement voir si Pinson était arrivé et s'il était possible d'essayer de s'accommoder avec lui au cas où l'on retrouverait Orchidée.

Il comprit vite qu'il n'y avait pas grand-chose à faire de ce côté. L'inspecteur l'accueillit avec un large sourire satisfait et poussa l'amabilité jusqu'à l'inviter à l'accompagner dans la mission qu'il allait accomplir un peu plus tard. Invitation que le peintre, très inquiet cette fois, se hâta d'accepter :

– Vous savez où elle est ?

– Oui, et vous n'allez pas tarder à le savoir aussi. Ce soir, elle reprendra avec moi le train pour Paris !

Lorsque, un peu avant l'heure indiquée par miss Price, la voiture de police s'arrêta devant la demeure de Mme Lecourt, il se traita d'imbécile. Il aurait dû deviner que la dame en question se jouait de lui bien qu'il ne parvînt pas à comprendre pour quelle raison elle cachait Orchidée. Un vague – et stupide ! – espoir lui restait qu'il y eût erreur. Malheureusement, lorsqu'il vit les trois femmes sortir de la maison et remonter en voiture, il sut qu'il n'y avait pas d'erreur possible. La tournure de Mme Blanchard était inimitable et, en outre, il l'avait déjà vue avec les vêtements qu'elle portait. Tout ce qui lui restait à faire était de rentrer avec elle et d'essayer de l'aider de tout son pouvoir.

Ce qui suivit fut rapide. Dès que le coupé sortit du jardin, Pinson, les bras en croix, obligea le cocher à retenir ses chevaux puis, tandis que les deux agents prenaient sa place, il alla ouvrir la portière et se pencha à l'intérieur mais n'eut pas à prononcer la moindre parole officielle : Orchidée l'avait déjà reconnu :

– Vous êtes plus habile que je ne le supposais, Monsieur le Policier, dit-elle avec un faible sourire. J'espère seulement... que je ne vous ai pas fait trop mal l'autre jour ?

– J'en ai vu d'autres, Madame. Voulez-vous descendre ? La jeune femme n'eut pas le temps de répondre : Mme Lecourt s'interposait :

– Un instant ! Elle est dans ma voiture, donc chez moi. Où prétendez-vous l'emmener ?

– Dans cette autre voiture, Madame, afin de la conduire à l'hôtel de Police puis à la gare pour prendre le train de Paris. Quant à vous, je souhaiterais... vous poser quelques questions. Votre bonne foi a dû être surprise et vous ne serez pas inquiétée.

– Pas inquiétée alors que je nage déjà en pleine inquiétude ? Quant à vos questions, nous aurons tout le temps dans le train : car, bien entendu, j'accompagne Mme Blanchard... Par contre, j'aimerais bien savoir comment vous avez pu arriver jusqu'ici ? Qui vous a prévenu ?

Son regard chargé d'orage et de soupçons tourna brusquement et atteignit miss Price qui devint ponceau mais, à cet instant, poussé par le besoin de réconforter son amie, Antoine vint à son tour s'encadrer dans la portière ouverte, les mains tendues :

– Soyez sans inquiétude, mon amie. On ne vous gardera sûrement pas longtemps et je veillerai sur vous.

Le coup lui arriva dessus sans qu'il l'eût vu venir. Persuadée d'avoir trouvé le traître qui l'avait dénoncée, la Générale venait de brandir son fidèle parapluie et le lui assenait sur la tête.

– J'aurais dû me douter, tout à l'heure, qu'avec vos paroles mielleuses vous n'étiez qu'un fichu espion ! glapit-elle, mais je n'aurais tout de même jamais imaginé que vous oseriez amener la police chez moi !

On eut beaucoup de mal à la calmer. Après quoi Pinson, magnanime, accepta que la prisonnière fît le trajet dans la voiture de sa bienfaitrice et emmena Antoine. Miss Price, que Mme Lecourt avait un peu perdue de vue dans la chaleur du combat, apprit avec quelque soulagement qu'on lui confiait la mission de prévenir le capitaine du *Monte-Cristo*, puis de revenir garder la maison. Elle allait certainement mourir de peur dans cette grande bâtisse malgré la présence des domestiques, mais elle aimait encore mieux ça que suivre dans cette nouvelle aventure une femme dont elle connaissait l'esprit vif et l'œil scrutateur. Une fois « la Chinoise » en prison, il faudrait bien que la Générale rentre chez elle et alors elle pourrait, en toute sérénité, lui apprendre quel signalé service elle venait de lui rendre...

mais à cet instant, poussée par le besoin de remémorer [illegible], [illegible] à son [illegible] s'enfoncer dans la [illegible], les mains jointes.

— [illegible] sans importance, maintenant. On ne vous gardera sûrement pas longtemps. Je veillerai sur vous.

Le coup lui arriva dessus sans qu'il eût [illegible] l'[illegible] d'avoir trouvé le [illegible] qui l'a [illegible], la Générale venait de [illegible] sur [illegible] lui assénait sur la tête.

— J'[illegible] du [illegible], lord [illegible], que [illegible] vos paroles [illegible] vous [illegible] [illegible]-elle, mais je n'aurais [illegible] mais [illegible] que vous serviez [illegible] la police chez moi.

On eut beaucoup de mal à la calmer. [illegible] son [illegible] que la prisonnière fût [illegible] dans la [illegible] de sa [illegible] et [illegible]. Miss Price, que [illegible] avait un peu perdue de vue dans le [illegible] du combat, apprit avec quelque soulagement qu'on lui confiait la mission de prévenir le capitaine [illegible], puis de revenir garder la maison. Elle [illegible] de peur dans cette grande bâtisse malgré la présence des domestiques, mais elle aimait encore mieux ce que [illegible] dans cette nouvelle aventure [illegible] elle [illegible] l'esprit vif et l'œil scrutateur. Une fois « la Chinoise » en prison, il [illegible] bien que la Générale [illegible] elle et alors elle pourrait en toute sérénité lui apprendre quel signalé service elle venait de lui rendre.

Deuxième partie

LES VISITEURS DE LA NUIT

CHAPITRE VI

FUNÉRAILLES A SAINT-AUGUSTIN...

Si le commissaire Langevin éprouva quelque satisfaction en voyant Pinson entrer dans son bureau en compagnie de Mme Blanchard, ce ne fut qu'un instant bien fugitif : d'abord l'inspecteur arborait la mine suffisante de l'empereur Aurélien traînant après son char la reine de Palmyre enchaînée d'or, et Langevin avait horreur du triomphalisme. Ensuite on le surprenait en train de remplacer les tulipes fanées de son vase par de candides œillets blancs dont il respirait le parfum poivré avec délices, et il n'aimait pas être pris en flagrant délit de romantisme. Enfin les nouveaux venus n'étaient pas seuls : une petite dame ronde et apparemment irascible les accompagnait et, à son allure, on pouvait se douter qu'il ne s'agissait pas de n'importe qui... Néanmoins, le commissaire prit sa mine la plus revêche pour aboyer :

– Qu'est-ce qui vous prend, Pinson, d'entrer chez moi comme une bombe ? Vous ne pouvez pas frapper avant d'entrer ?

– Pardonnez-moi, patron ! J'avoue que je me suis laissé emporter par l'enthousiasme. Vous voyez : je l'ai eue tout de même !

– Quel langage ! s'insurgea Mme Lecourt. En voilà

une façon de parler d'une dame ? D'ailleurs cet homme est une vraie brute et je ne manquerai pas de laisser entendre à mon ami, le préfet Lépine, ce que je pense des manières de sa police...

Elle tombait bien celle-là avec ses grands airs ! Langevin dirigea sur elle le feu de sa mauvaise humeur et commença par aller rouvrir sa porte :

– Je vous en prie, Madame, ne vous gênez pas !

– Pas avant de savoir ce que vous allez faire de cette enfant. Je suis la Générale Lecourt, née Bégon, et s'il est une chose que j'ai en horreur, c'est le déni de justice.

– Moi aussi. Et vous êtes quoi au juste pour Mme Blanchard ? Je serais étonné que vous soyez sa mère ou sa tante ?

– Je suis sa cousine issue de germaine par alliance ! déclara la Générale avec solennité. J'explique, ajouta-t-elle voyant une lueur d'incompréhension passer dans l'œil gris du policier : Ma mère et celle de sa belle-mère étaient sœurs. Vous y êtes ?

– Tout à fait. Dès l'instant où vous êtes de la famille, je peux comprendre votre... nervosité. Voulez-vous vous asseoir ou bien préférez-vous... aller voir M. Lépine ?

– Chaque chose en son temps !...

– Je ne vous le fais pas dire ! Alors, si vous le voulez bien, je vais d'abord entendre le rapport de l'inspecteur Pinson. Ensuite... nous causerons.

Le ton, bien que courtois, était assez ferme pour que la bouillante Agathe comprît qu'il valait mieux ne pas insister. Les dames installées chacune sur une chaise, Pinson entreprit de raconter comment, alors qu'il n'était à Marseille que depuis peu d'heures, une information tout à fait intéressante était arrivée au bureau du commissaire Perrin touchant le lieu où pouvait se trouver « la meurtrière ». Le terme fit bondir la Générale et arracha à Langevin la petite torsion des lèvres qui, chez lui, tenait lieu de sourire :

– Le terme est impropre, Pinson. Madame n'a même pas encore droit au titre de prévenue. Je vous remercie de votre rapport. A présent, vous pouvez disposer !

– Mais...

– Je vous rappellerai tout à l'heure. Pour l'instant, je désire entendre de Mme Blanchard le récit de son odyssée. Et d'abord pourquoi elle a jugé bon de vous fausser compagnie et de quitter Paris si précipitamment ?

Sur sa chaise, Orchidée avait beaucoup de mal à conserver l'attitude digne qui convenait à sa naissance princière. Elle n'avait qu'une envie : se coucher et dormir, fût-ce dans le lit d'une prison. Le voyage en train s'était révélé une espèce de cauchemar. Plus question de train de luxe cette fois ! Un simple compartiment de première classe – grâce d'ailleurs à un coup de sang de la Générale car Pinson, se tenant pour comptable des deniers de la République, prétendait la faire voyager en troisième ! « Pourquoi pas dans un wagon à bestiaux ? avait ricané Mme Lecourt. De toute façon c'est moi qui paie : libre à vous de voyager en dernière classe ! » Cependant, en dépit de ce confort supplémentaire et du fait qu'ils étaient seuls dans leur compartiment, il lui avait été impossible de dormir : le désespoir d'être ramenée vers une Justice à qui elle refusait tout droit sur elle et aussi le chagrin d'avoir été livrée par Antoine chassaient le sommeil. L'attitude d'Agathe Lecourt envers le peintre était d'autant plus révélatrice qu'elle lui avait appris ensuite la visite reçue le matin. A demi assommé et donc incapable de protester de sa bonne foi,

Laurens s'était laissé emmener par Pinson qui, peu désireux de s'en encombrer, l'avait déposé à son hôtel sans rien vouloir entendre de plus. Orchidée ignorait donc ce qu'il était devenu mais l'impression pénible demeurait : celui qu'elle croyait son ami se rangeait du côté de ses ennemis.

A la question de Langevin, elle s'efforça de secouer la torpeur qui l'envahissait mais déjà Mme Lecourt intervenait :

– Avant de procéder à cet interrogatoire, Monsieur le Commissaire, ne conviendrait-il pas de pourvoir Mme Blanchard d'un avocat ? Je comptais faire appel à un débutant que je connais, Me de Moro-Giafferi, mais votre homme préhistorique ne m'a même pas laissé le temps de lui téléphoner et de...

– Madame, madame ! Vous m'obligez à répéter ce qu'en votre présence j'ai dit à l'inspecteur Pinson. Il ne s'agit pas ici d'un interrogatoire...

– Vous jouez avec les mots. Votre Pinson l'a bel et bien arrêtée.

– Alors c'est qu'il s'y est mal pris. Je souhaitais seulement l'empêcher de quitter le pays afin de m'entretenir encore avec elle.

– Quelle hypocrisie ! Et les journaux alors ? Ils ne la présentent pas comme une criminelle, peut-être ?

– Je n'y peux rien s'ils ont la plume imaginative.

Certaine que ces deux-là s'embarquaient dans une nouvelle dispute entièrement stérile, Orchidée, exaspérée, cria :

– Taisez-vous l'un et l'autre, s'il vous plaît ! Essayez de comprendre que j'en ai assez d'être ainsi malmenée. Vous voulez savoir ce que j'ai fait ? Je vais vous le dire mais à une condition : vous souffrirez que je prenne mon récit au jour du départ de mon époux, que vous y croyiez ou non. Il y a... des choses que je n'ai pas dites quand vous êtes venu chez moi...

– Alors je vous écoute.

– Comme je vous l'ai déjà raconté, mon cher mari a quitté notre maison le vendredi 20 janvier dans la journée pour prendre le train à la suite d'une lettre électrique. Le lendemain, j'ai, moi, reçu celle-ci, fit-elle en offrant le papier toujours dans son enveloppe à Langevin qui le prit en grognant :

– Comment voulez-vous que je lise ça ? C'est du chinois dans tous les sens du terme... et rien ne me dit que je peux me fier à votre traduction. Il va falloir trouver un interprète et...

– Si vous voulez, je peux m'en charger ? proposa tranquillement la Générale. Pendant mon long séjour en Chine je me suis donné la peine d'apprendre la langue... mais je ne vous empêche pas de faire traduire par la suite: c'est juste pour gagner du temps.

Pour toute réponse, Langevin lui tendit le message. Elle tira son face-à-main et se mit à restituer assez aisément le texte en ne faisant appel à Orchidée que pour deux ou trois termes.

– Vous voudrez bien dicter ceci à l'inspecteur Pinson un peu plus tard, fit le commissaire. Continuez, Madame Blanchard !

Sans rien dissimuler cette fois, pas même le vol de l'agrafe, la jeune femme raconta tout ce qu'elle avait fait et tout ce qui lui était arrivé jusqu'à ce que la Générale l'emmène chez elle. Le nom de Pivoine fit bondir le commissaire :

– Cette femme a osé revenir ici ? L'an passé, elle m'a échappé et je la croyais repartie pour son sacré pays.

– Je ne sais pas ce qu'elle a fait, mais d'après ce que j'ai vu elle doit être à Paris en ce moment.

– On va s'en occuper, ainsi que de cette maison où vous l'avez vue entrer à Marseille. Je vais prévenir mon collègue Perrin... Madame Blanchard, vous venez de me rendre sans vous en douter un grand service et, en même temps, vous donnez à cette affaire un éclairage nouveau...

– Mais ce n'est pas Pivoine qui a tué Édouard. Souvenez-vous de ce que je vous ai dit. Ni elle ni un de ses hommes.

– Sans doute, mais c'est sûrement elle qui a torturé et massacré Lucien Mouret, votre ancien valet de chambre dont on a découvert le corps cette nuit devant votre domicile, avenue Velazquez.

Si les yeux d'Orchidée s'agrandirent, ce ne fut pas d'étonnement : elle savait Pivoine capable de tout. Ce qu'elle éprouvait c'était de l'horreur :

– Il est mort ? fit-elle machinalement.

– Difficile de survivre dans l'état où on l'a mis ! Malheureusement pour sa femme, elle l'a vu et elle est actuellement à l'hôpital à demi folle. Vous voyez que nous avons du nouveau !

– Je vois, oui... et... qu'allez-vous faire de moi à présent ?

– Rien du tout... enfin, je veux dire que vous êtes libre. Les charges qui pesaient contre vous tenaient tout entières dans le témoignage de vos gens. D'autre part on a retrouvé sur le poignard plusieurs empreintes digitales... sauf les vôtres.

– Empreintes... digitales ? Qu'est-ce que c'est ?

– Je vous expliquerai, intervint la Générale. Notre police possède à présent des moyens extraordinaires pour identifier les coupables...

– ... enfin, nous avons le témoignage d'une voisine qu'une rage de dents tenait éveillée : dans la nuit du 22 au 23 janvier, vers trois heures du matin, elle a vu une voiture s'arrêter devant chez vous et deux hommes en sortir. Ils semblaient en aider un troisième à se tenir debout. Tout ce monde est entré dans votre maison. Sur le moment, elle n'y a pas attaché tellement d'importance : après une soirée entre hommes au cercle ou ailleurs, il n'est pas tellement rare que l'on doive ramener un camarade qui a trop bu. Et puis elle souffrait beaucoup et, tôt le lendemain matin, elle a demandé un congé à ses patrons pour rentrer chez elle, à Caen, afin de consulter le seul dentiste en qui elle eût confiance. Là-bas, elle a lu un journal et un détail lui est revenu à l'esprit, quelque chose de bizarre : tandis qu'on descendait le soi-disant ivrogne, son chapeau haut de forme est tombé. On le lui a remis très vite mais cette femme a cru voir que le malheureux portait quelque chose sur la bouche qui faisait le tour de sa tête. De loin et dans la nuit cela pouvait passer pour une barbe, mais son esprit a travaillé inconsciemment là-dessus et elle en a parlé à sa maîtresse qui a eu le bon esprit de me l'envoyer avec un mot de sa main faisant appel à ma discrétion surtout vis-à-vis de la Presse.

– Mais qu'est-ce que cela pouvait être ? demanda ingénument Orchidée.

Mme Lecourt, elle, venait de comprendre et, à la stupeur du commissaire, elle devint soudain très pâle :

– Cela veut dire... qu'Édouard était encore vivant... et qu'on l'avait bâillonné ? Quelle horreur, mon Dieu !... Quelle horreur !

Avant que les deux autres aient pu faire un geste, elle glissait de sa chaise, sans connaissance. Orchidée se précipita pour lui porter secours.

– Fouillez dans son sac ! Elle doit bien avoir des sels d'ammoniaque ! conseilla Langevin avant de courir appeler le médecin légiste – le seul qu'il eût sous la main !

Ce digne fonctionnaire n'eut pas à intervenir. Grâce à Pinson arrivé au premier appel de son chef pour enlever la Générale et la déposer sur la banquette placée au fond du bureau du commissaire, celle-ci reprit ses sens rapidement. Elle avait les joues un peu rouges : les deux claques, bien qu'appliquées respectueusement par l'inspecteur, étaient plus vigoureuses qu'il ne l'aurait souhaité. Mme Lecourt ne s'en formalisa pas et accepta avec grâce le petit verre de marc qu'il lui mit dans la main pour se faire pardonner et qu'elle avala d'un trait.

– Est-ce bête de tourner de l'œil ainsi pour un oui ou pour un non ? fit-elle avec un petit rire nerveux. Je ne sais pas ce que j'ai depuis quelque temps.

– Vous êtes souffrante, murmura Orchidée. Il faut vous reposer au plus vite !

– Vous en avez plus besoin que moi, ma petite. Que faisons-nous à présent ?

– Je ne peux malheureusement vous faire reconduire chez vous, Madame Blanchard, dit Langevin à Orchidée. Votre beau-frère qui est là depuis deux jours a demandé que les scellés soient posés sur les pièces principales. Les Mouret devaient se contenter de la cuisine...

– De toute façon, il ne peut en être question ! coupa la Générale. L'épreuve serait trop rude pour Mme Blanchard. Faites-nous conduire à l'hôtel Continental, rue de Castiglione. C'est là que je descends toujours lorsque je viens à Paris.

Lorsque Pinson fut parti chercher une voiture, Orchidée s'approcha de Langevin et demanda timidement :

– Qui a tué mon époux, Monsieur le Commissaire ?

– En toute franchise, je n'en sais rien. En dépit de ce que vous avez entendu, il ne faut pas rejeter entièrement la piste de cette Pivoine. Le meurtrier peut être un complice. En dehors de cela...

Il eut un geste évasif qu'il accompagna d'un soupir plein de lassitude destinés tous deux à masquer, aux yeux de cette pauvre jeune femme, ses intentions profondes : fouiller jusque dans ses racines la vie d'Édouard Blanchard. Mais Orchidée avait encore quelque chose à demander :

– Je voudrais savoir... où est enterré mon époux ?

– Les funérailles n'auront lieu que demain. Votre beau-frère, M. Étienne Blanchard, qui est arrivé il y a deux jours, en a reçu l'autorisation et s'en est occupé. Le service aura lieu à dix heures en l'église Saint-Augustin, dans l'intimité bien sûr. Étienne Blanchard est venu seul, sa mère ne pouvant quitter le chevet de son époux qui est très malade...

– Son père ?... Je suis certaine que la lettre électrique disait sa mère !

– Eh bien, disons que c'est une bizarrerie de plus dans cette histoire !.. Après la messe, le corps sera transféré à la gare de Lyon pour gagner Marseille où se trouve, si j'ai bien compris, le caveau de famille...

– Je le connais, dit Mme Lecourt. Il est voisin du nôtre...

– Si vous désirez vous entretenir avec votre beau-frère... commença Langevin tout de suite arrêté par Orchidée :

– Non. A aucun prix ! Je n'ai rien à dire à un membre de cette famille qui m'a ouvertement méprisée et qui a poussé la cruauté jusqu'à rejeter mon cher Édouard. Je suppose d'ailleurs que ce sentiment est réciproque... Cependant j'assisterai à la cérémonie, que cela plaise ou non.

– Nous y serons ! affirma la Générale en glissant son bras sous celui de la jeune femme. Venez, à présent, il nous faut songer à nous procurer des vêtements de deuil... Pendant que j'y pense : Édouard a-t-il laissé un testament ?

– Oui. Déposé chez un notaire dont je vais vous donner l'adresse et qui le garde sous séquestre jusqu'à la fin de l'enquête mais qui recevra prochainement la mainlevée. C'est vous qui héritez, Madame, et il s'agit d'une assez jolie fortune si j'ai bien compris.

Les deux femmes allaient sortir, il les rappela en se traitant mentalement d'imbécile. Le charme de cette jeune Chinoise opérait décidément sur lui d'inquiétante façon s'il le poussait à de tels oublis !

– Pardonnez-moi, mais il y a tout de même un petit détail que je dois régler avec vous avant que vous ne partiez.

– Lequel ? murmura Orchidée dont les grands yeux sombres s'emplissaient déjà d'anxiété.

– L'agrafe de l'empereur Kien-Long !.. Si vous me la remettez immédiatement j'arrangerai les choses avec le musée. Nous dirons que... vous pensiez seulement reprendre le bien de votre pays.

– C'est la vérité ! s'écria la jeune femme avec hauteur. Il n'y a dans cette maison que des objets volés à nos palais ou à ceux du Mikado.

– Sans doute mais, selon notre façon de voir les choses et dans l'état actuel de l'affaire, c'est vous la voleuse. Alors ou bien vous me donnez le bijou et on n'en parle plus, ou bien je me vois dans l'obligation de vous faire fouiller... et de vous arrêter.

Orchidée comprit qu'elle était battue et qu'elle ne pourrait rapporter à sa vieille souveraine le joyau pour lequel elle eût éprouvé tant de joie. Son retour auprès d'elle se ferait sûrement dans des conditions plus difficiles. Sous l'œil médusé de sa compagne, elle tira de son manchon le petit paquet de soie qui enveloppait l'agrafe et le tendit au commissaire :

– Je suppose que je dois vous remercier ?

– Je conçois que ce soit difficile, cependant vous devriez. Je vous évite de gros ennuis...

Lorsque les deux femmes eurent quitté son bureau, le commissaire déballa l'objet et le tint un instant entre ses doigts. Une belle chose en vérité ! Qui faisait grand honneur à l'habileté des artistes chinois. Et ce fut avec un certain respect qu'il le déposa sur sa table, près du vase de fleurs, avec l'intention d'en réjouir sa vue pendant quelques heures. Il ne le rapporterait qu'un peu plus tard au musée Cernuschi. Même un policier pouvait bien avoir droit à des petits moments de bonheur !

Il était en pleine contemplation quand un planton vint lui annoncer Antoine Laurens...

Quelques minutes avant dix heures, le lendemain matin, Orchidée et Mme Lecourt, enveloppées jusqu'aux talons dans les voiles rituels du deuil, pénétraient dans la grande église byzantino-italienne, chef-d'œuvre récent de l'architecte Baltard, où l'on allait célébrer le service funèbre d'Édouard Blanchard. Un ordonnateur des pompes funèbres en culotte courte, bas de soie, cravate blanche et ample cape noire, vint à leur rencontre, s'inclina, prit des mains de la jeune femme le gros bouquet de cattleyas mauves [1] que la Générale lui enjoignit de déposer sur le cercueil lorsqu'il arriverait et enfin les conduisit au premier rang des chaises et prie-Dieu disposés à gauche du catafalque drapé de noir et d'argent. Somptueux et dérisoire, flanqué de grands cierges blancs, il occupait le centre de la nef.

1. Orchidées d'une certaine famille.

Sinon pour la visiter, la princesse mandchoue n'était jamais entrée dans une église. Son époux, sachant bien que sa conversion n'était que de façade, s'était abstenu de tout prosélytisme et ne l'y entraînait que lorsqu'il s'agissait d'admirer une œuvre d'art majeure. Et, bien que ce fût la paroisse de son domicile, elle ne connaissait pas Saint-Augustin qui, d'ailleurs, ne lui plut pas. Il y manquait l'obscurité des temples chinois animée par les seules flammes des chandelles et l'or des statues. Cette maison du dieu des chrétiens ressemblait à un décor de théâtre avec ses vitraux colorés qui laissaient entrer la lumière et le riche baldaquin érigé au-dessus du maître-autel. Les grandes tentures noir et argent tombant des colonnes de fonte où s'appuyait la voûte n'arrangeaient rien et pas davantage l'odeur de cire et d'encens refroidi. En outre, il n'y avait presque personne, seulement des curieux attirés par l'apparat funéraire déployé depuis le porche et qui annonçait un mort fortuné. Apparemment Étienne Blanchard tenait à faire les choses sur un grand pied, au vif regret de la jeune veuve qui, connaissant les goûts de son époux, aurait préféré plus de simplicité. L'impression de se trouver dans une salle de spectacle avant que la scène ne s'éclaire et que le rideau ne se lève!... C'était pour bientôt, d'ailleurs, car un bedeau s'activait à allumer les cierges...

Le bruit d'une hallebarde retombant sur le dallage renforça cette sensation. Aussitôt les grandes orgues déchaînèrent une tempête de sons majestueux qui firent couler un frisson le long du dos de la jeune femme. Bien que l'église fût chauffée, elle avait froid jusqu'à l'âme et, dans leurs gants de fil, ses doigts glacés se crispèrent. La main de sa compagne, en se posant dessus, lui rendit un peu de chaleur et de courage au moment où retentissait le pas lourd, rythmé, mesuré des hommes qui portaient le cercueil, un coffre d'acajou à ferrures d'argent, qu'ils firent glisser sous les draperies du catafalque avant de disposer autour quelques couronnes. Les fleurs d'Orchidée furent déposées sur le dessus.

Certains personnages vinrent à la suite, inconnus pour la plupart, qui disparurent derrière le monument de drap et de galons. Cependant Orchidée reconnut Antoine Laurens auprès du commissaire Langevin. Quant à l'homme grand et mince qui venait en tête du cortège, elle ne fit que l'entrevoir. Juste assez pour constater qu'il était aussi brun qu'Édouard était blond et d'aspect plus fragile. Le profil un instant aperçu était fin et nettement découpé.

Tant que dura le service, la jeune veuve, sourde et aveugle, laissa enfin sa douleur l'envahir et ses larmes couler. Depuis la découverte du corps sans vie de son époux, elle vivait un cauchemar qui ne lui accordait ni trêve ni repos. Il lui fallait songer à elle d'abord, à sa sécurité. Obéir à cette panique, soulevée par la méchanceté de ceux qui l'entouraient, qui la poussait à fuir, aussi vite que possible, aussi loin que possible! Ni dans ses heures de veille ni dans celles si angoissées du sommeil elle n'avait trouvé de temps pour les larmes et pour le chagrin, mais maintenant, isolée derrière ces crêpes funèbres qui la faisaient invisible, elle pouvait sonder enfin la blessure de son cœur et s'effrayer de la trouver si profonde. Seule, la présence de cette terrible femme dont elle ne parvenait pas à deviner le visage mais dont le coude touchait le sien lui apportait quelque réconfort parce que leurs souffrances se rejoignaient. A la voussure un peu tremblante des épaules, Orchidée devina que Mme Lecourt pleurait, aussi douloureusement qu'elle-même sans doute, l'enfant qu'on ne lui avait pas permis de regarder grandir.

La jeune veuve n'entendait rien des chants, de la musique ou des paroles rituelles prononcées dans une langue qui lui était étrangère. Du fond de sa mémoire elle laissait remonter le souvenir des heures si douces passées auprès d'Édouard, de ces belles heures d'amour qui se concluaient là, dans cette nef froidement solennelle. Le corps qu'elle connaissait si bien et qui lui avait donné tant de joies n'était séparé du sien que par quelques planches et quelques bouts de tissu et cependant à jamais inaccessible. Saisie d'une soudaine envie de s'en rapprocher, de réduire la distance, elle ôta son gant, étendit une main presque implorante qui vint toucher le drap comme s'il était un vêtement, espérant follement que, dessous, il restait un peu de vie et de chaleur. Si souvent, pour entrer dans un lieu public ou pour une promenade, elle avait posé sa main sur la manche d'Édouard ! Le geste était le même mais, cette fois, il n'y eut pas de doigts fermes et chauds pour enfermer les siens, comme Édouard le faisait toujours... Un sanglot monta de sa gorge, si déchirant qu'il la plia en deux sur l'appui du prie-Dieu et que Mme Lecourt, inquiète, entoura ses épaules d'un bras maternel :

– Du courage, ma petite ! Pensez qu'un jour vous le retrouverez par-delà la mort... C'est bientôt fini !

Le service, en effet, s'achevait. Il y eut la voix pompeuse du maître de cérémonie annonçant que la famille, vu les circonstances, ne recevrait pas de condoléances, puis une main gantée de noir qui se tendait vers Orchidée pour la conduire dans une chapelle latérale tandis que les quelques assistants aspergeaient le catafalque d'eau bénite.

A travers son voile, Orchidée vit un groupe d'hommes et, pour la première fois, elle se trouva en face de son beau-frère.

Elle devait passer devant lui pour gagner la place qu'on lui désignait et bénit les étranges traditions du deuil occidental qui lui permettaient de dissimuler son visage tandis que celui de l'autre s'offrait à découvert. Elle vit, portée sur des épaules un peu tombantes, une tête casquée de cheveux noirs aux pommettes hautes, à la bouche fine surmontée d'une mince moustache et aux yeux sombres que la profondeur des orbites cernées d'épais sourcils presque rectilignes rendait insondables. Néanmoins ces yeux étaient fixés sur elle et la regardaient s'approcher. Alors, cherchant l'appui du bras de sa compagne, elle se redressa de toute sa taille, refusant de passer devant lui dans une attitude vaincue, même si c'était par la souffrance. Cet homme n'était peut-être pas encore tout à fait certain de son innocence et elle entendait l'ignorer. Ce fut lui qui s'avança à sa rencontre.

– Madame, fit-il après un bref salut, j'aurais souhaité vous accompagner demain chez le notaire pour mettre ordre à vos affaires, mais vous comprendrez sans peine que je dois à mon frère de l'escorter jusqu'à sa dernière demeure... ce que vous ne sauriez faire. Vous voudrez bien m'excuser!

Les paroles étaient à peine courtoises mais la voix étrangement douce, moelleuse même et légèrement chantante. Elle était agréable à entendre, pourtant Orchidée n'y fut pas sensible :

– J'ai toute une vie, Monsieur, pour pleurer sur le tombeau de mon époux, dit-elle lentement comme si elle cherchait ses mots. – A cet instant, d'ailleurs, elle éprouvait une difficulté bizarre à s'exprimer en français mais ce ne fut qu'un instant. – J'espère que vous saurez l'entourer des soins que j'aurais voulu lui donner.

Ayant dit et sans attendre de réponse, elle inclina

brièvement la tête et alla prendre place de l'autre côté de la chapelle, marquant ainsi son intention de ne pas poursuivre plus longtemps le dialogue.

Un moment plus tard, debout en haut des marches de l'église et indifférente à la petite foule qui en battait les abords, elle regardait la longue boîte vernie disparaître dans le fourgon mortuaire quand un bras s'empara du sien et une voix familière chuchota près de son oreille :

– Rentrez avec moi dans l'église, Orchidée! Une voiture nous attend près de la petite porte... dit Antoine.

Arrachée à ses souvenirs, elle tressaillit, voulut se dégager :

– Mais... pourquoi ?

– Regardez ces gens! Ce sont des journalistes. Dans un instant, ils vont vous sauter dessus.

Il avait raison : un groupe composé de quelques hommes et d'une femme, certains avec un appareil photographique, escaladait le perron, bousculant sans ménagement les personnes qui sortaient de l'église et les employés des pompes funèbres... Orchidée, cependant, résistait machinalement. Le commissaire s'en mêla :

– Emmenez-la! ordonna-t-il. Je vais m'occuper de ces gens.

Et, tandis que le peintre entraînait les deux femmes vers le fond du péristyle, il s'avança au-devant de la meute, les bras en croix :

– Un peu de calme, mesdames messieurs! Et surtout un peu de respect pour la mort! Je suis le commissaire Langevin et me voici prêt à répondre à vos questions dès que le fourgon se sera éloigné.

– On vous connaît, cria quelqu'un. Vous savez mieux poser les questions qu'y répondre...

– Essayez toujours!

– Oui, fit la femme, et pendant que vous nous lanternerez elle va filer par une autre porte !

– De toute façon vous n'en obtiendrez rien. J'ai fait garder toutes les issues. Alors à vous de choisir : quelque chose ou rien ?

– Ça va, Commissaire ! On prend. Alors première question : pourquoi n'avez-vous pas arrêté cette femme ?

– Si c'est de Mme Blanchard que vous voulez parler, j'ai pour cela la meilleure des raisons : elle n'est pas coupable.

Pendant que le dialogue s'installait, houleux, entre les grilles de l'église, le fourgon suivi d'une voiture portant Étienne Blanchard s'éloignait et Antoine entraînait au pas de course le long d'un déambulatoire Orchidée et Mme Lecourt bien obligée de suivre en dépit des protestations qu'elle n'osait pas formuler dans un lieu sacré... mais qui éclatèrent dès que l'on fut installé dans la voiture. Celle-ci, en effet, attendait et partit aussitôt pour rejoindre la rue de Miromesnil et éviter ainsi la place Saint-Augustin.

– Après ce que vous avez fait, vous osez encore vous imposer ? s'écria-t-elle en relevant son voile pour mieux se faire entendre. Il vous va bien de jouer les chevaliers alors que vous avez eu la lâcheté de nous dénoncer toutes les deux !

– Je n'ai rien dénoncé du tout, Madame la Générale... et ne cherchez pas votre parapluie : je me suis assuré que vous ne l'aviez pas.

– Comment voulez-vous que l'on vous croie alors que tout le monde, devant chez moi, a pu vous voir en compagnie de la police ?

– J'y étais, c'est vrai, mais je n'ai jamais « rapporté » même quand j'étais petit. D'ailleurs qu'aurais-je pu dire ? Vous m'avez si bien roulé dans la farine lorsque je suis allé vous voir ! Je n'imaginais pas un seul instant qu'Orchidée pût être chez vous et c'est la raison pour laquelle je suis allé voir le commissaire Perrin : je voulais savoir s'il avait des nouvelles et surtout si l'inspecteur Pinson était arrivé. C'est celui-ci qui m'a mis au courant et qui m'a invité à le suivre. Ce que j'ai accepté sans hésiter avec la pensée de pouvoir apporter mon aide à l'épouse malheureuse d'un homme que j'aimais beaucoup. Vous ne m'avez même pas laissé le temps de dire trois mots...

– Il semble que vous soyez en train de vous rattraper. Avez-vous encore quelque chose à ajouter ?

– Oui. Si quelqu'un vous a trahie ce n'est pas moi. Cherchez ailleurs !

– C'est ce que je vais faire. Où nous conduisez-vous ?

– A l'hôtel Continental. C'est bien là que vous résidez ?

– En effet. Merci de votre obligeance.

Détournant la tête, Mme Lecourt se désintéressa de ce qui se passait à l'intérieur, regardant ostensiblement par la portière. Antoine en profita pour revenir à Orchidée qui, figée dans son coin, la tête appuyée au drap prune de la voiture, n'avait plus l'air de vivre. Son voile noir était si lourd que son souffle ne le soulevait même pas. Doucement, Antoine le releva et découvrit le visage même du désespoir : les larmes coulaient des yeux clos sans que la jeune femme essayât seulement de les essuyer. Il tira son propre mouchoir et, à petites touches comme s'il parachevait un portrait, il les épongea :

– Orchidée ! murmura-t-il. Tout ne s'arrête pas là... Il faut songer à vivre...

Elle n'avait même pas l'air de l'entendre et il n'osa pas prononcer d'autres paroles. Peut-être parce que tout ce qu'il aurait pu tenter lui semblait fade et peu convaincant. Que dire à cette plante déracinée qui avait réussi à refleurir dans un sol étranger et dont l'arbre auquel elle s'appuyait venait d'être abattu ? Qu'est-ce qui pourrait bien l'intéresser encore dans ce pays où, depuis son arrivée, elle ne rencontrait guère de sympathie ?

Il cherchait toujours quand la voiture s'arrêta dans la cour d'honneur de l'hôtel. Un voiturier galonné se précipita aussitôt pour ouvrir la portière. A cet instant la Générale se tourna vers Antoine :

– Si vous n'avez rien de mieux à faire, voulez-vous déjeuner avec nous ? Je vous dois bien ça.

Le ton était si raide que l'invité faillit refuser mais cette fois Orchidée ouvrit les yeux :

– Acceptez ! Cela me fera plaisir.

Il s'inclina sans répondre puis sauta à terre pour aider les dames à descendre et payer le fiacre tandis qu'elles pénétraient toutes deux dans le grand hall.

Lorsqu'elles s'approchèrent de la réception pour demander leurs clefs, un jeune homme, coiffé d'une auréole de feutre bosselée disposée artistement autour d'une tignasse bouclée d'un joli blond et qui se tenait accoudé un peu plus loin, arracha son chapeau et bondit sur Orchidée qui ne l'avait pas vu venir :

– Vous êtes bien Madame Blanchard ? Excusez-moi mais je représente le journal *le Matin* et je voudrais vous demander...

Il n'eut pas le temps d'en dire plus. En trois sauts Antoine l'avait rejoint, l'empoignait par le bras et l'entraînait derrière une jardinière de plantes vertes.

– Pas question de l'embêter, Lartigue ! Fiche-lui la paix. Elle en a assez enduré comme ça !

– Tu en as de bonnes, toi ! Qu'est-ce que tu crois que va dire mon rédacteur en chef ? Tu te rends compte ? Une belle et mystérieuse princesse chinoise...

– Mandchoue !

– Si tu veux. Donc je reprends : une belle et mystérieuse princesse mandchoue qui trucide son époux puis prend la fuite puis...

– Qui est-ce qui t'a indiqué le Continental ?

– Ça, ça fait partie de mes petits secrets.

– Alors, si tu es aussi bien renseigné, tu dois savoir que Langevin est tellement persuadé de son innocence – d'ailleurs il vient de le dire ! – qu'il la laisse libre ?

Robert Lartigue sourit, ce qui ajouta un petit plus au côté angélique de son visage rond éclairé par deux yeux tout aussi ronds mais d'un bleu candide. Simple apparence, d'ailleurs, mais qui lui valait de grands succès auprès des âmes simples car, en réalité, fouineur et astucieux comme pas un, c'était un redoutable traqueur de nouvelles et quelques-uns de ses reportages lui avaient apporté une assez flatteuse réputation.

– C'est vrai, je sais ça aussi ! fit-il avec majesté. Et je n'avais pas l'intention de poser des questions venimeuses.

– Tes questions sont toujours venimeuses quand tu flaires un gibier. Écoute, je te propose un marché.

– Lequel ? fit le journaliste méfiant.

– Tu dînes chez moi ce soir, je te dis tout ce que je sais, et tout ce que je pourrai apprendre de nouveau tu en auras l'exclusivité.

– Jusqu'ici ça va. Mais... car il y a un mais... n'est-ce pas ?

– Tu essaies de tenir à distance tes envahissants confrères. Ça aussi tu sais le faire : une bonne fausse nouvelle qui les enverrait le plus loin possible ? A Carcassonne, par exemple...

– Pourquoi pas en Chine ?... Bon, ça me va ! Marché conclu. Je serai chez toi à sept heures.

– Parfait. Moi je rejoins ces dames : je suis invité à déjeuner.

Lorsqu'il pénétra dans l'appartement des deux femmes, celui dont le magnifique salon donnait à la fois sur la rue de Rivoli et la rue de Castiglione, Antoine eut l'impression de franchir le seuil d'un autre monde. En dépit de la neige qui recommençait à tomber sur Paris et donnait au jardin des Tuileries une apparence polaire, il y régnait une douce température. Le feu flambait dans la cheminée et les vases pleins de fleurs apportaient leur splendeur avec un air de fête renforcé par les boiseries et le plafond rehaussé d'or.

A l'entrée du jeune homme, Mme Lecourt surveillait un serveur occupé à dresser une table près de la cheminée tout en consultant le menu qu'il lui avait remis. Elle l'invita à s'asseoir, lui annonça qu'Orchidée était en train de se changer et lui proposa une coupe de champagne :

– Ce n'est sans doute pas l'habitude d'en boire avant le déjeuner mais, lorsque je me sens déprimée ou patraque, j'ai souvent constaté que cela me faisait du bien.

– Je suis tout prêt à vous suivre sur ce chemin, sourit le peintre en s'efforçant intérieurement de comprendre pourquoi cette parfaite inconnue, rencontrée par la jeune veuve dans un train, offrait un visage si visiblement ravagé par les larmes. Il semble que la cérémonie vous a beaucoup éprouvée vous aussi ?

Elle lui jeta un regard vif, but une gorgée :

– Et vous vous demandez pourquoi ? On ne saurait vous le reprocher. Depuis notre dernière rencontre... un peu violente, j'ai appris sur vous bien des choses. Je sais que vous êtes un homme d'honneur et, pour répondre à tous les points d'interrogation que je lis dans vos yeux, je crois pouvoir vous confier ce qu'Orchidée sait déjà. Contre votre parole, bien sûr, mais sans cela vous risquez de continuer à vous demander ce que je fais auprès d'elle et à patauger regrettablement... Vous me donnez cette parole ?

– Je vous la donne, dit Antoine avec gravité, car il croyait deviner au ton de la vieille dame qu'il s'agissait d'une chose sérieuse.

Il ne songea d'ailleurs pas à cacher sa stupéfaction quand celle-ci refit pour lui le récit de ce qui avait précédé la naissance d'Édouard.

A la réflexion, pourtant, il finit par trouver que cela expliquait certaines choses. A commencer par l'intransigeance de Mme Blanchard au moment d'un mariage déplaisant : elle devait être soulagée de pouvoir éloigner définitivement celui qui ne lui était rien. La fortune familiale irait à son vrai fils et à lui seul...

– Pourquoi n'avoir jamais rien dit ? demanda-t-il enfin.

– La vie de... mon fils était tracée suivant un dessin qui me semblait beau, calme et bien ordonné. Pour rien au monde je n'aurais voulu y apporter le trouble et peut-être le chagrin.

– Je crois, moi, que vous lui auriez apporté une grande joie. Il m'est arrivé de rencontrer votre cousine Adélaïde. Je n'ai vu qu'une femme dure, froide, vaniteuse, uniquement soucieuse de son rang social et de l'élévation de ses enfants. Édouard l'a déçue : elle l'a rejeté mais je ne crois pas qu'il en ait vraiment souffert. Les sentiments qu'il lui portait demeuraient sans chaleur alors que – voyez comme les choses sont bizarres ! – il aimait beaucoup son père. Je suis certain que vous connaître eût été pour lui une grande joie. A présent, Mme Blanchard n'a plus à se soucier de lui · son existence a cessé de la gêner...

– Son existence sans doute, mais ma mort, si je pars avant elle, pourrait perturber cette vie d'égoïsme : par testament déposé chez mon notaire, je laisse la totalité de ce que je possède à Édouard en donnant bien entendu tous les éclaircissements nécessaires...

L'apparition d'Orchidée mit fin à la conversation. Antoine se leva pour aller à sa rencontre en pensant qu'il aimerait refaire son portrait. Elle portait à présent une robe de drap blanc d'une sévérité quasi monacale qui lui donnait l'air d'un grand lys... ou d'un fantôme. Sachant qu'en Chine le blanc est la couleur du deuil, le peintre ne fit aucune remarque, prit la main de la jeune femme et la porta à ses lèvres. Geste dont elle le récompensa par un petit sourire triste. Puis elle demanda :

– L'homme à qui vous m'avez enlevée en bas était bien un journaliste ? Je n'aime pas ces gens-là : ils écrivent n'importe quoi et ils me font peur.

– Vous n'avez rien à craindre de Robert Lartigue. C'est un ami et il ne vous importunera pas. Il essaiera même d'empêcher ses confrères de vous harceler mais je ne suis pas certain qu'il y parvienne. Beaucoup sont coriaces. Si vous voulez bien que je vous donne un conseil, vous devriez quitter Paris pour un temps.

– Le policier ne le permettrait peut-être pas.

– Si je lui explique, il sera d'accord. Tout dépend de l'endroit où vous iriez et je pensais que Marseille...

– C'est ce que je me tue à lui dire, coupa la Générale. Je voudrais la ramener chez moi, dans ma maison de Porquerolles par exemple. J'aimerais qu'elle en vienne à se considérer chez elle dans mes demeures comme l'aurait été son époux.

Sa voix se fêla tout à coup et, tirant son mouchoir, elle tamponna énergiquement son nez, ce qui lui permit d'arrêter la larme qui allait couler. Orchidée alla s'asseoir près d'elle et prit sa main dans les siennes :

– Je voudrais que vous sachiez que je ne suis pas une ingrate et que j'aimerais vivre auprès de vous comme le doit une belle-fille de ma race auprès de la mère de son époux, afin de vous entourer et de vous servir...

– Servir ? Je n'aime pas ce mot, Orchidée.

– Vous connaissez nos coutumes et vous savez aussi que le service peut être un simple et naturel témoignage d'affection lorsqu'il arrive que le devoir et le sentiment sont d'accord. Cependant je n'ai pas le droit d'accepter la vie douce que vous m'offrez car mon âme n'y trouverait pas la paix. Il me reste deux tâches à remplir avant de songer à moi.

– Lesquelles ? demanda Antoine.

– D'abord apprendre qui a tué mon mari et en tirer vengeance...

– Je vous arrête tout de suite, Orchidée. Ceci n'est pas votre affaire mais celle de la police. Elle s'en occupe et vous pouvez faire confiance au commissaire Langevin. C'est un homme habile qui ne lâche jamais prise. Quant à la vengeance, ce n'est pas vous qui devez l'exercer mais le bourreau.

– Votre justice ne l'appelle pas toujours. La mienne ne connaît pas le pardon. Lorsqu'il sera découvert, le coupable devra payer de sa vie.

Elle s'était levée et, les mains au fond des manches de sa robe, elle marcha vers l'une des fenêtres pour regarder au-dehors. Ce faisant, elle sembla, aux yeux de ceux qui la regardaient, sortir du présent et rejoindre l'âme du lointain et implacable pays où elle avait vu le jour. Agathe et Antoine sentirent qu'elle leur échappait ainsi qu'à toute logique occidentale. Ils en eurent la certitude lorsque Antoine demanda :

– Quel est votre second devoir ?

– Retourner auprès de ma souveraine pour tenter de guérir en son cœur généreux la blessure causée par mon abandon. Les dieux m'ont enlevé l'homme que j'aimais et que j'ai suivi jusqu'ici. Leur message est clair : je dois aller demander mon pardon.

– Êtes-vous sûre qu'elle vous l'accordera ? Ts'eu-hi est impitoyable, cruelle et rancunière. Elle peut vous envoyer à la mort.

– Je sais, mais il en sera comme elle l'aura décidé. La mort est sans importance pour moi. J'avoue cependant que j'espérais, en lui apportant un objet auquel elle tient, adoucir son courroux et lui faire souvenir que je n'ai pas cessé de lui vouer respect et... obéissance. Seulement, cet objet, je ne l'ai plus...

– En effet. Hier, il décorait fort joliment le bureau du commissaire... Ne regrettez rien ! Songez uniquement que Langevin aurait pu vous arrêter pour vol...

Orchidée ne répondit pas. Une gêne s'établit alors entre les trois personnages mais on servit le déjeuner et, tant qu'il dura, on ne parla que de choses sans conséquence. Mme Lecourt s'efforçait de mieux connaître cet homme qu'elle avait d'abord si mal traité mais qu'elle jugeait à présent plus qu'intéressant. Cet attrait nouveau apaisait un peu la déception causée par l'attitude d'Orchidée. Elle espérait se l'attacher, et voilà que la femme de son fils ne songeait qu'à repartir pour retrouver une vieille impératrice dont le premier geste serait peut-être de la jeter en prison. Elle découvrait aussi qu'en dépit des années passées là-bas, il lui était toujours impossible de pénétrer les méandres de l'âme mandchoue. C'était affreusement affligeant.

Lorsque l'on eut servi le café, Antoine demanda si l'on avait besoin de lui et s'il pouvait être d'une quelconque utilité. Orchidée refusa d'un sourire un peu las.

– La meilleure chose, dit le peintre en se levant, c'est de vous reposer. Vous en avez grand besoin toutes deux mais, si vous allez demain chez le notaire, voulez-vous que je vous accompagne ?

– Je vous remercie, Antoine, c'est inutile. Je saurai fort bien y aller seule, dit la jeune femme en tendant une main sur laquelle il s'inclina presque inconsciemment avec l'impression désagréable que la souriante épouse d'Édouard était à jamais disparue. Restait en face de lui une femme de sang impérial décidée apparemment à rétablir les distances. Il était impossible de lire quoi que ce soit sur ce visage lisse dont les yeux tout à coup lui paraissaient plus obliques et le sourire plus hermétique... Cependant, avant de se retirer, il ne put retenir un dernier conseil :

– Ne faites rien que vous pourriez regretter plus tard. Réfléchissez avant de vous lancer dans des aventures peut-être dangereuses ! Et, je vous en prie, appelez-moi si vous avez besoin d'un ami !

– J'y penserai. Merci Antoine.

Il fallut bien se contenter de cela mais, en regagnant l'escalier, le peintre se sentait mécontent, voire inquiet. Cette idiote voulait se lancer en aveugle contre des gens qui, certainement, n'hésiteraient pas à la supprimer. L'entretien qu'il avait eu tout à l'heure avec le commissaire Langevin n'était pas fait pour le rassurer. En effet, le policier ne lui cacha pas qu'un léger doute subsistait dans son esprit touchant la mort d'Édouard et que si la jeune femme, étant à Marseille, n'avait pu tuer Lucien Mouret, ce pouvait très bien être l'œuvre de complices... La réapparition de Pivoine tombait un peu trop bien à son avis et, au fond, rien ne disait que les deux anciennes « Lanternes rouges », secrètement réconciliées, n'étaient pas de connivence.

Naturellement Antoine s'était élevé violemment contre ce genre d'insinuation. L'amour qu'Orchidée portait à son mari ne faisait aucun doute pour lui et, en sauvant miss Forbes durant le siège, elle s'était rangée résolument du côté de l'Occident...

– Vous en êtes bien certain ? fit alors le policier. L'âme de ces Asiatiques est impénétrable et leur patience infinie. Là-bas, en Chine, la vieille Ts'eu-hi, pour conserver ses palais et ses richesses, s'efforce de sourire à ses vainqueurs de la veille. Elle déclare vouloir ouvrir l'Empire au progrès et, même, elle encourage les jeunes à s'en aller en Amérique, au Japon, en Angleterre ou en France, mais il faudrait être fou pour croire qu'elle nous aime. Et si Mme Blanchard est sortie de chez moi libre comme l'air, blanchie totalement en apparence, c'est uniquement parce que je compte un peu sur elle pour faire sortir de son trou le reste de la bande.

– C'est répugnant ! Vous rendez-vous compte que vous allez la mettre en danger et lui faire jouer le rôle de la chèvre ?

– Elle sera surveillée, donc protégée. Quant à vous, je vous conseille de vous taire et de me laisser agir. Je veux l'assassin d'Édouard Blanchard et celui de Lucien Mouret...

Antoine dut engager sa parole d'honneur. Il comprenait d'ailleurs le point de vue de Langevin qui, en temps normal, éprouvait déjà suffisamment de difficultés à venir à bout des criminels occidentaux et qui se trouvait affronté à l'âme extrême-orientale sans aucune préparation préalable. On ne pouvait se jeter à la traverse de ses plans sans risquer de causer de graves dommages mais il se promit tout de même de veiller discrètement sur Orchidée.

Son humeur, déjà sombre lorsqu'il rentra chez lui rue de Thorigny, devint franchement noire quand Anselme lui annonça que le colonel Guérard, pour lequel il exerçait ses talents de courrier confidentiel et d'agent secret, ne cessait de l'appeler depuis neuf heures du matin :

– Le dernier coup de téléphone était franchement désagréable, apprécia le fidèle serviteur, mais le discours du colonel, bien que légèrement asthmatique, a été extrêmement efficace. Il paraîtrait que Monsieur soit sur le point d'être arrêté pour abandon de poste.

– Miséricorde! soupira Antoine. Il ne me manquait plus que lui! J'avoue que je l'avais complètement oublié...

– Monsieur semblait si absorbé que je ne me serais pas permis de troubler ses méditations mais, si je peux me permettre, voilà trois jours que le colonel attend Monsieur.

– Un peu long, hein?... Bon, eh bien j'y vais, sinon il est capable de s'amener ici avec deux troufions et une paire de menottes. Ah! pendant que j'y pense! M. Lartigue vient dîner ce soir, alors trouvez-nous quelque chose à manger...

– ... qui aille avec le Bâtard-Montrachet qu'affectionne M. Lartigue. Que Monsieur aille en paix, tout sera parfait!

Néanmoins, lorsque, le soir venu, il prit place en face de son ami de part et d'autre d'un pâté en croûte sculpté comme un lutrin d'église, Antoine se sentait encore plus mal à l'aise qu'avant sa visite boulevard

Saint-Germain. Ce qui n'échappa pas à l'œil vif de son invité :

– Ça n'a pas l'air d'aller ? Tu as des soucis ?

– Plutôt, oui... il faut que tu me rendes un grand service.

– Encore ? Tu as de la chance d'avoir une aussi bonne cave, sinon je filerais sans demander mon reste. Est-ce que tu te rends compte que, depuis ce matin, tu n'arrêtes pas de me demander des services ? Alors que je te n'ai pas vu depuis des mois !

– Quand on aime on ne compte pas ! Et il s'agit de Mme Blanchard...

– Ça change tout ! fit Lartigue occupé à mirer dans la lumière la robe à peine dorée de son bourgogne. Je suis tout ouïe !

– Je vais t'apprendre ce que je sais mais, bien sûr, pas question d'en faire passer une ligne dans ton canard avant que je ne te le dise. En échange je voudrais que tu la surveilles un peu. Je suis persuadé qu'elle est en danger et je suis obligé de quitter Paris demain.

– Encore ? Mais tu ne tiens pas en place ! Et où vas-tu cette fois ?

– Madrid ! Portraiturer l'infante Maria-Térésa pour faire plaisir à son frère le roi Alphonse XIII. Une commande urgente de notre gouvernement qui veut faire l'aimable !

– Incroyable cette passion des républicains pour les têtes couronnées ! Nos gouvernants ne sont jamais si heureux que lorsqu'ils peuvent se pavaner dans une calèche découverte à côté du chapeau à plumes d'une reine ou des grands cordons d'un roi. En tout cas, il n'y a pas de quoi faire une tête pareille : ça devrait tout de même te rapporter quelque chose ?

– Il ne manquerait plus que ça ! Alors, tu acceptes ?

– Cette question ! Raconte ton histoire, mon fils !

Antoine parla longtemps, ce qui permit au journaliste de manger les trois quarts du pâté de gélinotte et de vider une première bouteille, mais l'œil attentif qu'il tenait fixé sur son ami disait combien il était intéressé.

– Je ferai de mon mieux ! conclut-il quand Antoine entreprit de se nourrir à son tour. Dans un sens cela me sera plus facile qu'à toi puisqu'elle ne me connaît pas.

– Méfie-toi ! Elle t'a déjà remarqué dans le hall de l'hôtel et je crains que tu ne sois inoubliable.

Néanmoins, en se couchant, vers minuit, Antoine se sentit un peu rassuré. Lartigue était habile, prudent et discret lorsqu'il le fallait. En outre, cette histoire de portrait étant destinée uniquement à cacher une mission beaucoup plus occulte, il espérait bien ne pas s'attarder trop longtemps sous le ciel de Castille... Demain, avant de partir, il téléphonerait à Mme Lecourt et à Orchidée pour les saluer et annoncer une courte absence.

Malgré cela, il ne réussit pas à fermer l'œil de toute la nuit. S'il arrivait quelque chose à Orchidée, il ne se le pardonnerait jamais...

CHAPITRE VII

LES GENS DE L'AVENUE VELAZQUEZ

L'étude de Me Dubois-Longuet, notaire boulevard Haussmann, était un modèle du genre : bureaux clairs et bien rangés fleurant l'encaustique, équipés de machines à écrire du type le plus récent et occupés par un personnel tiré à quatre épingles. Quant au cabinet du tabellion, il offrait avec ses confortables meubles anglais, son tapis épais et ses grands rideaux de velours vert une ambiance feutrée tout à fait propre à mettre le client en confiance, à établir des liens cordiaux avec les gens de bien, à impressionner les aigrefins et, enfin, à apporter l'apaisement d'un cadre ouaté lors de certaines lectures de testaments plus ou moins houleuses. Il y avait même, derrière les portes d'un cabinet ancien, tout ce qu'il fallait pour venir à bout d'un évanouissement ou pour célébrer un accord, une affaire réussie. Me Dubois-Longuet lui-même, avec ses jaquettes toujours admirablement coupées, ses manchettes et ses cols à coins cassés d'une éclatante blancheur, sa chaîne de montre en or, offrait une image de prospérité rassurante qu'il renforçait en laissant tomber négligemment dans la conversation que son étude, affaire de famille s'il en fut, remontait à Louis XV. Au physique, c'était un homme d'une cinquantaine d'années, grand et fort, pourvu d'un sourire aimable, de jolis yeux noisette et de ce teint légèrement fleuri qui est l'apanage d'un bon vivant.

Il connaissait déjà Mme Blanchard pour l'avoir rencontrée chez elle le jour où Édouard, désireux de le présenter à sa femme « en cas de besoin », l'avait invité à déjeuner. Il en gardait un grand souvenir car, fort amateur de beauté féminine, il fut charmé par celle de la jeune femme et trouva, pour l'en complimenter, une ou deux jolies phrases tirées de l'épais dictionnaire des citations qu'il s'était composé depuis l'adolescence.

Cependant, il n'en fut pas moins impressionné lorsqu'elle pénétra dans son cabinet et releva le voile qui tombait de son chapeau. Le visage qu'il découvrit n'était plus celui de la souriante et exquise hôtesse des jours heureux mais celui, impénétrable et froid, d'une altesse asiatique venue chez lui pour accomplir une corvée. Son salut, lorsqu'il s'inclina sur sa main, s'en ressentit et fut plus profond que d'habitude.

– Vous avez désiré me voir, Maître ? dit Orchidée.

– En effet. N'est-il pas temps, Madame, que vous preniez connaissance des dispositions testamentaires prises par votre mari ? Et puisqu'à présent plus rien ne s'y oppose... Voulez-vous prendre place ? ajouta-t-il en désignant un grand fauteuil d'acajou et de cuir disposé en face de son bureau.

Elle s'y posa dans l'attitude qui lui était coutumière tandis que, pour meubler le silence qu'elle lui imposait, le notaire parlait, parlait tout en faisant mine de chercher sur sa table un dossier dont il savait parfaitement où il se trouvait :

– Il ressort de ce testament, ajouta-t-il en tapant de son index replié sur le cahier de feuilles, que vous vous trouvez seule et unique héritière des biens de feu

Édouard Blanchard, votre époux regretté. Des biens qui, croyez-moi, ne sont pas négligeables...

– Vraiment ? fit la jeune femme avec indifférence. J'avoue que vous me surprenez. En m'épousant, mon cher Édouard a dû renoncer à sa carrière de diplomate. D'autre part, ses parents ont coupé toute relation avec lui et, si nous vivions de façon aisée, j'ai toujours su qu'il s'agissait d'une rente venant de l'héritage d'une tante et qui devait s'éteindre au cas où il viendrait à disparaître...

En dépit de l'expression sévère de sa visiteuse, Me Dubois-Longuet se permit un sourire :

– Dans ce cas, fit-il, je ne vois pas pourquoi votre époux se serait donné la peine de faire son testament. Sa mémoire me pardonnera de vous dire aujourd'hui que rien de tout cela n'est vrai. Il le voulait ainsi, d'ailleurs...

– Je ne comprends pas.

– Il n'y a jamais eu de tante généreuse. Les biens dont disposait votre mari – et qui vont être vôtres à présent – lui ont été laissés, peu après votre mariage et sans que Mme Henri Blanchard, votre belle-mère, en sache rien, par M. Henri Blanchard, son père...

L'impassibilité d'Orchidée ne résista pas à cette étonnante nouvelle :

– Son père ?... Et après notre mariage ? Voyons, Maître, Édouard a été renié par les siens et...

– Pas par tous. Il est bien évident que votre belle-mère régente et domine son mari mais moins qu'elle le croit. Ainsi, dès avant votre arrivée en France, j'ai reçu la visite de M. Blanchard père qui, entre mes mains, a fait donation à son fils Édouard d'une partie de sa fortune personnelle en actions, titres et obligations destinés à lui assurer un confortable revenu. Par ailleurs, il lui a fait don de la maison de l'avenue Velazquez où vous occupez un appartement. Tout ceci vous revient de par la volonté expresse de votre mari...

– Maître, Maître! Je comprends de moins en moins. Vous voulez dire que M. Blanchard ne condamnait pas vraiment notre mariage ?

– Il ne m'a pas confié le fond de sa pensée à ce sujet. Tout ce que je peux dire, c'est qu'il aimait profondément son fils aîné et ne supportait pas l'idée qu'il pût être réduit à la misère pour avoir écouté son cœur.

– Mais... sa femme ? Je veux dire Mme Blanchard ?

– A tout ignoré de cela et l'ignore peut-être encore... bien que j'en doute

– Pourquoi ?

– Dès son arrivée ici, M. Étienne Blanchard m'a rendu visite afin d'obtenir des renseignements touchant la succession de son frère. Renseignements qu'il m'était interdit de lui fournir tant que le commissaire Langevin ne m'en donnait pas l'autorisation. Néanmoins, les questions qu'il posait laissaient supposer qu'il savait quelque chose des générosités de son père envers son frère...

– Un instant, Maître! M. Blanchard père est toujours en vie, que je sache ?

– En effet. Bien qu'assez souffrant depuis quelque temps.

– Ne peut-il, dès l'instant où son fils n'est plus en mesure de jouir de ces biens, reprendre sa donation ?

– Cela me paraît difficile car son intention m'a été exprimée très clairement : tout devait revenir, en cas de disparition de M. Édouard, à ses héritiers directs : donc vous-même puisque vous n'avez pas d'enfants. Je ne dis pas, notez-le bien, que l'on ne pourrait pas plaider et attaquer le testament de votre époux mais je n'y crois guère.

– Moi je n'en suis pas si sûre. Vous venez de prononcer le mot « enfants » et par malheur les dieux ne m'en ont pas accordé. Ces gens feront tout pour reprendre leur fortune et je ne m'y opposerai pas. Il m'est désagréable de leur devoir quelque chose.

– Permettez-moi de vous dire que c'est stupide et que votre époux serait navré de vous entendre parler ainsi car il vous voulait heureuse et exempte de tout souci.

– Je suis certaine que vous dites vrai mais que se serait-il passé si j'avais été jugée et condamnée ?

– Bien évidemment, vous n'aviez plus droit à rien. De même au cas où il vous... arriverait quelque chose, tout cela ferait retour au donateur. Acceptez, je vous le conseille, Madame ! Vous êtes sans doute assez démunie en ce moment ou vous le serez bientôt. De toute façon vous possédez en biens propres la totalité de ce que contient votre appartement, vos bijoux et aussi une certaine somme provenant de placements faits par Édouard Blanchard de son vivant. Sans compter une assurance sur la vie qui n'est pas à dédaigner. Dans ces derniers articles les Blanchard n'ont rien à voir et je suis prêt à vous avancer telle somme d'argent dont vous pourriez avoir besoin. On dirait que cela vous convient mieux ?

En effet, les nuages accumulés dans le regard de la jeune femme se dissipaient un peu :

– Je ne refuse pas. Je dois à une amie les vêtements que je porte et je souhaite la rembourser. D'autre part, et si rien ne s'y oppose, je voudrais pouvoir retourner habiter avenue Velazquez. J'ai besoin... de me retrouver chez moi.

– C'est très compréhensible et tout à fait possible. Je vais faire lever les scellés. Cependant, vous devriez attendre encore quelque temps. Vous savez sans doute que votre maître d'hôtel a été assassiné et que sa femme, actuellement à l'hôpital de la Salpêtrière, est incapable de reprendre son service. Vous ne pouvez habiter seule ce grand appartement.

– Je ne suis pas peureuse. Quant à mon service, il ne demande pas grand personnel. La lingère qui venait tous les après-midi s'occuper de mes vêtements et du linge de la maison doit pouvoir me procurer une femme pour le ménage. Ce sera très suffisant pour le temps que je compte passer à Paris.

– Vous pensez voyager, Madame ?

Orchidée approuva d'un signe de tête sans s'expliquer davantage. Le visage du notaire s'épanouit :

– C'est une excellente idée et je ne peux que vous y encourager. Il est bon, lorsque l'on est jeune, de ne pas se replier sur soi-même et de voir du pays !

Orchidée faillit sourire, estimant que venue de l'autre bout du monde elle en avait déjà vu pas mal, sans compter les voyages accomplis avec Édouard, mais elle ne voulait pas blesser cet homme aimable qui faisait tout ce qu'il pouvait pour lui être agréable. Elle se leva pour partir. Il la retint :

– Patientez encore un instant. Je vais vous apporter de l'argent. Combien voulez-vous ?

Elle avança un chiffre qui le fit sourire de pitié :

– Vous n'irez pas loin avec ça. Laissez-moi faire et, surtout, ne craignez pas de venir me voir si vous avez besoin de quoi que ce soit ! Je suis tout à votre service...

– Je vous en remercie sincèrement, Maître, ainsi que de votre accueil. Quant au reste de ce que vous appelez mes biens, vous voudrez bien vous charger de les administrer au mieux.

– Bien entendu ! Et je souhaite vivement qu'un jour prochain vous acceptiez simplement ce qui vous est dû ! Chère Madame...

Il s'inclinait à nouveau, et ouvrait lui-même la porte pour escorter celle qui devenait ainsi sa cliente jusqu'à la cage du caissier où un homme à manches de lustrine lui remit une enveloppe épaisse qu'elle glissa dans son manchon sans l'ouvrir. Après de nouvelles salutations, elle regagna la voiture qui l'attendait devant l'étude.

Elle se sentait un peu étourdie par la faconde de Me Dubois-Longuet mais somme toute assez satisfaite des possibilités financières que l'on venait d'ouvrir devant elle. Non qu'elle eût l'intention de s'installer en France ou dans une quelconque ville d'Occident mais, pour mener à bien son projet de vengeance, elle avait besoin d'argent. Ensuite, et en admettant qu'elle eût dépensé ce qu'on venait de lui remettre, elle en redemanderait assez pour payer son voyage jusqu'à Pékin. Arrivée là, elle n'aurait plus besoin de rien : ou bien Ts'eu-hi l'accueillerait et elle reprendrait tout naturellement sa place dans le palais impérial, ou bien elle la condamnerait et l'argent n'a jamais été indispensable à personne pour gagner le pays des Sources Jaunes.

Ce problème-là réglé, un autre se présentait : elle souhaitait se séparer de Mme Lecourt. Non par ingratitude ou parce que la Générale ne lui inspirait aucun sentiment d'amitié, bien au contraire. Elle eût aimé vivre auprès d'elle et lui donner cette affection filiale qui lui avait été refusée mais, justement parce qu'elle se sentait déjà attachée, Orchidée désirait l'éloigner des dangers qu'elle allait courir délibérément et qu'elle entendait courir seule. La seule aide qu'après réflexion elle se sentait d'humeur à accepter était celle d'Antoine, car il était un homme doué d'intelligence et de courage. Cependant, tandis que la voiture la ramenait au Continental, elle cherchait comment elle allait pouvoir remettre sa bienfaitrice dans le train de Marseille sans lui faire offense ou la peiner : celle-là aussi était vaillante et le lui avait prouvé. Elle entendait veiller sur cette belle-fille d'un genre particulier qui lui était tombée du ciel...

En arrivant à l'hôtel, Orchidée cherchait encore lorsque le portier lui apprit que Mme Lecourt l'attendait dans le salon mauresque où elle s'était retranchée lorsque la cheminée de son salon privé s'était mise à fumer furieusement. On procédait à la remise en état et la Direction espérait que ces dames ne seraient pas trop contrariées de cet incident.

La pièce en question, copiée sur une salle de l'Alhambra de Grenade qui aurait été revue et corrigée par Viollet-le-Duc, était d'une grande somptuosité et présentait des espèces d'alcôves meublées de canapés et de divans permettant de s'isoler par petits groupes. La Générale occupait l'une d'elles en compagnie d'une tasse de café turc – la quatrième qu'elle avalait depuis une heure – et, de toute évidence, elle était dans un bel état d'énervement. Lorsque Orchidée la rejoignit elle l'attira auprès d'elle sur le canapé.

– Il y a des jours où tout va de travers, soupira-t-elle. On vous a dit que j'ai dû quitter notre appartement sous peine d'être transformée en jambon ? Eh bien ce n'est pas tout et, apparemment, je vais devoir songer à alimenter la caisse de retraite des pompiers... mais d'abord dites-moi comment cela s'est passé chez le notaire ?

– Au mieux. Je suis assurée de ne manquer de rien dans les temps à venir...

En quelques phrases, elle rapporta l'essentiel de la conversation et dit sa surprise en découvrant le don généreux fait par son beau-père au lendemain d'un mariage que cependant il réprouvait. La Générale s'en montra émue :

– Cela ne m'étonne pas de lui. Henri a toujours été un homme bon et il ne méritait pas d'être attelé à une femme telle qu'Adélaïde... Et voyez comme les choses sont étranges : si le Ciel lui avait accordé la bénédiction d'être veuf, il vous eût certainement accueillie à bras ouverts parce qu'il aimait Édouard qui, cependant, ne lui est rien. Seulement Adélaïde veille et je pense qu'en vous épousant mon fils lui a causé une grande joie : pouvoir le rejeter de la famille afin que son fils à elle devienne l'unique héritier de la fortune! Si elle a découvert ses générosités, le pauvre Henri doit passer de bien mauvais quarts d'heure...

– S'il est aussi malade qu'on le dit, ce serait une grande cruauté... De toute façon, je n'ai pas l'intention, et je l'ai dit au notaire, d'accepter quoi que ce soit de ces biens.

– Et le notaire est d'accord ?

– Pas vraiment. Il pense qu'avec le temps je changerai d'avis.

Mme Lecourt acheva de vider sa tasse, la reposa et considéra sa jeune compagne d'un air songeur :

– Je ne peux pas vous donner tort puisque vous savez à présent qu'Édouard n'était pas le fils d'Henri. Cependant... je me pose une question : les choses se seraient-elles présentées de la même façon si votre belle-mère et son cher enfant avaient pu connaître votre attitude envers les biens de la famille ?

– Que voulez-vous dire ?

– Oh rien!... Une idée qui vient de me traverser l'esprit et qu'il me faut tourner et retourner plusieurs fois avant de songer à l'exprimer... C'est sans doute une folie...

– Alors je n'insiste pas, fit Orchidée avec un sourire. A présent dites-moi pourquoi vous étiez si contrariée lorsque je suis arrivée ?

– Il y a de quoi. J'ai reçu un télégramme de Romuald : il y a eu chez moi un incendie, ou tout au moins un début qui n'a fait que des dégâts matériels. Il n'en faut pas moins pour que je prenne le train ce soir. J'espère que vous m'accompagnerez puisque vos affaires sont en ordre ?

– Non. Pardonnez-moi mais je préfère rester ici ! Je suis navrée de ce qui vous arrive et heureuse que ce ne soit pas trop grave mais, de toute façon, vous ne sauriez que faire de moi au milieu de tout cela. Par ailleurs il me reste à régler ici certaines affaires. Je vais reprendre possession de mon appartement et j'avoue... que cela me fait grand plaisir.

Écho naturel du notaire, la Générale s'exclama qu'une jeune femme ne pouvait y rester seule. Orchidée alors mentit en affirmant que Me Dubois-Longuet se chargeait de lui trouver du personnel.

– Ce qui me permettra de vous accueillir convenablement lorsque vous reviendrez, dit-elle avec un enjouement qu'elle n'éprouvait pas vraiment. Car j'espère bien que vous reviendrez et qu'alors vous me ferez l'amitié de descendre chez moi.

– Je préférerais de beaucoup ne pas vous quitter ! grogna Mme Lecourt. Je n'aime pas l'idée de vous savoir seule à Paris.

– Je ne serai pas seule. Il y a Antoine...

– Justement non : il n'y a pas Antoine ! Il a téléphoné tout à l'heure pour dire qu'il devait s'absenter de Paris pour quelques jours. Soyez raisonnable, Orchidée, et venez à Marseille ! Nous n'y resterons pas longtemps : juste ce qu'il faut pour voir l'assurance et ordonner les travaux.

– N'insistez pas, je vous en prie ! Je... je voudrais me reposer un peu. Trop de voyages sur trop d'émotions ! Partez sans inquiétude : je suis certaine que le commissaire Langevin s'occupe de moi.

– Pourquoi le ferait-il ? Vous êtes lavée de tout soupçon.

– Sans doute mais, à vous dire la vérité, je ne me fie guère à son air de bon chrétien. Un autre meurtre a été commis et il ne peut pas s'en désintéresser. Je suis certaine que ma maison est et sera surveillée. D'autre part, Me Dubois-Longuet s'est mis à mon entière disposition... Je n'ai rien à craindre et je vous supplie de prendre votre train sans arrière-pensée. Je vais rester dans cet hôtel jusqu'à demain puis je rentrerai chez moi. Voulez-vous le numéro de téléphone ?

– Je l'ai déjà ! fit la Générale boudeuse.

Et comme la jeune femme s'étonnait, elle avoua qu'elle s'était arrangée pour se le procurer et qu'il lui était arrivé, à deux ou trois reprises, d'appeler en feignant de se tromper de numéro pour le seul plaisir d'entendre la voix de son fils...

Cet aveu candide toucha Orchidée. Elle entoura de son bras les épaules de sa vieille amie et l'embrassa.

– Je vous aime beaucoup et je suis sûre qu'Édouard aurait été heureux de savoir que vous êtes sa mère : il vous aurait aimée... Maintenant, il ne faut pas que vous soyez triste ! Je suis certaine que nous nous retrouverons bientôt...

– Quelques jours et je reviens ! Mais vous prendrez bien soin de vous ?

– Vous pouvez en être sûre...

Pendant ce temps, Jules Fromentin, concierge de l'immeuble Blanchard avenue Velazquez, vivait dans une terreur incessante depuis qu'en allant, aux petites heures du jour, balayer la neige sur son trottoir il était tombé sur le cadavre de Lucien Mouret. Un cadavre tellement horrible que Jules, oubliant tout respect humain, dut restituer son café au lait et ses tartines de pain d'épice au caniveau voisin. Il y eut à nouveau la police et ses questions auxquelles il ne pouvait répondre que ce qu'il savait : Mouret était parti l'avant-veille pour aller faire une manille dans un bistrot de la place des Ternes et on ne l'avait pas revu. Même que sa femme était très inquiète. Et puis, comble d'horreur, ladite femme, mise en présence de l'affreuse chose, s'était mise à hurler, à hurler comme une sirène de bateau sans qu'on puisse la faire taire. Il avait fallu la bâillonner et la maîtriser pour l'obliger à monter dans l'ambulance.

Ce sont de ces choses qui ne s'oublient pas facilement surtout quand on se retrouve seul, la nuit, dans sa loge avec autour le grand silence des rues enneigées qui étouffe le bruit des pas et même le roulement des voitures. S'il n'y avait pas eu les locataires du second étage – le baron et la baronne de Grandlieu presque aussi sourds l'un que l'autre – et leurs domestiques, Jules se serait enfui en courant pour retrouver son Loir-et-Cher natal. Seulement, un départ aussi soudain eût éveillé très certainement les soupçons de la police, et Jules craignait déjà comme le feu que ses relations avec le vieil homme, bien fugitives pourtant, vinssent aux oreilles de cet inspecteur Pinson...

C'était environ six mois plus tôt. Un soir d'été, alors qu'il rentrait chez lui après avoir fumé une pipe devant la porte en prenant le frais, quelqu'un l'avait abordé : un vieux monsieur, bien habillé, dont le visage ridé s'abritait sous un panama. Un visage visiblement venu au monde quelque part en Chine.

D'abord inquiet, le concierge s'apprivoisa vite. Le personnage était d'une exquise courtoisie et semblait très triste. Il ne se fit d'ailleurs pas prier pour confier à Fromentin la raison de cette tristesse : il était l'oncle de la jeune Mme Blanchard mais celle-ci refusait de le recevoir et même de lui parler. Le vieux monsieur s'en montrait désolé et attribuait cette attitude à la crainte de déplaire au mari. Alors, il venait demander un service : l'aimable gardien de la maison consentirait-il à l'avertir au cas où M. Blanchard aurait à quitter Paris sans sa femme... voyage d'affaires ou autre ? Lui-même était prêt à rétribuer généreusement cette petite faveur : il suffirait de téléphoner à certain numéro.

La rétribution en question apparaissait déjà au bout de ses doigts gantés de suède fin : quelques pièces d'or qui brillèrent sous la lumière jaune de la suspension et firent monter le sang à la tête du concierge. Seulement, comme il était plutôt honnête, il déclara qu'il y avait peu de chances de voir M. Édouard partir sans sa femme : ils venaient justement de s'embarquer pour l'Amérique et l'on ne savait quand ils rentreraient. D'ailleurs, ils ne se quittaient jamais : c'était un couple comme on n'en faisait plus.

– Je suis venu de loin et j'ai la patience de mon âge, répliqua le vieux Chinois. Rien ne presse. Je saurai attendre mais tout ce que je vous demande c'est de m'avertir quand cela se produira. Il y aura toujours quelqu'un au bout du téléphone pour vous répondre. Voulez-vous me promettre de le faire, pour moi ?

Fromentin promit. C'était si peu de chose ! Il reçut aussitôt les pièces qui le tentaient tellement, et s'entendit assurer qu'il en recevrait autant lorsque le vieil homme pourrait venir embrasser enfin une nièce qu'il aimait tendrement et tâcher de reprendre avec elle de bonnes relations.

Édouard Blanchard parti pour Nice, le concierge alla téléphoner mais ne vit pas venir le vieux monsieur. Par contre, un commissionnaire vint déposer à son adresse un petit paquet contenant ce qu'on lui avait promis. Pensant que son correspondant était peut-être souffrant, il retéléphona mais personne ne répondit. Et puis vint la catastrophe : le cadavre de M. Blanchard découvert chez lui, assassiné apparemment par sa femme. En même temps, Fromentin recevait un mot mystérieux disant à peu près ceci : « Si vous déclarez à la police que Blanchard était parti en voyage, vous êtes un homme mort. » Alors, incapable de comprendre quoi que ce soit à une situation qui le dépassait, il choisit le silence qu'on lui recommandait de façon si brutale. Quand on vint l'interroger, il n'avait rien vu, rien entendu, il ne savait rien. Et comme Pinson s'étonnait sur le mode dubitatif qu'il n'eût même pas remarqué le retour nocturne du défunt, il déclara que M. Blanchard avait sa clef et que, d'ailleurs, lui-même sujet aux insomnies, avait l'habitude de prendre, le soir, « un petit quelque chose pour dormir ». En fait, le « petit quelque chose » provenait en droite ligne d'une bonne rhumerie martiniquaise.

Les choses n'allèrent pas plus loin. Cependant l'inquiétude puis la peur s'installèrent au foyer que Jules Fromentin partageait avec son chat Dagobert. Il ne cessait de se demander s'il était pour quoi que ce soit dans l'assassinat de M. Blanchard. La mort de Lucien acheva de le terrifier et, une fois le soir tombé, il ne retrouvait guère de courage qu'au fond de son verre. Autrement, il voyait partout des Chinois, jeunes ou vieux.

Le retour d'Orchidée chez elle le plongea dans une sorte de prostration. Il ne savait plus du tout où il en était. Apparemment, elle n'avait pas tué son mari puisqu'on la laissait revenir, mais faisait-elle partie de « la bande », comme il le disait en lui-même ? Devait-il lui parler de cet oncle capable de donner de l'or pour embrasser sa nièce mais qui n'avait pas reparu ? Peut-être était-il mort lui aussi après tout ? Ou peut-être que lui-même avait rêvé tout cela ?.. C'était impossible car alors il fallait expliquer d'où venaient les belles pièces jaunes dont il n'avait aucune envie de se séparer. Finalement, le concierge désemparé en vint à la conclusion qu'il ne risquait rien à se taire et il alla renouveler sa provision de rhum pour faire face à toute éventualité.

Pendant ce temps, la jeune femme retrouvait sa demeure. Lorsque le battant de chêne verni se referma derrière elle presque sans bruit, elle y demeura adossée un instant, le cœur cognant lourdement dans sa poitrine, saisie par une sorte de crainte sacrée comme si elle venait de violer le secret d'un tombeau. Tout était sombre, silencieux, presque hostile. Seule différence avec une sépulture, il ne faisait pas froid, la maison possédant un chauffage à air chaud alimenté depuis les caves par une sorte de maçonnerie en brique et en fonte à laquelle le concierge prodiguait des soins de vestale.

La première émotion passée, au prix d'un certain effort, car elle s'était demandé durant quelques secondes si elle n'allait pas renoncer à son projet et courir chercher refuge dans un hôtel, Orchidée quitta la galerie d'antichambre et fit le tour de l'appartement en tirant les rideaux et en repoussant les volets. Les lieux se trouvaient toujours dans l'état où les avait laissés le couple de domestiques en partant l'un pour la morgue et l'autre pour l'hôpital, c'est-à-dire que tout y était dans un ordre parfait, à l'exception de la cuisine et de l'office abandonnés par Gertrude au moment où elle s'apprêtait à prendre son petit déjeuner. Un placard demeurait ouvert dans l'office, et sur la grande table de la cuisine un bol de café au lait tourné, du pain desséché et un ravier de beurre rance voisinaient avec une cafetière refroidie. On ne pouvait guère confondre la police avec une bonne femme de ménage.

Après un instant de réflexion, Orchidée alla déposer ses affaires dans sa chambre, retroussa ses manches, chercha un tablier propre et fit chauffer une petite bassine d'eau pour faire la vaisselle. Pendant ce temps, elle rangea ce qui ne l'était pas et alla visiter les placards afin de voir où en étaient les provisions, ce qui lui permit de constater qu'en ménagère avisée Gertrude avait emmagasiné là de quoi soutenir un siège. Entre autres choses, il y avait plusieurs boîtes du thé préféré d'Orchidée et ce petit détail lui causa une vraie joie. Après avoir lavé et essuyé les quelques objets abandonnés, elle chercha un plateau, y disposa la grosse théière en fine porcelaine de Canton qu'elle affectionnait et tout ce qui était nécessaire à la confection d'un breuvage de qualité, y ajouta une assiette de petits-beurre, une autre de biscuits au gingembre et emporta le tout dans sa chambre, le posa sur son lit et entreprit de se régaler sans arrière-pensée.

Aujourd'hui et pour la première fois, elle se sentait réellement chez elle et en éprouva un plaisir tout neuf. Même si elle n'avait aucune intention de passer en France le reste de sa vie, elle se félicita d'avoir tenu à revenir ici.

Pourtant, ce qu'elle espérait en arrivant n'était certes pas de couler des jours heureux mais bien d'attirer vers elle le ou les meurtriers de son mari afin d'en disposer à son gré car, malgré tout ce qu'Antoine pouvait dire, elle n'éprouvait qu'une confiance limitée pour ces gens de police. Aussi s'était-elle prémunie comme le fait le chasseur qui se dispose à se mettre à l'affût : tout à l'heure, avant de venir, elle s'était rendue avenue d'Antin, chez le célèbre armurier Gastine-Rénette, pour y acquérir une arme, un revolver, et se faire expliquer la façon de s'en servir. C'était la première fois qu'elle maniait un engin de ce type mais, ayant toujours été habile aux jeux de la guerre lorsqu'elle s'entraînait à tirer à l'arc ou à manier le javelot, elle découvrit que sa main était encore aussi sûre et son adresse intacte lorsqu'elle essaya ce protecteur d'un nouveau genre au stand de tir de la maison. On lui montra comment charger et elle le fit immédiatement, puis glissa l'arme dans une poche de sa robe, bien décidée à ne jamais s'en séparer. La nuit, l'arme serait sous son oreiller.

Elle portait le plateau à la cuisine lorsqu'on sonna à la porte. Après une toute légère hésitation, elle alla ouvrir et se trouva en face de Noémie, la vieille femme de chambre de la baronne de Grandlieu, sa voisine du dessus, qui la salua très poliment et dit qu'ayant appris le retour de Mme Blanchard sa maîtresse se souciait de la savoir seule dans ce grand appartement privé de serviteurs :

– Si je peux me permettre une proposition, ajouta Noémie, j'ai là une nièce qui vient d'arriver de Normandie pour se placer à Paris. Elle n'est pas encore accoutumée au service d'une dame mais elle est propre, honnête et courageuse. Elle pourrait faire le gros ouvrage en attendant que Madame remonte sa maison !

– Mon intention n'est pas de remonter ma maison pour le moment car je compte m'absenter prochainement. Cependant, je suis très touchée par l'attention de Mme de Grandlieu et je serai contente d'accepter les services de quelqu'un de confiance à qui, lorsque je partirai, je pourrai laisser la garde de tout ceci, sous votre surveillance peut-être ?

Noémie se déclara enchantée. On décida que la jeune Louisette s'installerait dans celle des trois chambres de domestiques des Blanchard qui n'avait pas été occupée auparavant et qu'elle prendrait son service dès le lendemain matin : elle aurait à s'occuper du ménage et d'un peu de cuisine :

– Je la conduirai moi-même au marché, conclut Noémie. Je suis certaine que Madame sera contente d'elle.

Cela, Orchidée n'en doutait pas. Louisette était une solide et fraîche paysanne de dix-huit ans qui portait sur son visage rond sa gentillesse et sa bonne humeur. Ses yeux bleus étaient pleins de franchise et elle devait aimer rire. Cependant elle devina, en face de cette jeune dame si belle et si grave, qu'il ne serait pas de mise de se laisser aller à son tempérament expansif :

– Tante m'a dit que Madame venait d'avoir un gros chagrin, dit-elle simplement. Je ne ferai pas de bruit et je ne gênerai pas Madame.

C'était agréable à entendre, et Orchidée sourit sans arrière-pensée à cette bonne volonté qui s'offrait et qui allait la changer tellement des raideurs vaguement méprisantes de Gertrude. Elle écrivit aussitôt un mot de remerciement destiné à la baronne qu'elle remit à Noémie avec les clefs dont sa nouvelle servante aurait besoin.

Ce petit intermède fit du bien à la solitaire et conforta cette espèce de bien-être qu'elle éprouvait depuis un moment. Elle découvrait que tout ne lui était pas hostile et que des voisins, avec lesquels cependant elle et son époux n'entretenaient que des relations de pure courtoisie, pouvaient se soucier d'elle, de sa solitude et de son chagrin. C'était peu de chose et c'était beaucoup.

La fin de cette journée, Orchidée la passa dans le grand bureau-bibliothèque, assise à la table d'Édouard, dans le fauteuil d'Édouard, à caresser les cuirs et les bronzes des objets familiers, à essayer de rappeler ce que, pourtant, elle savait bien être à jamais enfui. Elle pleura aussi, longtemps, la tête reposant sur ses bras croisés, mais curieusement ce flot de larmes retrempa son courage. Elle laissa le temps couler sur elle, les ombres du crépuscule s'emparer peu à peu de la pièce où, à bout de pleurs, elle finit tout simplement par s'endormir. Lorsqu'elle s'éveilla, il était trop tard pour exécuter la seconde partie du programme qu'elle s'était tout d'abord fixé pour ce jour-là : se rendre à l'hôpital de la Salpêtrière pour voir Gertrude et tenter d'en tirer quelque chose.

Alors, elle ferma soigneusement toutes les issues de l'appartement, alla se refaire du thé, glissa son revolver sous son oreiller et, enfin, se déshabilla et se coucha sans même prendre la peine de faire un tour par la salle de bains. Le temps n'était plus des tendres préparatifs où chaque soir elle s'ingéniait à se faire plus belle et plus attirante pour le plaisir de l'homme aimé.

A peu près à la même heure, Jules Fromentin, qui s'apprêtait à se barricader chez lui afin d'y célébrer Bacchus tout à son aise, ouvrait sa fenêtre pour enjoindre à son chat de regagner son coussin quand, aux lieu et place de Dagobert, une tête ornée d'un grand sourire et couronnée d'une double auréole de cheveux frisés et d'un chapeau en feutre s'encadra dans la fenêtre :

– Bonsoir Monsieur Fromentin ! fit l'apparition. Comment vous portez-vous ?

Le gémissement de terreur que la vue de ce visage étranger déclencha s'acheva en un horrible gargouillis accompagné d'une tentative désespérée de refermer le vitrage. Tentative dérisoire vouée à l'échec : le héros capable d'empêcher Robert Lartigue d'entrer quelque part lorsqu'il l'avait décidé était encore à naître : un rétablissement amena ses pieds à la place de sa tête et il n'eut plus qu'à se laisser glisser dans la loge tandis que le concierge reculant jusqu'au mur du fond s'efforçait d'y disparaître :

– Ne me dites pas que je vous fais peur ? fit le journaliste d'un ton de douloureuse incrédulité. Vous seriez bien le premier. Et d'ailleurs vous me connaissez...

– Moi ?... Je... Je vous connais ?

– Naturellement ! Se peut-il que vous ne m'ayez pas distingué dans la foule de journalistes qui ont assiégé cette maison depuis quinze jours ? Robert Lartigue... du *Matin* ? Vous me remettez ?

– Je... non, pas vraiment !... Qu'est-ce que vous voulez ? chevrota le concierge.

– Causer, tout simplement ! Et de façon aussi agréable que possible, ajouta-t-il en tirant d'une de ses vastes poches un flacon poudreux qui arracha une lueur d'intérêt à son interlocuteur malgré lui. Vous avez bien deux verres, j'imagine ?

C'était là un langage propre à séduire et à rassurer Jules. Le nouveau venu lui fut tout de suite sympathique et d'autant plus que Dagobert, rentré lui aussi, s'en alla d'un pas royal faire quelques frais au journaliste. Un moment plus tard, tous trois étaient attablés – le chat couché entre les deux hommes –, en train d'apprécier la saveur d'un vieux jamaïque en bavardant de tout et de rien. Prudent, Lartigue attendait que l'alcool eût fait son effet pour aborder le sujet qui l'amenait.

Bientôt, attendri par tant de succulence, Jules commença à s'épancher. Les yeux candides de son vis-à-vis avaient quelque chose de rassurant et il ne vit aucun inconvénient à lui avouer qu'il mourait de peur au poste avancé qui était le sien. Avec des sanglots dans la voix il décrivit par le menu l'image qui le hantait : celle du cadavre de Lucien, et il le fit avec un tel luxe de détails que le journaliste qui ne faisait que tremper ses lèvres dans le rhum jugea utile d'en avaler une bonne gorgée : il n'aurait jamais imaginé qu'un pipelet pouvait posséder une telle puissance d'évocation. Il ferait un malheur au théâtre du Grand-Guignol !...

– Quand la nuit tombe... et que je pense qu'il pourrait m'en arriver autant, je dois me forcer pour rester ici...

– Vous n'avez aucune raison d'avoir la frousse. Vous n'êtes en rien mêlé à tout ça et l'assassin ou les assassins, quels qu'ils soient, ne vont tout de même pas trucider toute la maison ?

– Oui... mais moi c'est pas pareil ! Moi, j'ai causé avec...

Un petit déclic se produisit dans l'esprit du reporter. Il sentit qu'il approchait de quelque chose.

– Avec qui ? demanda-t-il doucement.

L'autre le regarda avec effroi et se referma comme une huître mais, son verre étant à peu près vide, Lartigue se hâta de le lui remplir :

– Buvez ! conseilla-t-il, paternel. Y a pas mieux pour oublier les mauvais souvenirs.

– Ça c'est bien vrai !... Et notez .. hic !... que je commençais à me faire une raison... quand... hic !... quand elle est rentrée.

– Qui ça ?

– Elle, bien sûr... la... la princesse... hic !... chinoise. Vous voyez pas que tout... recommence ?

– Tout quoi ?

La main du journaliste tenait fermement la bouteille, prête à toute éventualité. Elle se hâta d'ailleurs de rajouter de l'alcool ambré au fur et à mesure qu'il disparaissait dans le gosier de son hôte dont les yeux commençaient à papilloter. Signe inquiétant : si le concierge s'endormait il ne parlerait pas.

– Tout quoi ? répéta-t-il plus fort.

– Ben... tout l'reste ! Sûr et certain qu'le vieux Chinois va revenir !... A moins qu'y soit mort... hic !... lui aussi ! Dieu c'que j'ai soif !... Encore un peu d'rhum si vous plaît !

– Dans un instant. Parlez-moi du vieux Chinois ! Je me demande si je ne le connais pas. J'en ai justement rencontré un il n'y a pas longtemps, mentit Lartigue avec aplomb. Vous savez son nom ?

Fromentin parut faire un terrible effort de mémoire et finalement accoucha :

– Wu !... M'a dit qu'y s'appelait Wu !

– Ça pourrait bien être ça. Et... il était comment ?

L'ivresse grandissante faisait disparaître la peur. En quelques phrases hachées, le journaliste obtint une description assez complète du personnage puis le concierge se tut, contemplant avec affliction son verre vide où Lartigue versa deux doigts tout de suite avalés :

– C'est tout à fait ça ! approuva-t-il. Un homme charmant. Et vous êtes devenus amis ?

– Presque... Il voulait juste un petit service...

Cette fois c'était parti. Il ne fallut qu'un peu plus de rhum pour que Jules racontât sa rencontre avec le vieil homme, sa promesse et ce qui s'en était suivi. Tout sauf les pièces d'or car, en dépit d'un état d'ébriété avancé, son profond amour de l'argent lui faisait retenir instinctivement ce genre de confidences. Lartigue se douta qu'il n'avait pas fait cela pour rien mais se garda bien de le pousser dans ses derniers retranchements.

Lorsque, enfin, le concierge s'abattit la tête dans les bras et se mit à ronfler, le journaliste tira une pipe, la bourra, l'alluma et se mit à fumer tranquillement en regardant dormir son nouvel ami tout en réfléchissant.

Ce qu'il venait d'apprendre n'éclaircissait en rien la double affaire Blanchard. Au contraire, Fromentin, avec son histoire de vieux Chinois, apportait des pièces supplémentaires à un puzzle qui n'avait guère besoin de ce surcroît. Plus le journaliste essayait de faire coïncider ces nouveautés avec ce qu'Antoine lui avait appris et plus l'affaire s'obscurcissait. Il ne parvenait pas à situer Orchidée dans tout ce fatras. Était-elle complice, innocente ou entièrement coupable en dépit des assertions de Laurens ? A moins qu'il n'y eût deux affaires distinctes, le meurtrier d'Édouard Blanchard n'ayant strictement rien à voir avec tous ces Chinois apparus comme par un fait exprès au moment où l'on avait le plus besoin d'un paravent.

Pourtant, une chose était certaine : Mme Blanchard se trouvait à présent seule et sans aucune défense dans un appartement que la simple sensibilité d'une femme ordinaire aurait dû lui faire fuir : deux cadavres, même s'il y en avait un dans la rue, c'était tout de même beaucoup.

Attiré comme par un aimant, Lartigue quitta la loge sur la pointe des pieds en prenant bien soin de ne pas faire crier le parquet, alla jusqu'au grand escalier, ôta ses chaussures et grimpa sur ses chaussettes jusqu'au premier étage. Là, il resta un long moment l'oreille collée au vantail de chêne verni, essayant de déceler le plus petit bruit annonciateur d'une quelconque présence, mais rien ne se fit entendre et il émit un sifflement silencieux mais admiratif : la belle Orchidée devait dormir et cela signifiait qu'elle possédait des nerfs d'acier.

Lorsqu'il sortit dans l'avenue, un peu avant le jour, il aperçut l'inspecteur Pinson qui, son vélo à la main, causait avec les agents chargés de surveiller la courte avenue et surtout la maison des Blanchard. On les relevait toutes les deux heures, une faction nocturne en plein hiver n'ayant rien d'agréable malgré l'abri précaire offert par les portes cochères. De toute évidence, Pinson venait remonter le moral de ses troupes, cependant Lartigue s'avoua qu'il ne saisissait pas bien les desseins profonds de la police. D'après Antoine, Langevin faisait jouer à Orchidée le rôle de la chèvre mais, dans ce cas, son appât se trouvait fort aventuré car, s'il se contentait de faire surveiller l'immeuble par une paire d'agents, la malheureuse pouvait être égorgée vingt fois avant que ces braves aient le temps d'intervenir. Quant à Pinson, d'où venait-il à cette heure ? Du quai des Orfèvres ou d'une planque quelconque ? Mais laquelle ?

La question ne pouvant obtenir de réponse immédiate, le journaliste profita de ce que personne ne regardait de son côté, fila par le parc Monceau et rejoignit la place des Ternes où un fiacre matinal le reconduisit à son journal. Il se promit de revenir le soir même tenir compagnie au concierge afin de garder un œil vigilant sur Orchidée. Celle-ci ne devait pas risquer grand-chose dans la journée où les flics suffiraient amplement à la tâche.

Ce en quoi il se trompait...

CHAPITRE VIII

FACE A FACE...

Dans l'après-midi, Orchidée appela le concierge pour lui demander d'aller lui chercher un fiacre. Elle voulait se rendre à la Salpêtrière afin d'y rencontrer son ancienne cuisinière. Elle était certaine, en effet, que cette femme savait au moins une partie de la vérité sur la mort d'Édouard et, même si elle perdait la raison depuis le massacre de son mari, il serait peut-être possible d'en tirer quelque chose.

La jeune femme n'éprouvait aucune pitié pour ces gens qui, sans rien savoir d'elle sinon sa race et la couleur de sa peau, l'avaient poursuivie pendant plus de quatre ans d'une haine sournoise pour finalement l'accuser ouvertement du meurtre d'un époux qu'elle adorait. Si elle pouvait voir Gertrude seule à seule, elle était prête à employer tous les moyens pour la faire parler.

Pourtant, dans la voiture qui l'emmenait le long des quais éclairés par le petit soleil pâle qui était apparu vers midi dans le ciel parisien, elle se sentait d'humeur plus douce, moins agressive, moins tendue. Cela tenait peut-être à ce qu'elle avait bien dormi et à d'autres menus détails comme le petit déjeuner – c'était du café un peu clair mais seule l'intention comptait – qu'une

Louisette toute fière lui avait porté dans son lit. Comme aussi le froid qui cédait et la lumière qui cessait d'être grise et morne. Elle en vint même à trouver ridicule son idée de se promener partout avec une arme à feu. Aussi la rangea- t-elle dans sa table de chevet puisque c'était surtout la nuit qu'elle risquait d'en avoir besoin. D'ailleurs, lorsque le fiacre tourna le coin du boulevard Malesherbes, elle se rendit compte que la police semblait tout de même décidée à se charger de sa protection : l'inspecteur Pinson, son chapeau melon enfoncé jusqu'aux sourcils et le nez au vent, pédalait allégrement derrière son véhicule. Elle trouva cela plutôt amusant puis cessa d'y penser, essayant de préparer les questions que l'on peut poser à une folle.

Arrivée à destination, elle pria le cocher de l'attendre afin de ne pas être obligée de chercher une autre voiture pour rentrer chez elle. Apparemment, il n'y en avait aucune dans l'espace planté d'arbres qui s'étendait entre le boulevard et les austères bâtiments de la Salpêtrière. Des bâtiments qui ne présentaient pas un aspect fort séduisant : longues constructions grises aux fenêtres grillagées coiffées de grands toits derrière lesquels on apercevait un dôme octogonal surmonté d'un lanternon. Une masse énorme de constructions remontant à Louis XIV qui offraient une ressemblance irrésistible avec une prison ; ce qui, autrefois, était vrai en partie. C'était immense et un peu effrayant et, quand elle pénétra sous la voûte profonde, la visiteuse se demanda un instant comment elle allait pouvoir retrouver Gertrude dans cette espèce de cité d'un autre âge.

Ce fut plus facile qu'elle ne le craignait. Sous la voûte : une loge de gardien avec un écriteau qui portait la mention « Renseignements ». Le préposé n'eut d'ailleurs pas à faire de longues recherches : une heure plus tôt, une dame était venue demander Mme Mouret.

– Cour Manon-Lescaut, dit l'homme, le premier escalier à main gauche. Au premier étage on vous indiquera mais dépêchez-vous, le temps des visites est bientôt fini !

En haut d'un escalier dont les marches s'incurvaient un peu au centre, usées par les pas des siècles écoulés, Orchidée trouva un palier et une porte vitrée donnant sur une grande salle éclairée par de hautes fenêtres aux embrasures profondes. Là il y avait des lits alignés de chaque côté d'une allée centrale. Tous occupés par des femmes dont certaines sommeillaient. D'autres, assises sur une chaise à côté de leur lit, paraissaient frappées d'hébétude, ou bien parlaient seules en faisant des gestes vagues. Quelques-unes recevaient des visiteurs et pas mal de monde allait et venait. Une odeur piquante de désinfectant se mêlait à celle de corps mal lavés. Une infirmière en blouse, tablier et voile blancs, s'approcha d'Orchidée pour lui demander qui elle cherchait :

– Je désire voir Mme Mouret. Il n'y a pas longtemps qu'elle est là.

Aussitôt, le visage de la soignante se ferma :

– Je suis désolée, Madame, mais vous ne pouvez pas la voir. Elle est en train de mourir.

– De mourir ? Gertrude ? Mais si elle a perdu la tête, elle n'était pas malade ?

– Vous la connaissez bien ?

– Elle était à mon service depuis quatre ans. Que s'est-il passé ?

– On n'en sait trop rien. Ce matin elle était comme d'habitude. Plus calme, peut-être, et le médecin-chef commençait à penser qu'elle allait vers une amélioration. Elle a mangé normalement et puis elle a reçu la visite d'une dame âgée. C'est tout de suite après cette visite qu'elle a été prise d'une crise bizarre...

– Je veux la voir...

Et sans laisser à l'infirmière le temps de l'en empêcher, Orchidée s'élança vers l'endroit où trois personnes dont un médecin se penchaient sur un lit d'où montaient des plaintes et des râles. Ce qu'elle vit était affreux : Gertrude, les yeux révulsés et la bave aux lèvres, se tordait sur son lit entre les mains de deux infirmières qui s'efforçaient de la maintenir, tandis que le docteur, un grand barbu en blouse blanche, essayait de lui faire boire du lait. Sur la table de chevet, il y avait une boîte de chocolats à demi renversée... La jeune femme comprit tout de suite :

– Elle a été empoisonnée ?

– C'est l'évidence même, fit le médecin.

– Qui a fait ça ?

Pour la première fois, il regarda la nouvelle venue :

– Comment voulez-vous que je le sache ? Et d'abord que faites-vous ici ?

– Je n'ai pas pu l'empêcher, docteur ! plaida l'infirmière qui avait accueilli Orchidée et tentait vainement de l'entraîner. Elle dit qu'elle a été sa patronne et qu'elle veut lui parler.

– Laissez-nous faire notre travail, Madame ! Nous vous tiendrons au courant. Pour l'instant, vous gênez.

– Croyez-vous pouvoir la sauver ?

A cet instant, il se produisit un fait étrange. Au son de la voix de celle qu'elle haïssait tellement, Gertrude se redressa, rejetant le lait qui se répandit sur les draps. Ses yeux qui roulaient de tous côtés parurent se fixer :

– La... la Ch... la Chinoise !... Chassez... la ! C'est... c'est le démon... va-t'en... tu... n'auras rien !... Tout... tout pour lui !... Tout !...

Un nouveau spasme la rejeta en arrière dans les bras du médecin. Ses yeux se retournèrent et les gémissements reprirent.

– Elle a bu pas mal de lait tout de même, constata l'homme en blouse. Allez m'en rechercher!... et vous, Madame, partez!

– Vous devriez prévenir la police.

– Plus tard! J'ai autre chose à faire que lui courir après!

– Oh, elle n'est pas bien loin...

En effet, derrière le vitrage de la porte, le melon noir de Pinson apparaissait. Orchidée alla le rejoindre :

– On dirait que vous avez eu raison de me suivre, lui dit-elle. On va avoir besoin de vous là-bas...

– Que se passe-t-il?

– Gertrude. Quelqu'un lui a porté des chocolats empoisonnés. On essaie de la sauver.

– On? Qui est ce « on »?

– Ne me regardez pas de cet œil soupçonneux! Vous savez bien que ce n'est pas moi puisque vous étiez derrière mes talons... En bas, le concierge a dit où elle se trouvait à une « dame âgée ». Je suppose que les bonbons en question viennent d'elle.

– Attendez-moi ici un instant!

– Je n'en vois pas la raison. Écoutez-moi, inspecteur! Il est déjà quatre heures et la nuit commence à tomber. J'ai très envie de rentrer chez moi.

– Vous pouvez bien rester quelques minutes. Juste le temps que je prévienne M. Langevin. Et s'il se passait quoi que ce soit d'autre, vous pourriez me le dire...

– Va pour quelques minutes, mais pas plus!

Lorsque l'inspecteur revint, les choses en étaient toujours au même point : on s'agitait autour du lit de Gertrude. Mais cette fois Pinson ne put retenir davantage Orchidée : elle était au contraire ravie de pouvoir se débarrasser de l'inspecteur et, comme il hésitait encore à la lâcher, elle déclara :

– Allez à votre travail en paix ! Je vous jure que je rentre chez moi directement. Que voulez-vous qu'il m'arrive ?

Sans attendre la réponse elle descendit l'escalier tandis qu'il pénétrait enfin dans la grande salle où l'on commençait à allumer l'électricité. Renforcée par les nuages sombres qui avaient succédé à un soleil trop faible pour leur résister, la nuit tombait vite.

Lorsqu'elle sortit de l'hôpital, la jeune femme eut un mouvement de contrariété : sa voiture n'était plus là. Ce qui la surprit d'ailleurs : il était inconcevable que le cocher fût parti sans se faire payer, pourtant le doute n'était pas permis : il n'y avait pas le moindre véhicule sous les arbres et Orchidée ignorait où se trouvait la plus proche station dans ce quartier désert et peu fréquenté. Avec l'obscurité qui venait, cela n'avait rien de très engageant.

La première idée de la jeune femme fut d'attendre Pinson, mais elle se rappela qu'il était à bicyclette et ne pouvait guère la ramener avec cet engin. En outre, elle eut honte de ce mouvement de crainte qui, parce qu'elle se trouvait dans un quartier inconnu et au crépuscule, lui faisait rechercher instinctivement une protection masculine. Sur le boulevard, un tramway passa dans un grand bruit de ferraille. Restait à savoir où il allait... Orchidée retourna chez le concierge et lui demanda où elle pouvait trouver une voiture.

– Dans la cour de la gare d'Orléans, ma petite dame ! Ça devrait vous faire trois ou quatre minutes à pied.

– Le malheur est que j'ignore où se trouve cette gare.

– C'est pas difficile à trouver : vous allez jusqu'au boulevard et vous tournez à main droite, vous arrivez sur le quai et sans quitter votre trottoir, toujours à main droite, vous allez la trouver tout de suite.

Ainsi renseignée, Orchidée piqua droit à travers les arbres où un allumeur de réverbères était au travail avec sa longue perche et atteignit le boulevard. C'est alors qu'elle eut l'impression d'être suivie. Des pas rapides sonnaient derrière elle et, en tournant un peu la tête elle vit deux hommes qui se rapprochaient. Elle voulut alors accélérer l'allure autant que le permettaient des bottines à hauts talons, mais son long manteau d'astrakan noir n'était pas taillé pour la course : en trois sauts, elle fut rejointe et des poignes brutales la saisirent sous les bras :

– On est bien pressée ! gronda une voix râpeuse pourvue d'un furieux accent dont elle ignorait qu'il était corse. Faut pas courir si vite, la Chinetoque ! Maintenant qu'on te tient, on te tient bien !

– Que me voulez-vous ?

– Pas grand-chose, fit l'autre homme qui était la copie conforme du premier : même figure taillée à coups de serpe, même moustache en croc d'un noir de jais, à peu près même carrure et sans doute mêmes yeux difficiles à saisir sous le bord rabattu des chapeaux de feutre mou. On t'invite à une petite promenade. Comme ta voiture a filé, on a pensé t'offrir la nôtre.

– On y est dans un instant, tu vas voir...

– Mais enfin qu'est-ce que vous me voulez ? Si c'est de l'argent, je peux...

– Qu'est-ce que tu veux qu'on en fasse ? On en a autant qu'on veut, nous autres ! Les « gensses » pour qui on travaille payent bien... Et ce qu'ils veulent c'est ta peau jaune !

On venait de tourner le coin du quai planté de grands arbres. Un peu plus loin, juste avant les grilles de la gare, un coupé attendait. Orchidée comprit que sa mort était là et que ces deux hommes, avec leur voix vulgaire et leurs airs ridicules de matamores, en étaient les valets.

De toute sa volonté, elle repoussa la terreur qui montait en elle. Il fallait faire vite si elle voulait vivre encore. Une ou deux secondes peut-être devant elle... L'instinct vint à son secours, rappelant soudain le souvenir de l'enseignement reçu chez les « Lanternes rouges » touchant le combat sans armes. Avec la violence du désespoir, ses deux coudes partirent en même temps et frappèrent au creux de l'estomac les deux voyous qui se plièrent en deux, le souffle coupé. Sans perdre une seconde, alors, la jeune femme, libérée, vira sur ses talons, leva la jambe dans un éclair de jupons blancs et, par deux fois, son pied atteignit les truands dans leurs parties les plus sensibles, ce qui les acheva. Ils s'écroulèrent en gémissant tandis que leur prisonnière, sans leur laisser le temps de reprendre leur souffle, s'élançait sur la chaussée pour éviter de passer auprès de la voiture dont elle ignorait ce qu'elle pouvait contenir. Sans se soucier de ce qui arrivait.

C'était un fiacre qui, au petit trot, se dirigeait vers la cour de la gare pour y attendre le prochain train. Orchidée fonçait droit devant elle et ce fut bien grâce à la maîtrise et à l'habileté du cocher qu'elle évita d'être foulée aux pieds par le cheval.

– Qu'est-ce qui m'a fichu une abrutie pareille! hurla-t-il tandis qu'Orchidée, comprenant qu'elle venait d'échapper à un autre danger, s'arrêtait :

– Vous êtes libre ? demanda-t-elle un rien essoufflée.

Sidéré par un pareil sang-froid, l'automédon la considéra avec des yeux ronds :

– Ben... vous manquez pas de culot, vous! J'ai failli vous tuer et...

Sans attendre la réponse, elle ouvrit la portière et, constatant qu'il n'y avait personne, elle grimpa et se laissa tomber sur les coussins cependant que le cocher se retournait :

– Et où c'est qu'vous prétendez aller comme ça ?

– Avenue Velazquez ! Mais faites vite, je vous en prie... tout au moins pour partir d'ici... Vous serez bien payé.

Sur le trottoir, en effet, ses assaillants reprenaient peu à peu leur souffle et leurs esprits avec l'aide de celui qui attendait sur le siège de la voiture mais, toujours avec la même adresse, le cocher d'Orchidée opérait un demi-tour de grand style et repartait le long des quais à vive allure en direction du boulevard Saint-Germain, cependant que la jeune femme laissait se calmer les battements accélérés de son cœur. Pour une belle peur c'était une belle peur !

D'où pouvaient bien sortir les bandits qui l'avaient attaquée ? S'il s'agissait d'Asiatiques elle n'eût pas hésité un instant sur l'identité de la personne qui les dirigeait : Pivoine, bien sûr ! Mais c'étaient des Blancs et leur accent rappelait celui que l'on entendait dans le midi de la France. Alors, à qui obéissaient-ils ?... D'autre part, fallait-il rapprocher cette attaque de celle dont venait d'être victime son ancienne cuisinière ? Là, c'était une vieille dame mais apparemment tout aussi européenne que les deux assassins en puissance. Et soudain lui revint en mémoire ce qu'elle avait entendu chez Langevin : dans la nuit de la mort d'Édouard, une servante du voisinage, tenue éveillée par une rage de dents, avait aperçu deux hommes qui le faisaient rentrer dans sa maison en le portant presque, deux hommes assez cruels pour le bâillonner. Se pouvait-il que ce fussent les mêmes ?

Les idées se bousculaient un peu dans l'esprit de la jeune femme. Il y avait d'abord les dernières paroles de Gertrude : qui était ce « lui » qui aurait tout ? Quelqu'un qu'elle et son époux devaient aimer assez pour lui sacrifier allégrement Édouard d'abord et ensuite sa femme en l'accusant formellement du meurtre...

La première réponse qui venait à l'esprit était presque trop facile : le frère, bien sûr, cet Étienne Blanchard entr'aperçu à l'église. Les Mouret étaient sans doute d'anciens serviteurs de la famille, tout dévoués au fils d'Adélaïde ? Mais il pouvait aussi s'agir de quelqu'un d'autre, quelqu'un de riche qui les aurait payés pour mentir et qui haïssait suffisamment Édouard pour vouloir sa mort. Et, après tout, ce quelqu'un était peut-être Pivoine ou l'un de ses complices ?... Oui mais alors pourquoi aurait-elle torturé Lucien puisque d'après le commissaire ce massacre était son œuvre ? Pour lui faire avouer quoi ?

Tout cela constituait un imbroglio dans lequel Orchidée, elle se l'avouait volontiers, éprouvait quelque peine à se retrouver. D'autant qu'en dépit du temps passé chez eux, une Mandchoue ne pouvait posséder que des données fort vagues sur le déterminisme psychologique des gens d'Occident.

Aussi, rentrée chez elle où Louisette faisait cuire du chou dont les effluves envahissaient tout l'appartement, son premier mouvement la conduisit-il à décrocher le téléphone afin d'avertir la police de l'agression dont elle venait d'être victime, mais elle reposa l'appareil presque aussitôt. D'abord le commissaire Langevin n'était sans doute pas encore rentré de l'hôpital où Pinson l'avait appelé et, ensuite, elle n'était pas tout à fait sûre de souhaiter vraiment le mettre au courant. Une maxime du grand Confucius venait de lui traverser l'esprit : « Exige beaucoup de toi-même et attends peu des autres. Ainsi beaucoup d'ennuis te seront épargnés... »

Avec ses seules forces, elle avait pu mettre momentanément hors de combat deux grosses brutes. Il était tentant pour une femme de sa vaillance de continuer seule le combat... A tout le moins cela méritait réflexion...

Regagnant sa chambre, elle se déshabilla pour enfiler l'une de ses robes mandchoues, se lava les mains afin de les purifier, puis alla ouvrir un cabinet de laque incrusté de pierres dures dont son époux lui avait fait présent. Les portes en s'ouvrant découvrirent, entre de petits tiroirs, une sorte de niche qu'occupait sa statue de Kwan-Yin en jade vert devant laquelle était posée une coupelle de bronze.

D'un des tiroirs, Orchidée tira quelques bâtonnets d'encens, les alluma puis, les gardant entre ses mains, s'agenouilla sur un gros coussin tiré devant l'effigie de la déesse de la Miséricorde. Et, tandis que la fumée odorante s'envolait en volutes bleues qui combattaient victorieusement l'odeur de soupe au chou, elle adressa une fervente prière à celle dont elle n'avait jamais cessé d'être la fidèle, lui demandant d'éclairer son jugement et de l'aider au milieu des embûches que ses ennemis, connus ou inconnus, dressaient devant ses pas :

« Viens à mon secours, ô déesse toute pure ! Dicte-moi ma conduite et permets que je puisse retourner chez moi la tête haute après avoir confondu et anéanti ceux qui prétendent s'opposer à moi sur le chemin du plus impérieux des devoirs. J'aimais mon époux. On me l'a tué. Aussi, avant de pouvoir contempler à nouveau et d'un cœur apaisé la terre sacrée de mes ancêtres, je te demande ton aide... »

Elle pria longtemps et longtemps brûlèrent les bâtonnets, au point qu'entrant dans la chambre après avoir frappé sans qu'on l'eût entendue, Louisette, croyant à un début d'incendie, se précipita sur une fenêtre pour aérer.

– Perdez-vous la tête ? s'écria Orchidée fort mécontente d'être dérangée. Qui vous a permis d'entrer ainsi sans prévenir ?

– J'ai « gratté », protesta la petite devenue toute rouge, mais Madame n'a pas répondu. Et puis j'ai senti c't'odeur de fumée et j'ai cru que Madame était malade...

Orchidée alla fermer la fenêtre à l'espagnolette afin de laisser le nuage, tout de même assez épais, se dissiper un peu sans trop refroidir la pièce, puis sourit à sa nouvelle bonne :

– Ce n'est pas grave et vous avez cru bien faire. Que vouliez-vous ?

– Il y a là un monsieur de la police. Madame n'a pas dû non plus l'entendre sonner. Il est au salon. Qu'est-ce que j'en fais ?

– Laissez-le où il est et dites-lui que je viens tout de suite.

Avant d'aller rejoindre son visiteur, Orchidée s'attarda encore un instant devant la petite déesse qui, debout sur une fleur de lotus, souriait mystérieusement. La visite du commissaire ou de l'inspecteur – ce ne pouvait être que l'un ou l'autre – était-elle une réponse à sa prière ? Habituée dès l'enfance à observer les présages et les signes, l'ancienne favorite de Ts'eu-hi n'était pas loin de le penser.

Debout au milieu du salon, les mains nouées derrière le dos, Langevin contemplait le portrait d'Orchidée peint par Antoine Laurens en pensant qu'il était plein d'enseignements pour qui savait regarder : sous la douceur de velours de ce visage lisse et pur, un observateur attentif pouvait déceler la fierté, le courage, une obstination qui ne cédait pas volontiers et aussi quelque chose d'autre assez indéfinissable. Le léger sourire qu'entrouvraient à peine les belles lèvres rondes était à lui seul une énigme.

Ce n'était pas la première fois que le policier voyait ce tableau dont la Presse avait donné des reproductions, mais plus il le regardait et moins il parvenait à en trouver la clef, ce qui ne laissait pas de l'irriter quelque peu : « Je dois être moins psychologue que je ne le croyais », pensa-t-il. Ou alors je vieillis...

La porte en s'ouvrant mit fin à sa rêverie et il eut l'impression que la femme du portrait venait de sortir de son cadre. Ce qu'il avait en face de lui ce n'était plus la jeune veuve méfiante, irritable et infiniment lasse que Pinson lui avait ramenée un matin de Marseille. C'était à nouveau une altesse consciente de son rang et que la longue robe mandchoue en satin noir brodé d'or remettait à sa vraie place. Tout comme lui-même :

– Bonsoir, Monsieur le Commissaire! dit-elle de sa voix douce et chaude. Je ne m'attendais pas à votre visite... Voulez-vous prendre place? ajouta-t-elle en désignant un fauteuil dans lequel il se carra comme si, tout à coup, il éprouvait le besoin de se sentir appuyé sur quelque chose de stable.

– Vous deviez bien vous attendre à avoir de mes nouvelles? fit-il. A présent dites-moi tout!

– Tout quoi?

– Ce qui s'est passé à l'hôpital. L'inspecteur Pinson...

– ... qui me suivait.

– ... qui vous suivait m'a raconté que vous avez pu voir la femme Mouret avant qu'elle ne meure.

– Elle est morte ?

– Juste au moment où j'arrivais à son chevet. Les gens de l'hôpital m'ont appris qu'elle vous avait dit quelques mots qu'ils n'ont pas compris d'ailleurs. Ce sont ces mots-là que je veux !

– Je n'ai pas compris mieux qu'eux. A part « la Chinoise » et l'intonation haineuse, je n'ai rien saisi d'intelligible si ce n'est peut-être le mot « tout », mais les gens qui s'efforçaient de la soigner en ont entendu autant que moi.

– Ils admettent qu'ils n'ont pas fait attention. Il y avait cette mourante qu'il fallait essayer de sauver et vous qui les gêniez.

– Je suis partie aussitôt et j'ai prévenu M. Pinson. Par contre, ce que j'aimerais savoir c'est qui est la femme âgée qui lui a rendu visite et, selon toute vraisemblance, apporté des chocolats ?

– Comment voulez-vous que je le sache ? On m'a parlé d'une vieille femme de petite taille, vêtue de noir et coiffée d'un fichu. Une infirmière m'a dit qu'elle avait l'accent corse. Maigre résultat comme vous voyez ! On en apprendra peut-être davantage en faisant analyser les chocolats qui restent dans la boîte. Une belle boîte d'ailleurs, en velours, mais dont on a gratté, à l'intérieur du couvercle, le nom du confiseur... A quoi pensez-vous ?

– Je me demande... Qu'est-ce que c'est l'accent corse ?

– En voilà une question ?

– Essayez d'y répondre ! J'aurai peut-être quelque chose à vous dire.

– Comme c'est facile !

Néanmoins, Langevin fit de son mieux pour donner à la jeune femme une idée de ce que cela pouvait être.

Pour la première fois, il l'entendit rire en abritant sa bouche derrière sa main comme le voulait le bon ton chinois. Conscient d'ailleurs d'avoir obtenu un effet assez comique, il ne s'en formalisa pas :

– Mes collègues marseillais s'en tireraient beaucoup mieux que moi, constata-t-il avec l'ombre d'un sourire. A présent, j'écoute ce que vous pourriez avoir à me dire ?

Orchidée s'exécuta et raconta l'agression dont elle avait été victime en sortant de la Salpêtrière et de quelle manière elle avait pu y échapper. Langevin l'écouta sans cacher son intérêt ni d'ailleurs sa stupeur quand elle expliqua comment elle s'y était prise pour récupérer sa liberté.

– Ne me dites pas que vous avez appris la boxe ? s'écria-t-il quand la jeune femme en eut terminé.

– Vous voulez dire avec les gros gants ? Oh non ! mais ceux que vous avez appelés les Boxers pratiquaient des exercices corporels, assez acrobatiques et puisés dans l'enseignement des bonzes serviteurs du Seigneur Bouddha, dont vous savez peut-être qu'il interdit de se servir des armes et d'anéantir toute vie, fût-ce celle d'un insecte...

– Vous ne prétendez pas me faire croire que les Boxers ne devaient pas tuer ? Qu'ont-ils fait alors ?

– Ils n'ont jamais été les serviteurs du Seigneur Bouddha, mais certains d'entre eux ont propagé cette méthode de lutte cependant que d'autres se faisaient initier à ce que les samouraïs japonais appellent le jiu-jitsu. Toutes les méthodes leur semblaient bonnes pour combattre les armes des étrangers et parvenir à les chasser de l'empire céleste, ajouta Orchidée d'une voix encore plus douce.

– Et vous avez appris cela ? fit le policier suffoqué.

Est-ce donc normal chez vous pour une jeune dame de haute naissance ?

– Non, mais autrefois j'enviais la vie des jeunes hommes et notre divine impératrice s'en amusait. Elle m'a fait enseigner lorsque j'étais enfant. C'est une sorte de... gymnastique comme vous dites ici.

Il y eut un petit silence que le commissaire rompit au bout d'un instant en toussotant :

– Hum, hum !... vous ennuierait-il de me donner un petit échantillon de votre savoir-faire ?

Ce fut au tour d'Orchidée d'être surprise, voire un peu gênée :

– C'est que... je ne voudrais pas... vous offenser.

– Vous n'avez rien à craindre puisque c'est moi qui vous le demande, dit Langevin, intimement persuadé que cette exquise créature était en train de le mener en bateau et que le mieux était de la mettre au pied du mur.

– Dans ce cas, si vous voulez bien vous lever...

Elle en fit autant, s'inclina devant lui avec une grande politesse puis s'empara de son bras. L'instant suivant le commissaire principal Langevin, de la Sûreté Générale, se retrouvait étalé de tout son long sur le tapis sans avoir compris un instant ce qui venait de lui arriver. Penchée sur lui, Orchidée lui tendait une main secourable :

– J'espère que je ne vous ai pas fait mal ? s'inquiéta-t-elle avec une sollicitude qui n'était pas feinte bien qu'elle ne fût pas mécontente de lui montrer de quoi elle était capable.

Quelques secondes plus tard, réinstallé dans son fauteuil, il recevait de son charmant vainqueur un verre de vieux porto destiné à lui remettre tout à fait les idées en place et l'acceptait sans fausse honte :

– Mes félicitations bien sincères! dit-il en levant son verre. Votre époux était-il au courant de vos... talents?

– Oui. Cela l'amusait lui aussi mais je n'ai jamais voulu me mesurer avec lui. Il était très agile, très fort et il était mon seigneur!

Le respect qui vibrait dans sa voix n'était pas feint et le policier n'insista pas :

– Revenons à vos assaillants. Pourriez-vous me les décrire?

– Il faisait déjà sombre. En outre, ils portaient des chapeaux à grands bords mais je peux essayer... Toujours est-il que c'est bien l'accent corse qu'ils avaient.

Tandis qu'elle s'efforçait à une description aussi exacte que possible, Langevin se sentait perdre pied. Une tribu corse à présent! Comme s'il n'y avait pas assez, dans cette histoire, de la fameuse Pivoine, de ses Chinois et d'un couple de serviteurs qui, pour être défunts, n'en étaient pas moins sujets à caution! Quel rapport pouvait-il y avoir entre tous ces gens? En tout cas, une chose était certaine : la veuve de Blanchard était plus en danger encore qu'il ne le croyait et il en venait à éprouver quelque remords. Ne lui avait-il pas rendu une liberté pleine et entière afin qu'elle pût lui servir d'appât? Même si elle était capable de se défendre – et elle venait de lui en administrer la preuve –, il supportait mal, à présent, l'idée qu'une femme aussi belle pût risquer de finir comme Gertrude Mouret ou, pis encore, comme Lucien :

– Je regrette, dit-il enfin, de vous avoir permis de revenir dans cet appartement. Vous n'y êtes pas en sécurité.

J'y suis chez moi et c'est le seul endroit où je me trouve bien...

– Peut-être, mais vous y êtes seule. Où couche la gamine qui m'a ouvert la porte? Près de vous?

– Non. Au dernier étage comme tous les autres domestiques de la maison.

– De plus, elle ne serait pas d'un grand secours ! Je vais vous envoyer Pinson. Il est un peu encombrant mais vous trouverez bien un coin où le mettre. Sur ce canapé par exemple... à moins que vous ne préfériez quelqu'un d'autre ? Vous ne vous êtes jamais très bien entendus tous les deux ?

– Ni lui ni personne...

– Pourquoi ?

Les paupières de la jeune femme qu'elle tenait toujours à demi baissées se relevèrent et elle posa ses énormes yeux sombres moirés d'or sur ceux du commissaire qui eut l'impression de plonger dans un grand lac tranquille :

– Je ne suis pas sûre que vous puissiez comprendre.

– Essayez toujours ! fit Langevin vexé.

– C'est un peu difficile à expliquer... Je pense que, si je veux arriver à démasquer le meurtrier de mon mari, c'est ici que j'ai les meilleures chances... et seule !

S'il était une chose dont Langevin avait horreur, c'est que l'on mît en doute ses compétences et que l'on prétendît se substituer à lui :

– Vous êtes folle ! s'écria-t-il en oubliant totalement pourquoi il l'avait laissée rentrer. Retrouver un assassin c'est mon travail. Pas le vôtre ! Et si vous entendez concocter une petite vengeance à la mode de chez vous, je ne marche pas ! Il vous faut respecter les lois de ce pays. Si vous passez outre, vous vous mettrez dans votre tort.

– Ce qui veut dire ?

– Que si vous vous trouvez confrontée à l'assassin et le tuez comme vous y songez très certainement, vous devrez répondre de ce geste devant la Justice. Vous risquez d'être arrêtée...

– Cela m'est déjà arrivé. Je n'ai pas très peur.

– Ne me faites pas regretter de ne pas vous avoir fait mettre en prison dès le matin du crime!

Puis, voyant qu'il ne parvenait pas à l'ébranler, il changea de tactique :

– Madame, fit-il avec lassitude, je suis moins ignorant de ce qui touche la Chine que vous ne le pensez. Il m'est arrivé de lire des récits de voyageurs et aussi, parfois, des pensées ou même des poèmes. Il y a une phrase d'un de vos sages – par exemple, je ne saurais vous dire de qui elle est! – que je n'ai jamais oubliée. Cet homme a écrit quelque part : « L'eau ne reste pas plus sur les montagnes que la vengeance sur un grand cœur... » et je vous crois un grand cœur.

– Je ne connaissais pas cette pensée, murmura Orchidée plutôt surprise d'une pareille érudition, mais je vais l'examiner...

– Ailleurs qu'ici! Tenez, allez donc rejoindre ce vieux dragon de Générale! Je préviendrai Marseille et vous serez protégée.

– J'ai dit que je réfléchirais, Monsieur le Commissaire. Laissez-m'en au moins le temps! Et, ajouta-t-elle, puisque vous faites aux sages de mon pays l'honneur de les lire et de les apprécier, avez-vous déjà rencontré cet axiome de notre grand Confucius : « Savoir que l'on sait ce que l'on sait et savoir que l'on ne sait pas ce que l'on ne sait pas, voilà la sagesse... » ? Je vous souhaite une bonne nuit, Monsieur le Commissaire.

Une heure après son retour dans son bureau du quai des Orfèvres, Langevin cherchait encore à démêler le sens profond de cette maxime et surtout pourquoi la belle Mandchoue avait jugé bon de la lui servir. En se demandant toutefois si, par hasard, elle ne venait pas de se payer sa tête...

Ce soir-là, après le dîner – d'ailleurs excellent! – qu'une Louisette raide de fierté et d'inquiétude dans sa robe noire et ses linons blancs empesés lui servit dans l'austère solitude de la salle à manger, Orchidée demanda qu'avant de remonter chez elle la jeune fille lui servît du thé dans le petit salon.

Pelotonnée comme un chat au fond d'un fauteuil crapaud capitonné de velours framboise, l'on dégusta sa boisson favorite à petites gorgées tout en regardant les flammes lécher les bûches et monter à l'assaut de la belle plaque de cheminée en fonte armoriée dénichée jadis par Édouard dans une vente de château. Elle avait toujours aimé le feu bien que, dans les palais de l'Empereur, il fût rarement en liberté. Le chauffage y était assuré par des fourneaux encastrés dans les murs et que l'on chargeait par l'extérieur mais l'on pouvait apercevoir les énormes braseros que les soldats allumaient sur les remparts et aussi les torches flambant par centaines lorsqu'il y avait fête. Les grandes cheminées européennes, où le bois léché par de longues langues rouges, bleues et or éclatait parfois en myriades d'étincelles, étaient l'une des habitudes occidentales qu'elle aimait.

Dans le silence de l'appartement, elle demeura longtemps immobile, le regard perdu, ses genoux ramenés contre elle et ses bras serrés sur sa poitrine, oubliant le temps, essayant aussi de recréer l'atmosphère des douces soirées de naguère. Il n'était pas rare, par les temps froids, qu'Édouard et elle passent de longues heures blottis l'un contre l'autre à écouter la chanson du feu assez tard dans la nuit. Ils laissaient la chaleur pénétrer leurs corps, les émouvoir et susciter en eux un désir qui n'avait jamais besoin d'être encouragé. Ils se mettaient alors à faire l'amour étendus sur le tapis après qu'Édouard, avec une lenteur exquise et exaspérante, eut dévêtu sa femme en comblant de baisers et de caresses chaque petit coin de peau qu'il découvrait. Il était un amant merveilleusement tendre, inventif et attentif, sachant retenir l'ardente conclusion jusqu'à ce qu'Orchidée, éperdue, l'oblige enfin à la combler. D'autres fois, c'était elle qui prenait l'initiative et jouait alors de ce corps viril avec une science que lui eût enviée la plus experte des courtisanes, mais il était normal, dans les palais de Ts'eu-hi, qu'une jeune fille apprît l'art délicat de satisfaire l'époux qu'on lui donnerait un jour.

Des larmes montèrent aux yeux de la solitaire en songeant que c'en était à jamais fini de ces jeux bouleversants et un peu pervers qu'elle goûtait dans les bras d'Édouard et qui les rejetaient finalement, épuisés et haletants, sur les vagues d'un tapis de soie froissée au milieu d'un archipel de vêtements épars. Jamais plus elle ne ressentirait d'émois aussi violents. Jamais plus elle ne retrouverait accord aussi parfait. Désormais il lui faudrait conjuguer le verbe aimer au passé.

Cependant, aidée par les larmes, la fatigue de cette rude journée revenait à l'assaut. Engourdie dans la chaleur qui l'enveloppait tout entière, Orchidée sentit ses muscles se détendre et, peu à peu, sans même s'en rendre compte, elle glissa dans un sommeil apaisant sans essayer un seul instant de s'en défendre. N'était-il pas le meilleur refuge des cœurs malheureux ?

– Réveille-toi !

La voix sèche, dure, impérieuse claqua comme un coup de fouet. Ramenée brutalement des fonds bienheureux d'un rêve où il lui semblait flotter dans une eau tiède et parfumée, Orchidée souleva péniblement ses paupières pesantes... et les referma aussitôt, persuadée qu'elle était en train de basculer dans un cauchemar. Alors, la voix commanda, encore plus rudement :

– Je t'ai dit de te réveiller ! Tu auras tout le loisir de dormir l'éternité lorsque j'en aurai fini avec toi...

Cette fois, les yeux de la jeune femme s'ouvrirent à la limite de la dilatation. Ce qu'elle voyait revêtait sans doute les couleurs d'un rêve maléfique ; malheureusement ce n'en était pas un : éclairée par les lueurs rouges du feu près de s'éteindre et par la lumière plus douce d'une petite lampe d'opaline placée sur la cheminée, Pivoine en personne se dressait devant elle, menaçante comme le cobra qui s'apprête à frapper. Le long vêtement noir qui l'enveloppait jusqu'à son visage triangulaire accentuait la ressemblance, et que ce costume fût européen n'y changeait rien : aux seules prunelles noires et obliques distillant une joie malfaisante, Orchidée eût reconnu, dans une foule, son ancienne compagne d'aventures. Cependant, elle possédait le don précieux de se réveiller d'un seul coup et de se trouver instantanément en possession de ses moyens. Ce qui lui permit de ne montrer ni peur ni surprise. Sans bouger de son fauteuil elle considéra l'intruse :

– Que fais-tu chez moi et comment es-tu entrée ?

– Je viens régler nos comptes et ceux de notre souveraine.

– Tu ne réponds qu'à une seule question et je répète : comment es-tu entrée ? fit Orchidée dont le regard avait déjà fait le tour de la pièce, notant la fermeture des fenêtres. Pivoine eut un sourire méprisant :

– Lorsque l'on veut pénétrer quelque part, ce n'est pas la nuit qu'il faut le faire. C'est beaucoup plus facile le jour. Il y a au moins sept heures que je suis ici.

– Sept heures ? – la pendule de la cheminée indiquait onze heures. Comment as-tu fait pour convaincre ma servante de t'ouvrir la porte ?

– Je suis entrée sans sa permission. Du fond d'une voiture, je t'ai vue partir escortée d'un homme de la police à bicyclette. Un moment plus tard, j'ai vu ta servante sortir avec un panier. Visiblement elle allait faire une course. Alors je suis entrée dans la maison.

– Le concierge t'a laissée passer ?

– Pourquoi pas ? Je lui ai dit que je me rendais chez la dame de Grandlieu. Ces voiles européens ont l'avantage de bien dissimuler un visage. Au surplus m'aurait-il reconnue que je savais le moyen de le faire taire. Je suis donc montée chez toi mais par l'escalier de service. La porte de la cuisine n'est pas de celles qui puissent m'opposer la moindre difficulté. Je suis donc entrée et j'ai visité ta demeure à mon aise. J'ai eu aussi tout le temps de me choisir une cachette convenable.

Mentalement, Orchidée fit à toute allure l'inventaire de son appartement, puis haussa les épaules :

– Je n'en vois qu'une : les grands placards de la penderie ! C'est le seul endroit où l'on puisse rester assez longtemps sans être incommodée.

– Bravo ! Tu comprends vite...

– Néanmoins, tu courais un risque puisque j'ai ouvert tout à l'heure l'une de ces armoires pour y prendre ma robe ?

– Rien à craindre ! Tu n'avais aucune raison d'ouvrir celle où se trouvent les ridicules défroques de ton barbare à cheveux jaunes ! Au surplus, si tu m'avais découverte, j'étais décidée à te tuer sur l'heure. Ce qui d'ailleurs ne m'arrangeait pas. Avant le plaisir de te voir mourir je compte que tu répondras à une question.

– Laquelle ?

– Je veux que tu me dises où se trouve l'agrafe de Kien-Long.

– Je ne l'ai pas. Ou plutôt je ne l'ai plus ! Je l'avais, en effet, volée pour le bonheur de la rendre à Ts'eu-hi ainsi que me l'ordonnait la lettre mensongère que tu m'as envoyée. Car c'est toi, bien sûr qui l'as écrite et non la « Mère sacrée du Lotus jaune »...

– Je suis la « Mère sacrée du Lotus jaune ». Notre divine souveraine a placé en moi tous ses espoirs.

– Félicitations ! Seulement il y a certaines choses que tu ignores. Par exemple, qu'étant arrivée à Marseille la veille du jour où tu m'attendais avec tes complices je t'ai vue à la gare, je t'ai même entendue donner tes ordres car j'ai pu approcher sans que tu le soupçonnes. Ensuite, je t'ai suivie jusqu'à ton repaire puis de nouveau à la gare...

– Sale petite garce ! C'est toi qui nous as vendus à la police de Marseille. Elle a envahi la maison, arrêté tout ce qu'elle a trouvé ! C'est une habitude chez toi de trahir les tiens, on dirait ?

– Les miens ? Je ne t'ai jamais considérée comme faisant partie des miens parce que je me suis toujours méfiée de toi. Quant à trahir, je n'ai rien à t'apprendre sur ce point. N'as-tu pas, toi la première, forfait à ta parole – puisque la lettre était de toi – en assassinant mon mari et en m'attirant dans un piège mortel ?

– Sur ce dernier point tu as raison, mais pas sur le premier : ce n'est pas moi qui ai tué ton époux.

– Pourquoi te croirais-je ? La police pense que le meurtre horrible de Lucien notre valet est ton œuvre. Sans doute était-il ton complice ?

– Cela aurait pu se faire, mais si j'avais eu à me débarrasser d'un acolyte quelconque je l'aurais abattu tout simplement et sans lui poser de questions. Or j'avais des questions à poser.

– On s'en est rendu compte. Tu l'as torturé ?

– Un peu, oui... Je voulais savoir le nom du meurtrier.

– En quoi est-ce que cela t'intéressait ?

– En ce que, justement, ces gens sont venus se mêler de ce qui ne les regardait pas. Ils ont d'ailleurs fait échouer mon plan en t'obligeant à fuir plus tôt que prévu et après t'être emparée de l'agrafe. Je dois dire que le bonhomme était plus coriace que je ne le pensais. J'ai eu beaucoup de mal à le faire parler.

– Si tu veux que je te croie, apprends-moi qui a tué celui que j'aimais !

– Pour quoi faire ? Tu n'auras pas le temps d'en tirer vengeance puisque tu vas mourir. Sache seulement que tu aurais eu à chercher du côté d'une cité que l'on appelle Nice. Et si je te dis cela, ce n'est pas pour te faire plaisir mais pour qu'au moment de mourir tu connaisses la douleur de l'impuissance et le regret de savoir que l'âme de ton barbare – en admettant qu'il en ait une ! – errera éternellement insatisfaite puisque justice ne lui aura pas été rendue.

Tandis que Pivoine distillait son venin, Orchidée, dans son fauteuil, changeait peu à peu de position, laissait redescendre ses jambes et allongeait ses bras pour pouvoir bondir plus aisément si l'autre s'approchait d'elle. En dépit de la cruauté qui s'étalait sur le visage de son ennemie qu'elle éclairait d'une lumière mauvaise, elle n'avait pas peur. Le combat était toujours préférable à l'attente et elle se savait, sur ce plan, aussi habile et aussi rusée que ce démon femelle en qui elle se refusait à voir une sœur de race.

– Bien ! soupira-t-elle. A présent de quoi parlons-nous ? De la façon dont tu comptes me tuer ?

– Pas encore ! D'abord je veux l'agrafe : elle m'assurera gloire et honneur lorsque je l'apporterai solennellement à Ts'eu-hi et j'en serai récompensée en devenant l'épouse de ton fiancé.

Orchidée éclata de rire. Elle se sentait tout à coup l'âme légère et le cœur en paix comme il arrive parfois lorsque l'on sait que les instants vous sont comptés. Aller rejoindre son mari bien-aimé auprès des Sources Jaunes n'était pas une idée déplaisante, bien au contraire : elle y avait pensé plus d'une fois.

– Pourquoi ris-tu ? demanda Pivoine.

– C'est ta naïveté qui m'amuse. Tu n'es pas née près du trône et ce n'est pas parce que tu rapporteras un bijou que l'on te permettra de lier ton sang à celui des empereurs. Quant à l'agrafe, je t'ai dit que je ne l'avais plus. J'ai dû la rendre à la Police et, si tu la veux, tu n'as qu'à traverser la rue et demander poliment au concierge du musée de te la remettre. J'avoue d'ailleurs ne pas comprendre pourquoi tu ne l'as pas prise toi-même au lieu de t'adresser à moi puisque tu en attendais un si beau résultat ?

– Tu ne comprends pas ? C'est pourtant limpide : mon triomphe eût été complet si, rapportant un objet que Ts'eu-hi souhaite ardemment revoir, je l'accompagnais de ta tête.

– Ma... tête ?

– Mais oui, ta tête ! soigneusement tranchée et embaumée ! C'est le sort enviable que je lui réservais... que je lui réserve toujours d'ailleurs !

L'image évoquée était affreuse. Pourtant Orchidée la dédaigna. Sa fierté refusait de se laisser atteindre par un procédé propre à terrifier un enfant ou une âme faible. Cette fois, elle se contenta de sourire avec mépris :

– Tu auras du mal à la prendre si c'est ce que tu

médites. Où est ta hache? Où est le valet de bourreau qui tirera sur ma chevelure pour me tenir le cou droit tandis que tu frapperas?

– Ne te soucie pas de ce détail. Il est bien certain que ce n'est pas ainsi que tu vas mourir. Eu égard à ton rang de princesse et à ton sang illustre, j'ai reçu mission de t'offrir les Cadeaux Précieux au nom de notre Impératrice.

En dépit de sa bravoure, Orchidée ne put retenir un frisson. Dans les mains gantées de noir de la Mandchoue deux objets venaient d'apparaître : un petit flacon émaillé de bleu et une cordelette de soie jaune. Deux objets dont elle connaissait parfaitement la signification : lorsque l'Empereur ordonnait la mort d'un dignitaire ou d'un noble et lui faisait la grâce de lui épargner la honte de l'exécution publique, le coupable était invité à se donner la mort par pendaison ou par le poison. S'il ne s'exécutait pas il était irrémédiablement déshonoré et ne gagnait que quelques heures, car une escouade de gardes venait en général se charger de la besogne.

– Choisis! dit Pivoine.

Il fallut à Orchidée beaucoup d'empire sur elle-même pour ne pas montrer à quel point la vue de ces objets l'atteignait. Cela signifiait-il que Ts'eu-hi lui faisait savoir sa volonté et que cette volonté la condamnait? Ne pas accepter le choix, c'était s'avilir elle-même et à jamais à ses propres yeux. C'était aussi jeter l'opprobre sur la mémoire sacrée de ses ancêtres... et cette misérable dont les yeux avides l'observaient le savait bien.

Lentement, d'un mouvement quasi automatique comme en provoque une transe, elle se leva pour s'incliner, ainsi que l'exigeait le rite, devant des présents de la souveraine. Elle allait peut-être tendre la main vers la fiole bleue quand une idée lui vint déclenchant un sursaut de l'obscur besoin de vivre qu'elle portait en elle à son insu et secouant des siècles de traditions d'obéissance aveugle :

– Où est la sentence de mort ? demanda-t-elle. Si Ts'eu-hi elle-même m'envoie les Cadeaux Précieux, ils doivent être accompagnés d'un ordre de sa main

– Ce n'est pas la coutume.

– Pour n'importe quel noble, peut-être, mais moi je suis de « sa » famille. Montre-moi une « invitation » à user de ces objets signée de sa main et je m'exécuterai. Souviens-toi seulement que je connais son écriture !

– Non seulement tu es une traîtresse mais tu es lâche ! cracha l'autre.

– Pourquoi ? Parce que je refuse de tomber dans ton piège ? Fabriquer une tresse de soie jaune est à la portée de n'importe qui. Quant au poison, je suis persuadée que tu en as toujours une petite réserve... Remporte tes prétendus Cadeaux Précieux ! Tu n'es pas d'assez haut rang pour te permettre de décider la mort d'une femme du mien.

Tout en parlant, Orchidée reculait imperceptiblement vers la cheminée afin d'y prendre, pour s'en faire une arme et la lancer sur son ennemie, une bûche longue dont une extrémité seulement était enflammée. Elle n'en eut pas le temps. Déjà Pivoine, lâchant le lacet et le flacon, tirait de sa poche un revolver – celui d'Orchidée qu'elle avait dû trouver en fouillant sa chambre – et le braquait sur la jeune femme :

– Et pourtant je vais te tuer !

Le coup partit mais, à cet instant, une sorte de bombe jaillit de la porte, se jeta sur elle et fit dévier la balle qui alla se loger en plein milieu d'un charmant paysage toscan peint par Sargent.

– Par Bacchus, j'arrive à temps! souffla Robert Lartigue qui, couché sur Pivoine, s'efforçait de la maîtriser. Ce foutu concierge tenait à me raconter sa vie et ne se décidait pas à roupiller!... Si j'étais vous, je ramasserais le revolver!

Orchidée s'exécuta machinalement, trop surprise pour ne pas obéir d'instinct.

Désorientée par cette irruption soudaine, elle avait pourtant l'impression d'avoir déjà vu cette tête bouclée et cette figure d'angelot candide dont les yeux bleus pétillaient de joie et lui souriaient placidement.

– Qui êtes-vous? demanda-t-elle, et comment êtes-vous ici?

– Procédons par ordre! Mon nom est Robert Lartigue, journaliste au *Matin*... Oh, sans vous commander, voulez-vous me passer ce cordon jaune. Il faut que j'attache cette bourrique enragée.

La bourrique en question ruait et se tordait si efficacement que son vainqueur, pour en venir à bout, dut s'asseoir sur son dos afin de pouvoir ficeler tranquillement ses poignets.

– Je sais où je vous ai vu, dit Orchidée. Vous étiez dans le hall de l'hôtel Continental l'autre jour. Vous êtes un ami d'Antoine Laurens. Du moins il me l'a dit.

– Vous n'avez aucune raison de ne pas le croire.

– Alors dites-moi ce que vous faites chez moi!

– C'est une longue histoire qui tient en peu de mots : Laurens m'a chargé de veiller sur vous pendant son absence... Vous allez vous taire, vous? Non mais, quelle braillarde!

Ces derniers mots s'adressaient naturellement à Pivoine qui vociférait en le couvrant d'injures franco-mandchoues, lesquelles, pour être en partie obscures, ne s'en révélaient pas moins difficiles à supporter pour une oreille délicate. Lartigue la fit taire en confectionnant un bâillon à l'aide d'une têtière de fauteuil en dentelle. Puis il prit une embrasse de rideau pour lui lier les pieds et, finalement, satisfait de son œuvre, se releva. Mais comme Orchidée ouvrait la bouche pour poser une autre question, il la retint du geste :

– Un petit moment si vous le voulez bien. Nous aurons tout le temps de parler lorsque nous aurons livré ce colis à qui de droit. Tentative de meurtre – et je suis témoin ! Cette aimable créature en a pour un moment à manger le pain de la République.

– Elle a déjà tué, au moins deux fois, et la police la recherche...

– A merveille ! Je sens que nous allons avoir plein de choses à nous dire !

Il alla ouvrir l'une des fenêtres puis, fouillant dans ses inépuisables poches, il en tira un sifflet à roulette dont le son vrilla la nuit par trois fois, faisant apparaître aussitôt des sergents de ville. Penché à la fenêtre, Lartigue leur cria :

– Grimpez ! Je vais vous ouvrir !

Il s'éclipsa aussi vite qu'il était arrivé et revint au bout d'un instant flanqué de deux agents que l'inspecteur Pinson suivait de près.

– Encore vous ? fit Orchidée en le voyant. Est-ce qu'il vous arrive de dormir quelquefois ? Où étiez-vous ?

– Chez le concierge du musée où je campe depuis que vous êtes revenue ici. C'est la fameuse Pivoine ?

Orchidée approuva de la tête et l'inspecteur se mit en devoir de remplacer le Cadeau Précieux par une solide paire de menottes et de débarrasser la prisonnière de son embrasse de rideau ainsi que de son voile de fauteuil. En même temps, il interrogeait Lartigue sur la raison de sa présence, sur les circonstances de cette arrestation mouvementée et aussi sur la façon dont il s'était procuré un sifflet de police.

– Je l'ai trouvé dans la rue, mentit l'autre en souriant d'un air trop angélique pour que Pinson en fût dupe.

En fait, le journaliste, toujours en quête d'outils intéressants, avait purement et simplement « piqué » le sifflet dans la poche d'un collègue de l'inspecteur.

– Vous auriez dû le rapporter. Je passe l'éponge pour cette fois mais rendez-le-moi !

– Pas question ! Ça peut vous sauver la vie ces petites choses-là. Si vous m'obligez à vous le rendre, vous trouverez dans mon journal, demain matin, le récit de la façon dont j'ai arrêté héroïquement une dangereuse criminelle pendant que la police jouait les œuvres d'art dans un musée. Par contre, si vous vous montrez amical... je crois que vous serez content de moi.

– C'est du chantage !

– Tout à fait. Mais avouez que c'est d'un petit esprit qu'en faire tout un plat pour un malheureux bout de ferraille quand on reçoit un cadeau aussi royal !

– Ça va ! On n'en parle plus ! Si vous voulez me suivre, Madame ?

Depuis qu'elle était aux mains de la police, Pivoine gardait un silence méprisant mais, au moment de quitter le salon, elle se retourna et braqua sur Orchidée un regard flambant de fureur impuissante :

– Ne chante pas victoire ! Tu n'es pas sauvée pour autant. Je saurai bien te retrouver...

– Possible ! admit Pinson, mais alors ça sera dans très, très longtemps. Si même vous n'écopez pas de perpète !

Et il emmena son monde rejoindre le « panier à

salade » qui arrivait. Les habitants de l'avenue qui avaient mis le nez à la fenêtre en dépit du froid purent l'entendre siffler *le Temps des cerises* avec la vigueur d'un merle installé sur une branche chargée des mêmes fruits.

– J'aurai vu une fois dans ma vie un flic heureux! commenta Lartigue en refermant la croisée d'où il avait suivi le départ.

Un moment plus tard, assis de part et d'autre de la table de la cuisine, Orchidée et le journaliste mangeaient force jambon, œufs brouillés et tartines de beurre arrosés d'un bon beaujolais, sans oublier un reste de crème au chocolat. Louisette, que le bruit avait fait dégringoler de son étage, avait été gentiment renvoyée se coucher et Lartigue officiait aux casseroles. Il en était à confectionner un café à l'arôme puissant quand il remarqua :

– Je ne sais pas ce que vous comptez faire mais si j'étais vous je quitterais Paris pour quelques jours.

– Pourquoi puisque, grâce à vous, mon ennemie vient d'être arrêtée?

– Je ne crois pas que ce soit la seule. La femme aux chocolats de la Salpêtrière n'était pas chinoise et l'assassin de votre mari n'est pas encore sous les verrous.

– Qui vous a parlé de ça?

– Mon petit doigt! Je sais toujours tout ce que j'ai besoin de savoir et l'information est l'unique intérêt de mon existence. Croyez-moi : partez d'ici!

Par-dessus le bord de son bol de café, Orchidée considéra cet ami tombé du ciel. Sans qu'elle sût pourquoi, il lui inspirait confiance et même elle se sentait bien en sa compagnie. Mieux encore : pour la première fois depuis des jours, elle éprouvait une extraordinaire envie de vivre, de goûter aux petits plaisirs simples comme de manger des œufs brouillés en compagnie d'un garçon sympathique poursuivant d'autres buts que de la séduire ou de l'envoyer de vie à trépas.

– Je vais peut-être suivre votre conseil! soupira-t-elle en tartinant négligemment du chocolat sur du pain grillé.

– Bravo! Et où pensez-vous aller?

– Que diriez-vous de Nice?

– Ah!

Il y eut un petit silence puis Lartigue demanda :

– Cette idée-là vous est venue toute seule?

– Est-ce tellement extraordinaire? C'est agréable Nice en hiver. A ce que l'on dit tout au moins car je n'y suis jamais allée.

– Pour une femme en grand deuil ce n'est peut-être pas le meilleur moment. Vous allez tomber en plein carnaval.

– Quelle importance? Tout le monde n'est pas obligé, j'imagine, de se mettre un masque en carton sur la figure et d'aller gambader dans la rue?

– Non... et même, quand on y réfléchit, le masque en carton peut avoir du bon... Où descendriez-vous?

– Aucune idée! Je vous l'ai dit : je ne connais pas!

Le journaliste réfléchit un moment, engloutit une énorme tartine de beurre agrémentée de confiture de framboises pêchée dans un buffet puis rendit sa sentence :

– L'Excelsior Regina! C'est sur une hauteur, dans un grand parc, très bien fréquenté et relativement paisible. Un hôtel que la reine Victoria a lancé : c'est tout dire! Quand partez-vous?

– Je ne sais pas... Après demain peut-être. Je voudrais faire quelques achats...

– C'est bien long et si c'est une question d'achats de dernière minute, vous trouverez là-bas...

– Il ne s'agit pas uniquement de cela. J'en ai un peu assez des départs précipités... et puis je n'ai pas du tout l'intention d'annoncer celui-ci au commissaire Langevin...

– ... et, selon toute vraisemblance, il va vous tomber dessus demain matin entre le café et les croissants du petit déjeuner.

– Vous pouvez comprendre que j'aie envie d'échapper un peu à sa surveillance ?

– Mmmm... oui ! fit Lartigue après avoir examiné un instant la question. De toute façon, après l'affaire de cette nuit, on devrait vous laisser un peu tranquille. Par contre, j'aimerais bien que vous ne voyagiez pas seule.

– Avec qui voulez-vous que je parte ?

– Pourquoi pas cette petite qui nous est tombée dessus tout à l'heure en jupon, camisole et bigoudis ?

– Louisette ?

– Bien sûr. Vous devriez savoir qu'une dame qui se respecte ne saurait voyager sans sa femme de chambre. Ne serait-ce que pour éloigner les importuns... En attendant, faites donc coucher Louisette dans l'appartement et barricadez vos portes : je serai plus tranquille. Moi je vais retenir votre spleeping.

– Je préférerais m'en charger. Vous comptiez, je pense, donner le nom de Blanchard et moi j'aimerais mieux voyager et séjourner là-bas sous une autre identité.

– Ah !

Le journaliste réfléchit un instant puis prit dans sa poche un carnet et un crayon.

– Dites-moi comment s'écrit votre nom de jeune fille ! Seulement je ne suis pas certain que ce soit une bonne idée : un nom chinois vous signalera au moins autant à l'attention de mes chers confrères et si vous voulez les éviter...

Le crayon en arrêt, il examina un instant le visage de la jeune femme :

– Vous n'êtes pas très « typée », au fond, et vous pourriez passer pour une aristocrate du sud de la Russie : une Circassienne, une Turkmène ou quelque chose d'approchant. Je peux aussi vous trouver un passeport.

Fut-ce l'effet du beaujolais ou la joie d'être à l'abri des coups de Pivoine, mais Orchidée se sentit tout à coup d'humeur bénigne et remplie de reconnaissance pour ce curieux génie que les dieux lui avaient envoyé. Il lui parut donc normal de lui exprimer sa gratitude avec une chaleur inhabituelle mais à laquelle il fut très sensible : c'était bien la première fois qu'une princesse mandchoue l'embrassait sur les deux joues dans une cuisine à deux heures du matin.

Lorsqu'elle prit conscience de ce qu'elle venait de faire, la jeune femme rougit, pleine de confusion :

– Veuillez me pardonner ! Je voulais seulement vous dire merci.

– Il n'y a pas d'offense, bien au contraire ! fit-il soudain épanoui, mais si vous voulez vraiment me faire plaisir, promettez-moi, demain, de n'ouvrir votre porte à personne sinon au commissaire. Sans cela vous ne pourrez pas vous dépêtrer de mes confrères. A présent, je crois qu'il est temps d'aller dormir !

– Est-ce que vous retournez chez le concierge ?

– Non. Si vous le permettez, je vais m'installer ici pour écrire mon article et je le téléphonerai ensuite au journal. Je partirai à l'heure des poubelles.

– En ce cas, installez-vous donc dans la bibliothèque ! Vous y serez beaucoup mieux et puis le téléphone est sur la table à écrire.

Comprenant ce qu'impliquait de confiance cette invitation à utiliser ce qui avait été le sanctuaire d'Édouard, Lartigue se contenta de s'incliner en disant simplement :

– Merci !

De son allure lente et gracieuse, elle allait quitter la cuisine quand elle se ravisa :

– Essayez tout de même de vous reposer un peu ! Et puis... venez donc dîner avec moi demain soir. Nous verrons où nous en sommes.

Revenue dans sa chambre, Orchidée ouvrit à nouveau le cabinet de laque et brûla encore quelques bâtonnets d'encens. Toutes les réponses aux questions de tout à l'heure lui étaient données, sans compter un secours inattendu. Son cœur s'emplissait d'une reconnaissance qu'elle tenait à exprimer avant de s'abandonner au sommeil. Elle savait, à présent, qui elle devait frapper et elle espérait bien que la conduite des événements à venir n'appartiendrait qu'à elle seule...

Troisième partie

LES MASQUES DU CARNAVAL

CHAPITRE IX

LA DAME EN BLANC

Avec une majestueuse lenteur, la puissante locomotive démarra, entraînant les wagons du Méditerranée-Express vers leur course au bout de la nuit. Pelotonnée dans un coin près de la vitre, Orchidée regarda défiler les faubourgs tristes et les banlieues grises mais dans un état d'esprit bien différent de celui du premier voyage. Cette fois, personne ne la poursuivait; elle n'avait plus à craindre d'être reconnue, dénoncée et ramenée entre deux gendarmes vers quelque prison répugnante. Une ennemie particulièrement coriace était sous des verrous qu'elle espérait solides et même si un danger demeurait il ne l'effrayait pas. En conséquence, elle pouvait s'accorder le loisir d'une détente et se laisser emporter par le plaisir du voyage dans ce compartiment raffiné où tout était prévu pour le confort et même le bien-être des voyageurs. Une bien innocente satisfaction, mais qui procédait du même phénomène dont elle avait éprouvé l'effet en mangeant des œufs brouillés en face de Lartigue dans le silence de sa cuisine : elle aimait encore la vie et si elle était toujours disposée à la remettre en jeu pour le repos de l'âme d'Édouard, elle entendait saisir au passage les menues satisfactions qui se présenteraient. Ainsi, dans ce cocon de velours brun, elle se sentait merveilleusement bien.

Seule déception : l'absence de Pierre Bault. Orchidée s'était naïvement attendue à le trouver devant le marchepied du wagon avec son sourire timide et ses yeux couleur de brume. Cependant, elle admit bien vite que sa déconvenue était stupide et qu'il valait beaucoup mieux ne pas le rencontrer. Qu'aurait-il pensé de cette toute neuve baronne Arnold née en Indochine des amours d'une belle indigène avec un officier de marine français et veuve depuis peu d'un baron balte riche et ennuyeux ? Ce petit chef-d'œuvre d'identité était né de l'imagination d'un Lartigue passionné par *Madame Butterfly*, le récent opéra de Puccini qu'il avait pu applaudir à Londres, et naturellement le conducteur n'y aurait rien compris... Néanmoins, Orchidée ne put s'empêcher de demander de ses nouvelles. Sans doute n'était-il pas de service ce soir ?

L'homme grisonnant, moustachu et corpulent qui le remplaçait répondit :

– Ni ce soir ni avant un certain temps ! Il s'est cassé une jambe, voici quinze jours, et se trouve encore à l'hôpital de Nice. Madame la Baronne est bien bonne de se soucier de lui. Je dois admettre d'ailleurs qu'elle n'est pas la seule.

Le ton légèrement vinaigré disait clairement qu'on n'appréciait guère une telle popularité et Orchidée se garda bien de confier à ce jaloux qu'une fois à Nice, elle se hâterait d'aller visiter son ami.

Lasse de contempler un paysage sans intérêt, elle cherchait un journal dans son sac de voyage lorsqu'on frappa à la porte dans laquelle, une seconde plus tard, Lartigue s'encadrait :

– Vous ? fit Orchidée, mais que faites-vous dans ce train ?

– Je pars pour Nice. Que voulez-vous, l'idée de vous savoir seule pendant toute une nuit ne me plaisait pas et puisque votre camériste n'aime pas les voyages, j'ai pensé que vous seriez mieux gardée si je m'en occupais moi-même.

En effet, quand Orchidée lui avait demandé de l'accompagner dans le Midi de la France, la nouvelle bonne, éclatant en sanglots, l'avait suppliée de la laisser avenue Velazquez : elle éprouvait une peur bleue du chemin de fer, détestait sortir et n'aimait rien tant que rester à la maison.

– Qu'est-ce que Madame veut que j'aille faire dans un grand hôtel où tous les autres me regarderont de haut, où l'on me traitera comme la paysanne que je suis et où je n'aurai rien à faire de toute la journée ? Si Madame est contente de moi, qu'elle me laisse ici : sa maison sera bien gardée, bien entretenue et j'aurai au moins les conseils de la Tante lorsque je ne saurai pas comment m'y prendre.

Que répondre à cela ? Comprenant que cette petite possédait une âme de vestale plus que de globe-trotter... et préférant d'ailleurs de beaucoup partir seule, Orchidée accorda à Louisette tout ce qu'elle demanda, fit ses bagages avec son aide, lui donna quelques directives pour le soin des plantes vertes et finalement lui laissa une somme d'argent suffisante pour plusieurs semaines.

– Puis-je entrer un instant ? demanda le journaliste. Je venais vous inviter à dîner. Ce train est bondé et si nous voulons une table il faut nous y prendre maintenant :

Orchidée hésitait :

– Croyez-vous que ce soit bien prudent pour moi de me montrer en public... et avec vous ?

– Moi je suis en vacances et, en outre, je peux vous jurer qu'aucun de mes confrères ne s'est embarqué ce soir. Il y a surtout des étrangers. De plus, je ne vois pas comment vous allez pouvoir séjourner au Regina sans descendre à la salle à manger et vous mêler à la clientèle ? Alors ? Je retiens notre table ?

– Faites à votre idée !

Elle était un peu surprise. Au lieu du complet fatigué au pantalon en vis de pressoir dans lequel il lui était apparu l'autre nuit, le journaliste portait avec une certaine désinvolture un costume de serge bleu marine, une chemise blanche – vraiment blanche ! – et une cravate de soie. Elle savait déjà qu'il pouvait être un compagnon amusant. Ç'eût été idiot de refuser. Elle accepta.

Une heure plus tard, le maître d'hôtel en habit écartait pour elle l'une des deux lourdes chaises d'une petite table fleurie placée contre une fenêtre sur laquelle un chandelier d'argent à deux branches laissait tomber la lumière douce de ses abat-jour de soie rose.

Il y avait beaucoup de monde dans le wagon-restaurant qui ressemblait à une tour de Babel traversée par un régiment d'autruches : pas un chapeau féminin qui n'en montrât fièrement deux ou trois brins, de couleurs variées, quand ce n'était pas une couronne entière comme celle qui entourait le chapeau-corbeille d'une Américaine, lui donnant un peu l'air d'un plat à barbe plein de savon mousseux. Seule et dominant de haut ce moutonnement, une lady écossaise arborait sur une toque de musicien tzigane une longue aigrette noire. En dépit de ces deux-là, une bonne moitié des dames présentes étaient vêtues avec une parfaite élégance.

– Je ne sais pas si vous en êtes consciente, remarqua le journaliste avec une vive satisfaction, mais vous êtes sans conteste la plus jolie femme de tout ce train.

Le compliment était sincère et d'ailleurs mérité. Sous sa toque de zibeline d'un brun presque noir assortie à son manteau – dernier et fastueux présent d'Édouard lors de leur voyage en Amérique –, Orchidée était ravissante. La fourrure sombre faisait ressortir l'ivoire clair de son teint délicatement nuancé de rose aux pommettes, ainsi que la masse brillante et soyeuse de son épaisse chevelure d'ébène. Sous le manteau, elle portait une simple robe de velours noir que rehaussait un large collier-de-chien de perles et d'or. Toutes les femmes, tous les hommes aussi eurent au moins un coup d'œil pour la belle inconnue.

Celle-ci remercia d'un sourire la galanterie de son compagnon puis elle s'absorba dans la lecture du menu que lui offrait un garçon déférent. Il proposait de l'oxtail en tasse, du saumon fumé de Hollande, une selle d'agneau de lait Polignac, une salade aux noix et des crêpes flambées au grand-marnier. Pour accompagner le tout, le journaliste fit choix, à la place du champagne qu'Orchidée n'aimait pas, d'un Château-Dauzac 1884 qui devait leur convenir également.

– Comment vous sentez-vous, ma chère baronne ? demanda-t-il lorsque le maître d'hôtel se fut retiré. Pas trop dépaysée ?

– Un peu, si ! Cependant cette précaution que vous m'avez aidée à prendre était indispensable pour ce que je veux faire. Il fallait absolument que je sois autre qu'une femme désolée ensevelie dans des voiles de crêpe à la mode européenne.

– Comment porte-t-on le deuil en Chine ?

– En se vêtant de toile à sac et en se couvrant de

cendres dans les débuts. Ensuite, on s'habille de blanc. C'est d'ailleurs ce que j'ai l'intention de faire arrivée à destination : en dehors de ce que je porte ce soir, à cause du froid et pour ne pas trop attirer l'attention, j'ai l'intention de me vêtir uniquement de blanc.

– Pas en toile à sac, tout de même ?

– Non, mais ainsi je resterai fidèle à nos coutumes sans que personne le sache... Dans un pays du soleil, ce doit être assez normal ?

– Tout à fait. Me permettez-vous une question ?

– Et si je ne permettais pas ?

– Je la poserais tout de même ou je m'arrangerais pour la poser sans que vous vous en doutiez.

– Alors parlez !

Renseignée par Langevin, Orchidée savait à présent à quoi s'en tenir sur le journaliste. Avec ses yeux candides, ses boucles blondes et son sourire angélique, Lartigue était plus têtu qu'une mule, plus rusé qu'un renard et plus menteur qu'un perroquet mais c'était un ami aussi fidèle à ceux qu'il aimait que redoutable pour qui lui déplaisait.

– Eh bien, cette question ? reprit-elle.

– Qu'allez-vous faire à Nice ? Et d'abord pourquoi Nice ? Pourquoi tout ce luxe de précautions ? Pourquoi...

Orchidée se mit à rire, ce qui ne lui était pas arrivé depuis longtemps :

– Vous appelez ça une question ? Cela fait beaucoup, il me semble, mais je vous dois plus encore et je sais que vous ne me trahirez pas : j'ai bon espoir d'y retrouver l'homme qui a fait assassiner mon époux.

– Vous savez qui il est ?

– Je crois le savoir.

– Et... vous ne voulez rien me dire ?

La main d'Orchidée glissa sur la nappe et se posa doucement sur celle de son vis-à-vis :

– Cher ami, soyez sûr que si je possédais une certitude je vous la ferais partager mais je n'ai que des doutes.

– Alors partageons vos doutes ! Je vais même vous aider. Nice, pour moi, signifie la famille Blanchard... et pourquoi donc pas le frère ?

– Qu'est-ce qui vous fait penser à lui ?

– La simple logique. Lorsqu'il y a de gros intérêts à la clef l'esprit de famille n'est qu'une vaste rigolade. Trucider votre mari et vous faire porter le chapeau du meurtre me paraît une idée... rentable ?

– Vous ne croyez pas, comme le commissaire, à la culpabilité de mes compatriotes ?

– Pas un instant. Et je serais fort étonné s'il y croyait vraiment.

– Il vous a fait des confidences ?

– Lui ? Faire des confidences ? Et à un journaliste en plus ? Nous sommes quittes d'ailleurs car je ne lui en ai pas fait.

Il n'acheva pas sa phrase : une sorte de géant blond portant favoris et longue moustache venait de s'arrêter près de leur table et après un bref salut, considérait Orchidée avec un sourire d'extase :

– Madame Blanchard ! Quel ravissement vous revoir après jours affreux !

Catastrophée, Orchidée leva sur le prince Kholanchine un regard navré qui n'échappa pas à son compagnon. Il intervint aussitôt :

– Vous faites erreur, Monsieur ! Le nom que vous venez de prononcer n'est pas celui de cette dame.

– Impossible ! Impossible faire erreur. Pareille beauté ne se peut oublier et Grigori Kholanchine ne se trompe jamais !

– Il y a un commencement à tout. Votre erreur est d'ailleurs compréhensible, ajouta-t-il d'un ton bénin. Si vous y tenez absolument, je peux vous présenter à la baronne Arnold... dont la sœur s'appelle en effet Mme Blanchard.

– La sœur ? fit le Russe avec ahurissement. Incroyable !

– Jumelle ! assena le journaliste avec assez d'aplomb pour convaincre un bataillon d'incrédules. Cela explique une ressemblance...

– Stu-pé-fian-te ! scanda l'autre. Mais combien agréable ! Baronne ! Prince Grigori Kholanchine est à vos pieds... Puis-je espérer que vous acceptez, tout à l'heure, de boire champagne à l'heureuse rencontre ?

– Je ne bois jamais de champagne, prince, mais je vous remercie de l'intention...

– Vous allez Côte d'Azur ? Nice peut-être ?

– En effet. Nous allons à Nice.

– Alors on se revoit ! Joie extrême ! Grigori Kholanchine fera l'impossible pour vous contempler encore !

Et après un salut qui amena presque sa tête au contact du saumon fumé, le prince voltigea à travers le wagon-restaurant jusqu'à sa propre table que surveillait, debout et les bras croisés, ce qui gênait fort le service, le cosaque nommé Igor dont Orchidée conservait le souvenir.

Elle poussa un soupir de soulagement, sourit à son compagnon et le remercia de sa présence d'esprit :

– Heureusement que vous étiez là. Je ne savais plus que dire. J'ai été prise au dépourvu...

– D'où le sortez-vous, celui-là ?

– De ce même train, justement ! Nous nous sommes rencontrés lors de mon dernier voyage dans des circonstances... disons... originales.

Le récit qu'elle fit de son aventure amusa beaucoup Lartigue. Naturellement, il posa des questions sur cette Mme Lecourt entrevue seulement dans le hall de l'hôtel Continental. La dernière fut :

– Étant donné l'amitié qu'elle vous a montrée, vous ne souhaitez pas vous arrêter à Marseille pour passer un moment avec elle ?

– Il vaut mieux pas. Ou bien je me laisserais entraîner à m'attarder auprès d'elle ou bien elle proposerait peut-être de m'accompagner à Nice et je n'y tiens pas. D'ailleurs, depuis que nous nous sommes séparées, je n'ai pas eu de ses nouvelles.

Le repas s'acheva en bavardant de choses et d'autres...

De retour dans son compartiment où le journaliste la reconduisit avant de gagner le salon dans l'espoir d'y trouver des partenaires pour une partie de cartes, Orchidée qui n'éprouvait pas la moindre envie de dormir se résigna à s'asseoir près de la fenêtre après avoir éteint la lumière et tiré les rideaux de velours. La lune se levait révélant un large panorama de coteaux, de vallées et de forêts coupé d'une rivière dont les eaux lisses brillaient faiblement. Elle avait toujours aimé contempler un ciel nocturne et, bien souvent, lorsqu'elle habitait la Cité Interdite, elle sortait dans la cour sur laquelle ouvrait sa chambre pour s'asseoir au bord du bassin, au pied du grand « taihu », un haut rocher de peu de largeur étrangement sculpté par la nature et dans les formes capricieuses duquel les jardiniers impériaux cultivaient des scabieuses, des perce-neige ou de petites orchidées suivant le cours des saisons. Le ciel qui lui apparaissait alors encadré par les toits recourbés aux tuiles dorées ressemblait à un tableau sans cesse recommencé.

A de rares mais d'autant plus précieuses occasions, Ts'eu-hi venait la rejoindre, lorsqu'elle était encore enfant, pour lui expliquer les étoiles et leur vie fabuleuse. De ces moments-là, Orchidée gardait un chaud souvenir. Moins ardent sans doute que celui d'autres nuits passées dans les bras d'Édouard sur une terrasse italienne ou dans un patio espagnol mais tout aussi précieux parce qu'il appartenait au domaine enchanté de la première jeunesse.

Dans ce train, les vitres ternies par la fumée et les flammèches ne permettaient pas de bien distinguer les astres. En outre la rapidité imprimée par la puissante locomotive faisait défiler trop vite le paysage. Orchidée se lassa vite. Elle allait remonter la flamme du gaz quand, passant sous la porte, une odeur de tabac fin arriva jusqu'à ses narines. Elle regretta de n'avoir pas emporté de cigarettes. Non que ce fût chez elle une habitude : c'était Édouard qui s'était amusé à lui en mettre parfois une entre les lèvres et elle trouvait toujours cela agréable, beaucoup plus que l'odeur dégagée, en Chine, par les longues pipes dont les dames âgées s'autorisaient l'usage. A cet instant, elle éprouvait une grande envie de fumer et pensa que, peut-être le conducteur pourrait lui procurer ce qu'elle souhaitait mais, au lieu de sonner, elle choisit de sortir dans le couloir après avoir fait la lumière dans son sleeping.

Un homme était là, appuyé des coudes à la barre de cuivre d'une fenêtre et Orchidée faillit battre en retraite quand elle reconnut cet envahissant prince russe, mais il était déjà trop tard : il se tournait vers elle et son large sourire disait assez qu'il la reconnaissait :

– Divine baronne! Très heureux être voisin...

Il allait écraser dans le cendrier la cigarette qu'il

tenait au bout des doigts mais Orchidée l'en empêcha :

– N'en faites rien ! Et même, si vous voulez me faire plaisir, offrez-m'en une !

– Vraiment ?

– Oui. J'en ai envie. C'est même l'odeur du tabac qui m'a fait sortir de chez moi.

Il s'empressa d'ouvrir un étui en or dans lequel étaient rangés les minces rouleaux de fin Lattaquié, l'offrit à la jeune femme et se hâta de lui donner du feu :

– Tellement heureux vous faire plaisir !...

Ils fumèrent un instant en silence adossés à la cloison d'acajou, regardant sans la voir la nuit qui défilait. Orchidée, en redécouvrant une odeur familière, en savourait le plaisir. C'était exactement ce dont ses nerfs avaient besoin et son compagnon, devinant peut-être à son demi-sourire ce qu'elle ressentait, se garda bien de parler pendant quelques minutes. Ce fut seulement à la seconde cigarette qu'il hasarda :

– Madame Blanchard raconter rencontre préalable ?

Orchidée se mit à rire :

– Oui. Elle m'a tout dit. J'ai trouvé cela très amusant...

– Et elle ? Pardonner ?

– Bien sûr. Vous étiez à la recherche de celle que vous aimiez et l'amour a toutes les excuses.

Si, sur le plan de la langue française le prince Kholanchine n'était pas très fort en thème, encore qu'il possédât un vocabulaire étendu, voire imagé, il était extrêmement calé en version et capable de saisir toutes les nuances. Il le prouva sur l'heure :

– Aimiez ? Grigori aime toujours. Il rejoindre volage et cruelle Lydia...

– Encore ? Ne l'avez-vous donc pas retrouvée après... ce qui s'est passé... avec ma sœur ?

– Oui et non !

Et d'expliquer comment, après ses démêlés avec la Compagnie des Chemins de Fer et la police il avait dû rentrer à Paris où il s'était hâté de s'assurer les services d'un détective privé afin de retrouver la trace de la belle enfuie. Il obtint très vite des résultats grâce à l'argent dont son émissaire pouvait disposer libéralement : Lydia était à Nice, chez sa mère, une marchande de fleurs de la vieille ville. Naturellement la fable du père « soyeux » à Lyon n'avait pas résisté à la perspicacité du Sherlock Holmes parisien. Il n'avait eu qu'à interroger le directeur des Bouffes Parisiens et les fiches de la police pour découvrir les origines réelles – quoique fort honorables ! – de la divette.

Évidemment, rien dans tout cela ne pouvait offenser la jalousie du prince et il se fût bien gardé d'aller troubler par sa présence cette espèce de retraite que Lydia entendait faire dans le sein maternel si des informations beaucoup moins lénifiantes n'étaient arrivées jusqu'à lui par le canal de son enquêteur invité, tout de même, à rester sur place et à surveiller discrètement celle qu'il considérait comme un trésor sans prix : la belle Lydia filait le parfait amour avec un jeune, séduisant et noble italien qui faisait miroiter à ses yeux de mirifiques engagements dans des théâtres de son pays.

– Les planches ! Il propose ça quand moi j'ai offert mariage ! Devenir princesse ! C'est mieux, non ?

– Beaucoup mieux mais peut-être n'est-ce pas ce qu'elle souhaite ? Je suppose que lorsque l'on veut faire du théâtre on doit avoir de la peine à vivre autrement ? En outre vous êtes russe, donc habitué à un climat froid. Si elle est du Midi c'est une chose qu'il faut prendre en considération...

– Vous défendez elle? fit Grigori déçu.

– Non. J'essaie de comprendre et, peut-être, de vous éviter un moment désagréable.

Le visage boudeur s'éclaira soudain :

– Je suis sympathique à vous? C'est grande, grande joie! Vous tellement belle!... Beaucoup plus que Lydia!

Orchidée pensa qu'il lui fallait mesurer ses paroles. Ce cosaque était bien capable de lui proposer de prendre auprès de lui la place de la volage.

– Naturellement vous m'êtes sympathique... à première vue. Pour l'amitié il faut plus longtemps... En attendant me permettez-vous de vous poser une question?

– Posez!

– Qu'espérez-vous en allant là-bas? Convaincre votre amie de vous revenir?

– Oui. Je veux convaincre.

– Et si elle refuse?

– Ils sont morts... tous les deux! fit-il avec simplicité.

– C'est peut-être un peu... définitif? plaida la jeune femme qui sentait un petit frisson désagréable glisser le long de son dos mais le regard qu'il lui offrit était d'une parfaite sérénité et il l'accompagna d'un bon sourire :

– Non. C'est naturel!... Impossible vivre avec grand chagrin d'amour et vilaine jalousie. Quand une dent fait mal il faut arracher. Après c'est paix et soulagement... Ne pensez-vous pas?

– Je suis d'accord pour la dent. Pas pour l'amour. Perdre celui ou celle que l'on aime est une chose affreuse... A présent, si vous le voulez bien, je vais rentrer chez moi. Je sens le sommeil qui me gagne.

– Alors vous dîner avec moi demain!

Elle n'eut même pas le temps de protester : il venait de s'éclipser en lui baisant la main et la porte se refermait. Un instant plus tard, un bruit de cataracte dans le cabinet de toilette voisin apprit à Orchidée qu'il se livrait sans perdre une minute aux soins de sa toilette du soir.

Étendue dans les draps frais de sa couchette, elle songeait à l'étrangeté des rencontres de voyage. C'était la seconde fois qu'elle se trouvait en face de ce personnage baroque, excessif, démesuré même et pourtant sympathique. Ses intentions homicides qui eussent fait pousser des cris d'indignation plus ou moins hypocrites à n'importe laquelle des femmes voyageant dans ce train, elle ne se reconnaissait pas le droit de les condamner. Tous deux comptaient sur la mort pour résoudre leurs problèmes : une façon radicale d'apaiser une souffrance. Pour Grigori elle représentait la fin des tortures de la jalousie et en comparant un meurtre à une opération chirurgicale il n'avait pas tout à fait tort. Est-ce qu'elle-même ne comptait pas sur l'exécution d'Étienne Blanchard pour calmer cette rage d'impuissance qu'elle portait en elle ? Pas plus que le prince russe elle ne se souciait des lois de ce pays car tous deux obéissaient à un code d'honneur venu du fond des âges.

Lorsque le lendemain matin, aux environs de Toulon, elle rejoignit Lartigue dans le wagon-restaurant inondé de soleil pour y prendre son petit déjeuner, elle fut plutôt satisfaite de ne pas apercevoir son tumultueux voisin.

– Bien dormi ? demanda le journaliste en l'aidant à prendre place à table.

– Comme un petit enfant.

C'était vrai; bercée par le balancement du train,

Orchidée venait de passer une nuit telle qu'en procurent une conscience pure et des décisions fermement prises. Lartigue se mit à rire :

– Je ne cesserai jamais d'admirer le sommeil de l'enfance. Quoi, vous n'avez rien entendu ?

– Devais-je entendre quelque chose ?

– Eh oui ! Le retour tumultueux de votre prince-cosaque sur le coup de deux heures du matin.

– Comment est-ce possible ? J'ai bavardé avec lui quelques instants dans le couloir environ une demi-heure après vous avoir quitté et je l'ai entendu rentrer dans son compartiment qui est voisin du mien.

– Eh bien il en est ressorti. Je l'ai vu faire irruption au salon où je faisais un bridge avec des compagnons de rencontre et je peux vous assurer que ce Russe s'est saoulé comme un Polonais. Nous avons dû interrompre notre partie parce qu'il s'est mis à chanter.

– A chanter ?

– Il a une voix superbe ! fit Lartigue en attaquant un plat composé de quatre œufs au jambon ! Il nous a interprété, accompagné à la balalaïka par l'homme des bois qui lui sert de valet, des complaintes sublimes et affreusement tristes qu'il dédiait à une certaine « petite colombe » et entre lesquelles il descendait sans respirer une pleine bouteille de champagne. Il nous en a d'ailleurs offert une bonne demi-douzaine. Et puis, d'un seul coup, il s'est mis à pleurer. Mais ce qui s'appelle pleurer, avec des sanglots qui ressemblaient au brame du cerf. C'était dantesque !

– Et cela s'est terminé comment ?

– D'une façon bien prosaïque. Quand il a jugé que son maître avait assez pleuré, l'homme des bois l'a chargé sur son épaule comme un sac de farine et l'a emporté vers son lit avec l'assistance du conducteur qui lui ouvrait les portes. Nous avons suivi le cortège pour voir l'effet produit parce que « Grigori » s'était mis à déclamer je ne sais quel poème en russe et que toutes les portes s'ouvraient sur son passage pour voir qui l'on était en train d'égorger. Et vous, vous n'avez rien entendu ?

– J'avoue ne pas le regretter... Regardez comme ce paysage est beau !

Le train, à cet instant, glissait entre de douces collines couvertes de pinèdes ou de chênes-lièges et les rochers roux qui sertissaient la mer indigo à laquelle le jeune soleil arrachait des éclairs, des scintillements et d'innombrables paillettes : la Méditerranée s'offrait dans toute sa splendeur matinale et, autour des tables, les exclamations admiratives ne cessaient de s'élever. C'était tellement délicieux de se retrouver au bord d'un tel paradis après les grisailles et les froidures des capitales du Nord !

– C'est la première fois que vous venez ? demanda Lartigue.

– Non mais il me semble ce matin que c'est encore plus beau. Je ne saurais vous dire pourquoi.

– Oh ! c'est assez simple si vous me permettez de traduire : vous venez de subir des moments cruels et, en outre, vous avez échappé récemment à un grand danger. Or, vous êtes jeune, belle et pleine de vitalité, ce dont peut-être vous ne vous doutiez plus ? La Côte d'Azur et sa lumière viennent de vous en faire souvenir.

– Vous avez sans doute raison.

– J'ai sûrement raison et c'est pourquoi je m'autorise à risquer un conseil : quand nous serons arrivés, accordez-vous au moins quelques jours de détente, de repos et de flânerie avant de vous lancer dans l'aventure périlleuse que vous projetez... Non, ne m'interrompez pas : je suis certain de ne pas me tromper. Et... je vous en prie, promettez-moi que vous allez vivre un petit moment de vacances. Vous en avez vraiment besoin.

– Pourquoi voulez-vous que je promette ?

– Mais parce qu'il m'est impossible de vous surveiller continuellement, que j'ai des affaires à régler là-bas... et que le Carnaval commence bientôt. Oubliez un moment Mme Blanchard ! La baronne Arnold ne doit pas se comporter de la même manière.

Il semblait tellement inquiet tout à coup qu'Orchidée se sentit touchée. En outre elle admettait volontiers son point de vue. D'autant plus qu'il lui fallait découvrir une ville nouvelle et y dépister son gibier ; ce qui ne pouvait se faire en cinq minutes.

– Je vous le promets ! dit-elle.

– Merci. Me voilà soulagé d'un grand poids ? Voulez-vous encore un peu de thé ?

Devant la gare de Nice, les omnibus et chariots de bagages des principaux hôtels attendaient. Lartigue dirigea la fausse baronne vers celui de l'Excelsior Regina où un personnel aussi respectueux que stylé s'empressa autour d'elle. Comme elle allait y monter, Robert Lartigue se découvrit :

– J'irai vous saluer cet après-midi pour voir si vous êtes bien installée.

– Vous ne m'accompagnez pas ?

– A mon grand regret mais mon journal n'est pas assez fastueux pour m'offrir le séjour d'un palace. Bien inutile, d'ailleurs : j'ai un cousin qui habite la vieille ville. Vous songerez à votre promesse ?

– Une promesse est une promesse ! Venez dîner avec moi ce soir !

– Pas ce soir ! Merci baronne !

En fait, Orchidée se trouvait tout à fait satisfaite d'échapper au moins un peu à la surveillance du journaliste malgré l'amitié qu'il lui inspirait. Difficile de jouer le rôle qu'elle s'assignait sous l'œil méfiant d'un homme aussi habile que lui ! En revanche, elle fut beaucoup moins enchantée en voyant le cortège qui s'approchait de l'omnibus : soutenu d'un côté par Igor et de l'autre par l'un des voituriers, le prince Kholanchine, raide comme une planche et l'œil franchement glauque, vint prendre place en face d'elle. De toute évidence ils descendaient dans le même établissement et elle n'était pas près de se voir débarrassée du Russe.

Plusieurs caravansérails s'étalaient au sommet de la douce colline de Cimiez au pied de laquelle Nice égrenait ses vieux quartiers roses, ses jardins et ses villas somptueuses tout au long de l'arc splendide de la Baie des Anges. Ils écrasaient de leur masse les vergers d'orangers, le cloître empli de rosiers d'un petit couvent veillant sur les croix blanches du cimetière et quelques vestiges romains, envahis de ronces et de lierre, qui s'efforçaient de rappeler qu'à cet endroit vivait jadis une cité riche et bénie des dieux où il arrivait que les césars vinssent prendre quelques vacances...

L'Excelsior Regina était le plus formidable de ces bastions du tourisme mondain. Sa gigantesque barrière de pierres blanches tenait le milieu entre le palais d'un maharajah névrosé et la Chambre des lords avec, ici et là, une touche italianisante destinée à rappeler que son architecte, Biasini, était né pas bien loin. Ainsi, outre une coupole et des terrasses, la superstructure alignait des flèches et des toits de pavillons en ardoise rappelant le défunt pavillon central du palais des Tuileries.

Pour les Anglais, le Regina représentait un monument historique, sanctifié depuis son ouverture par la présence auguste de la reine Victoria – d'où son nom ! – qui débarquait alors pour six semaines hivernales avec une suite de cinquante personnes plus ses chevaux, ses voitures, son âne favori Jacquot et ses meubles. En effet, la reine, bien que voyageant incognito, ne se supportait que dans un mobilier directement exporté d'Osborne et de Balmoral sans oublier le linge et la vaisselle armoriée qui achevaient de rendre illusoire un incognito auquel personne ne croyait.

Depuis sa mort la direction de l'hôtel ne voyait plus paraître le « cirque » royal, le nouveau roi Édouard VII préférant Cannes à Nice. Elle se rattrapait avec les innombrables Anglais venus en pèlerinage dans ce qu'ils n'hésitaient pas à considérer comme une annexe de la Couronne. Aussi le service y était-il un rien solennel et l'atmosphère essentiellement reposante, l'agitation et l'exubérance y faisant figure de graves fautes de goût.

Pour sa part, Orchidée se déclara satisfaite d'une ambiance à la fois noble et raffinée qui, dans un décor totalement différent, trouvait le moyen de lui rappeler un peu les palais de Pékin. Cela tenait peut-être un peu aux superbes jardins du palace. Par contre, elle suivit d'un œil amusé l'entrée du prince Kholanchine dont elle avait expérimenté par deux fois la débordante vitalité.

Tandis que le directeur l'escortait vers sa chambre accompagné d'une femme de chambre, elle ne put s'empêcher de demander :

– C'est la première fois que vous recevez le prince Grigori ?

– Non, Madame la Baronne. Son Excellence nous a déjà fait l'honneur de deux séjours et nous sommes prêts à faire face à toute éventualité. Nous lui réservons toujours un appartement éloigné de ceux des personnes trop sensibles au bruit et d'ailleurs convenablement calfeutré... Je comprends fort bien le sens de sa question : elle ne sera dérangée en rien...

– Je vous remercie, fit-elle avec un sourire qui acheva de lui conquérir l'admiration de cet homme. J'avoue qu'ayant voyagé dans le même wagon...

– Mon Dieu ! soupira-t-il en levant les yeux au plafond.

Situé au second étage, l'appartement dont il ouvrait la porte se composait d'une chambre et d'un salon, tous deux tendus de damas bleu avec un lit Louis XVI et des meubles laqués gris Trianon. Par les fenêtres ouvertes le soleil entrait à flots et l'on découvrait un merveilleux panorama de verdure, de toits roses et de blanches terrasses au-delà duquel l'azur du ciel rejoignait celui plus profond de la mer. Orchidée se déclara satisfaite de son nouveau logis ainsi que de la femme de chambre mise à sa disposition. Devant l'air inquiet du directeur en constatant que cette grande dame voyageait seule, elle s'était résignée à déclarer que sa propre caméristé était malade et la rejoindrait plus tard.

Durant quelques jours, Orchidée observa scrupuleusement la promesse faite à Lartigue. Sans peine aucune, d'ailleurs, bien au contraire. Le journaliste s'était montré sage et perspicace en insistant pour qu'elle s'accorde ce temps de repos et de réflexion : elle en avait vraiment besoin et, avant de replonger dans les eaux troubles d'une affaire criminelle où son cœur et son avenir se trouvaient si gravement engagés, il était doux de se laisser vivre dans la calme sérénité d'un paysage dessiné tout exprès pour le farniente et les joies paisibles de l'existence.

Une sérénité qui n'allait sans doute pas durer longtemps. Le « dimanche gras » approchait et avec lui l'ouverture d'un carnaval qui faisait courir une bonne moitié de l'Europe, l'autre partie choisissant plutôt Venise. L'Excelsior Regina, pas encore au complet lors de l'arrivée de la jeune femme, se remplissait de jour en jour. Chaque matin les voitures de l'hôtel remontaient de la gare leur contingent de gentlemen habillés à Bond Street, d'évanescentes ladies harnachées de longs sautoirs en perles qui tintaient à chacun de leur pas, d'Américaines rieuses et pleines d'entrain devant qui craquait un peu le vernis victorien du palace, sans compter un authentique maharajah, le prince de Pudukota, qui se coiffait plus volontiers d'un canotier que de son turban, mais dont les joyaux réduisirent vite à l'état de colifichets les bijoux des belles Bostoniennes ou New-Yorkaises et ceux nettement moins « vivants » de la gentry anglaise : sur le souverain hindou chaque pierre – il possédait des rubis sublimes ! – semblait issue de sa propre chair avec tout ce que cela comportait de vitalité. Sur les décolletés souvent un peu maigres des sujettes d'Édouard VII ils avaient l'air d'être exposés dans la vitrine d'un bijoutier.

Au milieu de tout ce monde, Orchidée, dans ses toilettes blanches, passait comme un cygne tellement altier qu'aucun homme n'osait l'approcher. Le seul qui s'y risqua – l'héritier d'un empire américain bâti sur la conserve – reçut en plein visage un regard si glacé et un sourire à ce point dédaigneux qu'il se garda bien de revenir à la charge en dépit d'un toupet puisé tout entier dans une détestable éducation. Il fut vite évident pour tous que « la dame en blanc », ainsi qu'on la surnomma aussitôt, ne souhaitait se lier avec personne. Le seul capable d'une si folle témérité demeurait invisible :

trois jours après son arrivée le prince Grigori n'avait toujours pas fait surface mais chaque matin les femmes de ménage sortaient de son appartement une quantité de bouteilles vides. Un après-midi, Orchidée qui prenait le thé dans le jardin d'hiver entendit le directeur confier à son adjoint :

– Je me demande ce qu'il est venu faire chez nous ? Depuis la visite, peu après son arrivée, de cet homme mal habillé, il n'a pas mis le nez dehors.

La jeune femme en conclut que les affaires sentimentales du prince ne devaient pas s'arranger et si elle lui accorda une certaine compassion, elle s'avoua plutôt satisfaite de ne pas le voir tourner autour d'elle comme elle le craignait. Quant à Lartigue, venu en coup de vent s'assurer qu'elle se trouvait bien installée, il s'éclipsa lui aussi sans donner de raisons précises, laissant ainsi la jeune femme dans son superbe isolement.

Libre d'elle-même, la fausse baronne put organiser son temps à sa convenance : elle se levait tôt, prenait son petit déjeuner devant une fenêtre ouverte, puis vaquait à une minutieuse toilette et enfin, vêtue d'un tailleur à jupe courte en flanelle blanche, chaussée de bottines à talons plats et abritant d'une large ombrelle en taffetas sa tête enveloppée de mousseline, elle faisait une promenade à pied dans les environs de l'hôtel.

Pas entièrement gratuite cette promenade ! Certes, on put voir la jeune femme errer dans les ruines antiques, aux abords du petit couvent et dans les chemins plantés de cyprès, de pins parasols et de myrtes mais ces excursions apparemment dictées par le hasard avaient un but, et très précis : découvrir la propriété des Blanchard dont elle ne savait que deux choses : elle se trouvait à Cimiez et s'appelait « villa Séguranc ».

Il eût été facile d'en demander l'adresse à l'hôtel ou

même au notaire avant de partir mais les événements s'étaient chargés d'enseigner la méfiance à la jeune veuve. Quant au commissaire Langevin ou même à Lartigue, il n'était pas question d'aborder le sujet avec eux pour des raisons évidentes. Aussi, après s'être munie, auprès du portier de l'hôtel, d'un plan de Nice et de ses abords, jugea-t-elle plus simple de se mettre en campagne.

Ce fut le quatrième jour qu'au bout d'un chemin planté d'eucalyptus elle découvrit, sur l'un des piliers encadrant une belle grille ouvragée, le nom qu'elle cherchait. Le cœur, à cet instant, lui battit un peu plus vite : là vivait l'homme qu'elle s'était juré d'abattre de ses mains. Elle approchait enfin le but de son voyage et se mit à examiner les alentours avec attention. Des murs élevés filaient de chaque côté des piliers, escaladant un sol capricieux et se perdant sous les branches basses de vieux pins tordus par le mistral. Après réflexion, elle choisit de longer celui qui suivait une pente montante et, soudain, parvenue sur une petite éminence dont le sommet arrivait presque à la hauteur du mur, elle put apercevoir la maison par une échappée entre de grands mimosas couverts de leurs boules jaunes dont le parfum s'exhalait jusqu'à elle.

C'était, sur une terrasse ornée d'orangers en caisse, une sorte de grande villa italienne avec un toit plat bordé de balustres à laquelle on avait jugé bon d'ajouter deux tourelles à poivrières de part et d'autre d'une énorme serre en vitraux de couleur qui formait une excroissance tout à fait incongrue sur l'un des flancs de la maison, lui ôtant ainsi toute chance de jamais prétendre à l'harmonie.

– Je ne sais pas ce que vous en pensez mais il y a vraiment des architectes qui font n'importe quoi ! déclara une voix venue d'en haut.

Levant la tête, elle vit Robert Lartigue installé sur une grosse branche et qui, armé d'une paire de jumelles, observait la villa Ségurane.

– Que faites-vous là ?

– Exactement la même chose que vous, ma chère : je regarde, je m'instruis... Ça fait même deux jours que je m'instruis et j'avoue que je vous attendais plus tôt.

– Vous saviez que je viendrais ?

– Bien entendu. Je croyais même que vous rappliqueriez dès le lendemain de votre arrivée.

– Encore aurait-il fallu connaître l'adresse ! Et je vous avais promis de ne pas bouger.

– Faire une promenade n'est pas contraire au repos. Quant à l'adresse vous n'aviez qu'à me la demander.

– Vous me l'auriez donnée ?

Le rire de Lartigue fusa à travers les branches :

– Bien sûr que non ! Je tenais à déblayer un peu le paysage. Cela m'a permis d'apprendre pas mal de choses...

– Quoi, par exemple ?

– Que votre beau-père est fort malade et ne quitte sa chambre que dans l'après-midi pour une chaise longue que l'on installe sur la terrasse. Au fait, est-ce que vous savez monter aux arbres ?

– Je savais très bien lorsque j'étais en Chine. Quoi que vous en pensiez cela pouvait, dans certaines circonstances, faire partie de l'éducation d'une princesse.

– Alors venez donc me rejoindre ! Il n'y a personne en vue et je vais à votre rencontre.

Avec son aide vigoureuse Orchidée se retrouva bientôt assise devant lui sur la grosse branche qu'il n'avait quittée qu'un instant. L'ombrelle était plantée un peu plus haut dans le cœur de l'arbre et les deux observateurs se trouvaient complètement cachés à tout promeneur qui n'aurait pas l'idée de regarder en l'air. Lartigue mit ses jumelles dans les mains de sa compagne :

– Tenez ! Regardez un peu, au premier étage, la troisième fenêtre en partant de la gauche. Elle est ouverte et l'on peut voir un pan de rideau blanc qui bouge. Si vous observez attentivement le fond de la pièce juste au-dessus de ce bout de tissu, vous apercevrez un visage d'homme barbu.

Orchidée s'efforça de régler l'instrument de façon à voir l'intérieur de la maison mais juste à ce moment une figure de femme s'interposa et elle baissa un instant les jumelles : en effet, sortant de la pièce une dame à cheveux gris vêtue d'une robe de soie noire à guimpe blanche venait d'apparaître sur le large balcon qui prolongeait la porte-fenêtre.

– Je gage que voici ma belle-mère ? murmura-t-elle d'une voix qui s'altéra malgré elle.

– Si vous parlez de celle qui vient de mettre le nez dehors c'est bien elle. La mère de votre époux, autrement dit.

– Elle ne lui ressemble pas ! fit Orchidée sèchement.

Aucune comparaison possible, en effet – sinon la taille élevée –, entre le blond et charmant Édouard et cette femme puissante au profil impérieux dont on devinait qu'elle n'avait qu'à paraître pour s'emparer de tout théâtre humain avec une implacable efficacité.

Cela n'avait d'ailleurs rien d'étonnant pour qui savait la vérité. Encore belle au demeurant !

Le journaliste ne releva pas la remarque. Il avait repris les jumelles mais ce fut pour les remettre à son épaule :

– Je crois que nous pouvons redescendre, dit-il. Je sais à présent tout ce que je voulais savoir.

– Vous peut-être mais je ne suis pas dans le même

cas. Ainsi je n'ai pas aperçu Étienne Blanchard, mon beau-frère ?

– Et vous ne l'apercevrez pas. Il est absent...

– Absent ? Où est-il allé ?

– En Italie mais où, je ne sais pas exactement.

– Comment avez-vous pu apprendre cela ?

Lartigue haussa les épaules et entreprit d'aider sa compagne à quitter la branche :

– Savoir où et à qui poser les bonnes questions, c'est l'a b c du métier. On obtient de grandes choses avec un billet de banque. Quant à Étienne, il paraît qu'il s'éclipse de temps en temps – et même assez souvent – sans prendre la peine de dire où il va. Lui et sa mère ne s'entendent pas au mieux...

La déception était sévère pour Orchidée. En venant à Nice, elle n'imaginait pas un seul instant qu'elle pût ne pas trouver son gibier au repaire. D'après Édouard, ses parents étaient d'humeur plutôt casanière et son frère quittait rarement la propriété paternelle où il se livrait à des études d'horticulture et à des études sur les essences de fleurs qui, d'après ce qu'elle avait pu comprendre, lui servaient surtout d'alibi pour mener l'agréable existence d'un fils de famille riche. Où le trouver à présent ?

Le plan qu'Orchidée s'était assigné envers le meurtrier offrait l'avantage d'une grande simplicité : elle voulait approcher Étienne Blanchard, s'arranger pour obtenir de lui un rendez-vous dans un endroit un peu écarté ou même simplement chez lui et l'abattre sans autre forme de procès. Ensuite, elle ferait de son mieux pour échapper à la police et gagner un port – Gênes par exemple ! – d'où elle pourrait s'embarquer sinon directement pour la Chine, du moins en direction de l'Extrême-Orient. Si elle n'y parvenait pas, eh bien il lui resterait à subir le sort que la justice française lui réserverait !

Tandis que tous deux reprenaient en silence le chemin de l'hôtel, Lartigue observait sa compagne. Elle marchait lentement, les yeux fixés sur les bouts pointus de ses souliers, sans plus s'intéresser à ce qui se passait autour d'elle et remâchant visiblement de sombres pensées.

– Êtes-vous donc si pressée de commettre une folie ? demanda-t-il avec beaucoup de douceur.

Elle tressaillit et tourna vers lui son visage en replaçant la mousseline blanche qui glissait :

– Que voulez-vous dire ? De quelle folie parlez-vous ?

– De celle qui vous a conduite jusqu'ici et que je voudrais vous empêcher de réaliser. Vous appartenez à un peuple qui ne pardonne pas les offenses et, en outre, vous êtes de sang impérial. L'homme qui a tué celui que vous aimiez n'est rien pour vous qu'une bête nuisible et vous n'entendez pas vous encombrer des finasseries de la justice ou des enquêtes plus ou moins tortueuses de la police. Vous êtes décidée à faire payer à Étienne Blanchard le prix du sang... quelles qu'en soient les conséquences. Je me trompe ?

Orchidée ne répondit pas et détourna la tête. Lartigue ne vit plus qu'un profil hautain et de longues paupières à demi baissées.

– Pourquoi croyez-vous que je m'attache à vos pas ? demanda le journaliste.

– Vous me l'avez dit : Antoine vous a demandé de me protéger... et puis je suppose que vous ne seriez pas fâché d'obtenir une information sensationnelle ? Je sais que votre métier vous tient beaucoup à cœur.

Lartigue fronça les sourcils tandis que sa figure faussement angélique s'empourprait :

– Je devrais me fâcher pour ce jugement que je ne mérite pas. S'il est une chose que je place au-dessus de mon journal, c'est l'amitié. De plus j'ai horreur du gâchis et le pire serait de vous laisser vous jeter en aveugle dans une aventure où vous risquez d'être à jamais brisée.

– Je le suis déjà.

– Ce n'est pas vrai mais vous considéreriez comme indigne de vous d'avouer que vous n'avez aucune envie d'aller croupir au fond d'une prison et que vous tenez à la vie. Quant à ce que je suis venu faire ici, je vais vous le dire : mener mon enquête afin de faire arrêter l'assassin avant que vous ne l'exécutiez. Alors, même si je savais où est Étienne Blanchard, je ne vous le dirais pas.

– Je n'ai pas l'intention de lui courir après. Il reviendra bien un jour ou l'autre. J'attendrai le temps qu'il faudra... ce que vous ne sauriez faire, mon ami. Votre journal vous rappellera bien un jour ou l'autre ?

– N'en soyez pas trop sûre ! Il m'est arrivé de faire de très longues enquêtes. En outre...

La main de la jeune femme, en se posant sur son bras, coupa court à la furieuse diatribe dans laquelle il se lançait :

– Taisez-vous ! Si nous continuons ainsi nous allons nous disputer et je n'en ai pas envie. Je n'oublie pas ce que je vous dois et je vous demande pardon si je vous ai blessé. Faites comme vous l'entendez ! Je ne vous en empêcherai pas mais sachez seulement ceci : je ne laisserai pas ce misérable jouir de la vie. Ou la justice me donnera sa tête ou je la prendrai. Et je n'ai pas l'intention de patienter longtemps.

– D'accord ! Dans ce cas, je vous propose un pacte :

vous me direz tout ce que vous savez de cette affaire et je vous tiendrai au courant de mon côté.

– Alors commençons tout de suite! Où est Étienne Blanchard?

– Je n'en sais rien, parole d'honneur! Peut-être à San Remo ou à Bordighera, et j'ai l'intention d'aller y faire un tour après avoir bu un dernier verre avec quelqu'un qui pourrait peut-être me renseigner. En attendant je vous invite à déjeuner.

Orchidée se mit à rire :

– Ne renversez pas les rôles! Nous arrivons au Regina : c'est moi qui vous invite.

– A manger de la cuisine de palace? Jamais de la vie! Moi je vais vous emmener au port de la Lympia manger une bouillabaisse et des artichauts à la barigoule sur une nappe à carreaux et boire du vin de Cassis dans de gros verres...

Avant qu'elle eût trouvé quelque chose à objecter, il hélait une calèche qui redescendait à vide vers le centre de la ville et y fit monter la jeune femme en la poussant même un peu.

– On dirait un enlèvement? fit-elle amusée. Vous voilà bien pressé, tout à coup?

– Je suis très pressé quand j'ai faim, déclara-t-il en ouvrant lui-même l'ombrelle de taffetas et en la plaçant, avec une apparente maladresse, de façon à cacher leurs visages. En même temps, Orchidée entendit quelqu'un qui, dans le voisinage, sifflait vigoureusement *le Temps des cerises*. Elle comprit alors la soudaine précipitation du journaliste : perché sur un vélo, l'inspecteur Pinson, pédalant vigoureusement, gravissait la côte de Cimiez. Il passa près d'eux sans les remarquer.

– Qu'est-ce qu'il vient faire ici? souffla Orchidée.

– Chercher un petit supplément d'enquête! Je vous

l'ai déjà dit : ce serait une grave erreur de prendre le commissaire Langevin pour un imbécile.

– Vous croyez qu'il est là, lui aussi ?

– Pas encore peut-être mais Pinson constitue une avant-garde suffisamment explicite. Raison de plus pour que vous – et il appuya sur le mot – vous teniez tranquille !...

CHAPITRE X

UN DÎNER AU CASINO...

– Il doit être dans le jardin. Voulez-vous que je vous accompagne ?

Orchidée sourit à l'infirmière entre deux âges qui se proposait si aimablement :

– Merci ! Je pense que je trouverai seule.

Lentement elle marcha dans les allées sablées encadrées de palmiers, de lauriers et de mimosas où des bancs étaient disposés pour le repos des malades. C'était l'heure des visites et il y avait pas mal de monde mais elle aperçut vite celui qu'elle cherchait. Il était assis un peu à l'écart près d'un massif de genêts, ses béquilles posées auprès de lui. Un livre était ouvert sur ses genoux et pourtant il ne lisait pas. Comme lorsque l'on poursuit un songe, ses yeux fixaient sans le voir un point de verdure de l'autre côté de l'allée. N'attendant sans doute aucune visite, il ne s'intéressait pas aux quelques personnes qui arrivaient en même temps qu'Orchidée.

Celle-ci s'arrêta un instant pour l'observer. Le costume clair qu'il portait effaçait l'image marron du fonctionnaire des Wagons-Lits pour restituer celle du jeune interprète de la Légation de France tel qu'il lui était apparu à leur première rencontre. Une fois de plus elle remarqua l'élégance naturelle de cet homme, la mélancolie répandue sur son visage aux traits fins mais bien dessinés et aussi le joli reflet qu'une flèche de soleil allumait dans ses cheveux châtains. Pas un instant, depuis qu'elle avait pris la décision de faire cette visite, elle ne s'était demandé si elle ne commettait pas une erreur puisqu'elle était à Nice sous un faux nom. Simplement, elle avait éprouvé l'envie soudaine de voir Pierre Bault, une envie qu'elle n'expliquait pas mais qui lui semblait impérative. Alors elle venait.

Elle s'approcha silencieusement et s'arrêta près du banc :

– Comment allez-vous ? dit-elle. Il me semble que vous avez bonne mine ?

Il tressaillit, eut le réflexe de chercher à se mettre debout ce dont elle l'empêcha, et leva sur elle un regard tellement illuminé par la joie qu'elle en resta confondue. De son côté il ne trouvait rien à dire et ils restèrent là un instant à se regarder. Ce fut lui qui, le premier, retrouva la parole. Dédaignant les habituelles formules de politesse il dit seulement :

– Je pensais à vous et voilà que vous apparaissez. Je vais croire aux miracles, Madame...

– Un tout petit miracle alors ? L'autre jour, en prenant le train, j'ai appris que vous aviez eu un accident, que vous étiez soigné ici et puisque j'ai décidé d'y séjourner il m'est apparu naturel de venir vous voir. Ne sommes-nous pas d'anciens amis ?

– Je n'en espérais pas tant ! Pas plus que je n'imaginais que, sur cette terre, il me serait donné de vous revoir. Ainsi, vous n'êtes pas partie ?

Orchidée prit les béquilles et les repoussa pour prendre place auprès de Pierre.

– Qui vous a dit que je devais partir ? Lorsque nous

nous sommes revus je vous ai menti. Il n'était... oh! que c'est difficile à exprimer! En fait je n'allais pas rejoindre Édouard...

– Je sais. Je l'avais compris bien avant qu'un journal me tombe sous les yeux. Alors même que vous étiez encore dans le train je savais, je sentais que vous étiez en difficulté... que quelque chose n'allait pas. J'ai demandé alors à descendre à Marseille afin de m'occuper de vous. C'était impossible après les exploits du prince Kholanchine. Je devais aller jusqu'à Nice et le malheur a voulu qu'en gare je me retrouve blessé, sans aucune possibilité d'aller à votre secours. Tout ce que j'ai pu faire a été de téléphoner à Antoine Laurens. Par chance, je l'ai trouvé chez lui : il rentrait tout juste de Rome.

– A ce moment, vous saviez à quoi vous en tenir pourtant ? Vous aviez lu la presse...

– Oui mais j'étais certain que vous n'étiez pour rien dans cette horrible histoire. Vous ne pouviez pas avoir tué Édouard. Vous vous aimiez trop tous les deux.

Une telle conviction, une si grande foi vibraient dans la voix de Pierre que, dans le cœur de la jeune femme, quelque chose s'émut. Celui-là croyait en elle réellement et elle devinait qu'il eût même nié l'évidence. Alors elle eut envie de le lui entendre dire :

– Vous avez à ce point confiance en moi ? Pourquoi ?...

Visiblement, la question, un rien brutale, le troubla. Il eut un geste évasif, un petit sourire un peu triste et détourna son regard où passait un nuage :

– Sait-on pourquoi on croit en Dieu ?... murmura-t-il.

Que c'était bon à entendre! Orchidée sourit et posa sa main sur celle de son compagnon qu'elle sentit trembler.

– Merci pour cette joie que vous me donnez ! fit-elle avec une grande douceur, mais je suis loin d'être sans péchés comme disent les prêtres de chez vous... Puis, changeant soudain de ton : Restez-vous ici encore quelque temps ?

– Dans peu de jours j'espère que l'on m'enlèvera ce piège, fit-il en désignant le gros manchon blanc qui entourait sa jambe. Antoine a promis de venir me chercher... Au fait, il n'est pas avec vous ?

– Non. Il a dû, à ce que l'on m'a dit, se rendre en Espagne mais je pense que vous le verrez bientôt. C'est un homme qui tient toujours ce qu'il promet. Quant à moi... je suis venue ici me reposer un peu. J'avais besoin de calme, de soleil, d'un autre climat.

– Quelle bonne idée ! mais... pour le calme je ne suis pas certain que vous ayez bien choisi : le Carnaval commence après-demain.

– Je ne crois pas qu'il me dérangera. Je suis installée là-haut... sur la colline. C'est plein de jardins et très paisible... un peu comme ici. Vous vous trouvez bien dans cet hôpital ?

– Très bien... surtout depuis quelques minutes...

Orchidée rougit un peu : les yeux gris devenaient étrangement éloquents et elle ne résista pas au plaisir de s'y mirer un instant. Si jamais homme l'avait regardée avec amour c'était bien ce presque inconnu dont cependant elle devinait qu'il ne parlerait pas. Même Édouard au plus fort de leur commune passion n'avait jamais eu cette expression un peu affamée que voilait un sourd désespoir. Elle toussota un peu pour s'éclaircir la voix puis demanda :

– Est-ce que... est-ce que cela vous ferait plaisir que je revienne ?

– Vous demandez à un homme assoiffé s'il désire de l'eau fraîche, princesse ?

L'emploi soudain de son ancien titre la surprit :
– Pourquoi, tout à coup, m'appelez-vous ainsi ?
– C'est difficile à expliquer. Je viens d'avoir l'impression que vous n'étiez plus tout à fait Mme Blanchard, que... que vous êtes redevenue la jeune fille d'autrefois lorsque la tempête soulevée par les Boxers n'était pas encore passée... Je me trompe ?
– Un peu tout de même... Il est vrai que je désire retrouver ma première identité parce que je n'ai plus rien à attendre de ce pays mais je ne serai plus jamais celle que j'étais avant la guerre. Souvenez-vous que les murailles de la Cité Interdite formaient tout mon horizon ! J'ai parcouru les mers, j'ai visité une partie du monde occidental, j'ai appris d'autres leçons et d'autres façons de voir...
– Pourtant vous souhaitez retourner en Chine, n'est-ce pas ?
– Oui. Je voudrais revoir avant qu'elle ne parte pour les Sources Jaunes celle qui m'a servi de mère et que j'ai abandonnée... ma chère impératrice.
– Vous ne craignez pas son ressentiment ? On la dit impitoyable.
– On le dit mais je sais qu'elle m'aimait et j'ai un grand besoin de retrouver cette chaleur-là. C'est terrible, vous savez, d'être seule et étrangère sur une terre du bout du monde d'où le seul être qui vous aimait a disparu pour toujours...
– Qui vous dit qu'il était le seul ?...
Les mots qui venaient d'échapper à Pierre moururent soudain. L'esprit de la jeune femme n'était plus auprès de lui. Elle regardait s'avancer dans l'allée une femme en grand deuil portant à la main un paquet blanc de confiseur attaché par une mince ficelle dorée. Celle-ci marchait d'un pas assuré, sans regarder rien ni

personne en direction d'un banc sur lequel trois vieilles dames étaient en train de tricoter tout en bavardant. Au premier coup d'œil Orchidée la reconnut : les jumelles de Robert Lartigue étaient assez puissantes pour qu'avec leur secours il fût possible de détailler un visage : celui d'Adélaïde Blanchard, avec son profil impérieux et ses yeux sombres, appartenait à la catégorie de ceux qui marquent une mémoire.

– Vous connaissez cette dame ? demanda Pierre à qui l'intérêt soudain de sa visiteuse n'échappait pas.

– Je crois l'avoir déjà vue. Et vous, est-ce que vous savez qui elle est ?

– Non. Depuis que je suis arrivé ici j'ai dû la voir deux ou trois fois. J'avoue n'avoir pas eu la curiosité de me renseigner auprès d'une infirmière mais si vous le souhaitez...

– Non... Je vous remercie : c'est inutile. Je dois l'avoir rencontrée dans le train.

Tout en parlant, elle se levait et tendait à Pierre une main qu'il osa conserver un instant dans la sienne :

– Vous reviendrez ? murmura-t-il.

– Naturellement ! Voulez-vous demain ?

– Le temps va me paraître long jusque-là mais je ne voudrais pas que vous vous imposiez une contrainte...

– Le vilain mot !... Il ne convient pas du tout lorsqu'il s'agit de passer un agréable moment avec un ami.

Il la suivit des yeux jusqu'à ce qu'elle eût disparu sous la colonnade du péristyle, osant à peine croire à ce bonheur et cherchant à retrouver dans l'air la trace de son parfum. Pour le sentir encore un peu, il prit ses béquilles afin de suivre le même chemin mais il les reposa aussitôt. C'était idiot de s'enfiévrer ainsi. La dame de son cœur ne venait-elle pas de lui indiquer, d'un mot, la limite qu'elle entendait donner à leurs relations ? Un ami, rien de plus. C'était déjà beaucoup, sans doute, pour un homme qui, une heure plus tôt, n'osait en espérer autant mais lorsqu'elle s'était assise auprès de lui, son cœur s'était mis à crier de joie cependant qu'il éprouvait un mal fou à retenir les mots qui lui venaient en foule. Oh ! pouvoir lui dire l'amour amassé depuis si longtemps comme un trésor ! Un trésor inutile d'ailleurs et que Pierre ne se reconnaissait pas le droit de dépenser. En dépit de l'attention qu'elle lui montrait, elle demeurait une grande dame et lui un simple employé de la Compagnie Internationale des Wagons-Lits... même si cette situation modeste lui permettait de rendre, comme Antoine Laurens lui-même, certains services occultes à son pays. Rien ne serait jamais possible entre eux. Bientôt l'orchidée précieuse retrouverait sa place au palais impérial et s'efforcerait d'oublier ces quelques années où l'amour l'avait entraînée plus loin certainement qu'elle ne le souhaitait.

– Il faudra essayer de l'oublier, mon fils ! se dit-il. En attendant prends ce qu'elle veut bien te donner : quelques heures de sa présence pour en faire le bouquet séché dont, plus tard, tu chercheras à retrouver le parfum mais surtout tais-toi ! Il ne faut pas qu'elle sache que tu l'adores ! Elle serait capable d'avoir pitié et ce serait pire que tout !

C'est à ce moment qu'il découvrit qu'il avait oublié de lui demander son adresse...

Pendant ce temps et au fond de la voiture qui la ramenait vers Cimiez, Orchidée elle aussi réfléchissait et cherchait à comprendre pourquoi, tout à l'heure, elle s'était sentie presque heureuse en découvrant que Pierre l'aimait. Car il n'y avait aucun doute à avoir là-dessus. Elle en eut honte d'ailleurs et se reprocha cette petite bouffée de joie comme un crime. Comment la veuve douloureuse d'un homme assassiné depuis moins d'un mois pouvait-elle s'intéresser aux sentiments d'un autre ? Même si elle savait que cet autre était un être de qualité en dépit d'une situation subalterne, c'était indigne de celle qu'elle croyait être. Lorsque l'on porte en soi le sang des grands empereurs mandchous, on doit aux ancêtres et l'on se doit à soi-même de n'éprouver que des sentiments à la hauteur du rang : la douleur éternelle, la soif de vengeance, la recherche constante de la purification qui conduit à la suprême sagesse... Retrouverait-elle tout cela quand les portes de bronze du palais se refermeraient sur elle ? Il le fallait si elle ne voulait pas perdre la face devant sa propre image car, en délaissant ses devoirs et sa patrie pour l'amour d'un Blanc, elle avait commis une grave faute qu'il ne s'agissait pas d'alourdir en se penchant avec complaisance sur les sentiments d'un autre.

C'était une sottise d'avoir promis de revenir, surtout si vite, et la sagesse commandait d'oublier le chemin de l'hôpital Saint-Roch...

« Tu ne peux pas faire cela ! chuchota une douce et complaisante voix intérieure. Il en aurait trop de peine ! Cette visite était une faute mais ce serait injuste d'en laisser supporter tout le poids à un innocent. Tu iras demain, comme promis, mais pour la dernière fois... D'ailleurs tu te fais peut-être des illusions ? Quand on est malade dans une ville où l'on ne connaît personne, la moindre attention doit procurer un grand plaisir... »

Étant ainsi parvenue à un compromis qui lui parut satisfaisant, Orchidée s'efforça de repousser le souvenir d'une paire d'yeux un peu trop attachants. Ce qui l'attendait dans le hall de l'Excelsior Regina y réussit en partie.

En voyant sortir de derrière un aspidistra géant la robuste silhouette de Grigori Kholanchine, la jeune femme frémit et chercha du regard un autre palmier en pot pour se soustraire à la rencontre mais, outre qu'il n'y en avait pas, c'était tout à fait impossible : le Russe lui coupait le chemin vers les ascenseurs et elle se fût couverte de ridicule en battant en retraite vers le grand escalier. Elle prit donc son parti, constatant d'ailleurs à la rectitude de ses pas et au calme de sa personne que Grigori était certainement à jeun. Elle poussa même la longanimité jusqu'à lui adresser la parole la première :

– Comment, prince, vous êtes encore ici ? fit-elle de son ton le plus mondain. Ne vous voyant plus, je vous croyais parti.

Il la salua profondément puis, en se redressant, la couvrit d'un regard d'épagneul malade :

– Parti ?... Non ! Je voudrais mais tout à fait impossible tant que Lydia n'a pas donné réponse.

– Est-ce que vous ne l'avez pas vue ?

– C'est ça tout juste mais venez ! Venez prendre thé avec moi ! Difficile parler en dansant d'un pied sur l'autre devant ascenseurs !

– Vous voulez me parler ?

– Oui. J'ai besoin... compréhension, chaleur d'amitié...

Il semblait si malheureux qu'Orchidée, qui d'ailleurs n'avait rien d'autre à faire, pensa qu'elle pouvait bien lui accorder quelques instants. Le plaisir du thé aiderait à faire passer les confidences.

Comme il sied à un palace arborant la couronne anglaise sur ses menus, ses cartes postales, ses étiquettes et sa publicité en général, l'heure du thé y était élevée à la hauteur d'un rite et le salon où on le célébrait et que prolongeait une terrasse était l'un des plus beaux et des mieux ornés. Défendu du trop grand soleil par des plantes vertes et des stores blancs, il montrait, en dépit de l'affluence, cette atmosphère de dignité sereine et de bon ton qui rappelait un peu celle des clubs de Londres. Le bruit des conversations n'excédait jamais le murmure et seul, parfois, un tintement d'argenterie ou de porcelaine révélait qu'un peuple de serviteurs s'occupait des nombreux clients. L'air sentait les buns chauds, le « Darjeeling » de bon cru, la marmelade d'oranges et la fumée légère des cigarettes de « lattaquié » ou de tabac anglais.

L'entrée de la « dame en blanc » et de son imposant compagnon ne passa pas inaperçue. Un maître d'hôtel qui voilait de respect la vague inquiétude que lui causait l'arrivée d'un client réputé au moins bruyant les guida vers une petite table un peu à l'écart dans l'un des coins-fenêtres, et protégée de plus par une jardinière contenant des plantes exotiques. A la très vive satisfaction d'Orchidée que cette ambiance un rien austère tracassait un peu. Que se passerait-il si son compagnon se mettait à pleurer ou à déclamer de sauvages poèmes d'amour sentant le vent de la steppe et le crottin de cheval ?

Elle s'attendait à ce qu'il commande de la vodka ou du champagne et se trouva grandement soulagée quand il réclama du thé à la mode de son pays tandis qu'elle-même, bien entendu, demandait celui qu'elle préférait.

Nouvelle surprise : il n'entama pas le récit de ses déboires – au propre comme au figuré ! – avant que l'on eût servi. Et même lorsque la petite table fut couverte d'un assortiment de sandwiches, de pâtisseries, d'un service à thé et même d'un samovar, il garda le silence des grandes douleurs dont tout un chacun sait qu'elles sont muettes. Et ce fut seulement quand il eut englouti une grande quantité d'eau bouillante additionnée d'un thé noir comme de l'encre et fait disparaître la plus grande partie du contenu des plateaux qu'il poussa enfin un soupir :

– Partie, ma Lydia!... Partie avec ridicule petit comte italien!... Pourquoi ?

Les yeux se mouillaient déjà et Orchidée craignant que tout le liquide ingurgité se changeât en torrent de larmes, se hâta de lancer la conversation :

– C'est à elle qu'il faut poser la question! Comment se fait-il que vous ne soyez pas parti à sa recherche? Vous savez où elle est ?

– San Remo! fit-il d'une voix caverneuse.

– Alors que faites-vous ici? Vous devriez être là-bas ?

– Inutile! fit-il en secouant sa crinière fauve. Petit voyage quelques jours. Doit revenir pour chanter théâtre du Casino. Sera plus facile à attraper surtout quand j'aurai étranglé ridicule petit comte...

– Excellent programme! approuva Orchidée qui retenait de son mieux une soudaine envie de rire. Pourtant j'avoue ne pas vous comprendre. Vous n'avez pas l'air tellement patient, or vous attendez qu'elle revienne? N'est-ce pas pénible ?

– Si. Très!... C'est peut-être parce que... attente c'est encore un peu espoir. Si je vais San Remo, Lydia refuse parler avec moi. Alors reste seulement à tirer pistolet... ou étrangler! Si j'attends... et la vois seule... peut-être elle comprendra...

– Vous pensez qu'en lui passant... ce caprice, elle peut comprendre que vous l'aimez? Car vous l'aimez vraiment, n'est-ce pas ?

Grigori ne répondit pas tout de suite. Il prit le dernier toast qui restait dans l'assiette, le beurra et plaça soigneusement dessus de fines lamelles d'estragon frais avant d'engouffrer le tout. Puis il regarda sa compagne d'un air si malheureux qu'elle n'eut plus envie de rire et même sentit sa sympathie s'éveiller pour cet autre échappé d'un monde lointain qui était en train de fourvoyer un véritable amour dans ce qui n'était sans doute, pour sa partenaire, qu'une aventure flatteuse mais plus rémunératrice que sentimentale. Même elle tira de son sac un petit mouchoir de batiste brodée et en essuya doucement les grosses larmes avant qu'elles n'aillent imbiber la moustache. Alors il prit sa main au vol et y posa un baiser, puis il renifla et finalement avoua :

– Vous dire grande vérité mais aussi stupide vérité !... Merveilleuse amie ! C'est femme comme vous que prince devrait aimer.

– Il ne faut jamais rien regretter ! Le destin de chacun de nous est écrit... et peut-être qu'un jour vous serez heureux avec Lydia ?

– Difficile croire ! Plus simple en finir : Lydia, ridicule petit comte... et grand prince Grigori !

– Si vous recommencez sur ce sujet, je vous laisse ! A aucun prix vous ne devez le faire ! Même si elle ne veut pas revenir avec vous, même si elle dit qu'elle ne vous aime plus ! Vous détruiriez votre vie pour rien. Vous êtes jeune et vous rencontrerez encore beaucoup de jolies femmes : laissez-la vivre !... et aussi le ridicule petit comte : il arrivera bien un jour où ils se sépareront...

Kholanchine l'écoutait avec la mine d'un croyant qui a vu le ciel s'ouvrir et qu'un ange vient chapitrer. Il en montra une reconnaissance touchante, supplia Orchidée de ne pas l'abandonner durant ces jours si pénibles et, finalement, lui demanda de dîner avec lui. Elle refusa, se disant fatiguée et décidée à prendre le repas du soir dans son appartement mais il était trop content d'avoir trouvé une oreille amie et une douce épaule pour pleurer et il sut se montrer si persuasif qu'elle finit par accepter, pour avoir la paix, de dîner avec lui le lendemain soir au Casino de la jetée.

Lorsqu'elle arriva devant l'hôpital, dans l'après-midi, Orchidée commença par demander s'il lui était possible d'emmener son « malade » faire une promenade. Elle pensait en effet que ce serait moins dangereux de visiter la ville en sa compagnie que de rester assis en tête à tête dans le jardin de l'hôtel à se regarder dans les yeux.

Permission accordée, Pierre accepta volontiers cet agréable changement de décor et quelques intants plus tard tous deux prenaient place dans la calèche découverte mise à la disposition de la « baronne Arnold ».

– Où voulez-vous aller ? demanda Orchidée à son compagnon.

– Ma foi je n'en sais rien. Où vous voudrez.

Le cocher pensa qu'il était temps pour lui de s'en mêler et se retourna pour proposer la très belle promenade du Mont-Boron :

– De là-haut, vous aurez une vue ma-gni-fi-que ! fit-il avec un redoutable accent de terroir. Rien de mieux pour se refaire une santé ! Et puis, quand on est amoureux, c'est le Paradis ! On rêve, on rêve tant qu'on veut !

– Je ne suis pas certain que nous ayons tellement besoin de rêver, dit Pierre avec un sourire amusé. Pourquoi pas la promenade des Anglais, ou le vieux port, ou...

– C'est pas le jour ! fit l'autre sévèrement. Dans toute la ville on prépare le Carnaval de demain et si vous avez envie de vous balader au milieu des échelles...

– Conduisez-nous à l'endroit dont vous parliez! coupa la jeune femme. C'est une excellente idée.

En effet, dans les artères de la ville où, demain, passerait le cortège du roi Carnaval, on s'activait devant toutes les façades. Sur les murs soudain verdis de guirlandes, on piquait des drapeaux, on garnissait les fenêtres d'un cadre de fleurs cependant que les appuis se rembourraient de satins multicolores. Sur les trottoirs, on hissait de grands mâts entre lesquels couraient des cordons de verre de couleur et de lanternes chinoises. Dans chaque maison on faisait provision de confetti et de « bonbons », ces petites boules de plâtre avec lesquelles on répondrait aux projectiles du défilé.

– Vous avez déjà vu une telle fête ? demanda Orchidée à son compagnon que cette agitation amusait visiblement.

– Une ou deux fois, et si je peux me permettre un conseil, à moins que vous ne soyez invitée dans une demeure particulière, ne quittez pas votre hôtel demain après-midi surtout. Aucune voiture ne peut passer et si vous décidiez de descendre, vous risqueriez d'être piétinée par la foule. Sans compter que vous rentreriez couverte de plâtre... Par contre, lundi il ne faut pas manquer le Corso fleuri qui est un merveilleux spectacle et là vous ne recevrez d'autres projectiles que des fleurs.

– Je ne pourrai pas venir vous voir, alors, demain ? dit Orchidée oubliant totalement sa résolution de se tenir à distance.

– Ce sera la sagesse... fit-il calmement et sans autre commentaire.

Par la rampe de Villefranche, la voiture gagna un chemin forestier qui s'élevait tour à tour sur les flancs du Mont-Boron et ceux du Mont-Alban. A travers les pins, les promeneurs purent apercevoir le phare de

Saint-Jean perché sur une pointe, le village d'Èze, la tour de la Turbie, le port de Villefranche et même, un peu plus loin, Bordighera dans une brume de soleil. Et puis soudain, le panorama de Nice s'étala sous leurs yeux tandis que le cocher arrêtait ses chevaux pour les faire reposer.

– Voulez-vous essayer de descendre et de faire quelques pas appuyé à mon bras ? proposa Orchidée. Regardez là-bas ce vieux château avec ses tours pointues et ses créneaux !... Il me donne l'impression d'avoir changé d'époque.

– Moi c'est en Chine que j'avais l'impression d'avoir changé d'époque et je vous avoue que je regrette ce temps-là...

– Malgré... tout ce que vous avez eu à souffrir ? murmura la jeune femme dont la main s'attardait sur la manche de son compagnon.

Il l'en retira doucement puis, avec l'aide du cocher, il descendit de voiture et saisit ses béquilles. Orchidée voulut l'en empêcher.

– Je vous ai proposé mon bras...

– Merci. J'ai entendu mais la charge serait trop lourde. Et je ne veux pas aller loin : simplement au bord de ce plateau...

Elle le suivit et, durant quelques instants ils contemplèrent en silence l'immense paysage marin et les méandres capricieux de la côte qui le cernait d'une frange vert et or, rose et blanc. De là-haut, il était facile d'imaginer qu'en écartant simplement les bras, on pourrait s'envoler comme un oiseau. Pierre pensait que c'était un spectacle à la fois exaltant et délicieux, surtout lorsque l'on est deux à le contempler et il comprenait que ce fût l'excursion favorite des amoureux. Il se disait aussi que c'était une erreur d'être venu là parce qu'un et une cela ne fait pas toujours deux.

Pourtant Orchidée, sans même en avoir conscience, vint tout près de lui. Sans se retourner il le sentit à une légère bouffée de parfum que la brise lui apporta. C'était comme si un bouquet de fleurs venait de se poser sur son épaule. Il ferma les yeux pour mieux le respirer, luttant contre le brusque désir d'abandonner l'un de ses grotesques appuis, de passer un bras autour de cette taille si mince et d'enfouir son visage dans cette fraîcheur embaumée...

Ce fut la voix du cocher qui rompit le charme :

– C'est beau, pas vrai ? cria-t-il. Peuchère ! D'ici, on a l'impression qu'en se penchant juste un peu on pourrait voir jusqu'en Afrique... et même jusqu'en Chine.

Pourquoi avait-il dit ça ? Pierre sentit un frisson courir le long de son dos.

– Quand pensez-vous y retourner ? demanda-t-il d'une voix si basse qu'elle s'enrouait un peu.

– Je ne sais pas...

C'était vrai. A cette minute, son pays lui paraissait encore plus lointain qu'il ne l'était en réalité, situé quelque part dans la lune. Durant le trajet elle avait goûté un extraordinaire moment de douceur qui, devant ce paysage miraculeux, aurait dû atteindre une sorte de point d'orgue. Pourquoi donc Pierre refusait-il son bras, pourquoi repoussait-il sa main ? Pourquoi lui tournait-il le dos ? Elle savait bien qu'elle était en totale contradiction avec les résolutions prises mais elle savait aussi que s'il faisait un seul geste pour l'attirer à lui, elle ne l'en empêcherait pas. Elle avait envie de le voir sourire, de ce charmant sourire asymétrique et incertain qui lui donnait un air un peu mystérieux. Elle avait envie de sentir sa joue contre la sienne, de tenir dans ses mains cette autre main qui tremblait un peu sur l'appui de la béquille... A son tour, elle ferma les yeux.

« Je dois être en train de devenir folle ! » pensa-t-elle mais elle s'approcha encore un peu, jusqu'à ce que son bras touchât celui de Pierre. Sa voix alors lui parvint comme de très loin, peut-être à cause de sa subite altération :

– Nous devrions rentrer ! Il commence à faire frais.

– Comme vous voudrez.

Elle se détourna pour rejoindre la voiture en baissant un peu la tête pour que nul ne vît qu'elle avait envie de pleurer.

Le retour se fit en silence. Quand elle glissait un regard vers Pierre, Orchidée n'apercevait qu'un profil immobile, des paupières ouvertes selon un angle qui ne variait pas. A aucun moment il ne chercha son regard à elle. Par contre, il y avait, au coin de sa bouche un pli amer, un pli douloureux qu'elle voyait pour la première fois. C'était affreusement triste !

Lorsque la voiture s'arrêta devant la porte de l'hôpital, Pierre descendit, aidé par le cocher. Orchidée voulut en faire autant mais, de la main, il l'en dissuada.

– Ne vous donnez pas cette peine !.. Au revoir, Madame et... merci pour cette magnifique promenade.

– Puisque vous l'avez aimée, rien ne nous empêche d'en faire d'autres ? Pas demain, bien sûr, puisque vous pensez qu'il est préférable que je reste à Cimiez mais...

– Non. Je vous en prie, ne vous dérangez plus pour moi !

– Vous ne voulez plus que je vienne vous voir ? fit elle peinée.

– Ne me croyez pas ingrat, mais je vous l'ai dit : je ne supporte pas la pitié.

– Il n'en a jamais été question et je vous assure...

– Il se peut que vous n'en soyez pas tout à fait consciente parce que votre cœur est généreux mais c'est le seul sentiment qu'un... éclopé peut inspirer. Non, n'ajoutez rien de plus! Je vous dois quelques moments de joie et je n'en veux pas davantage. Sinon... tout pourrait devenir plus difficile...

– Est-ce que vous n'êtes pas un peu trop modeste... ou un peu trop fier?

– Je ne sais pas... Adieu, Madame! N'ayez aucun regret : je vais quitter bientôt cet hôpital et reprendre mon service à bord du Méditerranée-Express peu après.

– Ce serait imprudent! Vous n'êtes pas encore guéri.

– Il en manque si peu! En outre, je ne me sens jamais aussi heureux que dans mon train... C'est... c'est ma maison, vous comprenez?

Une infirmière qui avait dû observer le dialogue et qui trouvait sans doute que le blessé demeurait trop longtemps debout surgit à cet instant avec une petite voiture :

– Assez d'imprudences, Monsieur Bault! fit-elle d'un ton mécontent. Il faut aller vous étendre!

Pierre eut un petit rire plein de dérision :

– Vous n'êtes pas charitable, Mademoiselle! J'étais en train d'évoquer un grand express et vous m'offrez une brouette...

– Si vous voulez le reprendre, votre express, commencez donc par la brouette! En voiture! Et veuillez m'excuser de ne pas avoir de sifflet à ma disposition.

Sous sa poigne vigoureuse, l'engin et son occupant furent avalés en un rien de temps par la gueule béante de la grande entrée. Ils avaient même disparu depuis un petit moment quand le cocher, devant l'immobilité de sa cliente, jugea qu'il était peut-être temps de la ramener sur terre.

– Hé bé! soupira-t-il sans songer un instant à dissimuler le fond de sa pensée. En voilà une fin de promenade! Qu'on me coupe en petits morceaux si j'aurais pas juré que vous étiez des amoureux tous les deux!

– Et qui donc vous demande votre opinion? riposta Orchidée soudain furieuse. Mêlez-vous de ce qui vous regarde... et ramenez-moi à l'hôtel! En voilà assez!

Si on lui avait posé la question, elle eût éprouvé quelque difficulté à dire ce qu'elle entendait par là mais, au fond, c'était une façon comme une autre d'affirmer son intention de tourner une page. Elle s'était trompée en pensant que Pierre l'aimait et si cette constatation se révélait un tout petit peu douloureuse, elle n'en était pas moins salutaire. Une heure plus tôt, s'il avait seulement dit les mots qu'elle attendait, elle eût peut-être tout abandonné de ses projets pour un destin sans aucune grandeur qui l'eût couverte de honte devant l'autel des ancêtres où, d'ailleurs, il lui eût été à jamais interdit de s'agenouiller. Il était temps, grand temps, d'en finir avec la France et ses habitants! Et s'il fallait aller chercher Étienne Blanchard au fond de l'Italie, eh bien elle irait! Dès que Lartigue referait surface et lui apporterait des nouvelles, elle bouclerait ses bagages! En attendant, il fallait accomplir ici une dernière bonne action en allant dîner avec le pauvre prince Kholanchine, mais ensuite il ne faudrait plus jamais lui parler de charité!

Construit au bout d'une estacade sur le lit du Paillon, le clair petit torrent où les lavandières venaient laver leur linge à grands coups de battoirs et d'éclats de rire, le Casino de la jetée avait l'air d'un gros bijou baroque planté dans l'eau bleue de la Méditerranée. Cette impression venait des verres de couleur, enchâssés dans une armature de fer, qui, auprès d'une grosse coupole vaguement byzantine, composaient une sorte de petit palais oriental avec tours à bulbes et fenêtres tarabiscotées, le tout couronné d'un génie ailé et doré du plus bel effet.

Les salles de jeu en étaient très fréquentées par une clientèle riche et internationale. Ainsi d'ailleurs que le restaurant sur lequel régnait, comme sur celui du Casino municipal dont il était une dépendance, un Roumain de trente-cinq ans, fort rompu aux usages de la haute société, aimable et disert, qui se nommait Negresco [1].

Ce fut lui qui accueillit Orchidée et son prince russe, à l'entrée de la grande salle ornée de plantes vertes et de gros bouquets. L'éclairage des tables y était doux, flatteur pour les visages et volontairement assourdi pour n'occulter en rien la vue magique de la ville illuminée dont le reflet s'étendait sur la mer.

Le coup d'œil offert par les dîneurs était, lui aussi, bien joli. Ce n'étaient qu'hommes en habit et cravate blanche, le revers fleuri de gardénias, femmes superbement parées, enroulées de satins, de tulles, de velours, de crêpes de Chine, de dentelles sur lesquels scintillaient diamants, rubis, émeraudes et saphirs ou bien luisaient doucement l'éclat laiteux des perles. Le plumage d'une quantité d'oiseaux exotiques, aigrettes, autruches ou paradis, frissonnait dans les chevelures et donnait à cette salle l'apparence d'une volière cependant qu'abrités en partie sous une forêt d'araucarias, d'aspidistras, de yuccas et de dracænas, un orchestre de cordes jouait de langoureuses valses anglaises.

Coulée dans une robe de dentelle blanche qui soulignait les lignes de son corps élégant, des étoiles de diamant au corsage, aux oreilles et dans ses cheveux noirs

1. Il ouvrira en 1912 le célèbre palace qui porte son nom.

coiffés bas, Orchidée fit d'autant plus sensation qu'au milieu de décolletés vertigineux, sa robe ne montrait sa peau que par transparence et, couvrant ses bras et son long cou, ne laissait à nu que la fleur délicate de son visage. Derrière elle l'immense Grigori faisait figure de chevalier d'une grande reine et ce fut sous le feu d'une centaine de regards qu'ils gagnèrent leur table près d'une des baies.

Chemin faisant, le prince adressa quelques saluts sans s'arrêter pour ne pas mettre sa compagne dans l'embarras mais, une fois assis, son regard bleu, extraordinairement clair et paisible ce soir, fit le tour de l'assistance. Grâce à lui, Orchidée sut qu'il y avait là un grand-duc russe, la duchesse de Marlborough, le pianiste polonais Paderewski, l'Américain Pierpont Morgan, le maharajah de Pudukota déjà rencontré à l'hôtel mais qui arborait cette fois un turban neigeux piqué d'une émeraude grosse comme un petit œuf de poule, la belle Gaby Deslys sous une parure de perles noires sans rivales, le prince autrichien Kevenhüller, et un petit jeune homme brun, au visage rond, à la moustache frisée dont l'habit, coupé à Londres, n'indiquait nullement qu'il était l'Aga Khan III, descendant du Prophète.

D'autres noms, moins illustres, venaient tout naturellement aux lèvres de Grigori. Il se révélait un conteur aimable, indulgent et très intéressant, surtout quand, ayant épuisé les plaisirs de l'assistance et tandis que tous deux dégustaient langoustes et palourdes farcies, il évoqua pour sa belle compagne les rives de la Volga et de la mer Caspienne où se situait son immense domaine, les steppes fleuries d'iris au printemps sous le vol des canards sauvages venus nicher dans les roseaux du fleuve presque au pied des antiques murailles du château gardées jour et nuit par des Tcherkesses en armes.

En l'écoutant, Orchidée pensait que l'amour faisait bien mal les choses! Cet homme pouvait offrir à une femme tout ce dont elle rêvait, il était jeune et d'une certaine façon séduisant; son nom et sa fortune suffisaient pour lui permettre de briguer la main d'une princesse royale et cependant il brûlait de passion pour une petite théâtreuse née sur le vieux port de Nice et qui, très certainement, s'ennuierait à mourir dans les splendeurs quasi sauvages que son amoureux décrivait. Lorsque l'on a l'habitude d'une vie joyeuse menée sous le ciel de Paris et même si l'on dépose à vos pieds des trésors, il doit être lassant de plonger à longueur de journée ses mains dans les pierreries et de chercher à inventer de nouvelles parures.

A ce point de ses réflexions, Orchidée se surprit elle-même. Au fond, cette vie telle qu'elle l'imaginait était à peu près celle des nobles dames de son propre pays et des concubines impériales ou princières. Elle aurait même dû être la sienne. D'où venait, tout à coup, qu'elle pouvait comprendre les aspirations et les réactions d'une jeune femme placée par la naissance à des années-lumière d'elle-même ? L'amour d'un Européen, la magie de Paris, ses outrances, ses folies, ses crimes et ses excès mais aussi son magnétisme, son charme et ses sortilèges possédaient-ils le pouvoir de changer une âme, de l'amener à devenir leur complice ? Et comment parvenir à le faire comprendre à un amoureux capable néanmoins d'évoquer sa terre natale avec une si poignante ferveur ? D'ailleurs en avait-elle réellement envie ? C'est tellement vain et tellement stupide de vouloir se mêler à tout prix des affaires des autres ! Tout ce qu'il lui était possible de faire, ce soir, c'était écouter, sourire et offrir à cet écorché vif la détente d'une soirée pleine de chaleur amicale. N'était-elle pas elle-même tout à fait incapable de « délabyrinther » ses sentiments ainsi que le disait une fieffée coquette dans une admirable pièce de M. Edmond Rostand dont elle avait oublié le titre [1].

Les choses allaient au mieux et la soirée promettait d'être une réussite quand soudain tout bascula dans le bruit et la fureur.

Tournant le dos à l'entrée du restaurant, elle ne comprit pas d'abord pourquoi Kholanchine s'arrêtait brusquement de parler et se figeait tandis que son œil devenait glauque et qu'une bouffée de chaleur montait de son faux-col à son visage. Une de ces prémonitions qui vous font couler dans le dos un petit ruisseau glacé lui tourna la tête et elle vit, drapée dans un fabuleux métrage de satin rose dragée dont la large ceinture ne faisait que souligner la quasi-nudité des seins et des épaules sous une cascade de diamants, la blonde Lydia d'Auvray, maniant un éventail de plumes assorties et qui venait de faire une entrée sensationnelle suivie d'un jeune homme brun, grand et mince dont le visage étroit et le profil nettement découpé n'étaient pas inconnus d'Orchidée. Sans l'épaisse moustache noire, il lui parut même qu'elle eût pu mettre immédiatement un nom sur cette figure... Et soudain la lumière se fit : cet élégant dîneur ressemblait curieusement à l'homme qu'au jour des funérailles d'Édouard elle avait pu dévisager à l'abri du voile de crêpe tombant de son chapeau... son beau-frère, Étienne Blanchard en personne, ou alors son sosie.

Elle n'eut pas le temps de se poser beaucoup de questions. Déjà Grigori, oubliant totalement sa présence,

1. *Cyrano de Bergerac.*

quittait la table et s'avançait vers le couple. Lydia qui faisait un petit signe d'amitié au chef d'orchestre le vit trop tard. Déjà, il la saisissait par le poignet et cherchait à l'entraîner vers la sortie... Lydia, alors, poussa une sorte de hennissement qui fit que tout le monde se retourna en pensant qu'un cheval venait d'entrer dans le restaurant. L'illusion fut courte car tout de suite elle se mit à se débattre en poussant des cris perçants. Son compagnon tenta courageusement de l'arracher à son ravisseur et n'en fût sans doute pas venu à bout si le maître d'hôtel, affolé, n'avait volé à son secours flanqué de deux serveurs, que rejoignit le directeur en personne.

Un instant la bataille fit rage non sans provoquer la déroute d'un sublime plat de canard à l'orange qu'un chef de rang apportait majestueusement en l'élevant à deux mains, comme un évêque son ostensoir, à la table du maharajah de Pudukota. Le canard partit dans une direction, les oranges dans une autre, sans causer beaucoup de dommages sinon au tapis, à la seule exception d'une mince rondelle de fruit enrobée de sauce qui vint se loger douillettement entre les seins rebondis de l'épouse d'un banquier belge.

M. Negresco s'efforçait de pousser les perturbateurs vers la sortie. Orchidée, se voyant mal achever de dîner seule après un pareil esclandre, se levait de table aussi bien pour sortir que pour voir la scène de plus près quand son voisin, un homme d'une cinquantaine d'années portant monocle, moustache en brosse et cheveux poivre et sel qui dînait seul, se précipita pour écarter sa chaise et lui offrir son bras en se présentant brièvement dans un excellent français tout juste teinté d'accent britannique :

– Lord Sherwood, Madame ! Voulez-vous me permettre de vous reconduire ? Il est inadmissible que vous quittiez seule cette maison.

Orchidée accepta d'un sourire et prit avec dignité le chemin de la sortie, un chemin encore obstrué par le groupe agité dont Lydia d'Auvray était le centre. Cependant les voies de faits cessaient pour laisser place à une discussion qui ne s'annonçait guère plus cordiale. La voix de basse-taille du Russe tonnait au-dessus des gémissements hystériques de Lydia, des protestations méprisantes de son compagnon et des représentations anxieuses des intermédiaires comme un bourdon de cathédrale au-dessus de carillons plus modestes.

Kholanchine réclamait la divette comme sa propriété, assurant qu'ayant rompu sans l'en avertir le contrat moral (?) passé entre eux mais sans oublier d'emporter les bijoux dont il l'avait couverte, elle ne pouvait se commettre avec un « ridicule petit comte italien » et devait rentrer au bercail.

– Monsieur, riposta l'interpellé, sachez d'abord qu'un Alfieri ne saurait tolérer les injures d'un ours moscovite assez pingre pour reprocher quelques babioles à une jolie femme...

– Babioles ? rugit Grigori, les diamants de princesse ma grand-mère offerts à elle par tzar Alexandre Ier ? J'ai fait présent parce que je comptais épouser...

– Mais Gri-gri, larmoya Lydia, je t'ai déjà dit que je n'ai pas envie de me marier. Je suis trop jeune !

– Vingt-trois ans, c'est juste à temps ! Filles nobles se marient à quinze ou seize ans. Après : trop vieilles !

Cette mise au point publique de son âge – elle en avouait dix-neuf – fit redoubler les sanglots de la malheureuse et provoqua chez le « comte Alfieri » un redoublement de colère.

– Eh ! reprenez-les vos bijoux si vous y tenez tellement ! Lydia en aura d'autres !

D'un geste furieux il allait arracher le collier du cou de la jeune femme quand celle-ci protesta avec véhémence : elle ne voulait en aucune façon se séparer de pierres qu'elle aimait dans l'attente hypothétique d'autres qui ne viendraient peut-être jamais.

– Elles sont à moi et je ne veux pas qu'on me les prenne !

Ce qui parut ravir son ancien amant pour qui les diamants de sa grand-mère étaient inséparables de sa personne :

– Petite colombe ! Tu ravis mon cœur. Reviens, tu auras aussi émeraudes, saphirs...

– C'est ce qui s'appelle de l'amour désintéressé ! lança Alfieri, sarcastique. Il est évident qu'elle vous aime pour vous-même ! Allons, Lydia, cessez de vous comporter comme une enfant gâtée ! Songez à ce que je vous ai promis et...

Parole imprudente. Avec un grognement sauvage, Grigori se jeta sur lui et tout eût été à recommencer si le comte italien n'eût esquivé habilement la charge. Le Russe alla s'écrouler dans les bras d'un chasseur qui plia sous le poids, se releva avec une incroyable souplesse et fonça de nouveau sur son ennemi. Negresco et le maître d'hôtel le retinrent à temps mais il écumait de colère et couvrit l'autre d'injures bilingues dont une bonne moitié au moins était on ne peut plus compréhensibles. Attaqué dans ses mœurs intimes autant que dans la vertu de sa mère, l'Italien, blanc de colère, gifla l'irascible prince que ce traitement calma tout net. Ou a peu près...

– Je vais tuer misérable moujik ! Au sabre !... hurla-t-il.

– Permettez, Madame ! fit le nouveau cavalier d'Orchidée. Il est temps que je mette de l'ordre !

Laissant la jeune femme à l'abri d'un palmier nain, il s'avança entre les deux hommes :

– Puis-je vous rappeler au sens de la dignité, gentlemen, et par la même occasion vous offrir mes services puisque, apparemment, vous ne sauriez sortir de cette situation sans vous rendre sur le pré...

– Vous voulez que je me batte en duel avec ce... cet homme des cavernes ? glapit l'Italien. Tout ce qu'il mérite c'est une volée de coups de bâton... Que je suis tout prêt à lui offrir d'ailleurs !

– Ce n'est pas si simple, coupa Sherwood. Le prince Kholanchine, outre qu'il est cousin de Sa Majesté le Tzar, se trouve être l'offensé puisque vous l'avez giflé. Le choix des armes lui appartient donc et vous n'avez aucun moyen de vous dérober sous peine de forfaiture !

– Bravo ! Très bien ! applaudit Grigori en roulant furieusement les r. J'ai déjà dit : sabre ! Mais sabre cosaque. Pas ridicule petite chose européenne !

– Pourquoi pas un cimeterre ou un yatagan, pendant que vous y êtes ? gronda Alfieri. C'est grotesque !

– Le comte n'a pas tout à fait tort, fit sèchement l'Anglais. Le folklore ne saurait intervenir dans une affaire d'honneur et les chances doivent être égales. Veuillez faire choix de vos témoins, gentlemen, et je réglerai le combat. Mais auparavant je tiens à dire, prince, que si je n'anticipais pas pour vous une leçon méritée, je m'en chargerais volontiers moi-même.

– Pourquoi ? fit Grigori en ouvrant de grands yeux douloureusement surpris. Vous êtes inconnu pour moi...

– Sans doute mais vous ne vous en êtes pas moins conduit comme un goujat. Quand on a l'honneur d'escorter une dame aussi distinguée que belle, on ne la plante pas là en plein restaurant pour courir après une autre. Aussi lorsque le comte Alfieri sera satisfait, j'aurai, moi, le plaisir de vous boxer ! A présent, voici ma carte. J'ajoute que mon yacht, le *Robin Hood*, est ancré dans le port. Je serai à bord dès que j'aurai raccompagné cette lady chez elle et j'y attendrai vos témoins. Gentlemen !

Un salut bref et lord Sherwood, tournant les talons s'en vint offrir derechef son bras à Orchidée que jusqu'à présent aucun des protagonistes de la scène n'avait remarquée. N'écoutant que ses remords Grigori voulut lui emboîter le pas mais l'autre l'en empêcha d'un sec

– Il suffit, prince ! Seul le silence peut vous éviter un nouveau ridicule !

Le groupe, et tous les curieux qui s'étaient agglutinés autour, s'écarta devant le couple. Lorsque la jeune femme quitta le clair-obscur des palmiers en pots et apparut en pleine lumière, blanche et véritablement royale dans ses dentelles neigeuses, Lydia d'Auvray ne put retenir une exclamation :

– Oh ! Mais c'est ma princesse ! Comme je suis contente et...

Quelqu'un dut la faire taire et la retenir. Orchidée d'ailleurs, réussit à ne pas tourner la tête et sa sortie au bras du lord s'effectua au milieu d'un murmure admiratif tandis qu'un groom courait avertir le voiturier d'appeler l'équipage de lord Sherwood. Elle s'était contrainte à ne pas poser son regard sur cet étrange comte Alfieri dont la ressemblance avec un beau-frère exécré lui semblait de plus en plus frappante. Elle ignora ainsi qu'il la suivit des yeux jusqu'à ce que l'écume de sa traîne eût disparu dans l'ombre des grands rideaux de velours pourpre.

En fait d'équipage, celui de lord Sherwood se composait uniquement de chevaux-vapeur : ceux dissimulé sous le capot d'une puissante automobile Panhard et Levassor rutilante de cuivres et conduite par un immense Sikh barbu dont le turban blanc semblait flotter au-dessus de la voiture comme une petite lune.

– J'espère, Madame, que cet engin ne vous fait pas peur ? dit le lord en aidant la jeune femme à s'installer sur les coussins de cuir. Sinon nous prendrons une calèche.

Pour rien au monde, Orchidée n'eût avoué qu'elle détestait ces mécaniques bruyantes et pestilentielles. Il n'est jamais bon de décourager les bonnes volontés. Elle se laissa donc envelopper, par-dessus sa cape d'hermine, d'un vaste cache-poussière muni d'un capuchon et le « mécanicien » lui étala sur les genoux une couverture en peau de léopard doublée de velours tandis que son nouveau chevalier servant enfilait sur son habit un paletot en chèvre du Tibet, se coiffait d'une casquette à carreaux et chaussait de grosses lunettes qui lui donnaient l'air d'un batracien moustachu.

– J'aime à mener moi-même, fit-il, mais rassurez-vous, je n'irai pas vite.

Après quoi, il s'installa sur le siège. Le Sikh prit respectueusement place auprès de lui et l'on partit à travers la ville brillamment éclairée.

Tandis que la machine pétaradait allégrement sur la route de Cimiez, Orchidée pensait que sa bonne action tournait bien mal : au lieu d'apporter un réconfort au pauvre Grigori, cette soirée lui valait un duel. Quant à elle-même, non seulement elle n'avait eu droit qu'à la moitié d'un dîner – et elle avait encore faim ! – mais en plus, le Tcherkesse semblait l'avoir complètement oubliée. Le dernier coup d'œil qu'elle lui avait jeté le montrait à nouveau rivé au bras de la belle Lydia qu'il couvait d'un regard passionné. Cependant elle n'arrivait pas à lui en vouloir : c'était un personnage extrêmement distrayant. Au fond, elle lui était même plutôt reconnaissante : sans lui elle n'aurait jamais rencontré ce curieux comte Alfieri dont la personnalité faisait naître dans son esprit toute une série de points d'interrogation...

Elle en était à penser que, dès le matin, elle enverrait un billet chez le cousin de Robert Lartigue, car seul le journaliste lui paraissait capable de résoudre ce mystère, quand la voiture s'arrêta devant l'entrée de l'Excelsior Regina. Lord Sherwood sauta à bas de sa machine, tout en se dépouillant de sa peau de bique, tandis que la jeune femme se déballait elle-même, et vint l'aider à mettre pied à terre.

– J'aurais été fort heureux, Madame, de vous offrir une plus agréable fin de soirée, dit-il, mais je dois rentrer à bord pour recevoir les témoins des adversaires.

– Je vous en prie, ne vous excusez pas ! Vous m'avez tirée d'une situation pénible et je vous en remercie. Puis-je, néanmoins, vous demander une grâce ?

– Je suis à votre service. Laquelle ?

– Celle de ce pauvre prince Kholanchine. Renoncez, je vous en prie, à le... boxer ? C'est bien ça ?

– C'est tout à fait ça ! approuva le lord. Il le mérite amplement.

– Non, car j'avais accepté de dîner avec lui avec la seule pensée de l'aider à passer quelques-unes des heures difficiles que lui fait éprouver un amour, mal placé peut-être, mais très sincère. Quand il a vu celle qu'il ne cesse de regretter il a tout oublié.

– Même vous ?

– Même moi et je ne peux vraiment pas lui en vouloir. J'ai de la sympathie pour lui.

L'ombre d'un sourire passa sur le visage un rien empesé de l'Anglais. Il s'inclina légèrement :

– Il sera fait selon vos désirs, Madame. Où dois-je dire... princesse ?

Apparemment il possédait d'excellentes oreilles. Orchidée sourit :

– Je l'étais mais ne suis plus que la baronne Arnold. Bonne nuit, lord Sherwood, et encore merci !

– Encore un mot, baronne !... Me feriez-vous l'honneur et le plaisir de venir demain déjeuner à bord du *Robin Hood* ? Vous pourrez ainsi connaître l'issue du combat. En outre j'y recevrai des amis désireux d'assister d'un peu loin au début du Carnaval en évitant ainsi d'être couverts de plâtre. Viendrez-vous ?

Orchidée accepta sans hésiter mais refusa qu'on lui envoie « Abdul Singh et la voiture ». Celle que l'hôtel mettait à sa disposition ferait tout à fait l'affaire et l'idée de respirer des odeurs de pétrole avant le déjeuner lui donnait mal au cœur.

Rentrée dans son appartement, elle griffonna hâtivement quelques mots puis sonna la femme de chambre, lui remit la lettre en insistant pour qu'elle soit portée tôt le matin, demanda qu'on lui serve du thé et des petits gâteaux puis se fit déshabiller et se coucha mais fut longue à trouver le sommeil : le visage moustachu du comte Alfieri la hantait. Était-elle victime d'une illusion ou bien s'agissait-il vraiment de l'homme dont elle avait juré la mort ?

CHAPITRE XI

A BORD DU *ROBIN HOOD*...

Robert Lartigue se mit à fourrager à pleines mains dans ses boucles blondes puis tira de sa poche un carnet et le porte-plume à réservoir Waterman dont il était si fier.

– Alfieri ? fit-il. Vous êtes bien sûre que c'est ce nom-là ?

De sous le bord de son grand chapeau bergère, Orchidée regarda le journaliste avec sévérité.

– Vous avez quelque chose contre ?

– N...on mais je trouve ça incroyable. Vous êtes bien sûre de la ressemblance ? Il peut s'agir d'un sosie ? Il paraît que nous en avons tous un...

– Je ne dis pas le contraire mais, en général, les différences sont plus marquées. Ici, il s'agit uniquement d'une moustache.

– Rien de plus facile à imiter ! Et la voix ?

– C'est la même. J'en jurerais !

– Évidemment !

Lartigue prit quelques notes, visiblement sans grand enthousiasme. Il semblait tracassé :

– Naturellement, vous n'avez pas son adresse ?

– Du comte Alfieri ? Non. Pas encore mais je peux peut-être l'obtenir. Tout à l'heure je déjeune sur le yacht de lord Sherwood. Il a dirigé le duel... J'essaierai de savoir...

– Et ce duel, vous n'en connaissez pas l'issue?

Orchidée se leva, fit quelques pas sur la terrasse où elle avait choisi de recevoir le journaliste.

– Non mais je suppose qu'il n'a pas dû causer beaucoup de mal. Si je vous emmenais dans mon appartement vous verriez qu'il est rempli de fleurs. Vers le milieu de la matinée on m'a apporté d'énormes brassées d'œillets, de mimosas, de violettes, de gardénias et, que sais-je encore? : le contenu d'une boutique de fleuriste tout entière accompagné d'un mot du prince Kholanchine.

Elle tendit à Lartigue le bristol armorié sur lequel une main appliquée avait écrit : « Merci et pardon, parfaite amie! Grigori n'oubliera jamais. »

– Il n'est pas rentré à l'hôtel?

– Non. Igor, son domestique, et les serviteurs d'une dame dont je n'ai pas retenu le nom sont venus chercher ses bagages et payer la note, j'imagine.

– Une chose est certaine : il n'est pas mort. Reste à savoir ce qu'il est advenu de son adversaire. Vous vous avancez beaucoup en disant que le duel n'a pas dû faire beaucoup de dégâts : le cosaque est bien capable d'avoir embroché l'Italien?

– J'espère le savoir tout à l'heure. En attendant, j'aimerais que vous vous renseigniez sur cet Alfieri. Que ce soit auprès des journaux ou même de la police, un journaliste de votre force doit être capable d'apprendre bien des choses?...

– Quand on se bat, on n'y mêle pas la police mais après un pareil esclandre elle a bien dû entendre quelques échos...

Visiblement, il répondait machinalement et son esprit était ailleurs. Orchidée murmura :

– Vous ne croyez pas qu'Étienne Blanchard et cet Alfieri puissent n'être qu'une seule et même personne ?

– Non, je l'avoue. C'est tellement invraisemblable ! Pour quelle raison un homme appartenant à l'une des familles les plus huppées de la ville, donc assez connu tout de même, aurait-il l'idée de se fabriquer une fausse identité pour mener une double vie dans cette même ville ? A Paris ça pourrait passer mais ici ?...

– Dans le voyage que vous venez de faire, avez-vous trouvé la trace d'Étienne Blanchard ?

– Pas la moindre. Je ne sais pas pourquoi on m'a parlé de la Riviera italienne. J'ai fait tous les hôtels convenables entre Bordighera et Gênes. Il n'a été inscrit nulle part. Il doit être allé beaucoup plus loin : quand on veut avoir la paix ce n'est pas très malin de donner son adresse... Bon ! A présent, je vais vous laisser mais, si vous le permettez, je reviendrai ce soir en espérant que vous aurez appris quelque chose chez votre Anglais...

– Qu'allez-vous faire de votre journée ?

Lartigue grimaça un sourire et reprit sur une chaise le panama cabossé qu'il y avait déposé en arrivant.

– Quelques visites ! Par exemple dans les hôtels de Nice pour essayer de trouver trace de cet Alfieri. Je sais déjà qu'il n'est pas dans celui-ci : c'est toujours ça !

– Bonne chasse !

Orchidée regarda la petite montre attachée à sa ceinture par une chatelaine. L'heure avançait et, en dépit de l'envie qu'elle éprouvait de s'attarder un peu au soleil sur cette terrasse fleurie d'où l'on entendait tinter les cloches du petit couvent voisin appelant les fidèles à la messe dominicale, il était temps d'aller changer de toilette avant de se rendre à l'invitation de lord Sherwood.

A bord du Robin Hood...

On pouvait trouver bizarre, à première vue, l'idée d'amarrer un yacht dans le vieux port de Lympia (des Eaux Pures) fréquenté par les courriers pour la Corse et les bateaux de pêche au lieu d'en étaler la splendeur dans l'admirable baie des Anges que le Créateur semblait avoir dessinée pour la seule joie de vivre. Cela tenait autant au caractère du propriétaire, fort amateur de folklore et de couleur locale, qu'au fait que le *Robin Hood* était un steamer de fort tonnage à peine moins imposant que le *Britannia* du roi Édouard VII.

Pareil navire ne représentait pas, d'ailleurs, la simple fantaisie d'un homme riche : voyageur passionné et grand marin devant l'Éternel, le lord se fût senti déshonoré en prenant passage à bord d'un quelconque long-courrier ou autre paquebot. Ses mâts, ses cheminées et son fanion s'étaient découpés sur tous les cieux, sur toutes les mers du monde, même sur les gigantesques vagues du Sud austral et, pour lui, appareiller à destination du Japon, de l'Amérique ou des îles Sandwich était aussi simple et naturel que, pour un Londonien moyen, prendre un omnibus pour Chelsea. Aussi préférait-il toujours un véritable port même s'il y voisinait avec des rafiots plus ou moins rouillés et de pittoresques tartanes sentant fortement le poisson et les algues. Les élégants mouillages pour navires de plaisance n'étaient pas sa « cup of tea »!

Au surplus, le cadre de la Lympia lui donnait d'ailleurs pleinement raison : serré entre les pentes du Mont-Boron et le roc du Château, le port faisait surgir de l'eau un jaillissement de vieilles maisons dont les murs patinés allaient de l'ocre au pourpre foncé en passant par des roseurs de chair et des brillances de corail. Des plantes grimpantes s'y accrochaient avec des filets en train de sécher et la lumière, selon l'heure, s'y faisait douce ou éclatante. Le flot, évidemment, ne possédait plus sa limpidité d'antan : les moirures du pétrole y remplaçaient parfois l'écume scintillante que soulevaient jadis les rames des galères mais les terrasses des petits cafés s'y emplissaient, à l'heure de l'apéritif, d'une foule bigarrée et bon enfant dont les rires et les plaisanteries faisaient chanter tout le décor... Au milieu de ces couleurs, la longue coque blanche du *Robin Hood* mettait une note d'élégance pure et de raffinement offrant un agréable contrepoint aux ruines sévères du château au pied duquel il était amarré.

Lord Sherwood accueillit Orchidée à la coupée de son bateau. Il arborait un demi-sourire qui était chez lui le signe d'une extrême satisfaction ou d'une grande gaieté.

– Vous êtes l'exactitude en personne, baronne, et j'en suis très heureux. En effet, je vous ai demandé de venir à cette heure dans l'espoir de pouvoir causer un instant avec vous avant l'arrivée de mes autres invités. Voulez-vous une coupe de champagne ?

Tout en parlant, il la guidait vers la plage avant où, sous une tente, un salon de rotin et de chintz était disposé autour d'une table supportant des verres et des boissons variées. Le Sikh de la veille, qui remplissait les doubles fonctions de chauffeur et de maître d'hôtel, se tenait debout à côté de la table, prêt à servir. Orchidée déclina le champagne offert mais accepta un verre de porto. Son hôte prit un whisky écossais, après quoi le serviteur se retira :

– Vous désiriez me parler ? demanda la jeune femme.

– Bien entendu ! Je pensais que vous souhaiteriez connaître le résultat de l'affaire d'hier soir ?

– En effet et je vous remercie de nous avoir ménagé

ces quelques instants. Pour ma part j'ai reçu un mot accompagnant une quantité de fleurs de la part du prince. D'où j'ai conclu qu'il s'en est tiré sans trop de dommages mais j'avoue un peu d'inquiétude pour son adversaire ?

– Ne soyez pas en peine. Il va assez bien. Vous pourrez vous en assurer tout à l'heure car je l'ai prié à déjeuner en compagnie de la grande dame qui a bien voulu nous prêter son jardin. Il se trouve d'ailleurs qu'elle est une amie du prince Grigori comme de moi-même.

– Ainsi, grâce aux dieux, cette affaire stupide n'a pas tourné au drame ?

– Au drame ? Vous voulez dire, baronne, que nous avons donné dans l'opéra-bouffe.

Et il se mit à raconter comment le combat s'était achevé rapidement, après quelques passes d'armes, les combattants s'étant égratignés mutuellement avec une simultanéité tout à fait remarquable.

– Nous avions, les témoins et moi-même, obtenu que l'on s'arrêterait au premier sang ; la dame en l'honneur de qui l'on se battait ne méritant guère que l'on s'égorgeât pour elle. Notre jugement se trouva renforcé quand nous la trouvâmes debout dans une voiture barrant la sortie du domaine, gémissant et sanglotant sous un deuil d'opérette et en compagnie d'un reporter du *Petit Niçois*...

– Elle avait prévenu les journaux ?

– Eh oui ! Enfin, ce qu'elle a pu trouver. Dans son métier une bonne publicité n'est pas à dédaigner. Elle ne pouvait rêver mieux qu'un duel.

Orchidée ne put s'empêcher de rire :

– Si je vous ai bien compris, tous deux ont été blessés ? Lequel a-t-elle choisi de soigner ?

– A votre avis ?

La jeune femme n'hésita même pas. Elle n'aurait pas reçu tant de fleurs si Grigori avait été malheureux.

– Je parie pour celui qu'elle appelle « Gri-gri ». On ne tourne pas le dos à quelqu'un qui vous offre les trésors de Golconde.

– Gagné ! Elle a couru se jeter à son cou en versant des torrents de larmes et en accablant de sa malédiction le pauvre Alfieri qui n'était plus là pour les entendre : il m'avait déjà demandé de le recueillir dans ma voiture pour échapper aux journalistes.

– C'est un Italien, n'est-ce pas ? Savez-vous d'où il vient ?

– De Rome... ou plutôt de Sardaigne ! Oui, il me semble que c'est cela. Il voyage beaucoup mais revient toujours à Nice pour le Carnaval. Il y possède une maison, je crois.

– Somme toute, vous ne le connaissez pas ? Pas plus que moi, d'ailleurs, et cependant vous nous avez invités l'un et l'autre aujourd'hui. Pourquoi ?

Lord Sherwood prit un moment pour répondre, employant ce temps à dévisager aimablement sa belle visiteuse :

– Votre miroir, Madame, vous donnerait une meilleure réponse que je ne saurais le faire, fit-il galamment, mais je dirais que j'aime à recevoir ici des personnalités hors du commun. Certaines demeurent mes amies, d'autres ne font que passer... Au nombre des premières, il y a la princesse Yourievski chez qui nous étions ce matin. C'est une femme extraordinaire : elle a été d'une grande beauté dont il ne reste rien, malheureusement. Le tzar Alexandre II qui l'épousa morganatiquement l'aurait sans doute élevée au trône s'il n'avait été assassiné. Elle a quitté la Russie après sa mort et vit la plupart du temps à Nice où elle possède, sur les collines, une grande culture de fleurs.

– Et... le comte Alfieri vous est apparu comme étant une personnalité hors du commun ?

– Dans un sens, oui... mais surtout il a demandé à vous être présenté.

– A moi ? Quelle idée !

– Je ne la trouve pas si sotte. Je crois que vous avez fait grande impression sur lui.

– Je ne suis pas certaine d'être flattée... Mlle d'Auvray semblait, elle aussi, lui avoir fait grande impression...

Sherwood se mit à rire :

– Quoi qu'il en soit, baronne, vous en ferez ce qu'il vous plaira. Ici vous n'êtes même pas obligée d'être polie si cet Italien vous déplaît... Veuillez m'excuser !

Il se levait pour accueillir un couple de compatriotes, lord et lady Queenborough : lui un homme aimable et placide possédant sans doute la plus belle collection de tableaux de marine qui soit en Europe, et sa femme, une Américaine pas très belle mais follement distinguée et passionnée de musique. Tous deux déjà d'un certain âge. Sur leurs talons arrivait un autre Américain d'allure tout aussi remarquable : la soixantaine, la moustache conquérante et le chapeau crânement posé sur l'œil bleu, le teint bronzé et la silhouette dégagée d'un jeune homme. Il se nommait James Gordon Bennett, directeur du très puissant *New York Herald* et fondateur d'une coupe automobile qui, tous les deux ans, faisait courir les sportsmen d'Europe. Il vivait une partie de l'année dans sa propriété de Beaulieu.

Pendant quelques instants, Orchidée se sentit étrangère à ces gens qui parlaient anglais, langue qu'elle n'avait jamais réussi à assimiler pleinement, mais lorsque lord Sherwood, en procédant aux présentations, employa le français, elle constata que ces trois personnages la possédaient aussi. La conversation, arrosée de champagne et de whisky, lui prouva qu'elle pouvait y tenir sa place sans la moindre peine. Lady Queenborough se montra même particulièrement aimable :

– Nous sommes au Regina, nous aussi, et j'avoue que vous me posez un véritable problème Lord Queenborough et moi-même avons parié sur vous.

– Sur moi ? fit Orchidée un peu scandalisée. Mais à quel propos ?

– Mon mari prétend que vous êtes Eurasienne. Je ne suis pas de son avis.

– Quel est le vôtre ?

Il était écrit qu'Orchidée ne saurait pas ce que lady Queenborough pensait d'elle : précédée d'une dizaine de serviteurs, une femme qui pouvait avoir soixante ans et dont le visage envahi de graisse ressemblait à un ivoire jauni venait de faire son apparition. Le deuil somptueux qu'elle portait s'allégeait de grands sautoirs de perles qui cliquetaient à chacun de ses pas. A l'exception d'une superbe chevelure d'un châtain doré à peine strié de blanc, il ne restait rien de l'émouvante beauté qui parait jadis la jeune Catherine Dolgorouki et ensorcelait le tzar de toutes les Russies. En revanche l'orgueil, lui, était intact. Orchidée s'en aperçut lorsqu'elle fut présentée. Assez ignorante des usages de cour en Europe, elle se contenta de saluer avec le respect qui convient à une dame âgée mais eut le tort de l'appeler « princesse ».

– On me dit Altesse Sérénissime, et il est d'usage de plier le genou devant moi... D'où sortez-vous donc pour l'ignorer ?

Le dédain qui vibrait dans cette voix perchée suscita

soudain chez Orchidée une bouffée de colère et lui fit oublier toute prudence :

– Pour parler votre langage, Madame, je sors des palais de l'Impératrice de Chine et, jusqu'à mon mariage, j'étais, moi, une altesse impériale. Ce qui n'enlève rien au respect que ma jeunesse doit à une vénérable dame et je salue bien volontiers ses cheveux blancs...

Ayant dit, elle s'inclina à la manière chinoise, ce qui lui permit d'ignorer le regard venimeux de l'ancienne favorite. Lord Sherwood, sentant planer une catastrophe sur son déjeuner, se hâtait d'intervenir :

– Katia très chère!... Vous ne devez incriminer que moi-même qui me suis montré un hôte négligent. La baronne, elle vous l'a dit, vient d'un lointain pays où, très certainement, elle n'a pas eu le loisir d'apprendre l'histoire et les usages de nos régions C'était à moi de l'informer...

La princesse Yourievski fit, de la main, un geste qui balayait l'incident comme elle eût chassé une mouche puis tourna carrément le dos à Orchidée. Celle-ci revint à son hôte :

– Lord Sherwood, vous avez été très aimable de m'inviter mais il vaut mieux, je crois, que je me retire.

Elle avait parlé assez bas. Lui descendit jusqu'au chuchotement :

– My goodness! N'en faites rien! Je tiens beaucoup à ce que vous restiez. Cette princesse est intéressante mais j'aurais dû vous dire qu'elle est une vraie peste de méchanceté... Pardonnez-lui et ne me privez pas du plaisir que j'aurai à bavarder avec vous tout à l'heure quand elle sera partie... Ah! voilà le comte Alfieri!

Il s'avança vers le nouveau venu tandis que lady Queenborough s'emparait d'Orchidée :

– Eh bien, j'ai gagné mon pari! fit-elle joyeusement. J'étais certaine que vous étiez chinoise.

– Si c'est le terme que vous avez employé, fit la jeune femme en souriant, vous n'avez pas vraiment gagné : je suis mandchoue...

– Il y a une différence ?

– Une grande, oui... Nous sommes les conquérants mongols qui, dans ce que vous appelez le dix-septième siècle, ont franchi la Grande Muraille et déferlé sur la Chine devenue notre esclave. Nous étions des guerriers... ajouta-t-elle avec une nuance de tristesse qui n'échappa pas à son interlocutrice.

– Vous l'êtes toujours et, en outre, ajouta-t-elle avec beaucoup de gentillesse, vous êtes devenus des bâtisseurs, des artistes, des lettrés...

– Peut-être. Il semble en effet que ce soit le sort commun aux hordes barbares d'être conquises à leur tour par la civilisation qu'elles venaient détruire. La revanche des vaincus en quelque sorte...

Le comte Alfieri, chaperonné par son hôte, approchait des deux femmes qu'il salua avec grâce en dépit de l'évidente raideur d'un de ses bras. Lorsque sa main toucha celle d'Orchidée, celle-ci posa sur son visage le masque d'un sourire qui n'atteignit pas ses yeux. En échangeant les rituelles formules de courtoisie sans y attacher d'ailleurs la moindre signification, elle pensait que les dieux continuaient de l'exaucer et se montraient infiniment favorables puisqu'elle pouvait, enfin, contempler la face de son ennemi.

Car, pour elle, aucun doute n'existait plus en dépit de ce que pouvait raconter Lartigue : ce beau jeune homme au sourire charmeur avait naguère ordonné la mort de son propre frère... ou de celui qu'il croyait tel, et lancé des tueurs jusque dans sa maison. Une vague de dégoût et de haine la submergea et elle dut faire un effort pour s'en dégager afin de continuer à jouer le rôle qu'elle s'était imposé : celui d'une riche étrangère un peu bizarre venue chercher comme tant d'autres le soleil de la Côte d'Azur... Ce qui impliquait d'ailleurs qu'elle prêtât peu d'attention aux paroles aimables qu'il lui adressait. Que disait-il ?

– N'ai-je pas eu déjà, baronne, la joie de vous rencontrer ?

Orchidée pensa aussitôt que ce n'était vraiment pas la peine qu'on l'arrache à ses pensées pour entendre de telles banalités.

– Vous avez une excellente mémoire ! Nous nous sommes aperçus hier soir.

– Permettez-moi de laisser en dehors le grotesque vaudeville du Casino. Je voulais dire : auparavant.

– Si vous ne vous en souvenez pas, pourquoi voulez-vous que je me rappelle une circonstance qui n'existe pas. Vous êtes le comte Alfieri ?

– On vient de vous l'apprendre et...

– Moi, je suis la baronne Arnold et je puis vous certifier que ces deux personnages se trouvent en face l'un de l'autre pour la première fois... Voulez-vous m'excuser un instant ?

Trois retardataires venaient d'apparaître. Le ballet bien réglé des présentations reprenait, après quoi lord Sherwood donna l'ordre d'appareiller tandis que l'on passerait à table. La vieille princesse Yourievski jugea spirituel de pousser des petits cris effrayés !

– Il s'agissait donc d'une croisière ? Mon Dieu... mais vous auriez dû nous prévenir !

– En aucune façon, chère amie ! Le *Robin Hood* vous conduit tout simplement de l'autre côté du rocher du Château. Avec des jumelles vous y serez admirablement placée pour assister à l'entrée de Sa Majesté Carnaval dans sa bonne ville de Nice... Si Votre Altesse Sérénissime veut bien me faire l'honneur de prendre mon bras ?

On gagna en cortège l'arrière du bateau où une table somptueuse attendait les invités sous un vélum de toile blanche. Comme il se devait lord Sherwood offrit à « Katia » de présider en face de lui tandis que lady Queenborough prenait place à sa droite et Orchidée à sa gauche. La table était ronde, ce qui permettait une meilleure convivialité. Néanmoins la fausse baronne perdit un peu de vue le « comte » qui se trouvait, lui, à la droite de lady Queenborough alors qu'elle-même héritait de Gordon Bennett. Ce dont elle éprouva une sorte de soulagement : il lui eût été difficile de se trouver côte à côte avec Alfieri.

Le repas fut exquis bien qu'assez ennuyeux : pendant les « ris de veau à la Maréchale », l'ancienne favorite causa pratiquement toute seule, égrenant d'une voix languissante des souvenirs sur l'Exposition universelle de 1868 à Paris qui ne captivaient personne. Le saumon de la Loire en sauce verte incita lord Queenborough à endiguer le flot en se lançant sur la pêche de ces intéressants bestiaux. La gigue de chevreuil sauce poivrade donna des ailes à James Gordon Bennett au sujet des préparatifs de sa prochaine « Coupe », après quoi il parla du tout récent exploit du président Theodore Roosevelt qui venait, contre toutes les tempêtes du Sénat, de nommer un Noir, Mr. Gran, au poste de directeur des Douanes en Caroline du Sud. Ce qui mit tout de même un peu d'animation, les Anglais du déjeuner étant franchement contre. Lady Queenborough, pour tirer d'affaire son compatriote, profita de l'apparition des bécasses flambées pour lui conseiller, en tant que directeur de journal, de s'intéresser davantage aux fillettes américaines en prenant modèle sur le nouvel illustré français destiné aux jeunes filles : *La Semaine de Suzette* où les aventures d'une petite Bretonne cocasse nommée Bécassine faisaient la joie des lectrices et même de leurs mères. Gordon Bennett déclara que c'était, en effet, amusant bien qu'un peu trop folklorique pour les États-Unis. Hélas, la princesse Yourievski, ayant appris qu'il s'agissait d'une paysanne, s'indigna que l'on pût accorder quelque importance à de tels gens et prit pour exemple les moujiks russes dont la condition n'intéressait personne. Elle en profita pour se plaindre des difficultés qu'elle rencontrait avec ses cultures de fleurs et la mauvaise volonté de ses gens :

– Feu le tzar Alexandre a été bien inspiré en se faisant assassiner juste avant de couronner cette mégère, chuchota lord Queenborough à l'oreille d'Orchidée. Imaginez-vous la vieillesse qu'il aurait eue auprès d'elle ? C'était déjà beaucoup de l'avoir épousée mais au moins la solitude du trône lui aurait accordé quelque répit... Je crains fort que nous n'en ayons guère...

C'était sans doute aussi l'avis de sa femme car, lorsque l'on servit d'admirables truffes « à la serviette », elle en complimenta son hôte, lui demanda comment ancré dans le port de Nice, il parvenait à se procurer toutes ces merveilles puis s'enquit de sa prochaine destination :

– Vous n'êtes pas homme à rester longtemps au même endroit, observa-t-elle. Malheureusement on ne vous voit pas souvent en Amérique.

– Plus que vous ne croyez, Milady ! J'ai passé l'automne en Floride et dans votre ville natale : La Nouvelle-Orléans que j'aime beaucoup en dépit de son côté un peu trop français. Vous voyez que vous êtes injuste.

– Je fais amende honorable! Où allez-vous à présent?

– A Singapour.

Le nom était évocateur et provoqua un brouhaha dont le lord profita pour murmurer à la seule intention de sa belle voisine :

– Il se peut que j'aille jusqu'en Chine. Au cas, Madame, où vous souhaiteriez revoir votre pays, je serais heureux de vous y conduire.

Un éblouissement passa devant les yeux de la jeune femme. Cette proposition tellement inattendue était-elle encore un présent des dieux? Ce serait si simple d'accepter et de partir sans plus rendre de comptes à quiconque.

– Qui vous dit que je désire y retourner? fit-elle.

– Rien ni personne! Une simple intuition. Depuis que je vous ai offert mon bras au restaurant du Casino, j'ai l'impression que vous jouez un rôle et que vous ne vous sentez pas à votre place. Ce que vous avez lancé tout à l'heure à cette chère Katia a fait de cette impression une conviction. J'ignore pourquoi vous êtes ici mais je jurerais que vous avez envie de rentrer chez vous.

– Je n'ai plus vraiment de chez moi. Alors ici ou ailleurs...

– J'ajoute que je pourrais être votre grand-père et que vous seriez en parfaite sécurité sur ce bateau. Réfléchissez à ma proposition. Je lèverai l'ancre mercredi matin à l'aube.

Il n'en dit pas davantage. D'ailleurs sa voisine de droite lui parlait. Orchidée lui fut reconnaissante de ne pas insister et de la laisser à ses pensées. Son autre compagnon de table se consacrait tout entier à la dégustation des fameuses truffes qu'il arrosait d'un somptueux Château-Petrus et ne risquait pas de troubler sa méditation.

C'en était une, en vérité, et aussi une violente tentation. Ce serait si simple de tout oublier de ce qui lui empoisonnait l'existence : la vengeance d'abord et aussi peut-être ce sentiment bizarre que lui inspirait Pierre Bault et dont elle n'arrivait pas à démêler ce qu'il était au juste. Il n'y aurait plus à jouer la comédie, plus de partie de cache-cache avec la police, plus rien à craindre du tout ! Le beau yacht blanc, sous l'abri de son pavillon britannique, tracerait sa route à travers les mers jusqu'au port de Takou et alors...

A cet instant, la voix d'Alfieri vantant les charmes du printemps sur le lac Majeur parvint jusqu'à elle et lui arracha un frisson. Pas question de partir tant qu'il serait en vie, celui-là ! L'Europe avec ses pièges trop faciles et ses mollesses était en train de la pervertir jusqu'à l'âme et il était grand temps de réagir.

Prenant au hasard l'un des verres placés devant elle et qu'elle n'avait guère touchés, elle le but lentement mais jusqu'à la dernière goutte. Une idée lui venait : si elle arrivait à exécuter le meurtrier dans la nuit précédant l'appareillage du *Robin Hood*, personne n'aurait l'idée de venir la chercher à bord. En peu de temps, ce puissant marcheur aurait quitté les eaux territoriales françaises et elle se trouverait hors d'atteinte de la police. Sans s'en douter lord Sherwood venait de lui offrir ce qu'elle souhaitait obscurément : le moyen d'assouvir sa vengeance en évitant d'avoir à en répondre devant un tribunal français. C'était peut-être la faute du pays séduisant qui l'entourait mais elle avait envie de vivre, à présent. N'importe où peut-être sauf en prison !

Lorsqu'on se leva pour prendre le café, elle sourit à son hôte.

– Il se peut que j'accepte votre proposition, lord Sherwood. Ce serait très agréable de faire ce voyage en votre compagnie. Et puis la guerre est finie depuis longtemps et je suis certaine que notre grande Impératrice saurait vous remercier de m'avoir ramenée.

– Vous êtes si proche d'elle?

– C'est elle qui m'a élevée. Mon nom réel est Dou-Wan... princesse Dou-Wan, mais veuillez l'oublier à présent.

– Soyez tranquille... baronne! Il vous suffira d'embarquer avant cinq heures du matin.

Orchidée l'aurait embrassé. Aucun étonnement, aucune question! En bon Anglais, lord Sherwood eût considéré comme une incongruité de s'immiscer si peu que ce soit dans les secrets et la vie privée d'une dame qui jouissait de sa sympathie. Ii avait fait une proposition : elle acceptait ou elle refusait. Aussi simple que cela! Ses raisons n'appartenaient qu'à elle seule.

Soudain, sur les anciennes murailles du château, un canon tonna, lâchant dans le ciel bleu un petit panache de fumée blanche. La ville parut exploser en une bourrasque de sons et de couleurs qui partit de la préfecture où la gigantesque effigie en carton-pâte du Roi Carnaval, assis sur un tonneau, commençait sa promenade triomphale à travers sa bonne ville, escorté des Lanciers du Champagne et des Chevaliers de la Fourchette au milieu d'une énorme foule travestie et masquée qui hurlait sa joie et acclamait l'éphémère souverain.

Le *Robin Hood* s'était ancré à la hauteur de l'Opéra et, depuis le pont, ses passagers découvraient toute la Promenade des Anglais plantée de palmiers et de lauriers-roses, kaléidoscope de verts, de roses et de blancs avec ses hôtels neufs, ses villas, son immense plage de galets où les fils de Britannia découvraient depuis des dizaines d'années le plaisir d'une douce errance entre la mer bleue et la foisonnante végétation.

Tout à l'heure, après son passage dans les artères principales de la ville et surtout le Cours où se livrerait le plus gros des batailles de confetti, le cortège des chars représentant des scènes de contes de fées ou des animaux fantastiques traités sur le mode humoristique déboucherait finalement sur la Promenade où l'on pourrait les admirer sans même avoir besoin de jumelles.

Lord Sherwood en avait muni chacun de ses invités qui pouvaient ainsi suivre la fête sans craindre les fameux « bonbons » qui se déversaient à pleins sacs de toutes les fenêtres sur la foule colorée où le scintillement des paillettes allumait de brefs éclairs. Le bruit des fanfares emplissait l'air. Naturellement, Orchidée regardait comme les autres et s'amusait de ce tohu-bohu un peu délirant avec ses crépitements de pétards qui lui rappelaient le Nouvel An chinois :

– Ce délire ne vous paraît pas vulgaire ? fit une voix auprès d'elle, et il faut avoir le goût de la bagarre pour s'y mêler. Par contre, j'aimerais vous montrer le Corso fleuri de demain.

Le comte Alfieri venait de s'accouder à son côté. Son cœur manqua un battement : le moment était venu d'engager le fer. Sans cesser de regarder dans l'appareil optique, elle eut un petit sourire.

– On m'a déjà proposé de me montrer la bataille de fleurs. Merci de votre offre mais je n'aime pas beaucoup la foule et je suppose qu'elle sera aussi dense qu'aujourd'hui.

– Sans aucun doute mais le spectacle devrait vous plaire davantage. Il mérite d'être vu de plus près. De la terrasse de l'hôtel Westminster, par exemple, où nous pourrions prendre le thé ?

– C'est donc une invitation ?
– Formelle.
– Et pourquoi me l'adressez-vous ? Nous ne nous connaissons pas.
– Croyez-vous ? Il me semble, quant à moi, que je vous connais depuis longtemps.
Orchidée se mit à rire :
– Ah ? Voilà qui est mieux ! Tout à l'heure vous ne trouviez rien de plus original que demander où vous m'avez déjà rencontrée.
– Si vous avez envie de vous moquer de moi ne vous privez pas ! Votre rire est le plus joli qui soit.
– Ne me prêtez pas de si noires intentions et répondez d'abord à une question, s'il vous plaît !
– Laquelle ?
– Hier, lorsque vous escortiez Mlle d'Auvray, vous étiez bien loin de songer à moi. D'où vient cet intérêt soudain ? Du fait qu'on vous a préféré ce cher Grigori ?
– Vous ne pensez pas ce que vous dites ? Du moins je veux l'espérer, fit-il avec une gravité inattendue. Il faudrait être fou pour établir la moindre comparaison entre vous et cette jolie fille. Charmante, sans doute, mais incapable d'attacher sérieusement le cœur d'un homme.
– Ce n'est pas ce qu'en pense le prince Kholanchine. Et je vous rappelle que vous vous êtes battu pour elle. Un bien grand honneur, non ? Surtout s'il est immérité...
– Dois-je vous rappeler que je me suis battu contraint et forcé ? Sans ce cher lord Sherwood...
– Vous auriez sans doute vidé cette querelle à coups de poings comme des portefaix sur le quai d'un port, dit la jeune femme avec un dédain qui fit rougir la figure mate du jeune homme. J'estime que lord Sherwood

vous a rendu service à l'un comme à l'autre. Le spectacle que vous offriez était sans doute amusant mais sans la moindre grandeur.

– Vous êtes impitoyable ! murmura-t-il sans songer à dissimuler sa colère. Au prix d'un effort qui fit saillir les veines de ses tempes, il parvint néanmoins à se maîtriser. Sa voix ne fut plus que douceur lorsqu'il remarqua :

« Nous voilà bien loin de notre point de départ, il me semble ! S'il m'en souvient, ce fut, de ma part, une innocente invitation à une tasse de thé en regardant le Corso...

– Seule avec vous ? Serait-ce bien convenable ? Je ne sais rien de vous à l'exception de quatre choses : vous êtes italien, jeune, comte et... plutôt séduisant.

– Enfin une parole aimable ! Ah, Madame, quelle joie vous me donnez !

Il semblait soudain tellement heureux que la jeune femme se demanda s'il était en possession de tout son bon sens. Ses yeux noirs irradiaient une joie semblable à celle d'un enfant que l'on vient de récompenser. Elle eut un sourire dédaigneux :

– Vous m'en voyez ravie mais vous ne répondez pas à ma question : qui êtes-vous ?

L'attitude du jeune homme changea complètement et se fit provocante :

– Acceptez mon invitation et je vous dirai tout...

Sa soudaine assurance déplut à la jeune femme. Elle eut un sourire narquois et, haussant les épaules :

– Qu'est-ce qui peut bien vous faire supposer que cela m'intéresse ?... Veuillez m'excuser : j'ai très envie d'une seconde tasse de café.

Elle le planta là et rejoignit lady Queenborough que le serviteur sikh était justement en train de resservir. Elle prit une tasse et s'assit auprès d'elle.

– J'avais envie d'aller vers vous, dit celle-ci, mais ce beau ténébreux vous assiégeait et j'ai craint d'être importune.

– C'était une erreur. Il semble appartenir à ces hommes qui se croient tout permis... Mais il s'agit peut-être d'un de vos amis et il se peut que je vous choque ?

– Moi ? Pas du tout ! C'est la première fois que je le vois. Il n'est pas d'ici, je pense ?

– Lord Sherwood dit qu'il y possède une maison et qu'il assiste toujours au Carnaval.

– C'est bizarre car nous venons chaque année, mon mari et moi, et je ne l'ai jamais rencontré. Il a pourtant un physique assez remarquable. Il est vrai qu'en cette période, on rencontre plus de masques que de visages découverts. Allez-vous, ce soir, au bal des Kotchoubey ?

– Non. Je connais peu de monde. Je suis seulement venue me reposer. L'invitation de lord Sherwood me semblait un bon moyen de voir la fête sans m'y mêler. Mais je n'ai guère envie de sortir.

– Ce n'est pas bon pour une aussi jeune femme de rester isolée pendant que les autres s'amusent. A la limite, ce n'est pas normal. Je parie que le beau comte souhaitait vous inviter et que vous l'avez envoyé promener ?

Apparemment lady Queenborough pariait beaucoup mais c'était plutôt amusant.

– Cette fois vous avez gagné tout à fait, dit Orchidée. Il voulait que j'aille voir le Corso fleuri demain, en prenant le thé avec lui sur la terrasse de l'hôtel Westminster...

– Alors, il faut accepter !

– Comment ? Vous voulez que je...

– Mais oui. L'idée est excellente et l'endroit fort

agréable, bien choisi et tout ce que vous voulez. L'important est de ne pas y aller seule. Je vous propose de vous chaperonner : nous irons ensemble. Ce qui me permettra de vous présenter un tas de gens qui seront ravis de vous inviter à leur tour. Vous serez de toutes les fêtes pendant un mois si vous le désirez.

– Dans ces conditions, ce serait tentant...

Voyant qu'Alfieri revenait dans sa direction, l'air un peu penaud, elle lui sourit :

– Allons, ne faites pas cette tête ! Si je vous ai un peu malmené, vous l'avez cherché. Faisons la paix ! Pour vous prouver ma bonne volonté, j'accepte d'aller prendre le thé avec vous demain.

– D'ailleurs nous irons tous ! renchérit lady Queenborough sans paraître remarquer la mine déconfite du jeune homme. La terrasse du Westminster est l'endroit favori des Anglais pour les cortèges. Pendant le Carnaval il faut être en groupe sinon on ne s'amuse pas.

Il approuva courtoisement mais lorsque les yeux d'Orchidée croisèrent son regard celui-ci se chargea d'un reproche douloureux qui la surprit. Était-il susceptible au point de prendre au tragique le tour bien anodin qu'elle venait de lui jouer ?

Elle en fut persuadée quand, un peu plus tard, il réussit à l'isoler une nouvelle fois.

– Pourquoi vous moquez-vous de moi ?

– Mais je ne me moque pas de vous....

– Allons donc ! Vous savez très bien que je voulais être seul avec vous.

– Au milieu d'une foule d'Anglais ? Mon cher comte, vous me semblez bien peu au fait des usages du monde lorsqu'il s'agit des femmes. Avant d'oser en exiger des privilèges, il convient de s'assurer qu'on leur plaît.

Il devint aussitôt très pâle :

– C'est donc cela ? Je ne vous plais pas...

– Laissez-moi le temps de vous connaître un peu ! Je vous dirai ensuite ce que j'en pense.

– Soit ! Je saurai donc attendre.

– Étant donné qu'il ne s'est pas encore écoulé vingt-quatre heures depuis notre première rencontre, vous n'aurez sûrement pas de grandes difficultés. D'autant que nous nous verrons demain...

– Permettez-moi au moins de vous raccompagner chez vous ?

– J'ai le choix entre deux voitures : celle que lord Sherwood m'avait envoyée et celle des Queenborough. Ce sera sûrement celle-là puisque nous habitons le même hôtel.

– Alors, dînons ensemble ce soir ! Je vous emmènerai...

Il ressemblait de plus en plus à un enfant, gâté et impatient, qui ne se résigne pas à un refus :

– Vous venez de me dire, il y a un instant, que vous sauriez attendre... N'insistez pas, je vous en prie. Je n'ai aucune envie de sortir encore et, ce soir, je désire rester chez moi.

– Comme vous voudrez... soupira-t-il avec mauvaise grâce. Puis il salua et s'éloigna vers l'avant du navire où Gordon Bennett et lord Sherwood discutaient mécanique. Restée seule, Orchidée se félicita mentalement : ce premier engagement lui donnait entière satisfaction. Certes, il eût été facile d'accepter un dîner en tête à tête mais elle n'y voyait guère d'opportunité pour accomplir son projet. Où qu'ils aillent, il y aurait foule. En outre le plan de la jeune femme était arrêté à présent. Elle tuerait l'assassin d'Édouard dans la nuit de Mardi gras, sans doute à la faveur du grand feu d'artifice qui clôturait les fêtes du Carnaval. Les fêtes officielles tout au moins, car les rigueurs ecclésiastiques du Carême ne souciaient guère la société cosmopolite de Nice qui, jusqu'à la Semaine Sainte au moins, irait de bals en redoutes, de thés dansants en comédies de salon, en concerts, en joyeux pique-niques, etc. Cette nuit-là, Orchidée était décidée à attirer sa victime dans un endroit écarté, même sous le vil prétexte de se laisser courtiser. Aucune difficulté à redouter puisque cet homme ne songeait qu'à se ménager des tête-à-tête avec elle. Là, elle agirait, puis, effaçant au mieux les traces de son passage, elle se hâterait de rallier le *Robin Hood* où ses bagages la précéderaient. Pour éviter les curiosités, il serait peut-être sage de les faire déposer d'abord à la consigne de la gare, comme si elle comptait prendre un train. Après quoi un quelconque commissionnaire bien payé se chargerait de les porter au port. Un seul détail restait encore incertain : l'arme dont Orchidée comptait se servir. Un poignard, évidemment, offrait l'avantage du silence mais il obligeait à une proximité gênante et faisait courir le risque des taches de sang. Le revolver permettait de ne pas se salir. Par contre il était bruyant... Il est vrai qu'au milieu des détonations d'un feu d'artifice, il serait peut-être facile d'en dissimuler une de plus.

Ainsi songeait Orchidée, gracieusement étendue sur une chaise longue tandis que ses yeux de velours regardaient la mer se mordorer sous les rayons déclinants du soleil. Auprès d'elle, lord Queenborough, devenu lyrique en face de ce magnifique spectacle, lui vantait le pinceau visionnaire de Turner, son peintre chéri, évoquant tour à tour *La Dogana à Venise*, certaines toiles de *l'Odyssée*, l'*Incendie du Parlement de Londres* et, surtout, son tableau préféré *le* Téméraire *halé vers son dernier mouillage* dans les fulgurances d'un coucher de soleil où se devinait déjà la nuit. Orchidée ne l'écoutait pas mais il ne s'en rendait pas compte, appréciant surtout un auditoire silencieux et à cent lieues d'imaginer les pensées meurtrières qui s'agitaient derrière le ravissant visage de cette longue et charmante jeune femme tandis que le yacht les ramenait au port.

Un moment plus tard, accoudée à la rambarde, Orchidée observait avec attention les manœuvres d'amarrage et surtout repérait soigneusement l'endroit du quai où le *Robin Hood* se situait, afin d'être certaine de le retrouver en pleine nuit sans trop de difficultés. C'est alors qu'elle aperçut, à la terrasse d'un des cafés du quai, deux hommes attablés qui buvaient de grands verres d'un liquide opalescent et mangeaient des petits poissons frits. Ils se ressemblaient un peu, portaient des panamas identiques et semblaient être les gens les plus inoffensifs du monde. Pourtant, elle aurait juré que c'étaient ses agresseurs de la gare d'Orléans. Cela tenait à peu de chose : une façon de se tenir, l'inclinaison spéciale du chapeau. Toujours est-il qu'elle en aurait mis sa main au feu.

L'ancienne favorite du Tzar – qui avait d'ailleurs dormi profondément pendant la plus grande partie de l'après-midi – partit la première au milieu des révérences, des saluts et des empressements de son armée de serviteurs, accompagnée jusqu'à sa voiture par un hôte aussi attentif que respectueux. Lady Queenborough se tourna vers Orchidée qui s'apprêtait à la suivre sur la passerelle de coupée :

– Vous regagnez l'Excelsior Regina avec nous, baronne ? Et que diriez-vous d'un dîner paisible dans le jardin d'hiver de l'hôtel, rien que vous et nous ? Ni mon époux ni moi n'avons envie de ressortir ce soir.

– Je croyais que vous alliez au bal ?

– Ma foi, non ! Quelque chose me dit que sitôt le café avalé, j'aurai ma migraine.

– Alors, ce sera pour moi un réel plaisir.

Tandis que toutes deux rejoignaient la terre ferme, Orchidée regretta vivement que le soleil eût disparu derrière le massif du château, ce qui aurait rendu ridicule l'usage de son ombrelle, mais elle s'arrangea pour tourner la tête le plus souvent possible : de leur terrasse de café les deux hommes regardaient descendre les passagers du yacht. Instinctivement, elle chercha Alfieri dans l'espoir d'observer, entre lui et ces gens, un signe quelconque susceptible de prouver une connivence mais elle ne le vit pas. Il semblait avoir complètement disparu. Lord Sherwood était seul à la coupée de son bateau, levant parfois une main pour saluer l'un de ceux qui partaient.

La soirée fut charmante et brève. Quand les dames se retirèrent, laissant lord Queenborough en tête à tête avec un flacon de porto, elles montèrent se coucher. Robert Lartigue ne s'était manifesté d'aucune manière et Orchidée en fut plutôt satisfaite. En dépit de l'accord passé entre eux, elle était décidée à garder ses projets secrets afin d'être bien certaine que personne ne viendrait se mettre en travers.

En revanche, le lendemain matin, l'un des grooms lui apporta une lettre que l'on venait de déposer à son intention. De toute évidence et bien qu'il n'y eût aucune signature, elle venait de Lartigue. Le texte en était court et s'accompagnait d'une coupure de journal soigneusement pliée : « C'est bien lui, écrivait le journaliste. Soyez prudente et ne cherchez pas à l'approcher sans moi. L'article ci-joint vous montrera à quel point il est important que vous ne bougiez pas. Je viendrai dès que je le pourrai. Confiance !... »

Cette mise en garde fit sourire Orchidée. Elle lui prouvait à quel point le journaliste prenait à cœur sa tâche d'ange gardien, ce qui était plutôt touchant et, surtout, elle confirmait sa certitude : Étienne Blanchard et le comte Alfieri ne faisaient qu'un seul et même personnage mais, comme cet homme à double visage mourrait dans la nuit du lendemain et que l'aurore suivante se lèverait pour Orchidée sur les eaux bleues de la Méditerranée, les précautions n'étaient vraiment plus à l'ordre du jour. Pour la première fois depuis bien longtemps, la jeune femme se sentait sûre d'elle et d'une décision désormais irrévocable.

Aussi fut-ce d'un œil presque serein qu'elle lut le morceau de journal. On y annonçait que Pivoine venait d'échapper une fois de plus à la Justice. « La Chinoise meurtrière », comme l'appelait le rédacteur de l'article, avait trouvé moyen de simuler une grave crise d'appendicite nécessitant son transfert à l'Hôtel-Dieu d'où elle s'était enfuie le plus tranquillement du monde en volant les vêtements d'une infirmière. On était sur ses traces... Bien que grave, et même inquiétante, la nouvelle n'affecta pas Orchidée. Dans quarante-huit heures elle serait loin. Par contre, elle lui inspira une sorte d'admiration pour son ancienne compagne des « Lanternes rouges ». Le courage de cette fille était vraiment indomptable et lui permettait de se sortir de n'importe quelle situation, même celles qui paraissaient désespérées. En tant que Mandchoue, l'ancienne favorite de Ts'eu-hi en éprouva une certaine fierté et se sentit stimulée : c'était à elle, à présent, de faire montre de sa propre valeur.

CHAPITRE XII

UN VIEUX PALAIS...

Le spectacle était enchanteur et le ciel étincelant semblait tissé de fleurs... Tout au long de la Promenade des Anglais, une double file de chars et de voitures décorés, chargés de jolies femmes, marchaient au pas en se croisant. La bataille faisait rage mais, cette fois, les confetti et les désagréables « bonbons » faisaient place aux branches et aux bouquets d'œillets, de pensées, de pâquerettes, de primevères, de violettes, de mimosas, de camélias et de tout ce dont regorgeaient les généreux jardins de Nice et de ses environs. Des fleurs, il y en avait partout : au corsage des femmes et à la boutonnière des hommes mais aussi aux roues des chars et aux oreilles des chevaux, en motifs poétiques sur les équipages et au bord des grandes tribunes disposées le long de la plage. Les corolles parfumées emplissaient les corbeilles, tapissaient calèches et victorias où de jeunes et jolies femmes se tenaient debout, pour mieux viser leurs cibles. Certaines étaient à genoux pour résister à la tempête printanière. Les plus belles étaient l'objet des tirs les plus nourris et quelques-unes disparaissaient jusqu'à la taille dans l'amoncellement multicolore. Des chars représentant une fontaine de village ou une maison campagnarde véhiculaient de fausses paysannes habillées à Paris, une caravelle en camélias roses avec des voiles en narcisses portait une vraie princesse vêtue comme au temps d'Élisabeth et défendue par de joyeux pirates dont certains appartenaient au Jockey-Club. La moitié du gotha européen oubliait pour un moment le maintien compassé des salons pour s'abandonner, avec une ardeur communicative, au plaisir d'être jeune, charmant et de n'avoir d'autre souci que de s'amuser le plus possible. Sur toute cette gaieté régnait la statue, abondamment fleurie elle aussi, du roi Carnaval entouré de sa cour. L'éphémère souverain souriait béatement et semblait bénir de son sceptre agrémenté de rubans et d'une énorme touffe de mimosas le galant combat auquel se livraient ses bons sujets. A visage découvert, d'ailleurs, car le masque avait disparu.

Pour sa part, la terrasse de l'hôtel Westminster faisait une concurrence victorieuse au célèbre Marché aux Fleurs, dépouillé à cette heure du moindre pétale. De grandes corbeilles étaient mises à la disposition des clients, plus âgés en majorité que les occupants des attelages. Des bouquets enrubannés étaient disposés partout et il fallait faire très attention, lorsque l'on en saisissait un, de ne pas les confondre avec les chefs-d'œuvre floraux de tulle, de taffetas, de soie ou de velours qui coiffaient les dames. Ce qui n'empêcha pas le parterre d'iris mauve qui coiffait la marquise de Cessole d'atterrir dans les bras d'un berger façon Watteau qui le renvoya avec adresse, après un salut très Grand Siècle accompagné d'un merveilleux bouquet de camélias.

Ainsi que le fit remarquer lady Queenborough, « prendre le thé dans ces conditions relevait de l'exploit à moins d'aimer en faire une sorte de soupe à l'œillet ou à la violette... » mais, en fait, quand sonnerait l'heure sacro-sainte, une grande toile de tente serait déroulée au-dessus de la terrasse afin de permettre le service.

Admirablement accommodé dans un costume couleur biscuit, « Alfieri » attendait ses invités en compagnie de lord Sherwood qui, lorsqu'il ne portait pas l'habit, ne quittait guère sa tenue de yachtman, frappée de l'écusson de son bateau, et sa casquette galonnée. Le faux comte s'était fait réserver l'une des meilleures tables : pas trop proche de la balustrade ponctuée de vases Médicis en fonte mais suffisamment pour ne rien perdre du spectacle. A leur arrivée, il baisa la main des dames et leur offrit de ravissants bouquets : celui de lady Queenborough était composé d'énormes roses pâles et d'iris noirs. Quant à celui de sa jeune compagne, celle-ci eut en le recevant un battement de paupières trahissant sa surprise : un flot de rubans de satin liait une touffe d'orchidées blanches...

– On dirait un bouquet de mariée! remarqua l'Anglaise qui ajouta avec un charmant sourire : Vous avez fait des folies, cher comte, et vous pouvez être sûr que je ne laisserai personne s'emparer de ces superbes fleurs...

– Je l'espère de tout mon cœur, fit le jeune homme en s'inclinant. Tant qu'elles dureront, vous m'accorderez peut-être une pensée amicale, milady ?

Orchidée, elle, ne dit rien. Sous son grand chapeau garni de mousseline blanche et de muguet, son teint s'était légèrement avivé. Étienne – puisque aussi bien il fallait en venir à lui donner ce nom – ne put s'empêcher de demander si les fleurs lui plaisaient.

– Elles sont magnifiques, murmura-t-elle, puis, relevant brusquement les yeux, elle s'offrit l'audace de demander la raison qui avait guidé ce choix. Avec une soudaine gravité, il répondit :

– Il me semblait qu'elles vous iraient bien.

Un char représentant les vestiges d'un temple grec servi par de jolies prêtresses drapées de voiles aux couleurs tendres et couronnées de roses souleva juste à cet instant une vague d'enthousiasme qui se traduisit par des acclamations en toutes langues et un déchaînement de fleurs.

Orchidée mit ses mains sur ses oreilles.

– Sommes-nous encore en France ? dit-elle en riant. Je ne comprends rien à tous ces cris.

– C'est peut-être, observa lord Sherwood, parce que Nice n'est pas française depuis longtemps qu'elle est si cosmopolite...

– En bonne justice elle devrait être anglaise, fit lady Queenborough occupée à lire la petite carte épinglée sur son bouquet. C'est nous qui l'avons découverte, lancée, et regardez ! Nous sommes une minorité à présent. Il n'y a guère que les Français à être moins nombreux que nous !... Comte, vous êtes un amour !

– Qui sont les autres, alors ? demanda Orchidée.

– Oh, il y a de tout ! Beaucoup de Russes mais aussi des Yankees, des Roumains, des Allemands, des Valaques, des Suisses, des Belges... quelques Italiens pleins de galanterie et des Hindous par-dessus le marché, ajouta l'Anglaise en désignant la victoria du maharajah de Pudukota qui passait devant l'hôtel, entièrement tapissée d'œillets pourpres au milieu desquels le prince, un sourire béat installé à demeure sur son visage, offrait à l'admiration générale une fabuleuse batterie d'émeraudes et de rubis plus deux ravissantes créatures, voilées jusqu'aux yeux, mais de mousselines vert pâle dont les transparences révélaient leur beauté et les nombreux bijoux d'or dont elles étaient chargées.

Autour du petit groupe l'agitation grandissait. Les

compagnons de la jeune femme retrouvaient sur les chars ou simplement autour d'eux des gens de connaissance et se laissaient entraîner dans la folie ambiante. Seul Étienne n'y participait pas plus qu'Orchidée : assis de l'autre côté de la table, il se contentait de la regarder fixement.

Ce regard insistant la gênait. Pour se donner une contenance elle prit à son tour la petite enveloppe qui accompagnait ses fleurs, en tira la carte et comprit pourquoi on la dévisageait si obstinément : les quelques mots écrits n'avaient rien à voir avec un quelconque madrigal. « Faites comme si vous vouliez aller vous repoudrer. Je vous rejoindrai dans le hall pour un instant. Ne refusez pas, je vous en supplie! Il faut absolument que je vous parle... »

Sans lever les yeux, elle remit calmement le bristol dans l'enveloppe, glissa le tout dans son réticule. Son visage soudain sévère n'avait rien d'encourageant mais, en face, le regard se fit implorant. Quelques minutes passèrent sans qu'elle fît mine de bouger. Même si elle brûlait d'envie de savoir ce qu'on avait à lui dire, son personnage exigeait qu'elle se fît attendre suffisamment pour que l'espoir d'Étienne diminuât... Il eut même l'air si malheureux qu'elle réprima un sourire. Enfin, tranquillement, elle se leva et se dirigea vers l'intérieur de l'hôtel, se rendit dans le salon des Dames, ne remit pas de poudre pour l'excellente raison qu'elle n'en usait jamais, rectifia pour la forme l'ordonnance d'une coiffure qui n'en avait pas besoin, se trouva plutôt belle et finalement regagna le hall. Assis sur une banquette dans l'attitude d'un homme que tout ce vacarme fatigue, Étienne l'y attendait. Il se leva et la rejoignit près d'une grande jardinière contenant un buisson d'azalées. Sans lui laisser l'avantage de l'attaque, elle dit très vite :

– Que voulez-vous ? Je n'ai pas beaucoup de temps à vous donner, alors faites vite !

– Justement j'ai besoin de temps et ici, ce n'est ni le lieu ni l'heure. Accordez-moi un rendez-vous dans un endroit où nous serons seuls. J'ai tant de choses à dire... et depuis si longtemps !...

– Nous serions-nous déjà rencontrés sans que je le sache ? persifla-t-elle avec un mince sourire.

– Oui. Je vous ai vue un jour à Paris mais vous n'aviez aucune raison de me remarquer. Vous brilliez de tout votre éclat à une soirée de ballets à l'Opéra. Moi j'étais au fond d'une loge d'où je vous dévorais des yeux et, par ces mêmes yeux, vous êtes entrée en moi... Non, ne parlez pas tout de suite ! Abandonnez un instant ce rôle que vous jouez et auquel je ne comprends rien. Je sais qui vous êtes. Je vous ai reconnue tout de suite l'autre soir au Casino. Ne me regardez pas ainsi ! Je ne suis pas fou... Je suis...

– Étienne Blanchard, le frère de mon époux assassiné. Vous voyez, moi aussi je vous connais et nous sommes à égalité de jeu. A présent répondez-moi ! Qu'avez-vous à me dire ?

– Tant de choses dont vous n'avez certainement pas la moindre idée ! N'imaginez surtout pas qu'il s'agisse de reproches ou d'invectives ! Quand vous viendrez chez moi vous comprendrez...

– Chez vous ? Dans la maison de vos parents qui n'ont eu pour moi que mépris ?

– Non. Je possède dans la vieille ville une antique demeure. C'est le seul endroit au monde où je me sente chez moi. Je vous y attendrai ce soir, pour dîner...

– Moi ? Que j'aille chez vous ? Il ne vous est jamais arrivé de penser que je puisse vous haïr ?

– C'est cela justement que je veux faire cesser. Je ne

vous ai jamais détestée, Orchidée... bien au contraire, et c'est là mon malheur. Laissez-moi vous parler, vous expliquer !

– Ne pouviez-vous le faire à l'église, devant le cercueil de votre frère que vous m'avez défendu de suivre ?

– Non. C'était impossible ! Le frère d'Édouard ne pouvait agir autrement. Il me fallait m'éloigner. Je comptais revenir vers vous après quelques semaines... quand tout serait apaisé...

– Et, en attendant, vous êtes allé filer le parfait amour sous un nom d'emprunt avec Mlle d'Auvray ? ironisa Orchidée.

– Je la connais depuis l'enfance. C'est même elle, avec sa manie du théâtre, qui m'a donné l'idée de me créer une double vie, moins morne, moins étouffante que la mienne... mais il faut que je vous explique tout cela, il le faut ! Venez ce soir !

– Non. Pas ce soir !

– Vous n'êtes pas libre ? Alors demain ?... Oui, c'est cela : demain ! De chez moi on découvre toute la ville et nous pourrons admirer ensemble le feu d'artifice. Ne refusez pas, je vous en supplie ! Vous pourriez me pousser à... des réactions que nous regretterions l'un et l'autre...

– Quoi par exemple ? fit-elle avec hauteur.

Étienne passa une main sur son front où perlait la sueur et cette main tremblait tandis que l'œil s'égarait.

– Je ne sais pas... Pour obtenir de vous ces quelques instants je suis capable... d'un scandale peut-être ! Il faut que vous veniez ! Il faut que je puisse vous dire combien je vous aime... Prenez cela !... Je vous attendrai à neuf heures...

Il lui mit un billet dans la main, presque de force,

puis s'enfuit vers la terrasse en courant. Orchidée, sidérée, demeura sur place un petit moment. Elle ne savait plus très bien où elle en était. D'un pas machinal elle retourna vers les toilettes des dames où, cette fois, elle tira son mouchoir et tamponna doucement son visage avec de l'eau fraîche. Avait-elle rêvé ou bien l'assassin d'Édouard venait-il de lui dire qu'il l'aimait ?

Bien loin de l'attendrir, cette idée lui inspira du dégoût car elle ajoutait une raison sentimentale aux raisons financières qui avaient poussé Étienne Blanchard au crime. Pouvait-on d'ailleurs employer le mot « raison » s'agissant de cet homme ? Il était imprévisible, bizarre et certainement instable. Dangereux très certainement. Pourtant l'idée d'aller le retrouver, la nuit, dans sa demeure ne lui faisait pas peur. Tout au contraire cela servait merveilleusement son dessein, plus fermement ancré que jamais. En outre, elle ne lui laisserait pas le temps de délirer sur ses sentiments : elle entendait l'accuser en face puis l'exécuter sans attendre davantage.

Revenant vers la terrasse, elle trouva lady Queenborough qui venait à sa rencontre et s'inquiétait de ne pas la voir reparaître.

– Êtes-vous souffrante, baronne ? demanda celle-ci.

Orchidée saisit la balle au bond. A travers les grandes baies vitrées elle apercevait Étienne qui avait repris sa place comme si de rien n'était et causait avec lord Sherwood. Se retrouver en face de cet homme lui parut au-dessus de ses forces :

– Un peu, oui. J'ai eu un malaise tout à l'heure... tout ce bruit, peut-être ? J'avoue que j'aimerais rentrer à l'hôtel. Si, toutefois, c'est possible ?

– Bien sûr ! Je vais faire appeler une voiture qui vous prendra sur l'arrière du Westminster... Je vous excuserai auprès de nos amis et j'irai prendre de vos nouvelles tout à l'heure!

Un moment plus tard, Orchidée roulait à travers les rues relativement paisibles de Nice, toute l'animation de ce lundi étant concentrée sur la Promenade des Anglais. Elle pensa soudain qu'elle avait oublié sur son siège du Westminster le beau bouquet de fleurs blanches mais n'en éprouva aucun regret, bien au contraire. Pour rien au monde, surtout à présent, elle ne voulait garder le moindre objet venant de cet homme. Ce qu'elle avait pu lire dans ses yeux lui faisait horreur. Et soudain, elle eut envie de revoir un autre regard, gris et doux celui-là, où elle pourrait retrouver d'elle-même une image pure, sereine et magnifiée, une image qui, dans peu de temps désormais, serait ternie, brouillée et déformée lorsque Pierre apprendrait la mort d'Étienne Blanchard et la fuite de sa meurtrière.

Bien sûr, Pierre ne voulait plus qu'elle revienne mais elle avait besoin de le rejoindre une dernière fois, de toucher sa main, de voir son sourire avant de plonger vers l'enfer... Vivement, elle se pencha pour appeler le cocher et lui demander de la conduire à l'hôpital Saint-Roch dont, d'ailleurs, l'attelage ne se trouvait pas très éloigné à cet instant.

Lorsque l'on s'arrêta, elle sauta à terre en recommandant au conducteur de l'attendre puis, heureuse tout à coup, elle se précipita dans le grand vestibule où la première personne qu'elle rencontra fut cette même infirmière qui était venue chercher son malade à sa descente de voiture.

– J'espère qu'il n'est pas trop tard pour une visite? plaida Orchidée. Je veux juste lui dire quelques mots. C'est... très important.

La femme eut un geste évasif qui ressemblait à une excuse :

– Si c'était encore possible, je vous laisserais volontiers le voir, Madame...

– Je sais bien que l'heure des visites est passée et que je vous demande une faveur...

– Ce n'est pas cela. Vous ne pouvez pas le voir parce qu'il est parti. Quelqu'un est venu le chercher ce matin..

– Est-ce que vous savez qui ? Des gens de la gare, sans doute ?

– Je ne crois pas. C'était un vieux bonhomme avec une grande casquette sur des cheveux gris assez longs et une grosse moustache. Il avait un peu l'air d'un paysan mais il conduisait une belle voiture jaune et noir. Pas bavard, par exemple ! En installant M. Bault sur les coussins j'ai demandé où on l'emmenait. Le vieux a bougonné qu'il allait chez des amis où on le soignerait bien. Notre cher blessé avait l'air content. Il semblait bien connaître le vieux qu'il appelait « Prudent » mais, avant de partir, il m'a dit beaucoup de choses gentilles. Ah, conclut-elle en soupirant avec âme, des hommes aussi charmants, on n'en rencontre pas beaucoup, croyez-moi !

– Et il n'a pas laissé d'adresse ? Ni un mot pour moi ?

– Rien du tout ! Je lui ai demandé s'il fallait dire quelque chose de sa part à la dame en blanc. Il m'a répondu : « C'est inutile. Elle ne reviendra pas... » Peut-être que j'aurais mieux fait de me taire parce que je vois bien que ça vous fait peine, ajouta-t-elle en voyant briller une larme aux yeux de la belle visiteuse.

– Non. Vous avez bien fait. Merci... merci beaucoup !

Avec l'ébauche pas très réussie d'un sourire, Orchidée remonta dans sa calèche et ordonna au cocher de reprendre son chemin vers l'hôtel. Ainsi, tout était dit ! Le dernier refuge lui était refusé et plus rien n'arrêterait le destin en marche mais, sous le double abri de son grand chapeau et de son mouchoir, Orchidée s'accorda la détente silencieuse des larmes en s'efforçant de se persuader qu'il valait beaucoup mieux ne plus revoir Pierre Bault puisque rien, jamais, n'aurait pu être possible entre eux.

Ce soir-là, occupée aux préparatifs du lendemain, elle ne quitta pas sa chambre, même pour dîner, et se fit servir chez elle. Ce que comprit parfaitement lady Queenborough lorsqu'elle vint la voir comme promis. L'Anglaise ne montra même aucune surprise lorsque sa jeune amie lui apprit son départ pour le lendemain soir :

– Je compte prendre le train de nuit pour Paris, dit Orchidée qui avait consulté les annuaires. Je n'aurais jamais dû venir ici en cette période, ajouta-t-elle. Il y a trop de bruit, trop de folie !... et l'on y est exposé à des rencontres... inquiétantes. N'allez surtout pas croire que je parle de vous ! ajouta-t-elle. Je suis très heureuse de vous connaître...

– Moi aussi ! fit spontanément l'Américaine qui, croyant deviner que la « baronne » fuyait un comte italien trop entreprenant, soupira : La fatuité de certains hommes est proprement inconcevable et ne nous laisse parfois d'autre issue qu'un brusque départ... Je vous donne entièrement raison. Nous-mêmes rentrerons prochainement à Londres. Nous y habitons une assez agréable demeure à Berkeley Square où, durant la « season », nous donnons toujours au moins une grande fête. Nous serions très heureux de vous y recevoir...

– Je viendrai avec plaisir, dit Orchidée qui, sans la moindre gêne, donna son adresse avenue Velazquez en sachant parfaitement que toute lettre envoyée à la baronne Arnold en reviendrait avec la mention « inconnue ». Lorsque la grande dame ouvrirait sa maison à ses invités, elle-même serait certainement en train de respirer le vent chargé de sable venu des déserts de Tartarie.

On se quitta en se serrant la main avec dignité puis Orchidée se remit aux apprêts de son départ. Elle commença par écrire une courte lettre à lord Sherwood où elle lui renouvelait son acceptation au voyage, le remerciant d'avoir su deviner son désir profond de revoir la mère-patrie et ajoutait que, désirant quitter Nice le plus discrètement possible, elle lui demandait instamment de ne dire à personne qu'elle embarquait avec lui. Elle ferait porter ses bagages en fin d'après-midi et elle-même rejoindrait le *Robin Hood* assez tard dans la soirée afin de ne donner aucune prise à des commentaires malveillants que sa situation de « veuve récente » lui faisait redouter par-dessus tout... Elle ajoutait qu'au cas, toujours possible, où lord Sherwood devrait annuler son invitation, elle ne lui en voudrait aucunement mais souhaitait en être informée avant midi afin de prendre des dispositions pour gagner Marseille et y prendre passage sur un long-courrier à destination de l'Extrême-Orient...

Remise à un chasseur avec des recommandations précises, la lettre atteignit sa destination le soir même et, tranquille de ce côté, Orchidée, après avoir donné des ordres à la femme de chambre pour la préparation de ses malles, alla s'accouder à son balcon pour regarder la nuit descendre sur la mer et sur le collier scintillant de lumières dont la ville rose et blanc la cernait. Le spectacle était émouvant pour une âme éprise de beauté mais avivait l'impression d'abandon que la jeune femme traînait après elle depuis sa sortie de l'hôpital. Sur ce balcon elle était comme suspendue entre ciel et terre en face d'un univers beaucoup trop grand et trop dangereux pour une femme qui n'aspirait plus à présent qu'à la musique silencieuse dispensée par les grands murs et les jardins exquis de la Cité Interdite.

Après avoir achevé sa lettre à lord Sherwood, elle hésita un instant devant une autre, adressée à Robert Lartigue pour lui dire adieu, mais elle pensa qu'il vaudrait mieux l'écrire au matin et la laisser à l'hôtel pour qu'elle soit remise au journaliste après son départ. C'était une bonne chose qu'il n'eût pas donné signe de vie ce soir et s'il ne se montrait pas avant qu'elle ne parte, les choses n'en seraient que plus satisfaisantes.

En pensant ainsi, elle n'obéissait pas à une sèche et froide ingratitude. Bien au contraire! Elle ne voulait pas payer le dévouement de ce garçon en le mêlant au dernier et sanglant épisode de son existence européenne. Cette heure suprême n'appartenait qu'à elle et il convenait de s'y préparer dans la solitude et le recueillement comme faisaient en Chine les jeunes guerriers à la veille de leur premier combat.

Elle ne dormit guère cette nuit-là. Les images du passé revenaient en foule. Elle revoyait ses années de bonheur auprès d'Édouard, leur amour, si grand et si chaleureux qu'il leur tenait lieu de tout. Dire qu'ils vivaient ensemble n'était qu'une image sans signification. En réalité ils vivaient l'un contre l'autre tant étaient étroits les liens qui les unissaient. Et la première séparation fut irrémédiable comme ces ouragans où se brisent les navires les plus solides. Celui-là en se retirant laissa sur le sable une femme désemparée qui, à présent et avec le recul des jours, s'apercevait de ce qu'une existence semblable avait d'exceptionnel mais aussi de dangereux. Celui des deux qui restait n'avait d'autre choix que la folie ou le suicide et, dans un sens, en obligeant la jeune femme à se défendre sans lui laisser une seule minute pour mesurer l'étendue du désastre, le destin lui avait rendu une sorte de service en la faisant sortir brutalement de son personnage d'épouse adorante et comblée pour la précipiter dans un combat sauvage contre la peur, l'angoisse, la haine d'où lui venait cette soif de vengeance que seul le sang d'Étienne Blanchard pouvait apaiser.

Orchidée savait que, des quelques semaines écoulées depuis la mort d'Édouard, une troisième créature était née, différente de la jeune épouse, peut-être plus différente encore de la princesse mandchoue, à la fois barbare et raffinée, orgueilleuse, cruelle et uniquement soucieuse de la gloire de l'empire et de l'obéissance à sa souveraine. Celle-là ne reviendrait plus, même lorsqu'elle serait de retour à Pékin, à cause de cette nouvelle Orchidée capable de s'apercevoir qu'un homme attirant se cachait sous la modeste vareuse d'un conducteur de wagons-lits.

Curieusement cette nuit de quasi-insomnie ne lui laissa pas de traces. Au matin, après son bain et un solide petit déjeuner, elle se sentait même, tout au contraire, extraordinairement dispose. Elle écrivit la lettre prévue pour Lartigue, puis, tandis que l'on enlevait ses bagages pour les déposer à la consigne de la gare ainsi qu'elle le demandait – elle disait hésiter entre deux trains de destinations différentes –, elle alla flâner dans le parc en écoutant le chant des oiseaux qu'aucun vacarme venu de la ville ne troublait. Même durant ces trois jours de folie, la matinée était consacrée à la vie quotidienne.

Elle accepta de prendre le lunch avec les Queenborough qui lui renouvelèrent leur invitation. Après le café, elle leur fit ses adieux, régla sa note et remonta chez elle une dernière fois pour revêtir le costume de voyage qu'elle avait choisi : un discret ensemble gris dont le chapeau, assez petit, s'enveloppait d'un voile de même nuance et plutôt hermétique. En se regardant dans la glace, Orchidée s'avoua volontiers qu'ainsi emballée elle ressemblait assez à un lustre pendant les vacances de ses propriétaires, mais il était difficile de distinguer ses traits là-dessous et en outre c'était la mode pour prendre le train.

Elle vérifia une derniere fois le bon fonctionnement du petit revolver emporté de Paris et le glissa dans la poche ménagée dans son manchon de petit-gris. Elle accomplissait tous ces gestes sans hâte et avec le calme, la froideur même, indispensable à la réussite de son plan. Finalement, elle demanda une voiture et quitta l'hôtel saluée très bas par une domesticité envers laquelle elle s'était montrée généreuse...

Elle se fit conduire à la gare où elle fit enlever ses malles de la consigne, ordonna qu'elles fussent chargées dans un fourgon, prit un fiacre fermé, indiqua au véhicule de charge de la suivre et mena le tout jusqu'au port afin de s'assurer de l'embarquement, mais sans mettre pied à terre et sans bouger du fond de sa voiture. Ensuite elle quitta le port et se fit conduire au Marché aux fleurs, miraculeusement reconstitué pendant la nuit : sous les toiles bigarrées tendues entre les vieux lampadaires, c'était à nouveau une orgie de couleurs et de parfums venus d'un arrière-pays à peu près inépuisable.

Elle paya sa voiture, erra un petit moment parmi les étals croulant sous les roses, les œillets et les tulipes au milieu du chœur piaillant des marchandes en fichus multicolores sans pourtant se laisser séduire... En fait son but n'était pas de visiter la célèbre halle ainsi que le faisaient tous les touristes. Il fallait que le cocher du fiacre pût dire plus tard où il l'avait déposée si on le lui demandait. Ensuite elle escalada les rues en pente raide de la vieille ville où il était à peu près impossible à un attelage de s'engager. Elle voulait « repérer » à la lumière du jour la maison où Étienne l'attendrait ce soir... Ce n'était déjà pas si facile : les ruelles pavées de pierres rougeâtres, coupées de vrais escaliers, devaient être difficiles à fréquenter avec des hauts talons mais le costume de voyage autorisait des chaussures confortables grâce auxquelles Orchidée se sentait l'aisance d'une jeune chèvre. La chaussée étroite et sans trottoirs tapissait le fond d'une sorte de « canyon » en réduction formé par les façades, couleur de pain cuit ou de framboise, des hautes maisons dont les volets épinard étaient tous fermés. A cette heure tout le monde était « en bas » pour profiter des derniers moments du carnaval. La seule animation venait des chats ou encore du linge qui séchait d'une façade à l'autre et qu'un peu de vent faisait voleter. Enfin, la promeneuse trouva ce qu'elle cherchait : à l'angle d'une ruelle et presque en face d'une chapelle, une espèce de palais lépreux dont les murs vieux rose montraient des traces de fresques avec coquilles et rinceaux. Des cariatides, rongées au point qu'il était impossible de distinguer ce qu'elles représentaient du temps de leur splendeur, soutenaient un balcon de fer au-dessus d'une porte étroite ornée d'un mascaron.

Craignant d'être remarquée si elle restait plantée devant, la jeune femme choisit d'entrer dans la chapelle, descendit deux marches et se trouva dans une ombre fraîche d'où il était possible d'observer sans risques mais elle eut beau écarquiller les yeux rien ne bougea dans la bâtisse qui semblait tout aussi vide que ses voisines.

Regardant l'heure à sa montre, Orchidée vit qu'il était un peu plus de six heures. Qu'allait-elle faire jusqu'à neuf heures ? Rester dans cette chapelle ne la tentait pas. Elle n'aimait pas les églises et celle-ci devait fermer à la nuit. Monter jusqu'au Château comme elle avait pensé le faire lui semblait à présent un exercice trop rude : la fatigue de sa nuit sans sommeil commençait à se faire sentir. Elle décida de prendre quelque repos là où elle était et alla s'asseoir au pied d'un riche retable peuplé de personnages rouge, bleu et or devant lequel un cierge unique brûlait sur une espèce de herse en bronze doré. Des fleurs se fanaient sur la marqueterie de marbre de l'autel : bedeau et fidèles devaient avoir rejoint eux aussi la foule en fête. On y sentait l'encens refroidi, l'humidité et la cire rance mais il faisait frais et le silence était délassant.

Lorsqu'elle se sentit mieux elle repartit : mieux valait ne pas s'attarder. Elle descendit vers la Préfecture, héla un fiacre et se fit ramener à la gare ; un lieu, somme toute, où une voyageuse risquait le moins d'être remarquée. La manière la plus simple de tuer le temps était de se faire servir un repas au buffet puisqu'il n'était pas question d'accepter même un petit four de l'homme qu'elle voulait abattre.

Elle ne toucha qu'à peine à ce qu'on lui servit et qu'elle avait choisi au hasard. En revanche elle avala plusieurs tasses d'un thé noir et fort qui accentua sa nervosité. A mesure qu'approchait le moment de l'action, elle sentait une boule se gonfler dans sa gorge. Enfin, avec la mine de qui vient d'attendre en vain, elle paya et se dirigea vers la station des voitures de place.

Il était environ neuf heures moins le quart. La nuit, belle et plutôt froide, fourmillait d'étoiles. Orchidée avait hâte à présent que tout fût fini. Avec quel soulagement elle rejoindrait le havre confortable que représentaient le *Robin Hood* et son chevaleresque propriétaire!

La ville était encore plus illuminée que les autres soirs parce que tout le monde y promenait des *moccoletti* [1] dont il s'agissait de protéger la flamme tout en s'efforçant d'éteindre celle du voisin : autant dire que l'on passait son temps à les rallumer tout en se hâtant vers la plage où le roi Carnaval vivait ses derniers instants avant d'éclater joyeusement en flammes et en étincelles. Il donnerait ainsi le signal du grand feu d'artifice marquant la fin des réjouissances et le début d'un carême dont la colonie étrangère se souciait peu mais que les Niçois prenaient très au sérieux : à minuit tout s'éteindrait pour faire place à l'austérité de la pénitence.

Ce soir, c'était donc la fête de la lumière mais quand Orchidée quitta les abords éclairés de la Préfecture pour gagner le palais du « comte Alfieri », les ténèbres des ruelles où tremblaient de rares quinquets firent courir un filet glacé le long de son dos et elle referma la main sur la crosse de son arme. Les maisons étaient différentes de ce qu'elles paraissaient le jour : toutes étaient noires et leurs montées obscures inquiétaient. Même si Étienne adorait le vieux palais où il laissait s'épanouir sa fausse personnalité, c'était, il faut le reconnaître, un drôle d'endroit pour un rendez-vous galant. Fût-ce avec une meurtrière en puissance!

Les bruits de la ville reculaient à mesure que la jeune femme avançait. L'idée qu'on l'attirait dans un piège

1. Sorte de chandelles enrubannées.

s'ancrait de plus en plus dans son esprit et elle commença à regretter la présence rassurante de Lartigue. Il lui avait pourtant dit qu'Étienne était dangereux mais son orgueil fermait ses oreilles aux plus élémentaires conseils de prudence. La peur lui mordit le cœur. Elle s'arrêta, prête à battre en retraite, à se sauver à toutes jambes vers la lumière, la foule, la sécurité...

Une brusque montée de honte suspendit son élan. Dans sa main elle tenait de quoi vendre chèrement sa vie, alors que pouvait-elle craindre d'un être de chair et de sang ? N'avait-elle pas, jadis, appris à se battre et ne restait-il rien, dans son sang, de la vaillance de ses ancêtres ? Il fallait aller jusqu'au bout quelles qu'en pussent être les conséquences...

Lorsqu'elle atteignit la vieille demeure, elle vit, avec soulagement, que de la lumière filtrait derrière les volets et, quand elle chercha la sonnette, elle s'aperçut que la porte n'était pas fermée. En la poussant elle se trouva au pied d'un escalier de pierre qui, sous une voûte arrondie, filait droit vers un palier qu'éclairait une grosse lanterne de bronze, assez semblable à celles que portent, en Espagne, les pénitents de la Semaine Sainte.

Lentement, Orchidée monta les marches usées sans autre bruit que le froissement léger de ses jupons. Arrivée à l'étage, elle vit deux hautes portes de bois foncé qui se faisaient face. Celle de gauche était entrouverte sur ce qui devait être un salon. Naturellement, elle choisit celle-là et découvrit une grande pièce très haute de plafond, des murs aux fresques écaillées, un sol de tommettes rouges recouvert partiellement de tapis, une massive cheminée sculptée à la mode italienne où brûlait un grand feu de pin dont la senteur emplissait la salle.

L'ameublement, composé surtout de divans, de coussins et de quelques meubles d'ébène incrusté venus de Chine, était étrange mais plus étrange encore le grand portrait qui, tout de suite, attira son regard : un portrait qui était le sien et qui la représentait dans une toilette qu'elle n'avait jamais possédée : un enroulement de velours noir qui laissait nus ses bras, ses épaules et une partie de sa gorge. Une grande gerbe d'orchidées trempait dans un vase de Canton posé devant, sur une console dorée d'un baroque délirant. De chaque côté du bouquet, il y avait de hauts candélabres allumés qui prêtaient à la toile une vie singulière. Orchidée pensa que c'était sans doute à ce tableau qu'Étienne faisait allusion en disant qu'elle comprendrait lorsqu'elle viendrait chez lui. Cet homme était bel et bien amoureux d'elle. Cette certitude fit renaître sa colère : elle expliquait trop bien la raison profonde du meurtre d'Édouard ! Il était intolérable de découvrir qu'elle en était la cause principale et elle tourna le dos à son image en dégageant le revolver des plis du manchon. C'est alors qu'elle le vit et l'arme lui tomba des doigts...

Étienne était étendu face contre terre devant la grande cheminée. Le manche de bronze d'un poignard chinois surgissait de son dos.

Orchidée étouffa sous ses poings serrés le cri qui allait jaillir et dut s'appuyer à la console pour ne pas tomber. Ses yeux épouvantés contemplaient cette horreur qui recommençait pour elle. Étienne gisait devant elle dans la même position qu'Édouard, frappé par une arme presque identique.

Une boule dans la gorge et les oreilles bourdonnantes, la jeune femme tenta vainement de lutter contre l'évanouissement. Ses jambes fléchirent, et sans comprendre ce qui lui arrivait, elle glissa à terre sans connaissance... C'est là que la trouvèrent quelques minutes plus tard les policiers niçois.

La brûlure de l'alcool succédant à une paire de gifles ressuscita Orchidée. Elle vit devant elle un petit homme brun comme une châtaigne et pourvu d'une moustache mongole qui lui donnait l'air féroce. Peut-être d'ailleurs n'en avait-il pas que l'air : lorsqu'il se pencha sur Orchidée pour la regarder sous le nez ses petits yeux brillaient d'un éclat cruel :

– Alors, Fleur-de-bambou, on en a fini avec les simagrées ? On se sent mieux ?... On va pouvoir répondre aux petites questions de papa Graziani ?

Son haleine empestait l'ail. L'odorat offensé, Orchidée détourna la tête, cherchant le verre secourable qu'un agent tenait encore auprès d'elle mais l'inspecteur Graziani lui tapa sur la main :

– Assez bu ! Ça s'rait trop commode d'avoir l'air pompette ! Et j' te conseille de répondre sans faire d'histoires...

– Répondre à quoi ? Que voulez-vous savoir ?

– Pas grand-chose ! Pourquoi t'as trucidé ton amant, par exemple ?

– Mon amant ? Où avez-vous pris une chose pareille ?

– Ben... ici !

D'un geste circulaire, le policier désigna le portrait, la petite table sur laquelle le souper attendait, les soieries chinoises du décor !

– Ça doit pas être la première fois qu' tu viens, ma belle ! D'ailleurs, autant te l'dire tout d' suite : on a été prévenus par téléphone qu'une fille jaune qui était sa maîtresse depuis longtemps v'nait d'assassiner M. le comte Alfieri. Et, tu vois, y s' trouve que c'est vrai. On n'a plus qu'à t' cueillir. Mais avant tu vas nous dire qui tu es...

– N'y comptez pas ! fit sèchement la jeune femme qui, fidèle à elle-même, retrouvait du courage en face de ce nouveau combat. Tout ce que j'ai à vous dire est que je n'ai pas tué cet homme.

– Non ? Alors tu venais faire quoi ? Si on en juge à ce qu'il y a sur cette table, il t'attendait pour un souper galant ?

– Trouvez-vous vraiment que je suis habillée pour un souper galant, comme vous dites ? Je venais lui dire au revoir avant de quitter Nice et, je le répète, je ne suis pas sa maîtresse. Je ne l'ai jamais été. Nous nous connaissons seulement depuis quelques jours...

– Tiens donc ! C'est comme ça qu' t'as l'habitude de faire tes adieux à de vagues relations : en pleine nuit et presque en cachette ?

– Je ne me cachais pas. Le... comte m'avait invitée à venir contempler le feu d'artifice depuis la terrasse de sa maison avant de partir. Qu'il ait prévu une collation n'a rien d'extraordinaire.

Elle savait qu'elle allait avoir du mal à se défendre, que le piège était bien tendu et elle disait un peu ce qui lui passait par la tête. De toute évidence, d'ailleurs, on ne la croyait pas. Graziani eut un petit ricanement fort désagréable :

– Viens donc voir un peu par ici !

Les agents qui encadraient Orchidée la firent lever et la conduisirent dans la pièce voisine qui était une chambre éclairée doucement par des lampes chinoises. Un très grand lit bas, au-dessus duquel s'élevait la forme fantomatique d'une moustiquaire de mousseline, y était tout préparé, les couvertures de satin ouvertes sur des draps neigeux. Sur l'un des oreillers, un souffle de dentelles blanches attendait un corps féminin. De grands lys et des orchidées fleurissaient autour de cette couche, alternant avec des brûle-parfums de bronze d'où s'échappaient de minces filets de fumée.

L'inspecteur eut une quinte de toux que sa prisonnière partagea. Parfumée ou non la fumée est toujours de la fumée. On revint dans la grande salle.

– Tu me diras pas qu'il avait préparé ça pour lui tout seul ? Alors j' vais te dire comment j' vois la chose : c'est peut-être vrai qu' tu t'apprêtais à filer et à le plaquer. Lui il voulait rien savoir. Et comme toi, t'avais décidé de plus coucher avec lui, il a dû s'énerver et, pour t'en débarrasser, tu l'as tué...

– Et là-dessus j'étais tellement bouleversée qu'au lieu de m'enfuir, je me suis évanouie ?... En outre, si j'avais eu à me défendre contre lui, j'aurais sûrement eu du mal à le frapper dans le dos...

La justesse de ce raisonnement inspiré par la colère et la peur réussit à percer l'épaisse couche de certitudes de Graziani. Il repoussa son chapeau en arrière et se gratta la tête :

– Ça se tiendrait assez, admit-il, seulement il a bien été tué par quelqu'un, ce type, et si c'est pas toi, j' vois pas qui aurait pu...

Il laissa la phrase en suspens. Rouge et visiblement un peu essoufflé, la cravate de travers et le cheveu en bataille, l'inspecteur Pinson faisait irruption dans la salle inquiétant sérieusement Orchidée et ne causant à Graziani qu'un plaisir des plus limités traduit par un « Encore vous ! » significatif, tout de suite suivi par :

– Qu'est-ce que vous venez faire ici ?

– Mon travail !... Ah ! on dirait que j'arrive trop tard !... ajouta-t-il en découvrant le corps auquel personne n'avait encore touché. Ensuite son regard atteignit la jeune femme qu'il dévisagea avec une grande tristesse :

– Bizarre, tout de même, comme les choses se répètent !

– Ce n'est pas moi ! protesta celle-ci. Je l'ai trouvé mort en arrivant. J'en ai éprouvé une telle émotion que je me suis évanouie. Ce monsieur peut le confirmer, je pense.

– C'est vrai, grogna Graziani. On l'a trouvée par terre, blanche comme de la craie, et il a fallu du cognac en plus des claques pour la ranimer.

Pinson eut un soupir de soulagement :

– Dans ce cas elle a sans doute raison car elle n'a pas dû avoir le temps matériel de le tuer.

– Comment pouvez-vous savoir, le Parisien ? fit le Niçois.

– Parce que je la suis depuis qu'elle a quitté son hôtel...

– C'est impossible ! protesta Orchidée. Je vous aurais vu. On ne peut pas dire que vous passiez inaperçu...

– Savoir faire une bonne filature, Madame, c'est l'enfance de l'art, fit Pinson avec dignité. Vous voulez que je vous dise où vous êtes allée ?

– C'est inutile mais si vous me suiviez, pourquoi arrivez-vous seulement maintenant ?

– Un vélo ça crève ! Et j'ai crevé en arrivant place Masséna. Le temps de trouver un café à qui confier mon engin et finir le chemin à pied avec cette cohue, j'ai pris du retard sinon j'arrivais sur vos talons.

– C'est bien dommage pour votre belle amie, grimaça l'inspecteur Graziani, mais ça ne signifie pas du tout qu'elle a pas eu le temps de suriner son galant.

Pinson leva une jambe avec une souplesse de danseur :

– Regardez un peu ça ! Quand je cours, je cours vite.

– Et vous, vous savez le temps qu'il faut pour poignarder un homme ? Pas même une seconde et celui-là il est pas encore froid ! Alors lâchez-nous avec votre histoire ! Le compte de celle-ci est bon !

– Un moment ! protesta Pinson qui sentait la moutarde lui monter au nez. Comme dit mon patron : il faut se méfier des choses trop évidentes.

– Y avait longtemps que vous ne nous aviez pas cassé les pieds avec votre génial commissaire Langevin ! fit Graziani dont les dents grincèrent littéralement. Ici, on fait notre boulot comme on l'entend et tant pis si ça vous plaît pas ! Allez, la fille, on s'en va ! ajouta-t-il en saisissant Orchidée par le bras.

Aussitôt la poigne de fer de Pinson l'obligea à lâcher la jeune femme tandis qu'il grondait :

– Chez nous, en tout cas, on le fait poliment ! Qu'est-ce qui vous prend, inspecteur, de traiter Mme Blanchard comme une de vos roulures ? Vous avez envie d'avoir des ennuis avec vos chefs, le Préfet et quelques autres ? Nous allons vous suivre si vous y tenez absolument, mais dans la dignité. Cependant j'aimerais qu'on attende encore un peu.

– Et qu'est-ce qu'il vous faut encore ? aboya Graziani hors de lui. Que la Bonne Mère descende du ciel avec des angelots et des séraphins pour escorter votre madame... au fait, comment avez-vous dit qu'elle s'appelle ?

– Je vous le rappellerai plus tard ! Vous pouvez bien patienter encore un moment ?

– Mais pour quoi faire ? Qu'est-ce que vous espérez ?

– L'arrivée d'un ami... Il devrait être là depuis longtemps. Il a dû lui arriver quelque chose.

– Et qu'est-ce qu'il a de rare, cet ami ?

– Il s'était chargé de suivre... celui-là, fit Pinson en désignant le cadavre. De toute façon vous n'avez pas fini votre travail ou bien est-ce qu'il n'existe pas de médecin légiste ici ?

– Si, môssieur, si, on en a un et il va venir ! Seulement il a pas besoin de la présence de... mâdame que mes subordonnés vont emmener illico en prison ! Qu'est-ce que c'est que ce tintamarre ?

Claquements de portes, bruits de galopade, de coups et vociférations en tout genre, l'entrée de la pièce parut exploser quand Robert Lartigue, les vêtements déchirés, le chapeau déformé et les cheveux roussis, en surgit à la façon d'un bouchon de champagne qui saute.

– Non mais, quelle ville de fous ! brailla-t-il. Ce soir c'est du délire et avec leurs foutues bougies ils ont bien failli me faire cramer...

Soudain il aperçut Orchidée et déversa sur elle son trop-plein de mauvaise humeur :

– C'est ainsi que vous suivez mes conseils ? Vous ne pouvez pas laisser les hommes travailler en paix ? Vous avez vu le travail ? Il est mort, votre ennemi, et si je m'étais fait étouffer par la foule vous seriez bonne pour la prison à vie ! Mais qu'est-ce que vous avez donc dans la peau, les bonnes femmes ?

Pinson s'efforça de le calmer tandis que Graziani s'époumonait à demander ce que c'était encore que cet hurluberlu. Lartigue, alors, décida de se consacrer à lui :

– Moi, mon vieux, je suis Robert Lartigue du journal *le Matin* et je vous conseille de remercier votre saint patron de m'avoir rencontré parce que je vais vous éviter la plus grosse connerie de votre carrière en arrêtant une innocente... C'est pas elle la coupable.

– C'est qui alors, môssieur l'envoyé du Ciel, môssieur l'ange gardien... ?

– Je vais vous le dire. D'abord, donnez-moi à boire!

On se hâta de le servir mais, tandis qu'il cherchait des yeux un endroit où s'asseoir un instant, son pied heurta le revolver à demi dissimulé sous l'angle d'un meuble. Un coup d'œil lui apprit de quoi il s'agissait. Alors, faisant mine de glisser sur les tommettes trop bien cirées, il se pencha et, s'emparant de l'objet, il le fit disparaître dans l'une de ses vastes poches.

– Il vaudrait mieux ne pas trop s'attarder ici, dit-il après avoir avalé la moitié de la bouteille de champagne qui attendait dans un rafraîchissoir en argent. Un « panier à salade » n'est pas ce que je préfère comme véhicule mais on y tient nombreux et celui qui attend en bas fera l'affaire. On causera chemin faisant...

– Des délais, des atermoiements ? grinça Graziani. Où prétendez-vous nous emmener à présent ?

– Là où se trouve le meurtrier. Dans une villa de Cimiez.

Il se dirigeait déjà vers la porte. Force fut à l'inspecteur de le suivre avec sa prisonnière, deux de ses hommes et Pinson. Celui-ci offrit galamment son bras à Orchidée qui se laissa emmener machinalement.

Une voiture cellulaire attendait en effet un peu plus bas, au-delà des marches. Tous y montèrent et l'on partit en évitant le plus possible les endroits transformés en réunion de feux follets. Lartigue alors raconta comment, attaché aux pas d'Étienne Blanchard, il avait vu celui-ci gagner le vieux palais un peu avant huit heures et s'était mis en faction à l'abri d'un contrefort de la chapelle. De ce recoin, il put observer, un peu plus tard, la venue d'un homme dont la silhouette ne lui était pas inconnue. Celui-ci après un regard circulaire, tira de sa poche une clef, ouvrit la porte sans faire le moindre bruit et disparut à l'intérieur de la maison. Un moment plus tard, l'homme ressortit tout aussi discrètement, tira de sa poche un mouchoir, s'essuya le front et les mains puis redescendit d'un pas tranquille vers la ville, filé à distance par Lartigue après un instant d'hésitation et un dernier regard vers la maison dont l'éclairage disait assez que son occupant n'avait pas l'intention de ressortir de sitôt.

L'un derrière l'autre, le journaliste et son gibier gagnèrent un des grands cafés de la place de la Préfecture. Le second alla droit au téléphone. Lartigue suivit et réussit à entendre que l'homme appelait la police en indiquant qu'un homme venait d'être assassiné...

– Mon premier mouvement a été de retourner d'où je venais, dit Lartigue, mais j'ai préféré continuer ma filature. De toute évidence, l'occupant du vieux palais n'avait plus besoin d'aide... Le meurtrier – car je ne doutai pas un instant que ce fût lui – avala deux pastis coup sur coup puis ressortit, se dirigea vers la station des calèches, en prit une. Je l'entendis sans peine ordonner au cocher de le conduire à Cimiez, à la villa Ségurane. J'en savais assez ; je suis revenu mais je me suis trouvé pris au milieu d'une bande d'enragés occupés à s'entr'arracher leurs moccoletti et prétendant m'en faire accepter un de force afin de prendre part à leurs ébats. Vous voyez le résultat...

– Cet homme, c'était qui, d'après vous ? demanda Pinson. L'un des frères Leca ?

– Oui. L'aîné des deux Corses, Orso. J'aurais pu deviner où il allait mais je voulais en être sûr...

– Et vous croyez que c'est lui l'assassin ? murmura Orchidée complètement désorientée.

Lartigue lui décocha un coup d'œil moqueur :

– C'est lui ou vous. Choisissez !

– Mais pourquoi ? J'ai acquis la conviction que ces

deux hommes ont tué mon époux sur l'ordre d'Étienne Blanchard et je ne vois pas pourquoi...

– Apparemment vous vous êtes trompée et nous aussi.

– A qui obéissaient-ils, alors ?

– C'est ce que nous allons savoir, du moins je l'espère ! dit Pinson gravement.

Bien entendu, pendant ce court dialogue l'inspecteur Graziani n'était pas resté muet et tentait de voir clair dans une situation qui lui échappait de plus en plus. D'autant qu'il craignait de commettre l'une des gaffes monumentales dans lesquelles sombrent les carrières les plus prometteuses. Le seul nom des Blanchard, si honorablement connus à Nice, lui donnait la chair de poule et il ne parvenait pas à comprendre par quelle magie ils se trouvaient mêlés au meurtre de ce jeune comte italien... Pinson employa le reste du trajet à lui donner tous les apaisements possibles : il se trouvait entièrement couvert par l'action de la Sûreté Générale.

Lorsque l'on atteignit la colline de Cimiez, la grande effigie du roi Carnaval flambait joyeusement et les premières chandelles romaines s'élançaient vers le ciel qu'une profusion de fusées et d'étoiles allaient embraser au son des acclamations et des cris de joie. Orchidée, elle, songeait tristement à lord Sherwood qui allait sans doute l'attendre longtemps. Si elle ne parvenait pas à le rejoindre avant l'aube, prendrait-il la mer sans elle... et avec ses bagages ?

Ce genre de préoccupation typiquement féminine mais tout à fait disproportionnée avec le drame qui se jouait lui fit un peu honte mais elle n'y pouvait rien. Elle était seulement fatiguée jusqu'aux larmes. Son dos, habitué cependant depuis des années à se tenir bien droit, lui faisait mal et ses pieds brûlaient. Elle aurait tout donné pour un bain chaud et un lit moelleux mais il était peu probable qu'une prison fût aussi confortablement équipée.

Elle ne comprenait pas bien ce que l'on allait faire chez les Blanchard. Si l'assassin était allé s'y cacher, on nierait très certainement sa présence. D'autant que l'inspecteur Graziani n'avait pas l'air enthousiaste pour envahir de la sorte et à cette heure la maison de gens à la fois riches et honorablement connus... Justement il était en train de dire :

– J'ai l'impression que vous me faites faire une sacrée boulette. Heureusement, on n'arrivera certainement pas à se faire ouvrir la grille.

Or, lorsque l'on atteignit l'entrée de la villa Ségurane, la grille était largement ouverte et un coupé élégant stationnait non loin des marches du perron que gardaient plusieurs agents en uniforme.

– Ben !... V'là aut' chose ! souffla Graziani désorienté.

CHAPITRE XIII

LE DERNIER ACTE

Le spectacle qui attendait les arrivants, dans le grand salon gothique dont un maître d'hôtel affolé venait de tenter en vain de leur défendre l'entrée, se révéla plutôt surprenant. Surtout pour Orchidée car, au-delà des grandes portes ornées de vitraux, elle découvrit, debout l'une en face de l'autre, la maîtresse de maison et la générale Lecourt dans une attitude évoquant celle des coqs de combat. Sur un canapé, le plus jeune des frères Leca, visiblement ivre mort, ronflait sous la garde d'un jeune homme qui avait l'air d'un policier en civil. Un agent en uniforme surveillait Orso, l'aîné, assis sur un escabeau. Enfin deux hommes à peu près du même âge se tenaient debout près de la cheminée : l'un était le commissaire Langevin avec sa mine des mauvais jours et un regard chargé de nuages qui n'annonçait rien de bon. Son compagnon n'avait pas l'air plus avenant.

Pour la première fois depuis plus de trente ans, Adélaïde Blanchard et sa cousine se rencontraient et, de toute évidence, ces retrouvailles n'avaient rien de familial. En pénétrant dans le salon, Orchidée put entendre Agathe Lecourt s'écrier :

– Tu m'entendras, que cela te plaise ou non ! Je suis venue te demander compte de la vie de mon fils,

Édouard, assassiné par tes valets sur l'ordre de ton fils Étienne...

– Tu as toujours été un peu folle, ma pauvre Agathe, et l'âge ne t'a pas améliorée : tu l'es plus que jamais. Édouard, ton fils en vérité ? Alors que tu n'as jamais été capable de donner le jour ? Mais qu'est-ce qui nous arrive là ? Que signifie, Sosthène ?

– Encore de la police, Madame ! Je n'ai rien pu faire, gémit le maître d'hôtel au bord des larmes.

Déjà, d'ailleurs, l'inspecteur Graziani se précipitait vers le compagnon de Langevin qui n'était autre que le commissaire Rossetti :

– Ah, vous êtes là, patron ? Ça me soulage drôlement : ces gens qui m'accompagnent m'ont obligé à venir jusqu'ici mais, dans un sens, c'est une bonne chose ; vous allez pouvoir leur faire entendre raison.

– Qu'est-ce que vous venez faire ici ?

Ce fut Pinson qui se chargea de la réponse en désignant Orso Leca :

– Nous recherchons cet homme. Selon toutes prévisions, il vient d'assassiner Étienne Blanchard de la même manière qu'il avait tué son frère...

– Ce n'est pas vrai ! glapit Graziani. La coupable, la voilà ! Nous l'avons trouvée évanouie près du cadavre...

– Orchidée ! s'écria la Générale qui courut prendre la jeune femme sous sa protection en l'embrassant. Ma pauvre petite ! Qu'êtes-vous venue faire dans cette ville impossible ?

Orchidée n'eut pas le temps de répondre. Adélaïde se jetait sur elle, toutes griffes dehors et les yeux fous :

– Tu as tué mon Étienne, espèce de sale Chinoise, tu l'as tué comme tu avais déjà tué mon Édouard !... Je vais t'étrangler...

Elle l'eût peut-être fait si Pinson et Lartigue ne

l'avaient ceinturée et maîtrisée en dépit des menaces qu'elle ne cessait de hurler. Le visage convulsé de cette femme encore belle suait la haine et la fureur. Entre les mains des deux hommes, elle se débattait comme une furie, essayant même de mordre les mains qui l'emprisonnaient. Pétrifiée d'horreur et de dégoût, Orchidée, accrochée au bras de Mme Lecourt, regardait en frissonnant cette femme possédée par tous les démons de la rage. Elle n'aurait jamais cru être à ce point exécrée.

Le combat aurait sans doute duré si la Générale, après avoir fait asseoir Orchidée, ne s'en était mêlée. Elle marcha vers le groupe tumultueux, se déganta et gifla vigoureusement sa cousine dont les cris s'arrêtèrent net :

– Mettez-la dans un fauteuil, conseilla-t-elle, et trouvez-lui un verre de quelque chose de fort ! Après tout, elle vient d'apprendre la mort de son fils et il convient d'en tenir compte.

Elle fut obéie. Profitant du répit accordé, le commissaire niçois ordonna à son subordonné de lui faire son rapport. Trop heureux d'avoir un tel auditoire, Graziani s'y employa avec un zèle qu'à plusieurs reprises Lartigue et Pinson essayèrent de tempérer, mais l'inspecteur était lancé et force fut aux deux autres d'attendre qu'il eût fini. Pour sa part, Langevin ne disait rien.

– A présent, messieurs, je vous écoute, dit Rossetti après un coup d'œil à son collègue parisien. L'un après l'autre s'il vous plaît.

Le récit de Pinson fut rapide. Par contre, celui du journaliste prit plus de temps car il s'efforça de ne laisser dans l'ombre aucun détail. Néanmoins, lorsqu'il ajouta que, pour lui, la culpabilité d'Orso Leca ne faisait aucun doute, le commissaire le pria de s'en tenir aux faits, ce qui n'empêcha pas Lartigue de déclarer :

– Je ne dois pas être le seul à le penser, sinon pourquoi se trouve-t-il en ce moment sous la surveillance d'un policier ? Je suppose que vous l'avez arrêté au moment où il rentrait ici ?

– Vous n'avez pas non plus à supposer. A présent, je souhaiterais entendre cette jeune dame et surtout sa version de ce qui vient de se passer... Et d'abord, Madame, je veux savoir qui vous êtes.

Mme Lecourt, qui s'était assise auprès d'Orchidée, posa vivement sa main sur elle comme pour indiquer qu'elle se trouvait sous sa protection.

– Étant donné l'accusation portée par l'inspecteur... ici présent, vous êtes en droit de ne répondre qu'en présence d'un avocat, ma chère petite. Un commissaire n'est pas un juge d'instruction...

– Sans doute, mais quand on refuse de lui répondre, c'est le meilleur moyen de se retrouver en face dudit juge, fit Rossetti. Et je crois pouvoir tout de même demander que cette dame veuille bien me confier son identité ?

– Je vais répondre, dit Orchidée qu'un grand calme venait d'envahir. Aussi bien, je n'ai aucune raison de mentir puisqu'il y a ici au moins trois personnes qui me connaissent. Avant de rencontrer Édouard Blanchard, j'appartenais à la famille des empereurs mandchous, j'étais... princesse et notre souveraine occupait dans mon cœur la place d'une seconde mère. A présent, je suis seulement la veuve d'Édouard Blanchard...

– Dont vous étiez initialement soupçonnée d'être aussi la meurtrière. N'est-ce pas ?

– En effet.

– Cette accusation, le commissaire Langevin ici présent en a prouvé la fausseté, donc nous n'en parlerons plus. Cependant, votre conduite par la suite s'est révélée pour le moins bizarre. Vous êtes venue ici, à Nice, sous une fausse identité ?

– C'est exact.

– Pourquoi ?

Il y eut un instant de silence. Les yeux d'Orchidée cherchèrent tour à tour le regard de Lartigue, de Pinson, de Langevin qui semblait se désintéresser de la question, enfin d'Agathe Lecourt qui lui sourit et lui pressa la main :

– C'est simple. J'ai acquis la certitude que mon époux a été victime de la jalousie et de l'avidité de son jeune frère... J'entendais lui faire payer le prix du sang selon le code d'honneur de mon pays.

– Autrement dit, vous vouliez le tuer ? C'est bien cela ?

– C'est bien cela... Seulement je ne l'ai pas tué...

– Il est mort cependant.

– Pas de ma main. Il avait cessé de vivre lorsque je suis arrivée dans la vieille maison.

– Cette maison appartenait au comte Alfieri et c'est lui, en réalité, que vous alliez rejoindre.

– Non. C'était bien Étienne Blanchard. Je savais qu'il se cachait sous un faux nom comme je le faisais moi-même. Pour quelle raison, je n'ai aucune réponse à cette question. Lorsque je suis arrivée à Nice, je désirais rencontrer... mon beau-frère. Il semblait avoir mystérieusement disparu et j'hésitais sur ce que je devais faire quand le hasard l'a mis sur mon chemin ou plutôt a mis le comte Alfieri sur mon chemin. Mais, en dépit du visage qu'il s'était composé, je l'ai reconnu aussitôt. Lui aussi d'ailleurs savait qui j'étais. Hier, pendant le Corso fleuri, il m'a donné rendez-vous dans le vieux palais. Il disait que c'était le seul endroit où il se sentait chez lui. Il disait aussi... qu'il m'aimait.

Ce simple mot réveilla la fureur apparemment endormie d'Adélaïde. Elle éclata en malédictions et en injures : cette femme mentait. Étienne n'éprouvait pour elle que de l'horreur pour avoir brisé la carrière et même la vie d'un frère tendrement chéri.

Ce fut Graziani qui lui coupa la parole :

– Il disait peut-être la vérité. Dans la salle où on l'a trouvé il y a un portrait de sa meurtrière. Parce qu'elle l'a tué, vous pouvez en être sûrs maintenant. Elle vient de vous le dire elle-même...

– J'ai dit que je voulais le tuer, reprit fermement Orchidée. J'avais apporté ce qu'il fallait...

– Et quoi ? On n'a trouvé que le couteau et il n'y avait rien dans votre sac.

– Monsieur Lartigue, je sais que vous souhaitez m'aider mais je préfère que vous donniez à ce policier l'arme que vous avez ramassée tout à l'heure.

Le journaliste haussa les épaules et tira le revolver de sa poche pour le tendre à Rossetti :

– Vous avez peut-être raison, après tout ! Il est chargé mais aucune balle ne manque.

Le commissaire prit l'arme qu'il examina un instant en silence avant de la tendre à Langevin et de revenir à Orchidée :

– Continuez ! Donc vous aviez accepté ce rendez-vous dans le but d'abattre M. Blanchard ? C'est bien cela ?

– Oui. Je voulais faire feu tout de suite, dès qu'il serait devant moi, pour ne pas lui laisser une chance de fléchir ma résolution, mais quand je suis arrivée quelqu'un était passé avant moi. L'émotion que j'en ai ressentie m'a fait perdre connaissance.

– Et ensuite ? Que comptiez-vous faire ?

– Quitter Nice aussitôt...

– Qu'avez-vous fait de vos bagages ? Vous les avez laissés à la gare sans doute.

Cette fois, ce fut Pinson qui se chargea de la réponse, après avoir glissé deux mots à l'oreille de Langevin :

– J'ai suivi Mme Blanchard toute la journée et je sais où ils sont. Si vous le voulez bien, Monsieur le Commissaire, nous aborderons cette question plus tard...

– Entendu. Je vous remercie, Madame. Surtout de votre franchise !...

– Alors, coupa Adélaïde, vous allez l'arrêter à présent ? Vous l'avez entendue ? Elle ose se vanter ici de son crime ! Quant à cette fable, inventée par un homme qui sait si bien subtiliser les revolvers, elle ne tient pas debout. Pourquoi ce brave Orso aurait-il voulu tuer quelqu'un qu'il ne connaissait pas ? Car ici personne ne pouvait imaginer que cet... Alfieri, c'est bien ça ?... que cet homme n'était autre que mon pauvre Étienne ?...

– Dans ce cas, qu'allait-il faire chez lui ? lança Lartigue.

– Est-ce que je sais ? Interrogez-le ?... Ces deux garçons, d'ailleurs, ne font pas partie de notre personnel : ils sont les petits-fils de mon ancienne femme de chambre. Une bien brave femme dont la santé laisse beaucoup à désirer et qui est actuellement à l'hôpital Saint-Roch. Naturellement ils logent ici quand ils viennent voir leur grand-mère. C'est bien naturel...

– Cela ne nous dit tout de même pas ce qu'Orso allait faire au vieux palais ? remarqua Rossetti.

– C'est simple, grogna l'intéressé : j'y ai jamais mis les pieds. Ce type, là, le Parisien il a eu des visions ? Vous avez pas encore compris qu'il est là pour aider la Chinetoque ? Moi, je sais rien, j'ai rien vu et j'ai pas encore compris pourquoi tout à l'heure, quand je suis rentré après avoir été regarder brûler Carnaval, on m'a sauté dessus. J'ai rien fait...

– Oh si !...

Brûlante d'indignation, Orchidée se dressait pour, d'accusée, devenir accusatrice. Le cynisme et l'aplomb de cet individu l'exaspéraient :

– Vous et votre frère avez essayé de m'enlever dernièrement à Paris alors que je sortais de l'hôpital de la Salpêtrière où j'étais allée voir cette malheureuse Gertrude Mouret...

– Pourquoi qu'on aurait voulu faire ça ? coupa l'autre goguenard. On vous connaît même pas...

– Cessez donc de mentir ! Vous agissiez au nom de quelqu'un qui ne souhaitait pas se salir les mains et j'ai parfaitement retenu vos paroles : vous avez dit que les gens pour qui vous travailliez payaient bien et qu'ils voulaient ma peau jaune... Ce ne sont pas des choses que l'on oublie :

– C'est une honte, oui ! s'écria la Générale. Comment avez-vous réussi à leur échapper ?

– C't'une bonne question, ça ! goguenarda Orso. Non mais, regardez et regardez-la ! Si on avait voulu l'enlever, elle nous aurait pas échappé...

– Vous voulez que je vous fasse une démonstration ? proposa Orchidée. Vous avez dû avoir de la peine à marcher pendant un moment...

A nouveau, le Corse haussa les épaules, cracha sur le tapis avec la même décontraction que s'il était dans la rue et lança, méprisant :

– Vous trouvez que vous n'vous êtes pas encore assez ridiculisée ? Et pour qui qu'on travaillerait, nous autres ? C'est bien joli d'accuser mais vaudrait mieux avoir des preuves...

Orchidée retint de toutes ses forces l'envie qui lui venait de se jeter sur cet homme pour déchirer de ses ongles sa figure matoise et insolente. En effet, elle n'avait ni preuves ni témoins, rien que sa parole, et elle se sentait perdre pied. Un être aussi abject que celui-là n'avouerait jamais à moins d'être confié à quelqu'un d'aussi habile qu'un bourreau mandchou. Quelle joie ce serait de lui glisser des petits morceaux de bambou sous les ongles et d'y mettre le feu !...

Elle cherchait une réplique cinglante quand, soudain, le commissaire Langevin se décida à bouger. Jetant ce qui restait de son cigare dans la cheminée, il s'approcha de Leca. Complètement écœurée, Orchidée remarqua son expression bénigne, voire aimable, et ce fut même avec un bon sourire qu'il se pencha sur le prisonnier :

– Calme-toi, Orso ! Il est inutile de te mettre dans tous tes états !

– Moi ? mais j'suis tout à fait calme, Commissaire ! J'ai pas la moindre inquiétude...

– Peut-être. Cependant tu n'es pas dans ton état normal et je le comprends. Crois-bien que je compatis à ton chagrin.

– Mon chagrin ?... Quel chagrin ?

Langevin prit l'air navré :

– Comment ? Tu ne sais pas ? Tu n'es donc pas allé à l'hôpital cet après-midi ?

Devenu soudain blanc comme un cierge, l'aîné des Leca se leva lentement, ce qui porta son visage au niveau de celui du commissaire. Empoignant les revers du paletot mastic du policier, il rugit :

– Qu'est-ce que j'devrais savoir ? Qu'est-ce qui s'est passé à l'hôpital ? La Mamma ? Il lui est arrivé quelque chose ?...

– Pourquoi crois-tu que ton frère s'est saoulé comme il l'a fait...

– Vous voulez pas dire qu'elle est...

Le mot terrible ne voulait pas sortir. Par contre un flot de larmes venait de jaillir de ces yeux inflexibles qui semblaient incapables de refléter un sentiment humain. Langevin posa sur l'épaule de l'homme une main compatissante puis murmura :

– Morte ?... Eh oui ! Je sais bien qu'elle n'était pas toute jeune mais je crois qu'il aurait mieux valu pour sa santé qu'elle ne mange pas cette boîte de chocolats...

– Des... chocolats ?

Dans sa bouche, chacune des trois syllabes du mot eut l'air de peser une tonne. Il les mâcha péniblement comme pour en extraire une saveur écœurante. Le silence emplissait la pièce, ce silence d'attente fait des respirations retenues, et, soudain, ce fut l'explosion : avec un râle de fureur, Orso Leca fonça devant lui, droit sur Adélaïde Blanchard :

– Salope !... Tu pouvais pas la laisser vivre en paix ? Fallait la tuer elle aussi ?.. Elle avait jamais rien fait qu'te servir...

Cette fois on eut beaucoup de mal à lui arracher une proie qui, entre ses cris de terreur, balbutiait qu'elle ne comprenait pas, qu'elle ne savait pas... La voix de Langevin, sèche, froide et précise, prit le dessus et domina le tumulte tandis que tous les hommes présents s'unissaient pour maintenir le forcené auquel Graziani réussit, non sans peine, à passer les menottes :

– Tu te rends compte que tu viens d'avouer et que tous ici sont témoins ?

– J'en ai rien à foutre ! râla Orso au milieu de ses sanglots. La Mamma... j'aimais qu'elle au monde...

– Tu reconnais que, ton frère et toi, vous avez assassiné Édouard puis Étienne Blanchard ?

– Oui.

– Et à l'instigation de Mme Adélaïde Blanchard ici présente ?

– Oui. Je sais que je vais y laisser ma tête mais si elle crève elle aussi, je mourrai content.

Accablée sans doute sous le coup du sort qui venait de la démasquer, la mère indigne n'éleva pas la moindre protestation. Elle semblait changée en statue. Les yeux fixes, immobile et muette, elle paraissait totalement inconsciente de ce qui se passait dans sa propre maison. Elle ne réagit pas davantage quand on emmena Orso Leca et son frère, toujours endormi, que deux agents emportèrent. Dans le salon régna ce silence pesant qui suit habituellement les grandes catastrophes lorsque le raz de marée s'étale ou que la terre cesse de trembler. Serrées l'une contre l'autre, Orchidée et sa vieille amie s'efforçaient de ne pas tourner les yeux vers Mme Blanchard, mais leurs regards, attirés irrésistiblement comme cela arrive devant un monstre, y revenaient malgré elles.

Les deux commissaires de police échangèrent quelques paroles à voix basse, hésitant visiblement sur la conduite à tenir en face du problème délicat posé par la culpabilité de cette femme. Soudain, l'une des portes du salon s'ouvrit pour livrer passage à une infirmière d'un certain âge qui toussota pour s'éclaircir la voix et demanda s'il y avait ici une dame prénommée Agathe. La Générale leva la tête :

– Oui... moi !.

– Voulez-vous me suivre, Madame. Monsieur Blanchard désire vous parler. Il semble, ajouta-t-elle en couvrant les policiers d'un œil sévère, que l'on ne se soit guère soucié de la présence dans la maison d'un grand malade ? Un tel comportement est inadmissible ! Nous pouvions entendre de là-haut des cris et des vociférations proprement scandaleux...

– Je crains, dit Langevin, que ce qui s'est passé ici ne crée un scandale beaucoup plus grand et ne porte un coup dramatique à votre patient.

Tandis que l'infirmière emmenait Mme Lecourt, Lartigue alla prendre place auprès d'Orchidée mais celle-ci ne parut pas s'apercevoir de sa présence : elle regardait toujours Adélaïde en essayant de découvrir sur ses traits les raisons d'une conduite aussi monstrueuse. Qu'une mère pût décider, préparer dans les moindres détails la mort de deux hommes dont l'un était vraiment son enfant la bouleversait... en dépit des histoires effrayantes que les femmes de la Cour se chuchotaient jadis sous l'éventail ou à l'abri de leurs mains dans les cours et les chambres de la Cité Interdite. On disait que Ts'eu-hi n'avait pas craint, avant qu'Orchidée ne fût au monde, d'ordonner la mort de son fils, bien-aimé cependant : le jeune empereur Tong-tche, lumière de ses yeux par sa beauté et son amour de la vie, parce qu'il aimait trop la femme qu'on lui avait choisie et aussi parce qu'il prétendait exercer un pouvoir que l'on n'était pas disposé à lui abandonner.

Orchidée se souvenait bien de ses réactions d'adolescente lorsque les affreux bruits parvenaient jusqu'à ses oreilles : elle refusait farouchement de croire qu'une mère pût détruire l'ouvrage de sa chair et de son sang, outre qu'il s'agissait là d'une grave offense aux dieux et surtout aux ancêtres. Or, à présent, il y avait là, devant elle, une mère tout aussi criminelle et dont, cette fois, les motivations lui échappaient complètement. Passe encore, si l'on peut dire, pour Édouard qu'elle n'avait pas mis au monde, mais Étienne !... A la pensée qu'elle-même avait failli tuer ce malheureux garçon dont le seul crime était sans doute d'être tombé amoureux de l'épouse d'un frère qui n'en était pas un, le rouge de la confusion lui montait aux joues. Un crime gratuit, voilà ce qu'elle avait été sur le point de commettre!

Les cancanières de la Cour disaient aussi qu'à la mort du jeune souverain, et sans doute pour donner le change, Ts'eu-hi avait affiché un chagrin violent, bruyant et un deuil d'une extrême austérité. Vêtue de toile à sac et les cheveux défaits comme une pauvresse, elle avait multiplié visites aux temples et macérations de toute sorte. Peut-être pour tenter d'apaiser sa conscience?... Cette Occidentale, elle, ne faisait rien de tout cela. Éprouvait-elle un remords quelconque ou même un simple regret? En fait elle avait l'air de ne rien éprouver du tout : assise dans un haut fauteuil à dossier raide garni de coussins rouges, elle serrait autour de ses épaules une grande écharpe de satin noir brodé d'or et son visage ne reflétait aucun sentiment. Plus incroyable encore, Orchidée vit passer sur ses lèvres un fugitif sourire et même elle crut l'entendre chantonner.

Se tournant alors vers son voisin, elle chuchota :

– Vous ne croyez pas qu'elle est en train de devenir folle?

– Peut-être. Ou alors elle a décidé de le laisser croire... Je pencherais assez pour cette version : elle n'a pas précisément l'air d'une femme fragile.

– Que va-t-on faire d'elle? Va-t-on la conduire en prison?

Lartigue eut un sourire en coin et fourragea furieusement dans la masse désordonnée de ses cheveux bouclés :

– M'est avis que c'est ce qui tourmente nos deux commissaires. Son arrestation causera un scandale énorme qui empoisonnera les derniers jours de son malheureux mari. D'un autre côté, un crime aussi monstrueux ne peut rester impuni...

– Pourquoi l'a-t-elle commis, selon vous ?

– Allez savoir ! fit Lartigue avec un geste évasif.

Il ne tenait pas à donner son opinion à Orchidée car elle était sans doute, la pauvre innocente, au fond de tout cela... Au bout d'un instant il reprit :

– A la réflexion... l'asile psychiatrique serait une assez bonne formule...

– Elle mérite la mort, gronda sourdement la jeune femme. La Justice l'exige et moi j'ai juré...

– Je sais ce que vous avez juré mais je vous conseille à présent de vous tenir tranquille. Vraiment tranquille si vous voyez ce que je veux dire !

– Je sais que votre justice ne condamne plus les femmes à la peine de mort, ce qui est stupide. Vous voulez que ce monstre continue à vivre ?

– Je veux que « vous » viviez ! dit gravement le journaliste. Quant à elle, je crois qu'être enfermée à vie dans un asile de fous – je dis bien un asile de fous et pas une élégante clinique psychiatrique où les femmes du monde soignent leurs vertiges et leurs phantasmes – sera pour elle la pire des punitions. Surtout si elle n'est pas réellement folle. Je suis à votre service pour vous en faire visiter un...

Il s'interrompit et se leva : Agathe Lecourt venait de reparaître, visiblement bouleversée et les yeux rougis. En entrant dans le salon, elle se moucha vigoureusement avec le mouchoir qu'elle tenait à la main puis se dirigea vers les policiers qui attendaient son retour :

– Il veut vous voir, messieurs, mais auparavant il vous demande de lui accorder un instant d'entretien avec elle, fit-elle avec un léger mouvement de tête en direction de sa cousine.

– Comment est-il ? demanda Rossetti.

– Je crois que la fin n'est pas loin mais son esprit demeure intact et son âme d'une grande fermeté. Essayez tout de même de le ménager... Il n'a pas mérité un tel calvaire.

Incapable de se contenir plus longtemps, elle eut un sanglot et alla s'abattre, en larmes, dans les bras d'Orchidée tandis que les deux policiers faisaient lever Adélaïde et l'emmenaient en la tenant chacun par un bras, sans qu'elle opposât la moindre résistance. Au contraire, elle leur souriait...

Le coup de feu retentit au bout de quelques minutes seulement.

Une heure plus tard, réunis dans le salon de la Générale au Riviera-Palace, Orchidée, Lartigue et le commissaire Langevin buvaient du thé, du café et du cognac en écoutant leur hôtesse raconter son entretien avec Henri Blanchard. L'inspecteur Pinson, porteur d'une lettre d'excuses de la jeune femme, était parti pour récupérer les bagages à bord du *Robin Hood* et mettre ainsi un terme à la perplexité de lord Sherwood qui devait se demander s'il allait pouvoir lever l'ancre à l'heure prévue.

Il n'y avait pas bien longtemps que les larmes de Mme Lecourt ne coulaient plus. Cependant elles étaient encore présentes dans sa voix quand elle dit :

– Henri savait depuis longtemps qu'Édouard n'était pas son fils. Sa ressemblance avec son véritable père qu'il avait bien connu lui fit soupçonner assez tôt la vérité. Il contraignit d'ailleurs Adélaïde à en faire l'aveu, mais c'était bien après la venue au monde d'Étienne et il préféra laisser les choses en l'état afin de ne pas perturber les deux garçons. En outre, il les aimait tous les deux sans faire vraiment de différence et il en était fier. Cela compensait l'amour qu'il ne réussit jamais à éprouver pour sa femme... Je crois... je crois qu'il en vint même à la détester lorsqu'il s'aperçut d'un fait étrange : Adélaïde portait plus d'affection à Édouard qu'à son propre fils qu'elle couvrait de dédain et de sarcasmes. Ce qui fut cause de plusieurs scènes pénibles entre elle et son mari, surtout quand, l'enfant étant devenu homme, Adélaïde se mit à éprouver les sentiments de Phèdre envers Hippolyte.

– Cela veut dire qu'elle est tombée amoureuse de lui, traduisit Lartigue à l'intention d'Orchidée qui n'avait jamais lu Racine.

– Oh ! fit celle-ci choquée. Une chose pareille peut-elle arriver ?

– Cela peut se produire d'autant plus qu'Édouard n'était rien pour elle par le sang sinon un petit-cousin, reprit la Générale. Aussi, pour le mettre à l'abri, Henri poussa-t-il vivement la carrière de son fils aîné dans la diplomatie. Il souffrit, bien sûr, lorsque celui-ci partit pour la Chine, mais il estimait qu'une aussi longue distance était une excellente chose.

« Évidemment, l'annonce de votre mariage fit l'effet d'une bombe. Adélaïde, déçue dans ses sentiments intimes comme dans les espoirs qu'elle fondait sur une future gloire des ambassades, jeta feux et flammes et décréta la mise à l'index du coupable. Le tort d'Henri, déjà malade à cette époque, fut de lui laisser le champ libre. Il était las de cette longue bataille qui durait depuis plus de trente ans mais il donna, paraît-il, des ordres secrets à son notaire afin qu'Édouard ne fût pas lésé.

– En effet, approuva Orchidée. Maître Dubois-Longuet me l'a dit. J'ai refusé de toucher à cet argent.

– Pourquoi donc ? demanda Langevin. Cela vous revient de droit, selon nos lois... comme d'ailleurs tout le reste de la fortune des Blanchard dont vous êtes à présent la seule héritière.

Orchidée eut un joli geste qui traduisait refus et dégoût tout à la fois :

– Ne trouvez-vous pas, Monsieur le Commissaire, qu'il y a vraiment beaucoup de sang sur tout cet argent ? Jusqu'à cette pauvre vieille femme qui est morte aujourd'hui.

Langevin fit alors bénéficier l'assistance d'un de ses deux ou trois sourires annuels :

– Elle se porte comme vous et moi... Annoncer qu'elle venait d'être empoisonnée était l'unique moyen de faire craquer son petit-fils. Comme tous les Corses, Orso considère la fidélité au chef – même s'il s'agit d'une femme ! – comme une manière de sacerdoce. Il se serait fait découper en lanières plutôt que trahir Mme Blanchard.

Lartigue sifflota entre ses dents tout en se servant une nouvelle tasse de café :

– Je ne sais pas si vous êtes croyant, Commissaire, mais je vous conseille de prier pour que Leca soit rapidement condamné et encore plus rapidement exécuté. Sinon vous devriez songer à porter une cotte de mailles...

– Si je devais compter les fois où la cour d'Assises a retenti de menaces de mort lancées contre moi, je devrais vivre terré ou seul au milieu d'un désert. Ce qui compte c'est la Justice. La seule chose que je peux faire c'est laisser la vieille Renata Leca en dehors de cette histoire... bien qu'elle ait porté elle-même à Gertrude Mouret les chocolats qui l'ont empoisonnée...

– Elle est à l'hôpital où je l'ai vue moi-même, dit

Orchidée. Je veux bien qu'elle ne soit pas au fond d'un lit, mais comment aurait-elle pu aller à Paris et se rendre au chevet de ma cuisinière ?

– Le plus simplement du monde. Mme Blanchard, sous prétexte de la faire examiner par un professeur parisien, l'a emmenée avec elle et lui a demandé ensuite comme un service d'aller porter la boîte de chocolats à Gertrude qu'elle connaissait, d'ailleurs, car les Mouret ont été longtemps au service des Blanchard lorsque votre beau-père occupait encore des postes consulaires. Tous deux portaient à Étienne une espèce de vénération. Ne me demandez pas pourquoi... Par contre, ils n'aimaient guère Édouard et ont été d'accord pour aider leur maîtresse à se débarrasser de lui... et de vous par la même occasion. Ils croyaient agir pour le bonheur et la richesse d'Étienne... C'est la raison pour laquelle ils ont accepté d'entrer à votre service : ils attendaient leur heure.

– Quatre ans ! Ils l'ont attendue quatre ans ? Pourquoi si longtemps ?

– La hâte eût été dangereuse mais quand Gustave a appris de votre concierge, un soir après boire, que des Chinois s'intéressaient à vous, il a prévenu Adélaïde Blanchard et le piège a été tendu : elle était enfin là, l'occasion rêvée...

– Dire que je me suis ruiné en rhum de qualité pour tirer de ce fichu Fromentin des confidences qu'il vous a données gratis, gémit Lartigue...

– Surtout, ne regrettez rien ! C'est vous qui m'avez appris les affres du pipelet. Lui faire dire ensuite qu'il s'était confié à Gustave a été un jeu d'enfant. Je suis donc votre obligé... tout comme je suis celui de Mme Lecourt. C'est elle qui m'a mis sur la piste des frères Leca, ajouta-t-il en adressant à la vieille dame un salut malicieux. Si, un beau matin, elle ne m'était tombée dessus comme la foudre en réclamant sa protégée...

– Vous me cherchiez ? fit Orchidée contente. Je croyais que vous m'aviez oubliée.

– Moi, vous oublier ?... Mon appareil de téléphone avait tout simplement rendu l'âme dans l'incendie et quand j'ai enfin pu vous appeler je n'ai reçu aucune réponse. Dieu sait pourtant que j'ai essayé !

– Rien d'étonnant ! fit Orchidée en souriant. Louisette, ma petite bonne, a une peur bleue de ce que j'appelais jadis le fil qui parle.

– C'est ce que nous avons compris lorsque nous sommes allés chez vous, Mme Lecourt et moi, après la... franche explication que nous avions eue tous les deux...

– Le commissaire m'a parlé alors des chocolats empoisonnés et de ces deux hommes qui vous ont attaquée près de la gare d'Orléans. Et je me suis souvenue de Renata, la camériste corse de ma cousine Adélaïde qui lui était tellement dévouée parce qu'elle l'avait sauvée de la misère avec son enfant de deux ans qui a dû devenir le père d'Orso et d'Angelo. J'ajoute que Renata était avec nous en Suisse... Donc nous sommes allés chez vous...

– ... où nous avons enfin trouvé votre petite bonne mais tout ce qu'elle a su nous dire est que vous étiez partie pour Nice, sans autre adresse.

– Évidemment, elle ne pouvait pas non plus savoir que vous aviez changé de nom. Cependant Mme Lecourt a décidé de s'y rendre sur-le-champ...

– Le temps de passer chez moi et d'y récupérer Romuald dont je pensais qu'il pourrait m'être utile.

Lartigue interrompit alors sans vergogne l'espèce de duo dans lequel le commissaire et la Générale se lançaient depuis un instant :

– Qu'aviez-vous à faire d'un maître d'hôtel ? Ce n'est pas le genre de bagages qu'on apporte en voyage. Passe encore pour une femme de chambre.

Mme Lecourt tira son face-à-main afin d'examiner sévèrement le visage angélique du journaliste :

– Vous ne savez pas de quoi vous parlez, mon jeune ami ! Romuald est spécial. J'entends par là qu'il n'a pas toujours eu le rang social important qui est le sien aujourd'hui et qu'il honore de sa dignité toute britannique. Lorsque nous avons fait sa connaissance sur le port de Shanghai, mon mari et moi, il courait comme un lapin devant un gros marchand chinois et un policier assorti qui prétendaient lui faire restituer le contenu du tiroir-caisse du premier et l'envoyer pourrir dans une geôle infecte après lui avoir mis la cangue au cou. Il s'est jeté dans le fourgon de nos malles où nous l'avons gardé après l'avoir obligé à restituer les sapèques du marchand. Nous n'avons jamais regretté cette acquisition : chez nous, il a lu les bons auteurs, pris du ventre et, à présent, c'est une vraie perle...

– Vous avez une curieuse façon de recruter votre personnel, remarqua le commissaire, narquois. Votre dame de compagnie est une ancienne missionnaire, votre maître d'hôtel un truand repenti. Nous confierez-vous d'où viennent votre cuisinière et vos caméristes ?

– Ne prenez pas votre mine de matou qui flaire un bol de crème ! Si vous espérez m'entendre dire qu'elles sortent d'un bordel du Caire ou de Tanger, vous allez être déçu : ce sont d'honnêtes et respectables Marseillaises. En tout cas, mon Romuald nous a été fort utile : c'est bien lui qui a découvert Angelo Leca dans ce bistrot du port où il ingurgitait pastis sur pastis en pleurant comme un ciel londonien.

– Pourquoi pleurait-il ? demanda le journaliste. Ce

n'était pas sur sa grand-mère puisqu'elle est en bon état ?

– Sur Étienne, tout simplement ! Il l'aimait bien et ne supportait pas l'idée de participer à son assassinat. Alors il a laissé Orso faire la sale besogne et pendant ce temps, il est allé s'enivrer. Or, il se trouve qu'il a l'alcool bavard et que l'illustre Romuald, sous prétexte de le reconduire chez lui, nous l'a amené ici où je m'entretenais avec Mme Lecourt, expliqua Langevin. Il faut dire qu'elle et moi nous étions rencontrés à la gare de Nice la veille du Carnaval. Mes soupçons, grâce aux rapports de Pinson, se portaient de plus en plus sur les gens de la villa Ségurane.

Orchidée quitta son siège et alla vers les fenêtres derrière lesquelles le ciel commençait à pâlir, enveloppant les jardins d'une grisaille uniforme.

– Ce que je n'arrive pas à comprendre c'est pourquoi il fallait tuer aussi Étienne ? Pour que je sois encore une fois accusée du meurtre ?

– Il n'y a aucun doute là-dessus. En venant ici, vous avez offert à Mme Blanchard une occasion inespérée de se débarrasser d'un fils dont, depuis longtemps certainement, elle voulait la perte, dit doucement le commissaire en rejoignant la jeune femme.

– Et vous pouvez me donner une raison valable à cette monstruosité ?

– Il n'y a jamais de raison valable pour supprimer une vie humaine. Celle de Mme Blanchard est malheureusement la plus courante : l'argent. Il fallait que les deux garçons meurent avant leur père pour que la mère hérite de la totalité des biens. Le temps commençait à presser car Henri Blanchard est mourant. Il lui a fallu une énergie surhumaine pour soulever le pistolet et abattre sa femme mais il ne l'a pas manquée...

– Elle n'est plus jeune. Qu'avait-elle besoin d'une si grande fortune ?

– Même quand le visage se fane, le cœur demeure jeune et les passions prennent plus d'ampleur lorsqu'elles viennent sur le tard. C'est ce qui est arrivé à cette femme. L'an dernier, au casino de Monte-Carlo, elle a rencontré un certain José San Esteban, joueur professionnel de vingt ans plus jeune qu'elle. Il lui promettait de l'épouser dès qu'elle serait libre... Tout cela est d'une affreuse banalité.

– Comment l'avez-vous appris ?

– Par Rossetti. Il garde toujours un œil sur les salles de jeu. San Esteban est à Nice à présent, dans une belle villa que sa maîtresse a louée pour lui. Évidemment, depuis qu'il est là, elle ne se montre plus au Casino mais elle allait chez lui et la police qui le surveillait l'a su.

– Je vois...

Prise d'un soudain besoin d'air pur, Orchidée ouvrit largement une fenêtre et respira lentement, profondément, le vent frais qui venait de la mer et fit s'écrouler sa chevelure mal attachée par les deux ou trois épingles qui lui restaient.

– Vous allez prendre froid ! s'écria Mme Lecourt qui alla chercher un mantelet de fourrure pour le poser sur ses épaules.

Orchidée l'en remercia d'un sourire.

– Un dernier mot, Commissaire, puisque apparemment plus rien de cette triste histoire ne vous demeure caché : pourquoi Étienne se cachait-il sous un faux nom et pourquoi le vieux palais alors que ses parents possèdent une si grande demeure ?

– Il vous l'a dit, répondit la Générale. Pour être lui-même et se sentir chez lui. Sa mère le méprisait parce qu'aucune profession ne le tentait. Il ne s'intéressait qu'aux plantes, aux fleurs. Il essayait d'extraire des parfums, des essences, et c'est sans doute chez lui qu'Adélaïde a trouvé le poison dont elle truffait les chocolats de son confiseur. Pourtant, il se sentait étouffer là-haut. Il a dû vouloir s'amuser, se créer un autre personnage. Une idée qui doit venir toute seule dans une ville où le Carnaval tient une si grande place. L'attrait du masque, si vous voyez ce que je veux dire.

– En ce cas, pourquoi M. Lartigue m'a-t-il écrit que je prenne garde à lui, qu'il y avait danger ?

Le journaliste qui commençait à s'endormir sur son canapé souleva ses paupières au bruit de son nom, puis les laissa retomber :

– J'aurais écrit n'importe quoi pour vous faire tenir tranquille, jeune dame ! grogna-t-il.

– Vous feriez mieux d'avouer que vous vous êtes trompé, lança Orchidée avec un petit rire.

Ce qui ne parut pas le troubler le moins du monde :

– « N'avouez jamais ! » a dit je ne sais plus quel condamné à mort au moment où on allait lui couper le cou. C'est un principe que je me suis juré d'appliquer en toute circonstance...

– Alors priez le dieu des menteurs de ne jamais me tomber dans les pattes ! ricana Langevin. Je vous parie que vous finirez par me confier que vous êtes le fils de Jack l'Éventreur et que vous avez tué au moins dix personnes !

Il n'obtint pas de réponse : un doux sourire aux lèvres, Robert Lartigue dormait à présent du sommeil paisible des gens fatigués et des consciences honnêtes.

– Laissons-le tranquille ! conseilla Mme Lecourt. Dans cette course qui nous a lancés les uns à la suite des autres, il a fait sa bonne part...

Orchidée n'écoutait pas. Indifférente à ce qui se passait dans le salon, elle s'avança vers le balcon pour regarder le jour se lever. C'était une aube grise, chargée de nuages, bien différente des aurores radieuses des jours précédents. On aurait dit que, las des lumières et des folies, le monde revêtait pour ce début de Carême les couleurs ternes de la pénitence. La mer, si bleue d'habitude, ressemblait, immobile et plate, à une plaque de mercure... C'était triste à pleurer, bien éloigné de la joie que la jeune veuve espérait tirer d'une vengeance satisfaite. Trop d'innocents venaient de payer les appétits d'Adélaïde Blanchard ! Ce superbe paysage devenu si neutre et si gris le ressentait peut-être. Il eût été indécent que le soleil brillât sur l'anéantissement d'une famille qui aurait dû, normalement, vivre dans la paix et les joies de la richesse.

– Qu'allez-vous faire, à présent ? murmura Langevin. Rentrer à Paris sans doute ?

– Sans doute... pour donner mes ordres au notaire. Je pense que la seule façon d'épurer cette fortune souillée est d'en faire don à qui en a besoin. Ensuite je repartirai...

– Vous nous détestez tant ? Vous avez pourtant su vous faire des amis dévoués. Il y a des gens qui vous aiment...

– Je les aime aussi et j'espère qu'ils me comprendront : j'ai encore un devoir à accomplir. Maintenant que l'esprit de mon cher époux va pouvoir reposer en paix, je dois tenter d'effacer la blessure que mon égoïsme a causée à celle qui m'a élevée. Je le dois à mes ancêtres et à moi-même.

– N'exagérez pas vos obligations ! Si votre mari avait vécu, votre vie se serait écoulée auprès de lui et jamais vous n'auriez revu la Chine. Y auriez-vous seulement pensé ?

– Il est très difficile d'oublier les temps heureux de l'enfance. En outre, nous croyons, chez nous, que le Destin est écrit quelque part. C'est pour ça qu'Édouard est mort et ses assassins n'ont été que des instruments. Même si je voulais absolument rester ici, tôt ou tard il me faudrait repartir parce que toute joie me serait refusée jusqu'à ce que j'aie accompli ma tâche. Le sage dit, chez nous : « On ne peut marcher en regardant les étoiles avec une pierre dans son soulier. » Maintenant que l'amour d'Édouard ne se dresse plus entre la vérité et moi, j'ai pris conscience de ma trahison. Il faut que je parte avant que mes pieds ne puissent plus me porter. Il faut que je fasse la paix avec les miens...

Trois semaines plus tard, au quai des Messageries Maritimes à Marseille, le paquebot *Yang-Tsé* se préparait à appareiller pour l'Indochine. C'était, dans le port de la Joliette, l'agitation d'un départ de long-courrier. Toutes sortes de voitures s'alignaient près de la coque noire du bateau, environnées de porteurs charriant les bagages de cabine et aussi de voyageurs dont certains, s'autorisant de l'éclatant soleil, étaient déjà coiffés de casques coloniaux d'un blanc superbe tandis que les dames, bien qu'abritées sous de vastes chapeaux fleuris, jugeaient cependant utile de déployer des ombrelles.

Adossé à la caisse d'un fiacre, Antoine Laurens lisait un journal en attendant l'arrivée des voyageuses qu'il venait saluer. Il ne venait même que pour cela : débarqué à l'aurore du Méditerranée-Express, il voulait leur faire la surprise de sa présence. Aussi avait-il choisi de se rendre directement au port plutôt qu'à l'avenue du Prado afin d'être sûr de ne pas les manquer.

Orchidée, en effet, partait ce matin mais pas seule : Mme Lecourt s'embarquait avec elle, bien décidée à veiller le plus longtemps et le plus efficacement possible sur celle qu'elle considérait à présent comme sa fille... En outre, l'idée de revoir Pékin qu'elle aimait beaucoup autrefois, de refaire une longue traversée et de courir un peu les aventures lui semblait extraordinairement stimulante : durant les préparatifs du voyage, elle avait rajeuni de dix ans. Violet Price aussi, d'ailleurs : définitivement rassurée sur son avenir, elle retrouvait l'ardeur voyageuse qui sommeille en toute Britannique digne de ce nom. Elle en oubliait même d'avoir peur...

Compte tenu que l'on ignorerait jusqu'aux portes de la Cité Interdite quel accueil Ts'eu-hi réserverait à la revenante – on espérait beaucoup qu'il serait bon, la vieille impératrice entretenant à présent d'excellentes relations avec les gens d'Occident –, l'odyssée se présentait sous les auspices les plus agréables : les navires des Messageries étaient de belles unités dotées d'un excellent confort et le *Yang-Tsé* conduirait la petite troupe dans les meilleures conditions jusqu'à Singapour... où l'on retrouverait le yacht de lord Sherwood pour remonter jusqu'à Takou.

En effet, lorsque l'inspecteur Pinson était descendu au port pour récupérer les bagages d'Orchidée, l'Anglais tint absolument à remonter avec lui jusqu'au Riviera-Palace afin de s'assurer de visu qu'il n'était rien arrivé de fâcheux à sa passagère éventuelle. Au fond, il se trouvait déçu de ne pas courir les mers en compagnie de celle qu'il appelait « la princesse » avec un rien de snobisme. D'autant que la perspective d'approcher peut-être la désormais légendaire Ts'eu-hi lui souriait vivement. D'où l'incroyable manquement qu'il venait d'opérer à un programme traditionnellement immuable : ne pas appareiller au jour et à l'heure choisis. Ce qui lui valut de faire la connaissance de la pétulante Générale qui ne put mieux faire que l'inviter à déjeuner quelques heures plus tard... Et c'est entre les truites à la Parisienne et le pâté de foie gras que tout se décida : le départ d'Orchidée trois semaines plus tard par le prochain paquebot – il n'en partait que tous les mois – et celui de Mme Lecourt. Quant à lord Sherwood, la seule pensée de laisser des dames aussi distinguées s'embarquer, en bout de ligne, sur un quelconque rafiot de navigateurs souvent proches des pirates lui glaçait le sang : étant donné qu'il devait impérativement se rendre à Singapour afin d'y traiter quelques affaires, il partirait de Nice le lendemain puis attendrait là-bas l'arrivée des voyageuses.

Sa proposition fut accueillie avec enthousiasme, surtout chez la Générale. L'idée d'avoir à ses côtés pour aborder la Chine un homme aussi solide que Sherwood, doublé en plus d'un équipage, lui souriait tout à fait... On arrosa le tout au champagne et, après un coup de téléphone aux Messageries à Marseille, on prit date pour le rendez-vous en Malaisie... Le soir même tout le monde quittait Nice : le commissaire Langevin et l'inspecteur Pinson pour Paris, Orchidée, Lartigue et Mme Lecourt pour Marseille où cette dernière désirait accueillir le journaliste afin de le remercier pour le mal qu'il s'était donné au service de sa « fille »... Elle l'y garda quatre jours, le nourrit fastueusement, l'abreuva des plus rares trésors de la cave de feu le Général et, pour finir, lui offrit, choisis dans sa collection d'œuvres d'art chinoises, une paire de « chiens de Fô » en émail cloisonné, fort beaux mais fort lourds, qu'il fallut expédier à son domicile de Paris car il eût été incapable de les transporter.

– Il va déjà falloir que je me transporte moi-même, confia-t-il à Orchidée avec un sourire épanoui, et j'ai dû prendre au moins dix kilos !

Celle-ci appréciait aussi son séjour dans la grande maison du Prado. Le jardin surtout où elle passait des heures à admirer les fleurs. Elle ne prit pas de poids mais s'attacha un peu plus chaque jour à Mme Lecourt. Elle découvrit également dans miss Price un personnage plutôt divertissant et, somme toute, se trouvait heureuse de partir en leur compagnie. Quand vint le moment de monter en voiture pour gagner le port, elle se sentait sereine. Le sort en était jeté : son chemin se trouvait tout tracé... Avec le temps, la mince silhouette d'un homme aux yeux gris pleins de douceur finirait bien par s'effacer.

Sur son quai, Antoine achevait de parcourir son journal. Les nouvelles n'étaient guère réjouissantes : la Russie était définitivement battue par le Japon, on était sans nouvelles de l'expédition dans l'Antarctique du commandant Charcot et, à Moscou, le grand-duc Serge venait d'être assassiné. Une seule lui parut amusante : le musée Cernuschi venait d'être à nouveau victime d'un cambriolage. Le journal titrait : « Y a-t-il une malédiction sur les objets provenant du Palais d'Été ? » Le rédacteur de l'article accumulait les poncifs mêlés à quelques sottises et Antoine pensa qu'il lui fallait acheter *le Matin* pour voir ce qu'en dirait Lartigue. Puis il regarda l'heure mais n'eut pas le temps de se demander si ses amies allaient être en retard : la voiture de Mme Lecourt arrivait au grand trot...

En reconnaissant le peintre, Orchidée eut un cri de joie et courut vers lui :

– Vous êtes venu ?... Oh, Antoine, c'est tellement gentil à vous !

– Jamais je n'aurais admis que vous partiez sans que je puisse vous dire au revoir.

– Mais j'ignorais que vous étiez rentré d'Espagne. Comment avez-vous su ?

– Lartigue, voyons ! Alors je suis venu... Mes hommages, Madame la Générale. Ainsi vous avez décidé de revoir la Chine ?... J'en suis heureux pour Orchidée...

Il n'ajouta pas qu'il craignait pour elle les humeurs toujours imprévisibles de l'Impératrice et aussi qu'il ressentait de la tristesse à la voir partir à cause des souvenirs d'amitié chaleureuse qu'elle emportait. A cause d'un autre aussi...

– Vous êtes sûre de ne rien regretter ? demanda-t-il. Rien... ni personne ?

– Je n'ai pas droit aux regrets, cher ami Antoine. Et puis les regrets sont stériles qui ne sont pas partagés...

La sirène du bateau appelant les derniers passagers mugit dans l'air bleu du matin. Mme Lecourt prit Antoine aux épaules et l'embrassa :

– Nous devons aller, à présent..., puis, plus bas, elle ajouta : Priez pour nous ! Je crois que nous en aurons besoin !

– Comptez sur moi !

Il embrassa ensuite Orchidée puis lui tendit un paquet soigneusement enveloppé :

– Je vous ai apporté ce petit souvenir... Ne le regardez qu'une fois à bord et tâchez de nous revenir un jour !

Longtemps, il resta sur le quai, regardant le *Yang-Tsé* s'en détacher lentement. Le mince ruban d'eau s'élargit encore et encore jusqu'à devenir un large espace tandis que le grand navire, dressé sur l'horizon, commençait à rapetisser. Orchidée, elle, n'avait pas voulu rester sur le pont pour mieux lutter contre le chagrin inattendu qu'elle éprouvait à quitter ce pays étrange et attachant. Fidèle à ce qu'il lui avait demandé, elle ouvrit le dernier présent d'Antoine et ne put retenir une exclamation de surprise : c'était l'agrafe de l'empereur Kien-Long. N'ayant pas lu le journal, elle ne réussit pas à comprendre comment Antoine s'était procuré le joyau. Elle pensa seulement qu'il était le meilleur des amis et remercia les dieux...

Pendant ce temps l'homme admirable rejoignait son fiacre. Il y grimpa et se laissa tomber auprès de Pierre Bault.

– Tu es content ? bougonna-t-il. Tu as suffisamment souffert ?... Comment as-tu pu rester là sans bouger à quelques pas d'elle ?

– Pour lui dire quoi ? Que je l'aime comme un imbécile ? Je me serais couvert de ridicule et j'aurais gâché, avec ses dernières minutes en France, le souvenir qu'elle a de moi... A présent, elle retourne vers les siens, son pays, son rang aussi. Elle redevient la princesse Dou-Wan et il n'y a plus d'Orchidée. C'est très bien ainsi...

– Pourquoi as-tu voulu venir, alors ?

– Pour l'apercevoir une dernière fois.

Antoine hocha la tête et ordonna au cocher de les ramener à l'hôtel du Louvre et de la Paix. Prudent et son automobile qui avaient amené Pierre les y attendaient pour rentrer à Château-Saint-Sauveur. Un long chemin pour une joie si brève et si amère ! La douceur d'un printemps provençal et la chaude amitié d'une vieille maison et de ses habitants, serait-ce suffisant pour apaiser ce cœur douloureux ?... Il fallait l'espérer et faire confiance au temps...

L'attelage atteignait le Vieux-Port et s'efforçait d'évoluer sans cesse au milieu des étals de fruits, de poissons et de fleurs quand Antoine le fit arrêter, ouvrit la portière et sauta à terre sans que Pierre, absorbé par son chagrin, parût seulement s'en apercevoir. Un bateau venait de doubler le fort Saint-Jean et s'avançait dans la lumière éclatante du matin. C'était une longue goélette noire profilée comme un espadon et, sur le pont, les matelots s'affairaient à affaler les voiles d'un rouge ancien... Une brutale émotion étreignit le peintre devant ce navire qu'il croyait bien reconnaître...

Se tournant vers la voiture, il dit à son ami :

– Rentre à l'hôtel sans moi ! J'ai une course à faire et je te rejoindrai plus tard.

– Bien sûr.

La voiture repartie, Antoine se mit à courir le long du port, cherchant à distinguer l'homme de barre. Le beau navire avançait très lentement et dépassait les travaux d'ancrage du futur pont transbordeur. Soudain, Antoine pensa que c'était idiot de se précipiter ainsi puisqu'il ne pouvait savoir auquel des trois quais le coureur des mers allait s'amarrer. Il s'arrêta pour mieux le détailler mais, avant même de lire les cinq lettres peintes sous le bordage, il savait déjà que c'était l'*Askja*.

Le bateau obliqua sur tribord et Antoine jura d'impatience : il allait accoster à Rive-Neuve ! C'était une grosse moitié du tour du port à parcourir. Il l'entreprit à toute allure sans se soucier de ceux qu'il bousculait et qui le poursuivaient de leurs imprécations. Par un miracle incroyable, la goélette du vieux Desprez-Martel, vouée d'habitude à l'Atlantique et aux brumes du septentrion, venait de faire son entrée à Marseille ! Le cœur d'Antoine trépignait de joie. Enfin, il allait pouvoir demander des nouvelles de Mélanie sans manquer à sa parole ! Les deux ans étaient révolus... ou presque !

Lorsqu'il arriva, rouge et essoufflé, on venait de placer la passerelle. Il s'y rua si impétueusement qu'il déboucha droit dans les bras du propriétaire, un vieux burgrave à barbe blanche striée de roux qu'il entraîna dans sa charge avant de s'écrouler avec lui, manquant le grand mât d'un cheveu.

– Qu'est-ce qui m'a f...u un abruti pareil ? s'indigna celui-ci en essayant de se dégager. Et d'abord, où vous croyez-vous ? A l'abordage ?

– J'espère... que je ne vous ai... pas fait de mal ? hoqueta Antoine tellement secoué par le fou rire qu'il n'arrivait pas à retrouver son souffle. Je ne suis qu'un ami, Monsieur Desprez-Martel... un vieil ami...

Il se relevait vivement pour aider sa victime à reprendre sa dignité avec son équilibre. Cette dernière d'ailleurs venait de le reconnaître :

– Sacrebleu ! Antoine Laurens !... Mais qu'est-ce que vous faites ici ?

– C'est à vous qu'il faudrait poser la question. Vous n'avez guère l'habitude de sillonner les eaux bleues de notre Méditerranée...

– Non sans raison ! aboya l'autre. Cette espèce de lac est aussi trompeur qu'une femme ! Bourré de caprices, de hauts-fonds perfides, de récifs sournois et de mauvaises intentions ! Seulement Mélanie voulait connaître la Sicile et la Corse. Comme si elle ne pouvait pas attendre que vous l'emmeniez ? Résultat : une avarie trois heures après avoir doublé les Sanguinaires ! Et nous voilà !

De tout ce discours, Antoine n'avait retenu qu'un nom : Mélanie ! Il le soupira d'une voix émue puis ajouta :

– Elle... elle est donc ici ?

– Si elle n'y était pas, je n'y serais pas non plus ! ragea le vieux Timothée avant d'ajouter : Ça vous arrive souvent de bêler comme ça ?

– J'en suis le premier surpris, reconnut Antoine. Veuillez m'excuser : c'est la première fois que je suis amoureux... A ce point-là tout au moins... Je m'en étonne moi-même.

– Faut pas ! Vous allez pouvoir bêler en duo ! Voilà des mois et des mois que je trimballe ma petite-fille sur toutes les mers du monde sans parvenir à la satisfaire.

– Elle n'aime plus naviguer ? Elle adorait cela.

– Du diable si je le sais ! Devant les lieux les plus enchanteurs, elle réussit tout juste à établir des comparaisons avec un bled nommé Château-Saint-Sauveur. Et Château-Saint-Sauveur par-ci, et Château-Saint-Sauveur par-là !... J'en ai les oreilles rebattues !

– Vous devriez venir vous rendre compte par vous-même ! fit Antoine aux anges. Ce n'est pas bien loin...

A cet instant la porte du roof s'ouvrit libérant une puissante odeur de sardine grillée et un mousse en tricot marin, un bonnet de laine rouge enfoncé jusqu'aux yeux. Enveloppé d'un vaste tablier blanc et armé d'une longue fourchette à deux dents, il annonça :

– Je crois que c'est prêt, Grand-père !...

Le dernier mot s'acheva dans un cri d'horreur mais déjà Antoine bondissait, attrapait le mousse par son tricot et, arrachant le bonnet, libérait une somptueuse chevelure châtain doré qui s'écroula le long d'un petit visage brun comme une châtaigne. Puis, enfermant le tout dans ses bras, y compris la fourchette, il distribua des baisers un peu au hasard sans tenir compte des protestations de sa capture qui, à vrai dire, se débattait faiblement :

– Lâchez-moi, Antoine, par pitié !... Je suis affreuse !...

– Je ne vous ai jamais vue plus belle ! Le soleil vous a tellement dorée qu'on ne voit plus vos taches de rousseur. C'est Madame votre mère qui serait contente !

– Quel homme impossible vous êtes ! On n'a pas idée de tomber comme ça sur les gens sans prévenir...

– On vient quand on peut ! Quel imbécile j'ai été de vous laisser partir, il y a deux ans ! Mais maintenant c'est fini ! Je vous tiens, je ne vous lâche plus... J'ai été trop malheureux !

– Voyons, Antoine !...

– Mélanie, Mélanie, mon amour, dites-moi que vous m'aimez ! Moi, je vous adore, je suis fou de vous... Voulez-vous m'épouser ?

Mélanie fronça son petit nez tandis que ses yeux se mettaient à pétiller de malice :

– Et si je ne voulais plus ?

– Répétez-le et je me jette à l'eau avec vous ! Si on ne vit pas ensemble, au moins on mourra ensemble !

Pour toute réponse, la jeune fille glissa ses bras autour du cou d'Antoine et posa sur ses lèvres une bouche douce et fraîche parfumée au romarin et à l'huile d'olive qu'il savoura comme un fruit. Leur baiser se fût peut-être prolongé indéfiniment si Grand-père, après avoir toussoté poliment, ne s'était décidé à taper sur l'épaule d'Antoine :

– Hum !... Excusez-moi, tous les deux, mais le septième ciel ne nourrit pas son homme. Alors, je propose d'aller casser une petite croûte dans un bistrot du port parce que tes sardines, ma fille, elles sont en train de brûler...

Ce même jour, à Paris, des mariniers découvraient dans les herbes près de l'île de la Grande Jatte, le corps défiguré d'une femme qui avait dû séjourner longtemps dans l'eau. On l'y avait jetée avec un poids aux pieds : un morceau de la corde qui l'attachait était resté autour de ses chevilles. Après examen, le médecin légiste déclara qu'il s'agissait d'une Asiatique et sans doute d'une Chinoise, mais le commissaire Langevin tira d'autres conclusions. Le cadavre était celui d'une Mandchoue nommée Pivoine. Quant à ceux qui l'avaient assassinée, il était fermement décidé à ne pas leur courir après. Regrettant seulement de ne pouvoir prévenir Orchidée, il classa le dossier assez rapidement.

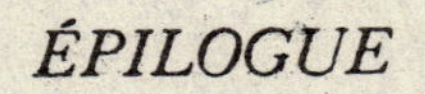

ÉPILOGUE

CHÂTEAU-SAINT-SAUVEUR : NOËL 1918

La route bordée de platanes plongea vers le petit pont romain, son ruisseau chuchotant autour de rochers clairs et son fouillis de plantes argentées. La grosse Delahaye-Belleville ralentit pour franchir le passage au-dessus de l'eau puis s'engagea dans le chemin qui montait au château. Le soleil était en train de disparaître derrière les collines et n'atteignait plus le fond du vallon où se confondaient les tons assourdis des pierres, des romarins, des lavandes, des sauges et des marjolaines. Antoine, qui conduisait, jeta un vif coup d'œil à Pierre Bault, emmitouflé dans un plaid écossais d'où sortait sa tête habillée d'une casquette et de grosses lunettes semblables à celles du conducteur :

– Pas trop fatigué ?

– Même pas ! C'est tellement merveilleux de se retrouver ici !

Les deux hommes étaient partis de Lyon dans la matinée. Pierre Bault y achevait sa convalescence dans un hôpital militaire, et Antoine obtint sans peine la permission de l'emmener passer les fêtes de Noël dans son domaine provençal et même de le garder aussi longtemps qu'il le voudrait. Les papiers de démobilisation lui seraient envoyés.

Durant le voyage, Antoine et Pierre n'avaient guère parlé. Ni l'un ni l'autre n'appartenait au genre bavard. De plus Pierre savait que la conduite d'une automobile requiert toute l'attention du chauffeur. Enfin, deux précédentes visites d'Antoine à l'hôpital leur avaient permis de se raconter « leurs guerres », puisque durant ces quatre années ils ne s'étaient jamais rencontrés. L'ancien conducteur de wagons-lits aurait pu rester dans les chemins de fer, pourtant il avait préféré se battre au plus dur : dans l'infanterie, cette « reine des batailles » qui venait de payer un lourd tribut au dieu des combats. Le peintre, en dépit de la cinquantaine dépassée, n'en servit pas moins brillamment sur le front d'Orient – un terrain qu'il connaissait bien ! – et en ressortit sans une égratignure avec, en plus, quelques décorations et le grade de colonel. Ce qui l'amusa prodigieusement mais sans lui inspirer une excessive vanité. Sans doute devait-il cela aux nombreuses années passées dans les services secrets, à certaines actions d'éclat peut-être, mais plus sûrement au fait qu'il était le petit-fils par alliance du vieux Desprez-Martel, l'une des puissances occultes de la République.

Lorsqu'il apprit sa promotion, il s'accorda une crise de fou rire comme il n'en avait pas eu depuis longtemps. Les gens du haut commandement n'imaginaient pas, les pauvres, qu'ils venaient de faire un officier supérieur d'un gibier de potence qui aurait dû normalement purger quelques années de prison. Dans le passé tout au moins ! Le cambriolage du musée Cernuschi – limité d'ailleurs à une seule pièce ! – avait été son dernier exploit. Cependant, il n'éprouvait aucun regret de ses anciennes performances : elles lui avaient toujours permis de venir en aide à quelqu'un. En outre, les fortunes qu'il amputait d'une ou deux belles pièces ne s'en portaient pas plus mal...

Pourtant, lorsqu'il regardait son ami Pierre, Antoine éprouvait le sentiment que la vie était mal faite : alors qu'elle le comblait depuis l'enfance, elle s'était montrée d'une sordide avarice envers cet homme, exceptionnel en bien des choses. Un chevalier sans sou ni maille égaré dans un siècle où l'argent comptait en priorité, voilà ce qu'il était ! Et rien ne manquait au portrait de ce héros ! Pas même l'impossible amour pour une princesse lointaine et encore moins la folle bravoure dépensée au service d'une patrie qui ne lui en était pas vraiment reconnaissante. Des médailles, un grade, des blessures... un bras en moins et la joyeuse perspective, à quarante-cinq ans, de végéter jusqu'à l'âge de la retraite dans des locaux mal aérés. Et cependant il ne se plaignait pas :

– J'ai engrangé une pleine moisson de superbes souvenirs, avait-il confié à Antoine le jour de sa première visite à l'hôpital : largement de quoi attendre la fin du voyage. Et puis... j'ai des amis comme on n'en fait plus.

Depuis cette conversation, Antoine se torturait l'esprit pour trouver un moyen de changer le sort de Pierre. Il en était, bien sûr, de très faciles mais un moyen que sa fierté pût accepter l'était beaucoup moins... Seule, Mélanie, qui à trente-deux ans croyait dur comme fer aux miracles, était persuadée que le Bon Dieu ne tarderait pas à s'occuper de leur ami. Et le plus fort était que les événements s'apprêtaient à lui donner raison ! A Château-Saint-Sauveur, en tout cas, on se préparait à donner le plus bel éclat à ce premier Noël de paix.

L'automobile déboucha enfin sur le plateau. Pierre eut un sourire heureux en découvrant la vieille demeure toute rose dans le dernier reflet du soleil. Tout était exactement semblable au souvenir qu'il en gardait.

Simplement les orangers et les lauriers en pots alignés devant la façade lui parurent beaucoup plus grands et les pins parasols un peu plus courbés au-dessus du toit en belles tuiles romaines orangées comme pour mieux le protéger du mistral. Et la cérémonie de l'accueil recommença comme par le passé.

Mireille et Magali, les jumelles qu'aucun garçon n'avait encore réussi à séparer, approchaient de la trentaine mais personne ne s'en serait rendu compte. Elles voltigeaient toujours sur le perron en faisant danser leurs cotillons fleuris et en agitant les bras en signe de bienvenue. Le vieux Prudent, d'un pas solide en dépit de la septantaine dépassée, sortit des communs pour venir s'occuper de la voiture, des bagages et dire bonjour à un arrivant qu'il appréciait particulièrement : lors de ses séjours précédents, Pierre s'était intéressé de près à ses cultures, à ses semis, ses fleurs, ses animaux. Aussi y avait-il une lueur de contentement sous la visière de la vieille casquette informe que Victoire ne réussissait pas à lui arracher. Et puis, surtout, il y eut Mélanie et ses trois enfants qui dévalaient à la rencontre des voyageurs...

A trente-deux ans, la jeune épouse d'Antoine réalisait pleinement les promesses de la petite mariée d'autrefois qui, fuyant le Méditerranée-Express et un époux détestable, était venue chercher refuge derrière les murs safranés de la vieille demeure. Elle était un peu moins mince, sans doute, mais toujours éclatante de vitalité dans sa robe de soie noire, coupée sur le modèle du costume arlésien qu'elle affectionnait. Sortant du grand fichu de mousseline blanche, son long cou orné d'une croix d'or au bout d'un ruban et son charmant visage étaient dorés comme des brugnons sous la masse soyeuse et un peu folle de ses cheveux.

Un élan la jeta dans les bras de son mari tandis que les enfants, François, onze ans, Antoinette, neuf ans, et Clémentine, six ans, tiraient sur le cache-poussière d'Antoine en hurlant à qui serait embrassé le premier.

– Nous commencions à trouver le temps long ! s'écria la jeune femme. Vous êtes bien sûrs de n'avoir pas musardé en route ?

– Bien entendu ! approuva Antoine. Il a fait si beau et puis nous n'étions guère pressés d'arriver !

– N'en croyez rien, dit Pierre. Nous sommes partis plus tard que nous ne pensions à cause des formalités d'hôpital...

A son tour, il fut embrassé, tiraillé, traîné jusqu'au cœur de la maison : l'immense cuisine dallée, sanctuaire de toutes les délices et royaume toujours incontesté de Victoire, génie domestique par excellence à qui Mélanie se fût bien gardée de disputer le plus beau fleuron de sa couronne et pour une simple raison : elle l'aimait et la vénérait, voyant en elle une sorte de belle-mère débonnaire plutôt que la gouvernante du château.

A l'exception de ses cheveux devenus tout blancs, elle n'avait guère changé, Victoire : sa circonférence demeurait identique et le profil impérieux qu'elle devait à un lointain pirate barbaresque se contentait d'ébaucher un troisième menton. Quant à l'œil, derrière les lunettes à monture de fer, il restait vif et perçant.

Comme d'habitude, à cette heure-là, elle vaquait au repas du soir. Armée d'une cuiller en bois et d'un pot en grès, elle donnait les derniers soins à un mijotage savant qui emplissait la cuisine d'une odeur suave et complexe où les effluves d'une bouillabaisse se mêlaient au parfum forestier des cèpes frais sur un fond de pain chaud, d'amandes grillées et de vanille. A l'entrée des voyageurs, elle posa ses instruments pour courir les serrer sur sa vaste poitrine mais la vue de Pierre lui arracha une exclamation désolée :

– Hé bé !... Quelle mine ils vous ont faite, ces gens de médecine, mon pôvre ! Il était temps que Monsieur Antoine vous ramène ici. On va vous refaire une santé...

– Je n'en doute pas, Victoire. Vous n'imaginez pas combien de fois j'ai rêvé de vous et de cette cuisine quand j'étais là-bas ! Il me semblait qu'il suffirait de vous retrouver pour être remis à neuf...

– Vous pouvez en être sûr, approuva Mélanie. Victoire a toujours considéré la maladie comme son ennemie personnelle. Défense d'être mal fichu auprès d'elle, sinon gare ! Allez vous rafraîchir un peu, messieurs, nous n'allons pas tarder à passer à table. Et vous les enfants, dites bonsoir et allez vous coucher !

Magali emmena la petite bande tandis que sa sœur achevait de disposer sur la grande table les belles assiettes de Moustiers ornées de petits personnages naïfs, les verres d'épais cristal taillé et l'argenterie ancienne. Chez les Laurens, on prenait les repas tous ensemble dans la cuisine, la vaste salle à manger étant réservée à de rares visiteurs. Mélanie et les petits s'y trouvaient mieux que partout ailleurs parce que, pendant les heures noires de la guerre, quand Antoine était au loin et que l'on était sans nouvelles, il leur semblait qu'abrités par le manteau de pierre de la grande cheminée sous lequel Victoire s'asseyait pour tricoter et leur raconter des histoires, rien de mauvais ne pouvait leur arriver. C'était le lieu sacré où s'épanouissait toute vie, celle de la famille comme celle des chiens et des chats. L'idée de faire dîner Pierre, que tout le monde aimait, ailleurs que dans cet endroit béni et chaleureux n'aurait traversé l'esprit de personne : c'eût été lui faire injure.

Le dîner fut ce qu'il devait être entre gens heureux d'être ensemble : succulent et joyeux même si, de temps en temps, l'ombre d'une mélancolie passait lorsque dans le fil de la conversation se mêlait le nom d'un de ceux que l'on ne reverrait plus. La guerre et ses bouleversements avaient multiplié les distances, tranché à vif dans bien des existences, éloigné les uns des autres les gens les plus proches. Depuis quelque temps, cependant, Antoine réussissait à se procurer des nouvelles, même arrivées de très loin...

Ainsi Pierre apprit, un peu pêle-mêle, qu'Alexandra Carrington venait enfin d'offrir un fils à son juge de mari et cela après six filles, exploit dont elle tirait une grande fierté teintée de soulagement ; que les Rivaud vieillissaient doucement dans leur propriété tourangelle mais qu'hélas le duc de Fontsommes s'était fait tuer à Verdun. Auprès de cette catastrophe, la ruine de son château familial de Picardie, brûlé par les Allemands, était apparue comme secondaire à la duchesse Cordelia. Elle faisait face au malheur avec une dignité, une noblesse qui lui valaient tous les respects. Ainsi elle avait transformé en hôpital une autre de ses propriétés et s'y dévouait sans compter, préservant seulement une part de vie privée pour ses quatre enfants sur l'éducation de qui elle veillait attentivement, en particulier sur celle de son fils aîné qu'elle voulait digne, en tout point, du souvenir de son père mais aussi de ses ancêtres aussi bien français qu'américains.

– Des femmes comme elle font honneur à la terre qui les a produites, conclut Antoine. Autant qu'à celle qui les a adoptées.

Pour détendre l'atmosphère un peu assombrie, Mélanie parla de sa mère qu'elle n'avait pas vue depuis près de six ans et qui, définitivement installée au Brésil, menait la vie indolente et choyée des femmes de planteur au milieu d'un océan de caféiers, quelque part près de São Paulo.

– Figurez-vous que j'ai un petit frère de sept ans, conclut-elle en riant, et que je ne sais même pas à quoi il ressemble ! François et Antoinette ne cessent de demander qu'on les emmène voir leur oncle... J'avoue ne pas être tentée.

– C'est un beau pays que le Brésil, dit Pierre en dégustant à petites gorgées un fabuleux Romanée-Conti. Les traversées vont redevenir possibles. N'aimez-vous plus la mer ?

Le beau sourire de Mélanie se voila un peu tandis qu'elle assurait à Pierre que sa passion maritime était toujours intacte. Cependant ce n'était plus tout à fait vrai depuis qu'au printemps 1908 l'*Askja*, la belle goélette aux voiles rouges, s'était brisée par gros temps dans les dangereux parages d'Ouessant que, cependant, son maître connaissait bien. Chose plus étrange encore, l'équipage ne se trouvait pas à bord mais à Brest. Grand-père était parti en la seule compagnie de son timonier Morvan qui l'avait aidé pour l'appareillage mais qu'ensuite il avait obligé à rejoindre l'anse de Bertheaume dans un canot. Le malheureux pleurait en remettant aux autorités la lettre écrite par son patron avant le départ... Mélanie, pour sa part, en reçut une autre contenant les adieux de l'homme qu'elle aimait le plus au monde avec Antoine : atteint d'un cancer, Timothée Desprez-Martel refusait de mourir dans son lit, « livré sans défense aux simagrées des médecins et des infirmières ». Il choisissait la mer pour tombeau et comme cercueil le grand voilier qu'il aimait tant...

C'était une décision que Mélanie, en dépit de son chagrin, pouvait comprendre. Cela ressemblait tellement à Grand-père, cette volonté de mourir debout et à la barre de son bateau ! Parfois, la nuit, quand l'inquiétude de savoir son mari au loin la tenait éveillée, il lui arrivait de penser que Grand-père n'était pas vraiment parti, qu'il reviendrait encore une fois... Chez les gens de Molène et d'Ouessant, d'ailleurs, la goélette aux voiles rouges rejoignait la légende du Hollandais et de son vaisseau fantôme. Comme aussi dans l'esprit du jeune François Laurens qui hébergeait désormais « Grand-père » dans son panthéon personnel aux côtés des Rois Mages, de Surcouf, du chevalier Bayard et de Napoléon.

Par-dessus la table, Mélanie saisit le regard inquiet et tendre d'Antoine et comprit qu'il devinait où vagabondait sa pensée. Elle lui sourit en offrant à son hôte une nouvelle part de tarte aux amandes cependant que son mari reprenait, sur un ton indifférent en apparence :

– Les voyages transatlantiques ont déjà recommencé. Ainsi, la générale Lecourt est rentrée il y a quinze jours...

Le nom toucha Pierre Bault de plein fouet. Il eut un haut-le-corps et pâlit légèrement. Toutes manifestations d'émotion qui n'échappèrent pas à ses hôtes. S'efforçant de garder un ton uni, il demanda :

– Elle se trouvait en Amérique ?

– Oui. Depuis le début de la guerre. Mélanie et moi supposions que tu aurais envie de causer avec elle. Aussi a-t-elle accepté de passer Noël chez nous. Elle arrivera demain... Encore un peu de café ?

– Non... non merci, répondit Pierre machinalement. Je craindrais de ne pas dormir... Je crois d'ailleurs que je vais me retirer si vous le permettez.

C'était la seule solution pour retenir la foule de questions qui lui venaient aux lèvres. Mme Lecourt symbolisait le dernier lien avec celle dont le souvenir ne s'effacerait jamais. Toutefois, il n'osa pas ajouter le moindre mot... Il était un nom qu'il ne pouvait plus prononcer.

Il s'inclina devant Mélanie et se laissa conduire vers l'escalier par Antoine. Côte à côte, les deux hommes gravirent les larges degrés de pierre blanche et ce fut seulement lorsqu'ils arrivèrent devant la porte de la chambre destinée à l'invité qu'Antoine ajouta :

– Je devine ce que tu penses, mais ce serait dommage de priver Mme Lecourt de tout ce qu'elle souhaite t'apprendre... Pardonne-moi et passe une bonne nuit !

Contrairement à ce qu'il craignait, Pierre dormit comme cela ne lui était pas arrivé depuis longtemps. La fatigue du voyage, sans doute, mais aussi la pureté de l'air et le vivant silence de la campagne nocturne si différent de celui, hanté de mauvais rêves et du pas feutré des gardes de nuit, que dispensait l'hôpital. Il s'en trouva régénéré, presque rajeuni, et ce fut allégrement qu'il quitta sa chambre dans l'éclaboussement glorieux du soleil matinal et descendit à la cuisine où l'attirait l'odeur du café flottant dans la cage d'escalier. Victoire y était seule mais l'attendait visiblement, comme l'attestait l'unique couvert mis sur la longue table de châtaignier.

– J'ai peur de jouer les paresseux, s'excusa-t-il. Je suis très en retard, n'est-ce pas ?

– A part les petits, personne n'est jamais en retard ici ! Et vous allez avoir de la brioche toute chaude, ajouta Victoire en tirant du four une bulle de pâte odorante dorée comme le dôme d'une mosquée.

– Où sont les autres ?

– Dehors depuis longtemps. Monsieur Antoine est allé tirer des bartavelles pour le déjeuner de demain. Madame Mélanie est à l'église du village où elle donne un coup de main à l'abbé Bélugue pour préparer la messe de minuit. Les petits sont je ne sais où avec les jumelles. Ils sont en vacances, vous comprenez ? Monsieur Hyacinthe, leur précepteur, est parti passer la Noël chez sa mère, en Avignon. Alors il faudra vous contenter de moi... Vous vous sentez bien ?

– Mieux que ça encore, Victoire ! fit Pierre le nez dans son bol.

– Tant mieux ! Madame Mélanie sera contente : elle a bien recommandé à tout son monde de vous laisser dormir et de ne pas faire le moindre bruit.

– C'est gentil à elle mais j'ai un peu honte...

– Et de quoi, bonne Sainte Vierge ?

– De me sentir à ce point inutile... Ne puis-je rien faire pour vous aider ?

Victoire prit un petit temps, disparut un instant pour aller fourrager dans le fruitier voisin puis revint :

– Ma foi, si vous voulez bien me donner un coup de main, ce n'est pas de refus. Quand vous aurez fini votre déjeuner, allez donc jusqu'au potager dire à Prudent de descendre à la ferme me chercher deux ou trois douzaines d'œufs ! Ça m'arrangerait bien.

– Pourquoi déranger Prudent ? Je peux aussi bien aller à la ferme directement !

– Ne vous donnez pas cette peine, Monsieur Pierre, elle serait perdue : mon Prudent adore la ferme. Une bonne occasion de boire une petite goutte avec le vieux Vincent !

– Dans ce cas, je m'en voudrais de l'en priver.

Quelques instants plus tard, muni du panier qu'il devait transmettre à Prudent, Pierre contournait la maison et prenait le sentier menant vers les grandes haies de roseaux derrière lesquelles le jardinier abritait ses légumes du vent glacé des montagnes. Le temps était délicieux ce matin avec juste ce qu'il fallait de fraîcheur et, dans le ciel plus bleu qu'une fleur de lin, deux ou trois petits nuages ressemblant à de gros flocons de neige. Réchauffé jusqu'aux os sous sa vareuse fatiguée aux galons ternis, et même jusqu'à l'âme par le joyeux soleil, Pierre allait son chemin d'un pas alerte, un brin de serpolet entre les dents. Il franchit un premier coupe-vent dont les roseaux couleur de gaufre bruissaient autour des plants de tomates, d'aubergines et des grosses cloches de verre couvant les futurs melons. Une autre, une vraie, tintait du côté du village. Dans ce pays de la douceur de vivre, ce premier Noël de paix s'annonçait glorieux mais juste un petit peu plus que d'habitude... En serait-il de même pour les autres terres, martyres des champs de bataille enfin rendues au silence, pour les campagnes dévastées qui pansaient leurs blessures sous la neige ? Il fallait que pour eux ce Noël soit celui de l'espérance comme pour les hommes et les femmes sortis vivants de l'énorme hécatombe. Évidemment, ce n'était pas toujours facile, l'espérance...

Repoussant résolument les idées noires dans lesquelles il était en train de s'engager – une véritable inconvenance envers ce joli matin ! –, le promeneur, toujours à la recherche de Prudent, franchit un second barrage de roseaux et ne le vit pas davantage. Par contre, dans un éclaboussement de soleil, il vit une robe blanche et la transparence d'une ombrelle autour d'une tête de femme. Il crut d'abord que c'était Mélanie mais, au bruit de ses pas, l'ombre lumineuse se retourna et le ciel bascula au-dessus de sa tête : le visage était celui d'Orchidée et il souriait...

D'abord pétrifié, il réussit à soulever un pied puis l'autre pour aller vers elle. Enfin, il s'élança droit devant, écrasant impitoyablement les petites buttes tirées au cordeau hors desquelles des plants de salsifis jetaient un regard timide. Il atterrit aux pieds de l'apparition, tomba sur un genou et, craignant qu'elle s'envole en fumée, saisit un pan de sa robe... Le contact du piqué blanc le convainquit de sa réalité. Orchidée rit doucement :

– Vous me preniez pour un fantôme ? J'espérais à peine que vous me reconnaîtriez.

– Je n'ai qu'à regarder en moi-même pour voir votre visage. Comment aurais-je pu ne pas vous reconnaître ? dit-il en se relevant.

– Treize ans, cela compte. J'ai changé...

– Croyez-vous ! Peut-être, en effet, êtes-vous plus belle !

– Vous n'avez jamais été un flatteur : ne commencez pas ! Je sais que tout ce temps m'a marquée, comme il vous a marqué aussi.

– Marqué et amoindri, murmura-t-il sans parvenir à déguiser son amertume.

– Je ne le pense pas. Moi, je vous trouve grandi, ajouta-t-elle en touchant du doigt les étroits rubans épinglés sur la poitrine de Pierre, puis changeant soudain de ton avec dans la voix un reste de douloureuse rancune : Pourquoi m'avez-vous abandonnée à Nice ?... Pis encore : pourquoi, à Marseille, être resté au fond de cette voiture sans un mot, sans un geste ?

– Peut-être parce que j'avais peur de souffrir un peu plus... Comment croire sans outrecuidance que, si peu de temps après la mort d'Édouard, vous pussiez vous intéresser à moi ? Nous étions à des années-lumière l'un de l'autre. Nous le sommes encore puisque vous êtes toujours princesse.

Orchidée referma son ombrelle d'un geste sec et glissa son bras sous celui de son compagnon :

– Je ne suis plus rien du tout ! La Chine des grands empereurs est morte. Celui qui lui reste n'est qu'un enfant sans volonté, un malheureux jouet aux mains des révolutionnaires. Je n'ai plus de rang et plus de fortune : ce que je porte sur moi, je le dois à la générosité d'une femme étonnante... Venez ! Allons nous asseoir là-bas, sur le petit mur du puits ! Nous avons tellement à nous raconter !...

Tandis qu'ils s'installaient sur la margelle déjà chaude de soleil en repoussant deux arrosoirs, un râteau, une bêche et une binette, Pierre essayait de ne pas trop laisser le champ libre à la joie qui l'inondait. Une joie franchement égoïste : n'étant plus rien, celle qu'il aimait depuis si longtemps se rapprochait de lui qui n'était pas grand-chose. Il en tremblait d'espoir tandis qu'Orchidée, de sa voix douce, entamait le récit des années passées.

Le chemin était long du quai de Marseille au potager de Château-Saint-Sauveur et d'autant plus qu'il incluait un complet tour du monde. La jeune femme cependant le parcourut assez rapidement, allant au principal : le retour à Pékin entre Mme Lecourt et lord Sherwood, l'accueil inattendu de Ts'eu-hi qui lui était apparue si petite et si frêle dans l'écrasant décor de la salle de la Suprême Félicité, ses larmes en voyant la transfuge agenouillée devant le trône et exécutant les neuf saluts rituels du « kowtow », son émotion enfin quand ses mains aux ongles interminables enfermés dans des étuis d'or caressèrent l'agrafe de Kien-Long :

– A dater de ce jour j'ai dû rester auprès d'elle, soupira Orchidée. Pourtant je n'éprouvais aucun vrai plaisir à retrouver mon pavillon abandonné depuis si longtemps. Je m'y sentais étouffer et, surtout, je ne supportais plus la présence équivoque et silencieuse des eunuques, leur espionnage incessant et jusqu'au glissement à peine audible de leurs pas sur leurs semelles de feutre. Ts'eu-hi s'en rendit compte. Grâce à elle je pus me rendre de nombreuses fois dans la maison où Mme Lecourt vivait avec miss Price dans l'une des demeures reconstruites dans le quartier des Légations. Elle s'était reprise d'amour pour Pékin et prétendait ne plus le quitter sans moi...

– Je pense que l'amour de Pékin n'était pas son unique raison ? fit Pierre. Elle vous est très attachée, n'est-ce pas ?

– Et je lui suis très attachée. L'Impératrice, d'ailleurs, s'était mise à l'apprécier et, souvent, je les ai entendues rire ensemble comme si elles étaient de vieilles amies. Dans sa sagesse, Ts'eu-hi savait qu'il était impossible de rompre le lien qui nous unissait : elle désirait seulement que je reste auprès d'elle jusqu'au jour de sa mort. « Lorsque je partirai pour les Sources Jaunes, disait-elle, il faudra que tu quittes le palais au plus vite. Tu as plus d'ennemis que tu ne le crois mais chez les Diables étrangers, tu seras en sûreté. Tu as appris à vivre comme eux et la Chine que nous aimons toutes deux ne sera bientôt plus qu'un souvenir... » En fait, ajouta Orchidée, je crois qu'elle avait fait tout ce qu'elle pouvait pour cela : peu de temps avant sa mort, le jeune empereur Kouang-sou a été assassiné sur son ordre par les eunuques. A sa place, elle choisit un bambin de trois ans, le petit Pou-Yi, dont elle savait bien qu'il ne pèserait pas lourd. Je crois qu'elle désirait par-dessus tout être la dernière souveraine de l'Empire du Milieu... Au matin de son dernier jour, elle m'a envoyée chez Mme Lecourt sous prétexte de lui porter un présent de fleurs et de fruits. Je n'en suis pas ressortie.

La Générale étant tombée gravement malade dès avant les funérailles de Ts'eu-hi, Orchidée y resta même beaucoup plus longtemps que prévu. Lorsque, enfin, la guérison fut acquise, la Chine bougeait déjà, grisée par les menées libertaires du Kouo-min-tang et de son fondateur, le Cantonnais Sun-Yat-sen. Il était temps de repartir mais c'était beaucoup plus facile à souhaiter qu'à réaliser. Après une odyssée dans le meilleur style Marco Polo, les trois femmes réussirent à gagner Shanghai où elles trouvèrent par miracle un bateau à destination de San Francisco. Il y fallut hospitaliser Mme Lecourt. Remise sur pied une fois de plus – sa vitalité tenait en effet du prodige ! –, elle décida de séjourner quelque temps en Californie. Elle aimait ce pays qu'elle avait visité jadis avec son époux et où elle comptait de nombreux amis.

– Elle a même failli se remarier ! fit Orchidée en riant. Un vieux banquier de Sacramento, séduit par ses yeux violets et son habileté à manier le parapluie, l'a poursuivie de ses assiduités au point de nous obliger à fuir vers la côte Est. Hélas, pendant ce temps, la guerre éclatait en Europe...

– Et vous êtes restées là-bas pendant quatre ans ?

– Le moyen de faire autrement ? La Générale refusait de nous livrer aux dangers des sous-marins allemands. Nous nous sommes installées dans une jolie maison du Connecticut. Nous n'y étions pas isolées mais le temps nous a paru long. Bien sûr, dès que nous avons appris la fin des hostilités, nous nous sommes précipitées à New York pour y prendre le premier bateau. Mais sans miss Price : nous l'avons laissée aux mains affectueuses et dignes d'un pasteur anglican.

– Comme c'est étrange ! remarqua Pierre : Mme Lecourt a failli se marier, miss Price a pris un époux. Et vous ? Ne me dites pas que personne n'a cherché à toucher votre cœur ?

– Oh si ! A plusieurs reprises.

– Eh bien ?...

Orchidée rougit et plongea son regard dans les yeux couleur de brume dont elle n'avait jamais réussi à chasser l'image.

– Un de nos poètes a dit : « Lorsque le cœur est plein, bien fou est celui qui tenterait d'y pénétrer... » Le mien ne voulait s'ouvrir que pour vous.

Et ce fut au creux des mains d'Orchidée que Pierre déposa son premier baiser.

Comme, à l'appel de la cloche, ils revenaient tous deux vers la maison, ils virent Antoine et la Générale qui arrivaient à leur rencontre. Celle-ci drapait toujours de velours violet une silhouette diminuée de moitié par la maladie mais, sous ses cheveux blancs, son visage et surtout ses yeux montraient toujours la même farouche ardeur à vivre. Sans dire un mot, elle prit Pierre dans ses bras et l'embrassa aussi naturellement que si elle l'avait quitté la veille au soir, l'écarta d'elle pour le considérer avec attention, le réembrassa plus chaudement que la première fois et alors seulement déclara :

– Heureuse de vous revoir, mon garçon ! Si vous n'avez pas de projets plus urgents, je compte qu'avant la messe de minuit vous m'aurez demandé la main de ma fille. Ainsi, nous fêterons vos fiançailles en même temps que la venue de l'Enfant-Dieu.

– Mais, Madame... balbutia le malheureux suffoqué par cette mise en demeure, songez que je ne sais pas encore quelle sorte d'avenir je peux lui offrir et je...

– Rien du tout ! Moi, je le sais. Et laissez-moi vous dire ceci : après une aussi longue absence, mes affaires sont dans un embrouillamini affreux et j'ai grand besoin d'un homme pour m'en décharger. Alors, de deux choses l'une : ou vous épousez Orchidée ou je la déshérite. Choisissez !

Antoine se mit à rire :

– Il ne faut jamais contrarier une dame. Accepte, Pierre ! Nous vous marierons ici mais je réclame l'honneur de remplacer le père de la mariée.

Tard dans cette nuit de Noël, Pierre et Orchidée descendirent au jardin. Le ciel de Provence, bleu, velouté, scintillant d'étoiles, n'avait pas l'air vrai tant il ressemblait à ceux que peignaient les moines aux doigts patients dans les psautiers du temps jadis. Les noirs cyprès ne parvenaient même pas à l'assombrir. L'air vif était d'une pureté de cristal et la terre était sage « comme les hommes ne le sont jamais... ».

Tandis que Mélanie, Victoire et les jumelles conjuguaient leurs efforts pour persuader les enfants surexcités de se décider à dormir, Antoine et Mme Lecourt, debout sur la terrasse entre les pots d'orangers, regardaient le couple disparaître sous les branches des pins.

– Tout ce temps perdu ! soupira la Générale en resserrant une étole autour de ses épaules. Vous croyez qu'ils seront heureux ?

– Ils le sont déjà et grâce à vous ! De deux vies gâchées vous avez fait un bonheur.

– Ne vous oubliez pas ! Je vous suis tellement reconnaissante de nous avoir tous réunis chez vous ce soir ! A présent, il importe de les marier très vite !

– Vous voilà bien pressée ?

– Ce n'est pas moi qui le suis. Et ne faites pas celui

qui ne comprend rien ! Vous savez très bien que je n'ai plus beaucoup de temps devant moi mais... cela m'est égal à présent que cette petite Orchidée n'est plus seule. L'homme est digne d'elle et moi je vais pouvoir, enfin, retrouver mon fils avec un cœur apaisé. J'espère qu'il sera content de moi...

La gorge soudain serrée, Antoine cherchait ce qu'il devait dire quand, quelque part dans les arbres, une chouette hulula avec beaucoup de sérénité. La vieille dame se mit à rire :

– Si c'est une réponse, elle me convient tout à fait. Bonne nuit, Antoine ! Je sens un peu de frais et au moins vous pourrez allumer votre pipe. Vous en mourez d'envie.

Elle était rentrée depuis quelques instants lorsque Mélanie vint rejoindre son mari. Sans un mot, il passa un bras autour de sa taille pour l'attirer contre lui et, un long moment, ils restèrent ainsi, bien serrés, écoutant la musique silencieuse de la campagne endormie... Mais soudain, venu de très loin, le sifflet d'un train vrilla la nuit et arriva jusqu'à eux. Mélanie eut un petit soupir en nichant plus étroitement sa tête contre le cou de son époux :

– Tu te souviens du Méditerranée-Express ?

– Difficile de l'oublier, tu ne crois pas ?

– Oh si ! Ce que je me demande c'est si nous le retrouverons un jour ? La guerre n'a pas dû en laisser grand-chose !

– La guerre n'a pas beaucoup de chances contre les rêves des hommes. Il faut te dire que, de toute façon, il aurait vieilli, mais je suis certain qu'il reviendra sous une forme ou sous une autre. Il y aura toujours de grands trains merveilleusement luxueux pour aider l'esprit à s'évader...

Mélanie fronça le nez comme elle le faisait souvent pour mieux humer l'odeur du tabac anglais qu'elle aimait en suivant des yeux les volutes de la fumée.

– Veux-tu que je te dise ? Quand on en fabriquera un autre, je le verrais bien peint en bleu... un joli bleu à mi-chemin entre celui de notre Méditerranée et celui du ciel. Comme ça tout le monde saurait en le voyant qu'il va vers un pays où il fait toujours beau... Tu ne crois pas que ce serait une bonne idée ?

La pipe d'Antoine cracha quelques bouffées méditatives. Après un moment, il rendit sa sentence :

– Hmmm... moui ! On l'appellerait le Train Bleu ? Au fond ce ne serait pas si mal...

Il tapa le fourneau de sa pipe sur l'une des jarres en terre cuite, resserra son étreinte et enfouit sa figure dans les cheveux de sa femme.

– Ce que tu sens bon !... Et si on allait se coucher ?

– Ça aussi c'est une bonne idée...

Et ils rentrèrent dans la maison.

TABLE

PROLOGUE

PREMIÈRE PARTIE

Le train

DEUXIÈME PARTIE

Les visiteurs de la nuit

Troisième partie

Les masques du Carnaval

Épilogue

Achevé d'imprimer en juin 1994
sur les presses de l'Imprimerie Bussière
à Saint-Amand (Cher)

Achevé d'imprimer en juin 1994
sur les presses de l'Imprimerie Bussière
à Saint-Amand (Cher).